일러두기

1. 번역에 쓰인 원전은 2013년 중국 장강문예출판사에서 출간한 '얼웨허 문집' 제1판을 사용했다.
2. 맞춤법과 띄어쓰기는 한글 맞춤법과 외래어 표기법에 따랐다.
3. 한자는 우리말로 표기하고, 꼭 필요한 경우에만 괄호 속에 원음을 병기해 이해하기 쉽도록 했다.
   예 : 다이곤多爾滾(도르곤)
4. 인명과 지명은 우리말로 표기했다. 단, 이미 굳어진 표현은 원지음을 존중했다.
   예 : 나찰국羅刹國(러시아). 이후에는 '러시아'로 표기
5. 본문 중의 괄호 안에 뜻을 풀이한 것은 모두 옮긴이의 설명이다.

【전면개정판】

인류 역사상 최대의 제국을 지배한 위대한 황제

건륭황제

11

얼웨허 역사소설

홍순도 옮김

더봄

건륭황제 11권

개정판 1판 1쇄 인쇄   2016년 7월 18일
개정판 1판 1쇄 발행   2016년 7월 21일

지은이   얼웨허(二月河)
옮긴이   홍순도
펴낸이   김덕문

펴낸곳   더봄
등록번호   제399-2016-000012호(2015.04.20)
주소   경기도 남양주시 별내면 청학로중앙길 71, 502호(상록수오피스텔)
대표전화   031-848-8007   **팩스**   031-848-8006
전자우편   thebom21@naver.com
블로그   blog.naver.com/thebom21

ISBN 979-11-86589-63-2 04820
ISBN 979-11-86589-52-6 04820(전18권)

책값은 뒤표지에 있습니다.

건륭제 앞에서 포고布庫 실력을 겨루는 모습

포고布庫는 만주족 고유의 씨름의 일종으로, 몽골 씨름인 포극布克과 비슷하다. 청나라는 몽골족을 길들이려고 씨름대회를 자주 열었는데, 이를 위해 궁궐 수비대인 선박영善撲營에 씨름꾼 2백여 명을 두었다. 황실을 지키는 팔기군八旗軍들에게도 수련을 하도록 했음은 물론이고, 건륭제 역시 포고 연습을 통해 몸을 단련했다고 한다.

두광내竇光鼐

1720~1795. 산동山東 출신. 자는 원조元調이고, 호는 동고東
皋이다. 건륭乾隆 7년(1742)의 진사進士 출신으로, 편수編修,
좌도어사左都禦史, 상서방上書房 총사부總師傅 등을 지냈다.
특히 학정學政을 감독하는 독학정督學政을 지냈는데,
그가 기용한 사람들 가운데 공경公卿에 오른 자들이 대단히
많았다. 절개가 굳고 권세에 아부하지 않아서 50년 동안
관료로서의 부침이 여러 번 있었다. 시문詩文에도 능하여
스스로 일가一家를 이룰 정도였다.
저서로 《성오재시문집省吳齋詩文集》이 있다.

복강안福康安

1754~1796. 건륭제의 정실황후인 효현황후孝賢皇后의 조카로, 부항傅恒의 아들이다. 부항에게는 4명의 아들이 있었다. 첫째 복령안福靈安은 정백기 만주부도통에 올랐다. 둘째 복륭안福隆安은 병부상서와 공부상서에 올랐으며 공公의 작위를 받았다. 셋째가 복강안이고, 넷째 복장안福長安은 호부상서에 오르며 후侯의 작위를 받았다. 건륭황제는 복강안을 제외한 나머지 세 명에게는 공주를 시집보내 부마로 삼았는데, 남달리 총애하고 아꼈던 복강안에게는 공주를 시집보내지 않았다. 이로 인해 야사野 史에서는 복강안이 건륭제의 사생아라는 설이 무성했다. 그는 백전백승을 거둔 뛰어난 무장이었다. 19세 때 일등시위로서 대금천 정벌에 나선 것을 시작으로, 감숙성의 이슬람교도의 반란과 대만의 임상문의 반란을 진압하는 데 공을 세웠다. 또 건륭 56 년에는 네팔과의 전투에 참여하여 승리했다. 건륭 60년에 묘족의 반란을 진압하자 건륭제는 복강안을 패자貝子(패자는 황제의 아들에게 부여하는 공적인 직위로 친왕, 군왕, 패륵, 패자의 순서로 직위가 높다)에 봉했다. 이후 가경 원년(건륭제는 태상황으로 물러나 있었음)에 전투 중에 병으로 사망하자 건륭제는 매우 비통해하며 그를 군왕郡王에 봉하였다.

4부 천보간난 天步艱難

13장
백성들의 목소리

온종일 군무軍務에 시달린 부항은 바깥바람을 쐬고 싶었다. 그래서 잠시 후 김휘를 비롯해 선우공과 장성우 등을 데리고 밖으로 나왔다. 밖은 경계가 삼엄했다. 부항의 중군은 흠차행원欽差行轅을 중심으로 반경 몇 백 미터까지 철저한 경호를 하고 있었다.

군막의 불은 모두 꺼져 있고, 무덤을 방불케 하는 정적이 깔려 있었다. 그러나 서쪽 큰길로 통하는 골목에는 열 걸음에 하나씩 '부傅'자가 새겨진 커다란 노란색 등롱燈籠이 걸려 있었다. 골목길 양 옆에는 호위병들이 석상처럼 꼼짝도 하지 않고 길게 늘어서 있었다.

마침 순시를 돌고 있던 두 유격遊擊이 대문을 나서는 부항을 향해 군례를 올리고는 한 발 뒤로 비켜섰다. 부항은 말없이 턱을 약간 낮춰 답례를 하고는 성큼성큼 골목을 나섰다. 이어 고개를 돌려 사람들을 향해 말했다.

"작전 개시가 가까워지니 요즘은 병흉전위兵凶戰危라는 말이 실감이 나네. 젊었을 때는 어느 문인 못지않게 시사詩詞면 시사, 곡부曲賦면 곡부 등의 풍류를 즐겼지. 또 조설근曹雪芹, 늑민勒敏, 윤계선尹繼善 등 수사문인秀士文人들과 어울려 호흡을 맞췄고. 그런데 이제는 그랬던 모든 것이 전부 먼 옛날 얘기 같네. 내가 언제 고상한 취미를 가졌던 적이 있었던가 싶을 정도라네. 사람은 이렇게 길들여지나 보지. 한번은 내가 목에 핏대를 세우고 고래고래 욕설을 퍼붓고 있는 것을 발견하고 속으로 얼마나 놀랐는지 모른다네. 스스로의 모습이 너무 낯설게 느껴졌지 뭔가……."

좌중의 사람들이 부항의 말을 듣고는 모두 쓸쓸한 웃음을 지었다. 그 와중에 선우공이 먼저 나섰다.

"저는 부상의 《수정시유》水亭詩遺라는 글을 읽은 적이 있습니다. '백사장을 거닐면서 뒤돌아보니, 바람에 날려 온 모래는 흔적이 없네. 지나가는 길손이니 놀라지 말아라', '먹이 찾아 분주한 갈매기에게 말을 걸었다네' 같은 구절들이 나오더군요. 아, 그 얼마나 청아하고 담백한 감성입니까!"

"다 잊어버렸네, 다 잊어버렸어! 지금은 갈매기가 아니라 선학仙鶴이 나타나도 그런 감흥을 느끼지 못할 것 같네. 자네가 나의 졸작을 읽었다니 쑥스럽구먼!"

부항이 연신 손을 내저었다. 선우공이 다시 입을 열었다.

"부상의 시풍詩風은 담백하고 고상해 선비들이라면 좋아하지 않는 사람이 없습니다. 《수정시유》水亭詩遺, 《창랑야담》滄浪夜譚, 《용재명화》庸齋茗話, 《전촉집》剪燭集…… 등, 주옥같은 작품들이 얼마나 많은데요."

선우공은 마치 이런 자리가 생길 줄 알고 미리 준비라도 해두었던 사람처럼 부항 자신도 기억나지 않는 작품들을 단숨에 열 몇 가지나 나열했다. 뿐만 아니라 간혹 좋은 구절을 읊기도 하고 나름대로 평가를 하기도 했다. 피곤에 절어 있던 부항은 그런 선우공 덕분에 기분이 한결 좋아졌다.

일행은 발길 닿는 대로 산책을 하면서 담소를 즐겼다. 그러다보니 관우關羽와 장비張飛의 사당이 코앞에 보였다. 명색이 '사당'祠堂이라고 하나 당우堂宇(정당正堂과 옥우屋宇. 규모가 큰 집과 작은 집을 아울러 이르는 말)가 차지하는 면적은 매우 작았다. 전하는 바에 의하면 이곳은 삼국시대 때 촉한蜀漢의 병사들이 훈련하고 열병을 하던 교열장校閱場이었다고 했다. 그러다 나중에 사람들이 점점 많이 모여들어 시가지를 형성했고, 길 양쪽으로 '당'堂이니 '관'館이니 하는 가게들도 생겼다. 그 후 없는 것 빼고는 다 있다는 일시日市에 이어 야시夜市까지 들어서서 최근에는 밤잠 없는 사람들에게 인기 있는 곳으로 자리 잡게 됐다. 야시장은 큰비나 바람이 있는 날만 아니면 각종 먹을거리부터 잡화, 골동품에 이르기까지 온갖 물건을 다 팔았기에 지금은 물건을 사러 나온 사람보다 구경나온 사람이 더 많을 정도였다. 아무튼 적적할 때 구경하러 가기 좋은 곳으로 사람들의 일상에 녹아든 곳이었다.

하루 종일 방안에 틀어박혀 있어 어쩐지 기분이 우울했던 부항은 어지러운 번화가로 나와 마치 시합이라도 하듯 큰 소리로 외쳐대는 장사치들과 웅성웅성 떠드는 사람들의 소리를 들으니 마치 딴 세상에 온 것 같았다. 잔뜩 호기심에 들떠 여기저기 헤집고 다니면서 진전한와秦甎漢瓦(진나라의 벽돌과 한나라의 기왓장)를 만져보기도 하고, 아예 바닥에 쭈그리고 앉아 비첩자화碑帖字畵를 뒤적여보기도 했다.

다른 사람들 역시 부항과 별반 다르지 않았다. 모처럼 바깥바람을 쐬는지라 인파에 이리저리 밀려다니면서도 기분은 좋은 듯했다. 김휘는 화선지까지 샀을 정도였다. 부항 역시 편지지와 송묵宋墨을 가득 사서 왕소칠의 전대에 집어넣었다.

그 사이 일행은 어느덧 시장의 동북쪽 모퉁이에까지 이르렀다. 동쪽에 위치한 관우, 장비의 사당은 서, 남, 동 삼면을 에워싼 고루高樓에 비하면 그야말로 납작한 게딱지처럼 초라해 보였다. 남쪽의 번화함과는 뚜렷하게 대조를 이루었다. 희미한 등불 아래 '목무위오'目無魏吳(눈에 위나라와 오나라는 보이지 않음)라고 새겨진 편액이 간당간당 걸려 있는 것이 덧없는 세월의 무상함을 말해주었다.

비록 그렇게 초라하기는 했으나 사당이라는 무게 때문일까, 번화가 일색인 옛 교열장인 남쪽과는 달리 북쪽은 분위기가 사뭇 달랐다. 길가의 노점 같은 찻집들이 각자 나름대로 품위 있는 이름을 걸어놓고 희미한 불을 밝히고 있었다. 노인네 몇몇이 현弦을 타면서 야담을 하자 구경꾼들은 해바라기씨를 퉤퉤 내뱉으면서 열심히 듣고 있기도 했다. 그밖에 파자破字로 점을 보는 점쟁이, 검을 삼키고 불을 내뿜는 묘기를 뽐내는 무리들도 보였다. 분위기는 다르다 해도 이곳 역시 구경꾼들만큼은 내內 삼 겹, 외外 삼 겹으로 인산인해를 이루고 있다는 점에서는 야시장 쪽과 똑같았다.

일행이 마땅히 갈 데를 못 찾아 잠시 망설이고 있을 때였다. 갑자기 서북쪽에서 떠나갈 듯한 박수갈채가 터져 나왔다. 부항은 자세히 보기 위해 눈에 힘을 주며 목을 빼들었다. 등불이 휘황찬란하고 사람들이 인산인해를 이룬 공터에서 잘랑거리는 말방울소리가 들려왔다. 좀 더 자세히 바라보니 건마健馬 한 필이 힘차게 솟구치면서 공터를 질주하고 있었다. 달리는 말 등 위에는 놀랍게도 여자 한 명이 한 발로 서 있었다. 전혀 비틀거리지도 않고 두 팔을 날개처럼 벌리고는 여유 있게 묘기를 선보이고 있었다. 강호江湖에서 재주를 파는 유랑 기예단의 일원인 듯했다.

그 모습에 잔뜩 호기심이 동한 부항이 뒤떨어져 따라오는 일행에게 어서 오라고 손짓을 했다.

"저거나 보러 가세!"

차라도 한잔 마실까 하고 다관茶館 쪽으로 꺾어들던 일행은 부항의 뒤를 부지런히 쫓았다.

말은 아직도 장내를 질주하고 있었다. 일행이 가까이 다가가서 보니 우선 몽고족 차림의 노인과 두 젊은이가 질서를 유지하느라 정신없이 움직이는 모습이 보였다. 갈기를 곧추세운 채 날뛰는 말 위에서 묘기를 부리는 젊은 여자는 소가죽으로 된 긴 장화에 검정 띠를 두른 몽고식 홍포紅袍 차림을 하고 있었다.

그녀는 말 위에서 물구나무를 서서 다리를 일자로 벌리는가 하면 공중으로 솟구쳐 올라 독수리가 내리 꽂히는 자세로 떨어지기도 했다. 한 손으로 말 등을 짚고 팽이 돌리듯 몸을 돌리는 동작 역시 가볍게 선보였다. 사실 기예단은 많았지만 그정도까지 묘기를 부릴 수 있는 기예단은 흔하지 않았다. 어쩌다 눈 호강을 하게 된 구경꾼들은 연신 환호를 지르면서 열광했다.

그때였다. 질주하는 말 위에서 우뚝 일어서려던 여자가 갑자기 굴러 떨어질 것처럼 비틀거렸다. 인파 속에서 비명소리가 터져 나왔다. 부항 역시 가슴이 철렁했다. 그러나 그가 벌어진 입을 다물기도 전에 여자는 잠자리가 물을 차고 날아오르듯 가볍게 몸을 솟구쳤다. 이어 말허리를 딛고 서서 한 손으로 말갈기를 움켜잡고는 놀란 좌중을 향해 생긋 웃어 보이기까지 했다.

혹시라도 어린 여자가 아래로 떨어져 말발굽에 짓밟힐까봐 손에 땀을 쉬고 있던 사람들은 일시에 안도의 한숨을 내쉬었다. 그때 여자가 갑자기 말안장 주머니에서 화살을 한줌 꺼내들었다. 그리고는 두 발을 말 등에 붙인 채 갈기를 잡은 손을 놓는가 싶더니 화살을 쌩쌩! 비수처럼 날렸다. 화살은 장내의 사면에 세워둔 열 몇 개의 나무기둥에 하나씩 보기 좋게 날아가 박혔다.

"좋아, 좋아! 좋았어!"

놀라움과 감탄에 찬 환호성과 함께 떠나갈 듯한 박수갈채가 한동안 끊어질 줄 몰랐다. 사방에서 동전이 비 오듯이 날아와 떨어졌다. 부항과 김휘 역시 그동안 유랑 기예단의 공연이라면 수없이 봐왔으나 화살을 이 정도로 잘 날리는 사람은 처음이었다. 그들은 모두 놀라움을 금치 못했다. 아무리 등불을 밝혔다고 해도 어두운 밤이었고, 질주하는 말 등에 간신히 붙어 화살을 표창 던지듯 날린 것도 대단했다. 나아가 그 많은 사람들 중 누구 하나 다치게 하지 않고 열 개가 넘는 기둥에 화살이 각각 하나씩 꽂혔다는 사실은 신묘함 그 자체라고 해도 좋았다.

김휘가 부항의 귓전에 대고 귀엣말을 했다.

"설마 요술은 아니겠죠?"

"절대 아니오! 저건 진짜 재주고 제대로 된 무예요."

그 사이 여자는 말 위에서 내려와 좌중을 향해 허리를 굽혀 깍듯하게 인사를 했다. 자세히 보니 겨우 열여섯 살 정도밖에 안 돼 보였고, 아담한 체구에 까무잡잡한 얼굴이 귀여웠다. 한편으로는 가늘게 치켜 올라간 눈썹에서 몽고족 특유의 매서운 기질도 살짝 엿보였다. 그러나 흘러내린 긴 머리카락을 수줍게 쓸어 올리는 자태는 얌전하고 단아했다. 사람들이 다 흩어진 뒤에도 끝까지 자리에 남아 있던 부항은 여자에게 다가가 몽고어로 물었다.

"처녀, 무예 실력도 대단하고 미모도 고운데 어느 초원에서 날아온 백조인가? 과이심, 후륜패이呼倫貝爾, 니포이尼布爾 중 어딘가?"

여자는 깜짝 놀라 눈이 동그래졌다. 이런 곳에서 몽고어를 할 줄 아는 사람을 만날 줄은 생각도 못한 듯했다. 그러나 놀라움은 이내 기쁨으로 바뀌었다. 여자가 희열에 찬 눈빛으로 부항을 아래위로 쓸어봤다. 그리고는 허리를 깊이 숙여 인사를 했다.

"저희들은 머나먼 차신車臣에서 왔습니다. 그러는 아저씨께서는 어디에서 오셨나요?"

부항이 즉각 미소를 지으면서 대답했다.

"나는 만주족 사람이야. 가모家母와 조모祖母 두 분 모두 막북몽고漠北蒙古로부터 보거다 칸의 곁으로 날아오셨지. 나는 부항이라는 사람인데, 여기서 찻잎 장사를 하고 있단다."

"아이 좋아라! 여기서 고향 분을 만나다니요!"

여자가 손뼉을 치면서 그 자리에서 팔짝팔짝 뛰었다.

"존함이 부항이라고 하셨으니 이제부터는 항 아저씨라고 부를게요. 저의 몽고 이름은 흠파사마欽巴莎瑪예요. 한어漢語로는 제비라는 뜻이죠. 아빠, 아빠! 고향 분을 만났어요!"

여자가 말을 마치고는 한쪽에서 물건을 정리하느라 바쁘게 손을 놀리던 노인을 불렀다. 곧이어 그가 호두껍질처럼 쭈글쭈글한 얼굴에 함박웃음을 띄우면서 다가와 다짜고짜 부항의 손을 덥석 잡았다.

"이런 곳에서 고향사람을 만나니 실로 감개가 무량하네요! 나는 흠파탁색欽巴卓索이라고 불러요. 이 아이의 아비 되는 사람이죠!"

부항이 말했다.

"항씨라고 불러주세요. 타향에서 고향 사람을 만나니 참으로 기쁘네요. 차신에서 여기까지 오느라 고생이 많았겠어요."

"말도 마오. 힘들기가 말로 다 할 수 없었죠."

"괵이괵몽고를 지나왔나요?"

"알타이산도 넘었는 걸요!"

"그럼……, 곽집점藿集占의 회족回族 부락도 지나왔겠네요?"

"물론이죠. 다행히 말을 타고 와서 객사는 면했죠."

부항은 짐을 챙겨들고 어디론가 떠나려는 부녀를 붙잡았다.

"나는 성도成都에 임시로 묵고 있어요. 시간을 내서 놀러오세요. 우유는 없지만 열주烈酒 한잔 대접하고 싶네요."

부녀는 대답 대신 감격 어린 미소를 지으면서 힘차게 고개를 끄덕였다. 부항은 그런 부녀를 뒤로 하고 자정이 가까워온다면서 은근히 눈치를 주는 왕소칠 등과 함께 자리를 떴다.

부항은 뭔가 깊은 생각에 잠긴 듯 뚜벅뚜벅 말없이 걸었다. 이어 훤히 불을 밝힌 세 칸짜리 야식집을 지나다 잠시 주춤거렸다. 그리고는 히죽 웃으며 말했다.

"우리, 배도 출출한데 들어가서 국수라도 한 그릇 먹고 가지!"

부항이 무작정 김휘를 잡아끌고는 야식집으로 향했다. 그러다 멈춰서서는 왕소칠에게 분부를 내렸다.

"가서 방금 전의 몽고족 부녀가 어디에 거처를 정했는지 알아봐. 내가 물어 볼 게 있어서 그래."

부항의 말에 선우공과 장성우는 서로 마주보며 소리 없이 웃었다. '풍류장군'이 미모의 몽고 처녀에게 반했다고 생각한 것이다.

야식집은 장사가 거의 끝나가고 있었다. 마지막 손님들이 이빨을 쑤시면서 하나둘씩 가게 문을 나서고 있었다. 주인은 근시가 대단히 심한 듯 장부책을 코앞에 놓고도 눈을 한껏 찌푸리면서 주판알을 튕기고 있었다. 부항 일행이 들어서자 고개도 들지 않고 말했다.

"오늘 장사는 끝났네요. 안됐소만 다음에 들르세요."

그러자 저쪽에서 설거지를 하고 있던 50대 여인이 주방에서 달려 나오면서 야단을 쳤다.

"끝나기는 뭐가 끝났다는 거예요. 손님이 있으면 장사를 해야지! 그렇게 하니 밥장사 십 년이 되도록 아직 입에 풀칠하기도 힘들지. 어이구, 이 화상아! 언제 철이 들겠어. 손님, 장사 끝난 거 아니니 어서 들어오세요. 뭘 드시겠어요?"

여인이 미안하다는 듯 부항에게 어색하게 웃어 보이고는 가타부타 반응이 없는 사내를 힐끔 노려봤다. 그리고는 시커먼 행주를 둘러메치듯 탁자 위에 던지더니 빡빡 문질러 닦았다. 하루 종일 바삐 움직인 듯 머리가 흐트러져 흘러내리고 얼굴에는 피곤기가 역력했다. 여인이 탁자를 열심히 닦으면서 말했다.

"마파두부도 있고 양고기볶음 등의 술안주도 다 있어요. 아, 뭘 먹자니 마땅히 먹고 싶은 건 없고 그냥 자자니 좀 허전하고 그러신가 보죠? 그럴 때는 파를 송송 썰어 넣고 고기를 좀 볶다가 끓여내는 칼국수 한 그릇이 그만이죠! 나리들은 보아하니 유복하신 분들 같네요. 관직에 계시다면 졸병은 아닐 테고 장사치라면 큰 장사를 하시는 분들 같아요. 이 늦은 시간에 저희 집을 찾아주셨다는 것만 해도 얼마나 고마운데요. 얘, 재아財兒야! 화로에 탄을 좀 더 얹거라. 나리들이 추우시겠다!"

"아주머니 입담 한번 걸걸하오. 우리는 여태 한마디도 하지 못했잖소."

김휘가 밉지 않게 타박을 하자 부항이 제격 말을 받았다.

"아주머니의 구수한 사투리와 푸짐한 인심에 하루의 피로가 싹 가시네그려. 나는 말할 기운도 없소. 아주머니 말대로 칼국수나 맛있게 한 그릇씩 끓여주시오! 헌데 혼자만 떠들지 말고 주인분도 말 좀 하게 내버려두지 그러오!"

어장부처럼 살집 많고 성격 좋은 여인이 걸걸하게 웃었다.

"아이고, 말도 마세요. 나는 우리 저 영감탱이가 방귀소리라도 한번 요란하게 들려주면 소원이 없는 사람이에요. 무슨 사람이 식구들은 당장 입에 풀칠할 지경인데도 관심이 없어요. 아마 하늘이 무너진다고 해도 저럴 거예요. 하루 종일 저러고 앉아 책이나 쥐어뜯는 게 저 사람 특기예요. 장작이면 불이라도 때지. 재아야, 여기 칼국수 다섯 그릇 주문이야. 또 손 벨라, 조심해! 우리 집은 하루라도 내가 없으면 그날로 다 굶어 죽어요. 저 사람은 글공부에 한이 맺힌 사람이에요. 세 번씩이나 떨어지고 뭘 잘못했는지 교유敎諭에게서 곤장 스무 대를 맞고서야 겨우 서른 살에 수재秀才에 합격했다는 거 아니에요? 또 수재에 합격하면 뭘 해요. 은자銀子의 그림자도 구경 못하는데! 하루 종일 공자만 껴안고 다니더니 그 주제에 '선비들은 고기도 네모반듯하게 썰지 않으면 안 먹는다'나요? 먹고살기 힘들어 국수장사라도 하려니까 또 뭐, '군자는 굶어 죽어도 남의 주머니 노리는 짓은 못한다'나 뭐라나요. 내가 참 기가 막히고 복장이 터져서……. 내가 이러고 살아요!"

여인은 남편을 옆에 세워두고도 흥을 보느라 여념이 없었다. 그러거나 말거나 장부책만 들여다보던 수재 남편은 점점 더 구차한 얘기가 흘러나오자 "아녀자와 소인배는 오로지 멀리함이 상책이니라"라는 공자의 말을 우선 읊었다. 그리고는 책을 겨드랑이에 끼고 방 안으로 횡하니 들어가 버렸다.

수재 남편은 장작개비처럼 말라서 어차피 여자와 싸워도 이길 것 같지도 않았다. 부항 등은 그들 부부를 지켜보면서 처음부터 터져 나오는 웃음을 겨우 참아온 터였다. 그러다 수재 남편이 도망치듯 안방으로 들어가 버리자 김휘를 비롯해 선우공과 장성우 등은 급기야 탁자를 치고 발을 구르면서 웃었다. 같은 사내의 눈에도 수재 남편의 꼴이 우스웠던 것이다. 여인은 사내가 들어간 안방을 향해 악의 없이 주먹까지 흔들어 보였다. 겨우 웃음을 그친 부항은 그걸 보고 눈물까지 찍어냈다.

부항은 내친김에 주머니에서 대여섯 냥은 족히 될 은병을 꺼내 여인에게 건넸다. 여인은 뜻밖의 횡재에 두 눈이 휘둥그레지더니 '자손만당'子孫滿堂이니 '대부대귀'大富大貴니 하는 온갖 좋은 말을 한 수레도 넘게 했다. 그리고는 무릎까지 꿇으려고 했다. 부항이 그런 그녀를 겨우 말리면서 물었다.

"바깥주인은 이름이 뭐요? 아니, 수재라면 적어도 이 마을에서는 이름난 사람일 텐데, 궁금해서 말이오."

"저는 말발이 세다고 해서 다들 쾌취快嘴 김金씨라고 불러요. 저 영감탱이는 다들 '수재 김씨'라고 듣기 좋게 불러줘요. 관명官名은 김휘金輝라고 합니다."

부항 등은 잠시 멍한 표정으로 있다가 다들 동시에 폭소를 터트리고 말았다. 여인으로서는 바로 코앞에 동명이인이 있는 줄 알고 한 소리는 절대 아니었다. 그러나 그들 일행이 그렇게 웃는 걸 보고는 미루어 짐작을 하는 것 같았다.

"여기 계신 대인들 중에 김휘라는 대명을 가지신 분이 계신가요? 나리들은 그래서 이렇게 웃으시는 거죠? 말 그대로 금이 번쩍번쩍할 그분에게는 대단히 죄송하게 됐네요. 그런데 이름만 그렇지 우리 저이는 여태껏 살아오면서 금은커녕 금 부스러기도 만져보지 못했는 걸요!"

부항 등은 안방을 향해 구시렁거리는 여인의 표정이 재미있어 다시 한 번 폭소를 터트렸다. 그 사이 김이 모락모락 나는 칼국수가 상에 올라왔다. 구수한 냄새가 식욕을 한껏 자극했다. 부항이 젓가락으로 국수를 휘휘 저으면서 아직 할 말이 한 자루도 넘게 남은 것 같은 김씨에게 말했다.

"아주머니, 방금 얘기했던 김 중승에 대해 잘 아시오? 그런데 그 김 중승도 요즘은 별로 잘 나가지 못하는 것 같지 않소?"

김씨가 눈치 빠르게 밑반찬 몇 가지를 더 담아 가져오면서 대답했다.

"누가 아니래요? 그 대인께서 어쩌다 그리 재수 옴 붙었는지 모르겠어요. 우리 사천 사람들은 그분의 처지를 얼마나 안타까워하는지 몰라요! 신분이 그리 어마어마하신 분이 항상 보면 두 사람이 드는 죽사竹絲 소교小轎를 타셨어요. 노새를 타고 향리로 내려가셔서 농작물의 작황을 둘러보시는 것도 일이었죠. 길가 주막의 주모도 벗이요, 참외밭의 왕 영감과도 허물없는 사이일 정도로 우리 백성들과는 가까운 사이였죠. 세상천지에 그만한 부모관도 없어요."

김씨 부부 때문에 눈물을 찔끔거리면서 웃던 김휘는 화두가 자신에게 돌아오자 순식간에 얼굴에서 웃음기가 사라졌다. 그러나 곧 이어진 김씨의 말을 듣고는 가슴이 뭉클해지면서 콧마루가 찡해졌다. 김씨의 말이 곧 일반 백성들의 공통된 평이라고 생각하자 눈물이 찔끔 나올 정도로 감동을 받았던 것이다. 그러나 그런 내색을 하지 않으려고 일부러 칼국수 그릇을 들고는 국물을 꿀컥 들이켰다. 부항이 그런 김휘를 보고는 말했다.

"나도 그리 들었소. 김 중승에 대해서는 호평이 자자하더군."

김씨가 손뼉을 치면서 다시 말을 이었다.

"진짜 좋으신 분이에요! 어느 해인가 호광湖廣, 하남河南에서 유난히 거지가 많이 몰려들었어요. 하필 그해 우리 사천도 흉년이었죠. 웬만한 관리들 같았으면 나 몰라라 했을 텐데 김 중승은 너 나 없이 다 끌어안고 곡창의 쌀을 퍼다 쌀죽을 끓여 내쳤지 뭡니까. 나중에는 사재 삼천 냥까지 털었다고 들었습니다. 요즘 세상에 그런 좋은 관리가 어디 있겠어요?"

부항이 고개를 끄덕이며 맞장구를 쳤다.

"맞는 말이오. 백성들의 등골을 빼먹지 못해 안달하는 세태에 사재를 털어 이재민을 구제한다는 건 쉽지 않은 일이지. 그러나 모르지, 삼천 냥을 내놓고 다른 곳에서 만 냥을 몰래 챙겼는지?"

부항이 농담 삼아 한 말에 김휘는 말할 것도 없고 선우공과 장성우까지 흠칫 놀랐다. 부항은 사실상 민간의 소문을 수집하고 있는 중이었다. 그런데 이런 곳에서 하나를 들으면 열을 떠드는 말 많은 여자를 만났으니 이곳 지방관들에 대한 평판을 듣기에는 더 없이 좋은 기회가 아닐 수 없었다.

그러나 부항을 제외한 나머지 세 사람의 입장은 각기 다를 수밖에 없었다. 특히 김휘는 더욱 안절부절못했다. 이 여인이 까딱하다 말실수라도 하는 날에는 설사 이부吏部 고공사考功司로부터 열 개의 '탁이'卓異 평가를 받더라도 치명타를 면치 못할 것이 분명했던 것이다. 부항을 제외한 좌중의 사람들은 모두 바늘방석에 앉은 기분으로 두꺼비의 그것을 닮은 여인의 커다란 입만 쳐다봤다.

"김 중승은 탐관오리가 아닙니다! 채 과부가 강간당하고 대들보에 목매죽은 사건만 봐도 그래요. 피고 측이 집 팔고 땅 팔아 은자 몇 십 냥을 얼사아문에 갖다 바쳤죠. 나중에 이 사실을 안 김 중승이 얼사아문의 돈밖에 모르는 놈들을 가차 없이 잘라버리고 진실을 온 천하에 공개했어요. 김 중승은 백성들의 것이라면 솜털 하나도 건드리지 않는 청렴한 분이에요."

슬슬 흥분하기 시작한 여인이 팔까지 걷어붙이면서 덧붙였다.

"언제 봐도 미꾸라지들이 물을 흐리는 법이에요. 김 중승만 청렴하면 뭘 해요, 선우 태존(선우공)은 가마솥 궁둥이처럼 속이 시커먼데! 전에 과수원집의 왕씨가 무슨 송사에 휘말려 입장이 불리해지자 잘 봐 주십시 하고 은자 삼백 냥을 보냈대요. 그러자 선우 태존은 사람을 뭐로 보고 그러냐면서 지랄발광을 했대요. 그런데 이튿날 칠백 냥을 더 보태 천 냥을 갖다 주니 누가 볼세라 냉큼 집어넣었다지 않아요? 기왕 먹는 거

크게 먹겠다는 수작이었겠죠!"

'두려워하는 곳에서 귀신이 나오고, 가려운 곳에는 이가 있다'고 했다. 아니나 다를까, 좌불안석으로 손에 식은땀을 쥐고 있던 선우공이 드디어 도마 위에 올랐다! 어쩐지 불안하다 했더니 끝내 일이 터진 것이다. 선우공의 얼굴은 순식간에 백지장처럼 하얗게 질렸다. 머릿속이 텅 빈 것처럼 아무 생각도 떠오르지 않았다. 당면한 곤경을 어떻게 벗어나야 할지 암담하기만 했다. 김휘와 장성우 역시 잔뜩 굳은 표정으로 김씨의 입만 바라볼 뿐이었다. 바로 그때 안방 문이 벌컥 열리더니 '수재 김씨' 가 얼굴을 반쯤 내밀고는 소리쳤다.

"뭘 모르는 소리는 하지 마, 이 정신 나간 여편네야! 겁 없이 아무 소리나 지껄이다가 어쩌려고 그래? 천 냥이든 만 냥이든 받을 만하니 받았겠지! 남이야 기둥 뿌리를 뽑아 이를 쑤시든 말든 당신이 무슨 상관이야?"

김씨가 즉각 되받아쳤다.

"그러는 당신은 뭘 안다고 그래요? 이 마을 사람들치고 그자들의 검은 속을 모르는 사람이 어디 있어요? 돈만 주면 살인까지 무마해주는 한심한 놈들인데! 백성들이 먹고살기 바빠 말을 안 해서 그렇지 알 건 다 안다고요. 누가 우리의 입을 막을 수 있겠어? 장張 진대鎭臺(성문령 장성우)의 졸개들도 툭하면 우르르 몰려와 공짜로 처먹고는 입 싹 닦고 가버리잖아요. 우리는 뭐 땅 파서 장사하는 줄 아나보지? 벼룩의 간을 빼먹을 놈들! 당신도 이를 부득부득 갈았잖아, 어쩌지도 못하고……."

무사히 비켜가나 싶었는데 결국 장성우도 한데 쓸려 들어가고 말았다. 장성우의 얼굴은 시퍼렇게 독기를 띠었다. 당장이라도 이 재수 없는 계집을 짓밟아 죽여버리고 싶은 표정이었다. 부항은 붉으락푸르락하는 선우공과 장성우를 힐끗 쓸어보면서 말했다.

"아주머니의 말이 백번 맞소. 요즘 관리들의 행태를 보면 세상 까마귀 다 검다는 말을 들어도 싸요 싸! 아주머니, 분통 터지는 일이 한두 가지가 아니겠지만 꾹 참고 지켜보시오. 설마 이보다 더하기야 하겠소?"

그 사이 부항의 칼국수는 다 퍼져버려서 먹을 수 없게 됐다. 멀리 공진대拱辰臺에서 둔중한 오포午砲 소리가 들려왔다. 부항이 길게 기지개를 켜면서 자리에서 일어나더니 말했다.

"좋은 얘기 잘 듣고 가오. 음식도 맛있었소! 소칠아, 은자가 있으면 몇 냥 더 드리거라!"

김씨는 연이어 하사하는 은자를 받아들고 황송해 어찌할 바를 몰라 했다. 부항 일행은 깍듯이 인사하는 김씨 식구들을 뒤로 하고 가게를 나섰다.

야시장은 파한 지 오래였다. 가게들도 모두 불이 꺼져 있었다. 거리는 어두컴컴하고 썰렁했다. 일행은 말없이 한동안 걷기만 했다. 김휘와 부항은 어깨를 나란히 한 채 걸었으나 죄를 지은 장성우와 선우공은 두 사람의 눈치를 힐끔힐끔 살피면서 조금 떨어져 터벅터벅 따라왔다.

"저기……, 부상."

도저히 이대로는 안 되겠다는 듯 선우공이 재빨리 따라오더니 잠시 망설이다가 입을 열었다. 구질구질한 변명이라도 할 모양이었다.

"하관이……."

"아무 말 말게. 지나간 과거는 그대로 덮어두게. 잘못이 있으면 고치면 되지. 이번 일을 계기로 새롭게 거듭나는 사람이 되기를 바랄 뿐이네. 그러나 오늘 봉변을 당했다고 해서 저 가게를 괴롭혔다가는 용서치 않을 거네!"

"감사합니다, 장군!"

선우공과 장성우 두 사람이 거의 동시에 대답했다. 이어서 부항이 살얼음이 낀 듯한 차가운 표정으로 다시 입을 열었다.

"아까 보니 할 일도 없으면서 건들거리고 시장을 쏘다니는 무리들이 꽤 많은 것 같더군. 아역이나 친병들이 틀림없는 것 같았네. 자네들은 가서 점호를 해서 인원을 파악하게. 관품의 높고 낮음을 막론하고 기방妓房이나 주루酒樓를 들락거리는 자들은 전부 얼사아문으로 연행하게. 내가 친히 죄를 물을 것이네! 단 양민들을 놀라게 하는 일은 없어야겠네. 무슨 말인지 알겠나?"

"예, 장군! 잘 알겠습니다!"

선우공과 장성우 두 사람은 공손히 대답하고는 황급히 물러갔다. 부항은 그들의 뒷모습을 바라보면서 소리 없는 한숨을 내쉬었다. 이어 말없이 몇 발자국 떼어놓다가 코웃음을 치면서 김휘를 바라보더니 소리쳤다.

"흥! 삼백 냥은 적다고 안 받고 천 냥은 받았다 이거지? 더러운 놈!"

김휘는 아닌 밤중에 홍두깨처럼 튀어나온 말에 잠시 멍한 표정을 지었다. 그러다 곧 부항이 선우공의 얘기를 하는 것임을 알아차리고는 조심스레 말했다.

"선우공은 옛 간친왕簡親王의 종실입니다. '선우공'이라는 한어 이름도 지금의 화친왕께서 지어주신 것입니다. 쉽게 건드릴 수 있는 사람이 아닙니다."

부항은 선우공이 화친왕 홍주와 가까운 사이라는 얘기를 처음 듣는 터였다. 적이 놀랄 수밖에 없었다. 그러나 이내 이빨 사이로 내뱉듯 말했다.

"이미 이렇게 된 이상 끝까지 가보는 거지 뭐! 그자가 순순히 죄를 인정하고 개과천선하면 검은 돈을 토해내는 것으로 마무리하고, 그렇지 않으면 나도 인정사정 봐주지 않을 거요. 어쨌거나 김형, 우리는 아문으로 돌아갑시다."

부항은 휘하 관리들의 비리를 생각하고 저절로 인상이 찌푸려졌다. 그러다 멍하니 생각에 잠겨있는 김휘를 바라보고는 빙긋 웃으며 부드럽게 말했다.

"이시요李侍堯가 오늘 성도에 도착한다고 했는데, 지금쯤이면 아마 행원에서 나를 기다리고 있을 거요. 윤계선의 편지도 와 있고 아계와 유통훈의 정기廷寄도 도착해 있으니 김형이 읽어봐야 할 거요. 그러자면 오늘은 나하고 밤을 새야할 텐데 부인께 알리지 않아도 괜찮겠소?"

그러잖아도 김휘는 오늘밤 난생 처음 보는 김씨 여인으로부터 생각지도 못한 극찬을 받는 바람에 벅차오르는 흥분이 가시지 않던 차였다. 아무나 붙잡고 무슨 말이든 떠들고 싶었던 그는 마침 부항이 말을 꺼내니 쾌히 승낙했다.

"공무 때문에 밤새는 것까지 마누라의 허락을 받아야겠습니까? 이 사람을 완전히 졸장부로 취급하시는군요! 농차나 한잔 주십시오,"

그러나 몇 걸음 떼어놓으면서 골똘히 생각하던 부항이 갑자기 주춤했다. 이어 서둘러 김휘의 팔을 잡으며 말을 바꾸었다.

"아니오. 그럴 게 아니라 나는 행원으로 돌아가고 김형은 조금 전 그 김씨 여인의 가게로 가봐야겠소. 좀 있다가 나의 친병들을 그리로 보낼 테니 선우공과 장성우가 보복하지 못하도록 막아야겠소!"

김휘는 부항의 명령에 떨떠름한 표정을 지었다. 부항이 지나치게 소심하다는 생각이 든 것이다.

'선우공과 장성우 두 사람이 아무리 분을 삭이지 못하더라도 그 정도로 무법천지로 행동하지는 못할 텐데…… 오로지 공을 세워 죗값을 치를 생각만 해도 시원치 않을 판에 감히 시가지 한복판에서 사달을 일으킬 수 있을까?'

김휘는 그렇게 생각했으나 감히 부항의 명령에 토를 달 수는 없었다. 결국 허리를 굽혀 예를 갖추면서 대답했다.

"하관, 장군의 명을 받들어 모시겠습니다!"

"가자. 앞에 가서 작은 가마를 하나 대절해 타고 가자."

부항은 김휘를 보내고는 바로 왕소칠에게 지시했다. 이어 근처의 가마에 올랐다.

부항이 가마를 타고 행원으로 돌아왔을 때는 자정 이각二刻이 넘은 시간이었다. 공문결재처 앞에 도착한 그는 등촉이 밝혀진 창문을 통해 책상 위에 높이 쌓여 있는 문서를 잠시 멍하니 바라봤다. 이어 가벼운 한숨을 내쉬었다.

그런 다음 방 안으로 막 발을 들여놓으려고 할 때였다. 등 뒤에서 쇠를 박은 장화소리가 들려왔다. 잠시 그대로 서 있던 부항이 고개도 돌리지 않은 채 물었다.

"하육賀六, 이시요 대인은 도착하셨나?"

"장군께서 외출하시고 얼마 지나지 않아 이 대인께서 당도하셨습니다. 화청에서 기다리시다가 지금은 등나무 의자에 기댄 채 잠들어 계십니다. 그리고 호광에서 운량運糧을 책임진 초로肖露 관찰觀察, 서안에서 윤 중당(윤계선)의 막료로 있는 방봉명龐鳳鳴 나리께서도 오셨습니다. 둘은 아직 잠자리에 들지 않은 것 같은데 불러올까요?"

하육이 목소리를 낮춰 소곤대면서 빠르게 대답했다. 하육은 인재를 잘 발탁하는 것으로 유명한 백락伯樂의 혜안을 지닌 부항이 찾아낸 '천리마'라고 할 수 있었다. 그는 순박한 성격과 남다른 재능을 높이 인정받아 단숨에 부항의 중군 호령護領 자리에 올랐다. 그런 사람이 타고난 큰 목소리를 낮추느라고 애를 쓰는 모습이 우스꽝스러웠다. 부항은 웃음을 참으며 근엄하게 말했다.

"나는 급히 발송해야 할 편지가 있으니 잠든 사람은 가만히 놔두고, 자지 않는 두 사람도 급한 일이 아니면 내일 보자고 하게."

부항은 말을 마치고는 공문결재처로 들어갔다. 왕소칠이 따라 들어오면서 아뢰었다.

"차신에서 왔다는 부녀를 데리고 왔습니다. 방금 문정門政에게 물으니 서화청 뒷방에 들었다고 합니다. 두 사람은 장군의 신분을 알고 나서는 좋아서 어쩔 줄 모릅니다."

부항은 자리에 앉자마자 왕소칠이 받쳐 올린 물수건으로 얼굴을 닦았다. 이어 대수롭지 않은 표정으로 알겠노라고 짤막하게 대답하고 나서 덧붙였다.

"서부몽고에서 왔다고 해서 부른 거야. 객이객몽고 쪽 책령 아랍포탄의 동태를 파악하고 곽집점의 움직임에 대해서도 좀 물어봐야겠어. 거기 나가 있는 자들이 가끔 서신을 보내기는 하는데, 이랬다저랬다 계속 말이 바뀌니 대체 무슨 상황인지 모르겠어. 차라리 아무런 이해관계가 없는 부녀의 말을 들어보는 게 나을 것 같아서 말이야."

부항이 찻잔을 들어 한 모금 마시더니 도로 뱉어내면서 지시했다.

"다 식었어, 다시 끓여 가져와."

부항은 입을 막고 길게 하품을 하면서 북경 집에서 온 편지부터 뽑아들었다. 그러나 봉투에 '평안'이라는 두 글자가 적혀 있어 일단 안심하고는 한쪽으로 밀어놓았다.

다음에는 기윤의 편지를 꺼냈다. 깨알처럼 많은 내용이 적혀 있었다. 어가御駕의 일정을 상세히 적었을 뿐 아니라 의정에서 기화奇花를 감상하면서 벌어졌던 풍파에 대해서도 많은 필묵을 할애하고 있었다. 마지막 부분은 더욱 장황했다.

두광내의 돌발적인 행동은 무모하기 짝이 없었으나 폐하께서는 그의 충직忠直을 높이 치하하셨습니다. 천하의 신하들이 모두 이 같은 풍골을 따라 배워야 한다면서 그를 본받을 것을 명하셨습니다. 성의聖意를 헤아려보니 아마 두광내를 좌도어사에 기용치 않고 학정學政으로 기용하실지도 모르겠네요. 재학과 인품이 만인의 모범이 되기에 충분하다고 평가하셨으니 말입니다. 폐하께서는 또 악화일로를 치닫고 있는 이치吏治를 쇄신하고자 탐관오리와의 진검승부를 벌일 뜻을 강하게 피력하셨습니다. 부상(부항)에게도 당부 말씀이 계셨습니다. 시일이 좀 더 걸리더라도 철저히 살펴가면서 진을 치고 승산이 있는 일전을 벌이라고 말입니다. 사라분의 소굴을 깨끗이 갈아엎고 후환을 일거에 뽑아 내치라고도 재삼 강조하셨습니다. 한 가지 더 알려드릴 게 있습니다. 화친왕和親王이 밤중에 창춘원暢春園으로 쳐들어가 위가魏佳씨를 이궁移宮시킨 사실에 대해서는 절대 비밀을 고수하기 바랍니다. 이 편지는 읽고 나서 지난번의 서찰과 함께 불태워버리는 게 좋겠습니다.

부항은 잠시 고개를 들고 생각에 잠겼다. 그리고는 며칠 전에 읽었던 서한을 찾아내 함께 촛불 가까이 가져갔다. 종이는 활활 신나게 타들어가다가 점차 불길이 사그라들면서 한줌의 재로 변했다. 그는 그것을 한참 지켜보고 있다가 사색의 끈을 거둬들이면서 다른 편지를 집어 들었다. 아계가 보낸 서찰이었다. 그 속에는 아계가 건륭에게 보낸 청안상주문이 동봉돼 있었다. 상주문에는 건륭의 주비硃批가 달려 있었다. 그는 아계의 편지를 잠시 제쳐두고 건륭의 주비부터 읽어봤다.

짐은 안녕하네. 호부의 무분별하고 무원칙한 출자로 인해 국고가 다시 불안해지고 있다는 경의 상주문을 읽고 분노와 실망을 금할 길 없네. 짐은 건륭 원년부터 건륭 십 년까지 해마다 명조^{明詔}를 내려 무원칙한 국고 지출을 자제할 것을 강조해왔네. 재정 낭비를 막고 지방 번고^{藩庫}에 손을 대는 외관^{外官}들을 가차 없이 엄벌에 처하라고 누누이 말했건만 어느새 국은^{國銀}이 칠백만 냥이나 증발해버렸다니, 이게 무슨 청천벽력 같은 말인가? 호부의 충군과 애국심은 어디로 사라지고, 군기대신들은 도대체 무엇을 했다는 말인가? 호부 상서는 오늘부로 파직하니 처벌을 기다리도록 하라. 대신 범시첩이 호부의 일을 관장할 것임을 미리 밝혀둔다! 이 주비를 부항과 윤계선에게도 보내도록 하라. 이상!

부항은 '장춘거사'^{長春居士}라는 옥새^{玉璽} 인장이 선명한 주비를 들여다보면서 깊은 한숨을 토해냈다. 성심^{聖心}이 무거우니 신하된 마음이 홀가분할 리 만무했다. 그는 군기대신으로서의 책임을 통감하면서 이번에는 아계의 편지를 펼쳤다.

몇 마디 인사말과 함께 "위가씨는 무사히 황자를 생산했습니다. 현재 모자는 건강합니다"는 내용의 글이 적혀 있었다. 또 "몸을 돌보면서 일을 하시옵소서"라는 부항의 건강을 걱정하는 글귀도 있었다.

부항은 조금씩 열이 오르는 이마를 한 손으로 받치고 이번에는 조혜와 해란찰의 군서^{軍書}를 집어 들었다. 화칠^{火漆}을 한 봉투에 주사^{朱砂} 인장이 박혀 있지 않은 걸로 볼 때 모든 것이 순조롭고 일단 급한 일은 없는 것 같았다.

부항이 종이를 펴놓고 붓을 들어 먹을 찍으려고 할 때였다. 왕소칠의 허둥대는 발소리가 멀리서 들려왔다. 잠시 기다리고 있자 왕소칠이 거친 숨을 몰아쉬면서 엎어질 듯 달려 들어왔다.

"주인 어르신께서는 참으로 신선이십니다! 김 중승이 김씨 여인의 가게에서 행패를 부리는 장성우를 붙잡았다고 합니다. 선우공도 도망가다가 붙잡혀 지금 행문 밖까지 끌려왔습니다!"

쾅!

부항이 있는 힘껏 책상을 내리쳤다. 순간 붓은 붓대로, 벼루는 벼루대로 책상 위에서 춤을 추더니 땅에 투두둑 떨어졌다. 부항이 이를 악문 채 냉소를 터트렸다.

"감히 내 머리 위에 기어오르겠다 이거지? 이것들이 간이 부어도 너무 부었구먼!"

14장

부항, 군기軍紀를 정돈하다

선우공과 장성우는 군령을 어기고 풍기를 문란하게 하는 문무관리들을 잡아오라는 부항의 밀명을 받은 터였다. 그런데 입장이 바뀌어 도리어 본인들이 연행되어 왔다. 황당하기 그지없는 일이었지만 당연한 결과이기도 했다.

처음에 그들이 부항의 명령을 이행하는 데는 별다른 어려움이 없었다. 둘은 사방의 성문을 꽁꽁 닫아걸고 각각 성 동쪽과 서쪽 구역으로 나눠 수색작전에 들어갔다. 이렇게 해서 오래간만에 '임무'다운 임무를 수행하게 된 지부아문과 성문령아문의 아역과 친병들은 거들먹거리면서 온갖 유세를 다 떨었다. 특별통행증을 소지하지 않은 문무관리들을 가차 없이 잡아들이라는 명령에 따라 청루를 비롯해 극장, 역관, 기방 등을 쥐 잡듯 들쑤시고 다녔다. 그리고는 극장 관람석, 기생의 이불 속할 것 없이 자신이 왜 끌려가야 하는지 영문을 모르는 관리들을 가차 없이 끄집어냈다. 앞뒤로 정신없이 끌려가는 '죄수'들 중에는 번쩍거리는 정자와 화령을 단 자들도 있었다. 치부만 살짝 가린 반나체의 몸으로 엉거주춤 끌려가는 자들도 있었다. 부항은 백성들을 놀라게 해서는 안 된다고 명했으나 어느새 잠을 자다 놀라서 깬 구경꾼들이 거리로 하나둘씩 나오기 시작했다.

선우공은 두 팔을 머리 위로 올린 채 울상을 짓고 있는 무리들을 끌고 교열장에 당도했다. 성 동쪽을 책임진 장성우는 이미 와 있었다. 두 사람은 끌려온 사람들의 숫자를 헤아려봤다. 문관 48명에 무관이 60명이었다. 관찰觀察, 유격遊擊에서부터 전사典史, 순검巡檢에 이르기까지 관품이 가지각색이었다. 그중에서도 반바지 하나만 입고 애절한 눈빛으로 선우공을 쳐다보는 사람은 얼사아문의 호무뢰胡茂雷라는 인간이었다. 그리고 기방에서 끌려오느라 머리채가 귀신처럼 헝클어지고 속곳만 겨우 걸친 채 쥐구멍만 찾는 두 사람은 장성우 수하의 천총千總이었다. 이밖에 평소에 선우공이나 장성우와 친분이 있던 자들이 꽤 있었다.

난감해진 선우공과 장성우는 황급히 시선을 주고받으며 대책마련에 고심했다. 일단 '죄수'들을 열을 지어 세워놓고는 따로 나와 머리를 맞댔다. 선우공이 말했다.

"얼사아문의 호무뢰 저 새끼 저게 환장을 했구먼! 처박혀 자는 줄 알았더니 언제 기어나간 거야!"

장성우 역시 화가 많이 난 어조였다.

"지금은 알아도 알은체를 해서는 안 돼. 먼저 옷이나 입혀놓고 기회를 봐서 살짝 빼주든가 해야지."

그 사이 선우공은 아직도 불이 켜져 있는 김씨의 가게로 시선을 옮겼다. 순간 어떤 생각이 그의 뇌리에 떠올랐다. 급기야 손가락으로 가게를 가리키면서 장성우에게 말했다.

"거지발싸개 같은 년 때문에 오늘 제대로 찍혀버렸잖아! 내가 가만 놔둘 것 같아? 아문으로 돌아가 말했더니 막료들이 거품을 물더군. 그런 겁 대가리 없는 년은 단단히 혼을 내줘야 한다고 말이야! 기분도 꿀꿀한데 애들 몇 명 데리고 가서 저년의 가게를 박살내버리자고. 참고 넘어가려고 해도 부 장군에게 미운 털 박힌 걸 생각하면 화가 나서 견딜 수가 없어!"

사실 장성우 역시 김씨 여인에게 당한 일 때문에 분이 풀리지 않은 상태였다. 그런 와중에 마침 선우공이 앞장섰으니 그 역시 기다렸다는 듯 주먹을 쥐고 따라나섰다. 곧이어 두 사람은 몇몇 친병들을 데리고 팔을 걷어붙인 채 김씨의 가게로 향했다.

"문 열어! 이 쌍년아, 문 못 열어?"

쾅쾅쾅!!

친병들은 발로 걸어차고 총대로 쥐어박고 온갖 거친 욕설을 퍼부으면서 악을 써댔다. 그런 친병들을 지켜보는 두 사람의 얼굴에는 교활한 미소가 번졌다. 참다못한 김씨가 속곳 바람으로 뛰쳐나오면 어떤 방법으로 혼내줄까 하는 생각만 하고 있었다.

그러나 문은 열리지 않았다. 그 시각 가게 안에는 겁에 질려 어쩔 줄을 모르는 '수재 김씨', 김씨 여인, '놈'들이 미끼를 덥석 물기만 기다리는 '김 중승'과 김휘의 주변을 에워싼 네 명의 친병이 있었다. 특히 김씨 여인은 커다란 칼국수 밀대를 들고 금세라도 달려 나가 싸울 것처럼 화가 잔뜩 나 있었다.

밖에서는 문짝이 박살 날 정도로 걸어차고 두드리면서 거친 욕설이 그칠 줄 몰랐다. 김휘의 만류에 따라 참고 있던 김씨 여인은 끝내 더 이상 참지 못하고 악에 받쳐 고함을 질렀다.

"야밤삼경에 웬 미친놈들이 남의 가게를 때려 부수는 거야? 너희들,

쥐약 잘못 처먹고 지랄하는 거야?"

"좋게 말할 때 문 열어! 우리는 도둑 잡으러 나온 지부아문의 순검巡檢들이야!"

"우리는 내 것이 아닌 건 탐내지 않고 죄짓는 일은 안 하는 사람들이야. 도둑 잡는다면서 왜 엉뚱한 데 와서 행패야, 행패는!"

"죄짓는 일을 안 한다는 년이 그래 멀쩡한 우리 선우 태존과 장 진대를 싸잡아 헐뜯어?"

"우리가 여기서 공짜로 퍼먹었다고 했지? 네년의 젖퉁이 안 뜯어 먹힌 걸 다행으로 여겨라, 이년아!"

점점 더 듣기 거북한 욕설이 터져 나왔다. 거덜거덜하던 문짝도 마침내 쿵하고 떨어져나갔다. 동시에 밖에서 힘껏 발길질하던 친병 하나가 힘을 주체하지 못하고 문짝과 함께 가게 안으로 엎어졌다. 김씨 여인은 그자가 버둥거리면서 미처 일어나기도 전에 젖 먹던 힘까지 다해 밀대로 등을 내리쳤다.

얻어맞은 친병이 사람 살리라면서 아우성을 질렀다. 순간 밖에 있던 무리들이 우르르 쳐들어왔다. 그리고는 앞장 선 자가 다짜고짜 김씨 여인의 목덜미를 움켜쥐고 주먹을 날리려고 했다. 그때 순무아문의 호위대장 구운생邱運生이 잽싸게 다가가 그 친병의 팔을 비틀어 꺾으며 내팽개쳤다.

"××, 이건 또 뭐야?"

저만치 나가떨어지면서 쿵하고 엉덩방아를 찧은 친병은 악을 쓰면서 욕지거리를 해댔다. 그때 밖에서 장성우가 소름끼치는 미소를 지으면서 들어섰다. 이어 살의가 번뜩이는 눈빛으로 좌중을 쓸어봤다. 그러다가 마침 안방에서 나오는 김휘를 발견했다. 순간 그는 그 자리에 목석처럼 굳어지고 말았다. 곧이어 천총 차림을 한 순무아문의 네 친병들이 패검을 빼들고 말없이 김휘를 둘러쌌다.

"중승…… 대인?"

장성우의 낯빛은 마치 피가 한꺼번에 빠져나가버린 듯 새하얗게 질렸다. 더불어 두 다리를 후들후들 떨더니 끝내 버티지 못하고 벼락 맞은 통나무처럼 그 자리에 풀썩 허물어지고 말았다. 그가 후들거리는 두 팔로 애써 지탱을 하면서 더듬더듬 입을 열었다.

"하…… 하관이, 말 오줌을 너무 퍼먹고 그만 실수를……."

"실수라고?"

김휘가 싸늘한 냉소를 머금었다. 밖에서는 장성우를 앞세웠던 선우공이 도망을 치려는 듯 종종걸음으로 저만치 걸어가고 있었다.

그러나 그 역시 김휘의 시선을 벗어나지 못했다. 김휘는 차갑게 냉소를 터트리면서 손가락으로 선우공을 가리켰다. 동시에 입에서 추상같은 명령을 내렸다.

"구운생, 저자를 잡아들여! 둘 다 꽁꽁 포박해서 끌고 가!"

"문관, 무관 합쳐서 백하고도 여덟 명이면 이거 완전히 양산박의 백팔 호걸(소설《수호전》水滸傳의 주인공들)들이군."

부항은 안락의자에 비스듬히 앉은 채 김휘의 보고를 듣고 나서 입 꼬리를 치켜 올리면서 비웃었다. 이어 싸늘한 어조로 덧붙였다.

"잡으러 간 놈까지 잡혔으니 연극도 이런 연극이 어디 있나!"

부항의 말이 끝나기 무섭게 하육이 들어와 아뢰었다.

"모두 의문儀門 밖으로 압송했습니다. 몇몇 극성파들은 억울하다면서 장군을 뵙게 해달라고 아우성입니다."

부항이 그러자 차가운 웃음을 머금으면서 거칠게 내뱉었다.

"한 명도 만나지 않겠어! 날이 추우니 아무 데나 일단 가둬 놔. 내가 천천히 처리할 테니! 아, 어서 오게. 오래간만이네"

부항이 말을 하다 말고 갑자기 반색을 했다. 운남 동정사의 이시요가 들어서고 있었던 것이다. 그의 뒤로는 호광에서 군량 수송을 책임진 초로와 쉰 살쯤 돼 보이는 사내가 따라 들어왔다. 윤계선의 막료 방봉명이라는 사람 같았다.

이시요가 부항을 향해 인사를 올리고는 물었다.

"어쩐 일로 밖이 저리 소란스럽습니까? 야밤의 귀신소리가 따로 없군요!"

김휘가 웃으며 자초지종을 설명했다. 그러자 세 사람은 알겠다는 듯 실소를 금치 못했다. 김휘가 덧붙였다.

"백 여덟 명이면 셋씩 한 칸에 집어넣는다고 해도 방이 서른여섯 개가 필요합니다. 골치 아프네요……. 침대도 몇 개 없는데."

부항이 퉁명스레 받아쳤다.

"그자들이 뭐 손님이오? 역관에 머물 듯 세 사람이 한 칸씩 쓰게? 한 칸에 적어도 열 명씩은 쑤셔 넣도록 하오. 무관들은 관품의 높고 낮음을 막론하고 무조건 군곤軍棍 팔십 대씩 안기고 문관들은 전부 정자를 떼어버릴 거요. 특히 계집을 품고 기방에서 해롱대다 덜미가 붙잡힌 자들은 무관들은 정법에 처하고 문관들은 파직시켜 성도 번화가에 사흘동안 항쇄項鎖를 쓰고 꿇어있게 하오!"

이를 악문 부항의 눈에서 살기가 뿜어져 나왔다. 김휘가 놀란 나머지 저도 모르게 헉! 소리를 내더니 잠깐 망설이다 조심스레 의견을 피력했다.

"처벌이 너무 무거운 건 아닌지……. 그러면 선우공과 장성우는요?"

김휘의 말에 부항이 잠시 침묵했다. 그러나 그것도 잠시였다. 곧 부항의 칼날 같은 입술 사이에서 등골을 오싹하게 하는 소리가 새어나왔다.

"죽여!"

좌중의 사람들은 대경실색했다. 놀란 눈으로 서로를 바라만 볼 뿐 감히 입도 벙긋하지 못했다. 독기 어린 눈으로 바람에 진저리치는 겨울나무들을 노려보던 부항이 주저 없이 덧붙였다.

"즉시 처형하시오!"

"그게……"

"왜 그러오?"

"생각을 조금만 고쳐 해 주시면 안 되겠습니까? 그자들 중에는 새로 제조한 화살을 운송해온 병부 무고사武庫司의 당관堂官 두 명, 성도의 공원貢院을 시찰하러 온 예부 주사主事 한 사람도 있습니다. 그저 추향루秋香樓에 술이나 한잔 하러 갔다가…… 연행됐다고 합니다."

부항의 목소리는 그러나 여전히 서늘했다.

"무기를 운송하는 일이 끝났으면 궁둥이 털고 돌아갈 일이지 추향루에는 뭐하러 갔단 말이오? 전방의 장사壯士들이 이를 알면 누가 목숨 걸고 싸우려고 하겠소?"

김휘는 부항의 변함없는 의지를 확인하고 어쩔 수 없다는 듯 돌아섰다. 그때 눈을 깜빡거리면서 골똘히 뭔가 생각하던 이시요가 나섰다.

"잠깐만! 김 중승, 이 사람의 말을 몇 마디만 듣고 가시오!"

김휘가 주춤하며 그 자리에 멈춰 섰다. 이시요가 부항을 향해 조심스레 말했다.

"잠시 분노를 삭여주십시오, 장군! 제가 어리석은 소견이나마 몇 마디 드릴 말씀이 있습니다. 한꺼번에 몇 십 명의 머리가 땅바닥에 나뒹굴고 수십 명이 항쇄를 쓰고 저잣거리에 모습을 드러내면 가히 경천동지할 충격을 불러올 것입니다. 아마 천군 녹영의 군기를 바로잡고 군중 관리들의 기강을 정립하는 데는 역만광란力挽狂瀾(힘으로 미친 듯한 파도를 제어함)의 효과를 기대할 수 있을 것입니다. 또 이치吏治와의 전쟁을 선언하시고 관가의 퇴풍頹風을 바로잡고자 칼을 갈고 계시는 폐하께서도 필히 은지恩旨를 내리시어 장군의 용기와 기개를 치하하실 것입니다!"

부항은 이시요를 뚫어지게 바라볼 뿐 말이 없었다.

"하오나 장군! 조금 더 심사숙고하실 필요가 있습니다."

이시요가 속마음을 가늠할 수 없는 표정으로 천천히 다시 말을 이었다.

"밤중에 갑자기 연행돼온 무리들입니다. 그들 중에는 질적으로 나쁜 자들도 있겠으나 오비이락烏飛梨落의 경우도 없지 않을 것입니다. 그런데 달리 항변도 들어보지 않고 다짜고짜 파직시키고 항쇄를 씌워 저잣거리에 세운다면 정당성이 결여된 행동이라는 비난을 받을 수도 있습니다. 전장의 정세가 긴박한 마당에 도움이 안 되는 자들을 베어버리고 쫓아버리는 건 어쩌면 쉬운 일일지도 모릅니다. 허나 군무가 다망하신 사령관께서 사천의 이치와 정무에 매달려 있을 수만은 없지 않습니까?"

이시요가 말을 잠깐 멈추고는 손가락 하나를 꼽았다. 이어 덧붙였다.

"이것이 첫 번째입니다. 두 번째로는 제가 방금 듣기로 그자들 중에 사품 관리가 둘이나 있습니다. 병부와 호부의 주사들도 있고요. 아무리 지은 죄가 있어 팔다리가 잘리고 목이 베인다고 하지만 북경의 부部에서 가만히 있을까요? 문제를 삼고자 하면 얼마든지 트집을 잡아 장군께 불이익을 줄 수 있습니다. 물론 대놓고 하지는 못하겠으나 그리 호락호락한 자들이 아니지 않습니까? 장군께서는 아무리 권력이 막중하다고 하나 북경에서 수천 리 떨어진 곳에 계십니다. 북경 쪽의 일을 어찌 일일이 대응할 수 있겠습니까?"

부항은 이시요의 말을 들으면서 깊은 생각에 잠겼다. 이시요가 그러자 다시 손가락을 꼽으면서 말을 이었다.

"북경에서 온 관리들이 있는데, 호광湖廣과 섬서陝西에서 내려온 사람들이 없으라는 법도 없지 않습니까? 사내가 가끔씩 계집도 품어보고 극장가를 어슬렁거리기도 하는 건 다른 곳에서도 흔한 일입니다. 그런데 그리 심하게 처벌한다면 윤계선과 늑민의 체면이 어찌 되겠습니까? 게다가 이곳 군사 요지에 내려온 사람들은 대부분 금천 전투에 어떤 식으로든 도움을 주고 있는 사람들입니다. 소문이 나면 누가 감히 이곳으로 오려고 하겠습니까? 부상, 부상은 사라분의 목을 따는 게 목적이지 다른 사람들의 목을 베기 위해 이리로 오신 것이 아닙니다. 부상은 이곳의 순무가 아니십니다. 정무는 죽이 되든 밥이 되든 사천성에 맡기시고 오로지 군사 준비에만 만전을 기하시는 것이 바람직할 것입니다……"

이시요가 손가락 네 개를 다 꼽을 동안 부항은 아무 말도 하지 않았다. 충분히 설득력이 있는 간곡한 권유인 탓이었다. 부항은 순순히 자신의 생각이 너무 급했다는 것을 인정했다. 그가 힘겨운 듯 두 손으로 무릎을 짚고 일어나더니 이시요의 어깨를 다독였다. 그리고는 창가로 걸어갔다. 더불어 형형한 눈빛으로 창밖을 내다보더니 한숨을 내쉬었다.

"효얼效臬(이시요의 호)! 됐네. 더 말하지 않아도 무슨 뜻인지 알겠네. 단 선우공과 장성우는 절대 용서할 수 없으니 김형이 얼사아문과 상의해 사건 경중에 따라 처벌하시오. 나머지는…… 내일 회의를 거쳐 훈계나 강등처벌을 내려 석방할 것이오!"

"장군, 제가 한마디 끼어들어도 되겠습니까?"

초로의 옆에 앉아 있던 윤계선의 막료 방봉명이 자세를 고쳐 앉으며 입을 열었다. 부항이 고개를 끄덕였다. 방봉명이 입술을 적시고는 말했다.

"사람을 석방하는 일은 잡아들이는 일보다 더 어렵다고 생각합니다. 붙잡았다가 별다른 처벌 없이 풀어줄 경우 부상이 스스로의 잘못을 인정하는 꼴밖에 안 됩니다. 저자들이 돌아서서 돌을 던지고 요언을 살포하는 빌미가 될 것이고요!"

그러자 김휘가 물었다.

"그렇다면 어찌하는 게 좋겠소?"

방봉명의 눈에 불꽃이 튀었다. 이어 그가 다시 의견을 밝혔다.

"일단 구속시켜야 합니다! 이제부터는 장군께서 손을 떼시고 중승께서 정면에 나서셔야 합니다. 김 중승께서 이 일을 주관하신다면 이는 어디까지나 사천성의 정무가 될 것입니다. 중승께서는 조금 있다 의장대를 앞세우고 나가시어 저들을 접견하시는 겁니다. 일단 통수의 천자검天子劍을 청해 기선을 제압한 후 저들의 죄를 추궁하십시오. 전장의 정세가 긴박한 마당에 군사軍事의 중지重地에서 얼마나 파렴치한 짓들을 했는지 스스로 깨닫게 하고 인죄서認罪書를 작성케 하는 겁니다. 명에 불복해 자백서를 쓰지 않는다면 어쩔 수 없이 내일 오시午時에 채시菜市(사형장)로 끌려가겠죠. 자백서를 받아낸 다음에는 손도장을 찍어 수감시켜 놓고 소속 아문에 통보해 데려가게 하면 될 것입니다. 그리고 선우공과 장성우에 대해서는 목을 칠 수밖에 없는 불가피한 이유를 사문四門에 고시告示해야 합니다. 천군 녹영의 군기를 바로잡는 데 일벌백계의 효과를 볼 수 있을 것입니다. 나중에 통수께서 중승의 공로를 인정하는 추천서를 올려주신다면 김 중승은 김 중승대로 폐하의 성은을 입게 될 것이 아니겠습니까!"

부항은 방봉명이 열변을 토하는 사이 자리로 돌아와 앉았다. 이어 잠시 턱을 고이고 깊은 생각에 잠겨 있더니 자조하듯 말했다.

"두 분의 금옥양언金玉良言을 잘 들었네. 듣고 보니 오늘 저녁에 내가 직접 나서지 않은 것이 결과적으로 참 잘된 것 같네. 참으로 제호관정醍醐灌頂(맑은 술을 정수리에 따름)의 느낌이 드네! 그런 걸 보면 나도 세상

물정을 알려면 아직 한참 먼 것 같아. 방 막료, 혹시 나의 막하幕下에 들어와 도와줄 의향은 없는가? 싫지만 않다면 내가 원장(윤계선) 공에게 서찰을 보내 얘기하겠네."

방봉명이 즉각 대답했다.

"부상이 변변치 못한 이 사람을 잘 봐주셨다니 실로 황감해 몸 둘 바를 모르겠습니다. 하오나 원장 공께서도 이 사람에게 따뜻한 정을 베풀어주셨으니 그분이 내쫓지 않는 한 그 곁을 떠날 수는 없습니다. 다만, 부상께서 이 사람의 도움이 필요하시다면 당분간 막하에 남아 진력을 다할 의사는 있습니다."

부항이 반색했다.

"그럼 그렇게라도 해주게. 원장 공 못지않게 잘해 주겠네. 여기서는 막료가 아닌 중군참의中軍參議 역할을 맡아주게. 이부에서 표票가 내려오면 당당한 오품관 대우를 받을 수 있을 거야. 그리고 전쟁이 끝나면 내가 폐하께 천거해 적어도 저 사람 정도는 만들어줄 거야."

부항이 말을 마치자마자 초로를 가리켰다. 초로는 원래 객잔의 일꾼 출신이었다. 그러나 뜻하지 않게 엉뚱한 송사 사건에 휘말려들어 도망을 쳤다. 다행히 그 과정에서 운남 순무 양명시와 장정옥의 도움을 받아 군기처 잡역으로 일할 수 있는 기회를 얻었다. 나중에는 돈으로 관직을 사서 몇몇 현의 현령으로 있다가 눌친이 금천으로 출병할 때 군량 조달 임무를 훌륭하게 완수했다. 결국 도대道臺의 자리에까지 오르는 기적을 연출했다.

사실 그는 타고난 재주가 미미했다. '학문'도 장부책을 겨우 읽을 정도밖에 되지 않았다. 대신 잔꾀를 부리지 않았다. 항상 본인의 자리에서 자질구레한 일까지도 최신을 다해 처리했다. 그것이 그의 장점이라면 장점이었다. 이런 장점 때문에 그는 한 치 앞의 부침도 가늠하기 어려운

관료 사회에서 어느덧 꽤나 주목받는 '새우 관리'로 자리매김을 할 수 있었다. 심지어 사람들은 그가 가끔 실수를 하는 일이 있더라도 나무에서 떨어진 원숭이의 재롱쯤으로 귀엽게 봐주기도 했다.

그가 보필한 사람들은 대부분 어마어마한 조정의 대신들이었다. 그러나 그들 중 많은 사람들이 죽거나 패가망신하는 등 낙화유수落花流水의 결말을 맞았다. 그러다보니 그에게도 위험한 순간이 있었지만 그는 큰 위기 없이 자신의 자리를 굳건하게 지켰다. 자기 차례가 되면 꼬박꼬박 승진도 했다.

오늘도 초로는 몇몇 대신들이 중대사를 논하는 자리에 감히 끼어들 엄두를 못 내고 옆에서 있는 듯 없는 듯 조용히 앉아만 있었다. 가끔 눈치 빠르게 일꾼들을 도와 찻물을 따라 드리고는 다시 얌전히 제자리에 앉아있었다. 그런데 부항이 자신의 이름을 거론하자 초로는 황공해하며 입을 열었다.

"워낙 대사를 논하시는 자리인지라 하관은 어리벙벙하기만 합니다! 방 선생은 통수 대인의 총애에 힘입어 반드시 '파리가 한번 날면 천리를 날아 오른다'는 말과 같은 기적을 만들 것입니다. 하관은 부지런히 뛰어다니기는 하지만 지나치게 소심해 큰일은 못할 위인입니다. 그러니 어찌 감히 방 선생과 고하를 논하겠습니까?"

이시요는 초로의 말이 채 끝나기도 전에 풋! 하고 웃음을 터트리고 말았다. 그 바람에 입안의 찻물이 다 뿜어져 나왔다. 부항과 방봉명 역시 배를 잡고 웃었다. 아직 자신이 무슨 실수를 했는지도 모르고 멍해 있는 초로를 보면서 부항이 말했다.

"자네 말대로라면 방 선생은 '파리'라는 말인가? 그렇다면 '파리는 날아도 고작 몇 발자국밖에 못 가지만 말의 꼬리에 붙으면 천리를 간다'라고 말을 했어야지!"

부항이 겨우 웃음을 그치더니 마침 밖에서 들어오는 왕소칠에게 물었다.

"김 중승 쪽의 일은 순조롭게 되어 가는가?"

왕소칠이 즉각 대답했다.

"예, 별문제 없는 것 같습니다! 중승께서는 사람들을 전부 의사청에 소집시켰습니다. 천자검을 꺼내들고 그들에게 무릎을 꿇고 행례하게 했습니다. 이어 '이는 통수께 부탁해 가져온 상방보검尙方寶劍(황제가 하사한 검)이니 달리 지시를 청할 것 없다. 먼저 선우공과 장성우의 목을 쳐서 저잣거리에 내걸 것이다. 두 사람으로 인해 야기된 민분民慎을 가라앉히고 군사 요지의 기강을 바로잡는 포석으로 삼을 것이다'라고 훈화를 하셨습니다. 그리고 자백서 쓰기를 거부하는 자에 대해서는 오시에 일률적으로 군법에 따라 목을 칠 것이나 인죄서를 제출하면 죄질의 경중에 따라 벌할 거라고 했습니다. 지금은 모두들 꼼짝없이 엎드려 인죄서를 쓰고 있습니다. 벼루가 부족해 주방의 그릇까지 다 동원됐습니다."

왕소칠이 무리들의 낭패스런 얼굴을 떠올린 듯 코를 움켜잡고 덧붙였다.

"어떤 자는 혼비백산한 나머지 바지에 실례를 했는데, 아휴! 악취가 장난이 아니었습니다……."

왕소칠이 코를 움켜쥐고 신이 나서 떠들고 있을 때 갑자기 김휘가 들어섰다. 웬일인지 안색이 잔뜩 굳어져 있었다. 그는 털썩하고 의자에 엉덩이를 붙이고 앉더니 다 식은 차를 꿀꺽꿀꺽 마시고는 찻잔을 소리 나게 내려놓았다. 이어 혀를 끌끌 찼다.

"죽음을 코앞에 두고도 저리 꼴사나운 짓을 하니, 원! 장성우는 울고불면서 인죄서를 써서 제출했습니다. 그러나 선우공은 본인은 결코 장성우에게 사달을 일으키라고 등 떠민 적이 없다면서 딱 잡아떼는 겁니다. 모든 책임을 장성우에게 덮어씌우는 거예요. 본인은 오히려 장성우를 간곡히 말렸다는 거죠. 그래서 대질심문을 했더니 둘이 들러붙어 치고받고 싸우는 게 참으로 가관이었습니다.”

부항이 김휘의 말에 버럭 화를 냈다.

“사실 이번 사건은 앞에서 선동한 자도 선우공, 뒤에서 밀어붙인 것도 선우공이오. 현장에서 딱 잡혔으면서도 궤변을 일삼고 책임을 다른 사람에게 떠넘기려 하다니 완전히 구제불능이로군!”

부항이 무섭게 탁자를 내리치면서 다시 버럭 소리를 질렀다.

“악랄하고 방자한 놈! 용서할 수 없어!”

김휘가 조금 가라앉은 어조로 말을 받았다.

“악랄하고 방자할 뿐 아니라 뻔뻔하기까지 합니다. 통수에게도 별별 독설을 다 퍼부었습니다. 통수는 몽고 계집을 불러들여 별별 짓을 다하면서 부하들이 어쩌다 기생년 한번 품었기로서니 뭘 그렇게 야단이냐는 겁니다……”

김휘의 말에 부항의 얼굴이 분노로 벌겋게 달아올랐다. 무섭게 앙다문 입술 끝이 비수처럼 날카로웠다. 그는 소름 끼치는 웃음을 껄껄 웃는가 싶더니 곧바로 추상같이 명령을 내렸다.

“장성우는 주동자가 아니니 인죄서를 접수하고 조혜의 휘하로 보내 대죄입공케 하면 되겠소. 선우공은 제아무리 미사여구를 동원해 인죄서를 제출해도 사정을 봐줘서는 안 되오. 즉각 행원 밖으로 끌고 나가 대포를 울리고……, 목을 쳐!”

“통수……!”

부항은 그러나 입을 열려는 김휘를 손짓으로 제지했다. 이어 천천히 대나무 통에서 영전令箭 하나를 꺼내 왕소칠에게 건네주면서 명령했다.

“이걸 하육에게 가져다주고 와. 목을 쳐서 나의 장군기 밑에 걸라고 해. 가봐!"

"예!"

왕소칠은 영전을 받고 빠르게 달려갔다. 방안에는 쥐죽은 듯한 정적
이 감돌았다. 모두들 엄숙한 얼굴로 아무 말이 없었다. 창밖이 희뿌옇게
밝아오고 있었다. 새벽바람이 문틈으로 비집고 들어왔다. 그 때문에 초
로가 흠칫 몸을 떨었다.

잠시 후 의문 밖에서 새벽공기를 가르면서 천지가 떠나갈 듯한 세 발
의 대포소리가 울려 퍼졌다. 순간 지진이라도 일어난 것처럼 지붕과 창
문이 드르르 떨었다.

"한 가지 일이 끝났소."

부항이 가벼운 미소를 지었다. 그의 얼굴은 어느새 평온을 되찾았다.

"효얼의 말이 맞소. 나는 금천 전사 때문에 왔지 지방 정무에 개입하
려고 온 게 아니오. 하나를 쳐냈으면 됐소. 나머지는…… 각 아문에 통
지해 데려가느라 할 것도 없이 그냥 경고만 하고 돌려보내도록 하오. 아
무래도 앞으로 군사적인 협조를 많이 받아야 할 곳들인 데다 너무 체
면을 짓밟아 놓을 수도 없으니 말이오."

부항은 처음보다 기세가 많이 수그러든 모습이었다. 이참에 사천의 정
무와 군무를 한번에 정돈하려고 잔뜩 벼렀는데 절반의 성공밖에 거두
지 못했다. 그로서는 건륭이 선언한 거국적인 '이치와의 전쟁'에 기폭제
가 되고 싶었으나 마음먹은 대로 되지 않은 셈이었다.

그러나 다시 생각해보니 상황이 그렇게 나쁘지는 않다는 생각도 들었
다. 자신의 욕심이 이성적인 판단을 흐리게 했을 뿐 아니라 작은 일을
너무 크게 만들려 했다는 생각이 들었던 것이다. 다행히 주위의 권유가
있었기에 적정선을 넘지 않았다. 그렇지 않았다면 그는 이번 일로 인해
사람들에게 '독부'獨夫로 찍혀 장래에 큰 타격을 입을 수도 있을 터였다.

더구나 건륭이 그의 동기를 순수하게 봐줄지도 미지수였다.

그가 한참 동안 깊은 생각에 잠겨 있다가 길게 한숨을 쉬며 내뱉었다.

"이태백이 '촉도蜀道(처세하기 어려운 상황)에 오르기가 하늘에 오르는 것보다 더 어렵다'고 탄식을 했소. 그 말이 지금에야 이해되는군. 모든 일은 너무 지나쳐도 안 되고 모자라도 아니 되니 그 선을 지키기가 쉽지 않소."

"통수뿐만이 아닙니다. 원장 공도 서안에서 당면한 어려움이 한두 가지가 아닙니다. 일전에는 원자재袁子才(원매)마저 관직을 그만뒀답니다."

방봉명이 조용히 부항을 위로하듯 말했다. 부항은 그 말에 놀라서 되물었다.

"원자재가 관직을 그만뒀다는 말인가? 어인 일로? 원장이 만류하지 않았는가?"

방봉명이 자조 섞인 표정을 지으면서 대답했다.

"솔직히 서안 주둔군들의 행패에 비하면 여기는 약과입니다. 약탈, 방화, 겁간, 살인 등 그쪽의 치안은 말이 아닙니다. 일전에 천총 한 명이 일가 모녀를 강간한 사건이 있었습니다. 원자재가 직접 지부아문의 아역들을 데리고 가서 그 자리에서 그자를 패 죽였지 뭡니까. 그 일로 함양咸陽 녹영군 부장副將 살혁薩赫이라는 놈이 원장 공을 찾아와 따졌다고 합니다. 천총이 무슨 짓을 하든 그건 군법에 의해 처벌해야 할 일이지 어찌 지방관이 간섭하느냐면서……, 안하무인도 그런 안하무인이 없었답니다. 애석하게도 원장 공은 원자재를 위해 변호는 했어도 흠차가 아닌 이상 통수와 같은 권한은 없었습니다. 주둔군들이 원자재를 눈에 든 가시처럼 취급하고 툭하면 보란 듯이 난동을 부리니 원자재가 무슨 힘이 있어 버티겠습니까? 원장 공 역시 그가 떠나가는 걸 바라만 봐야 했죠. 두 사람이 송별연에서 눈물을 머금고 작별하는 걸 보니 제 속도

속이 아니었습니다……."

부항이 깊은 생각에 잠긴 채 쉽게 입을 열지 못했다. 그 사이 날이 훤히 밝았다. 왕소칠은 촛불을 껐다. 그때 벌겋게 충혈된 눈으로 창밖을 내다보던 부항이 유랑遊廊을 따라 걸어오는 하육을 보고 말했다.

"또 날이 밝았군! 오늘도 종일 일하려면 어떻게든 눈을 좀 붙여야겠소. 여러분도 서화청으로 가서 좀 쉬시오."

부항이 이번에는 왕소칠을 향해 분부했다.

"방 막료는 앞으로 당분간 여기서 우리를 도와줄 것이니 빈객賓客을 대하듯 정성껏 시중을 들거라. 그리고 그 몽고족 부녀는 김 중승 가족들이 머물러 있는 후원에서 지내게 하거라. 끼니는 아문의 화식방伙食房(기관이나 단체의 식당)에서 다 같이 해결하면 된다."

김휘와 왕소칠 등은 부항의 명령을 이행하느라 밤새도록 적지 않게 뛰어다닌 터였다. 그랬으니 부항의 말에 긴장이 풀리면서 몸이 노곤해졌다. 여러 사람들은 바로 부항에게 인사를 하고는 물러갔다. 그들이 물러나자 한쪽에 서 있던 하육이 아뢰었다.

"악종기 군문이 파견한 사람이 어젯밤 서성西城 역관에 도착했다고 합니다. 천군 녹영의 부장 격소마심格蘇瑪沁이 통수를 뵙고자 합니다. 그밖에 몇몇 지방의 지부들도 동쪽 서재에서 기다리고 있습니다. 청수당 초소에서 붙잡은 여덟 명의 약장수들도 압송돼 지금 의문 밖에 있습니다……."

"소칠아, 향을 사르거라. 나는 눈을 좀 붙일 테니 그 향이 다 타면 깨우거라."

부항은 지친 표정이 역력했다. 목소리도 힘없이 가늘어져 있었다. 그럼에도 그가 다시 입을 열었다.

"격소마……심에게 이르거라. 그의 부하들은 군곤軍棍 몇 대만 때리고

풀어줄 테니 걱정 붙들어 매라고 해. 약장수들도 포박을 풀어주고 끼니를 챙겨 주거라. 절대 죽이지 않을 테니 걱정하지 말라고 해."

"하지만 그자들은 사라분과 내통한 자들입니다. 적과 다를 바 없습니다!"

하육이 조심스럽게 반대의견을 내놓았다. 부항이 바로 그 말을 반박했다.

"적과 내통한 것이 아니라 먹고살기 위해 통은通銀(은자와 내통함)을 했을 뿐이야."

부항이 말을 마치고는 더 이상 말을 시키지 말라는 듯 손사래를 쳤다. 이어 의자에 반쯤 기대 눈을 감은 채 덧붙였다.

"전에는 붙잡기만 하면 목을 쳤는데, 그것만이 능사가 아님을 뒤늦게야 깨달았네. 우리가 적의 동태를 정탐하기 위해 들어가려고 해도 마음대로 출입할 수 없는 금천을 그자들은 자유롭게 왕래할 수 있으니 얼마든지 좋은 쪽으로 이용할 수 있었을 텐데……. 향이 다 타면 깨우거라."

말을 마친 부항은 곧바로 깊은 잠에 곯아떨어지고 말았다. 죽은 듯 깊이 잠든 주인을 안쓰럽게 바라보던 왕소칠이 향합香盒에서 향을 한 움큼 꺼냈다. 그리고는 크기가 비슷비슷한 그것들 중에서도 길고 짧은 것을 맞춰보고 또 맞춰봤다. 그리고는 그중에서 가장 긴 것을 골라 조심스레 불을 붙여 꽂아놓고는 까치발을 하고 물러났다.

왕소칠이 서화청으로 꺾어들자 눈을 붙인 줄 알았던 김휘 등이 도란도란 얘기를 나누고 있는 모습이 보였다. 그는 마당에 서서 잠깐 그들의 얘기를 들었다. 초로의 말소리가 들려왔다.

"전도와 고 국구는 상반되는 태도로 일관하고 있어요. 고 국구는 하나를 물으면 열을 답해요. 조정의 문무관리들을 전부 이 사건에 끌어들여 수습불가의 사태로 끌고가겠다는 속셈인지 아무튼 태도가 그래요. 반면 전도는 완전히 죽은 돼지가 끓는 물이 두려울까 하는 식이에요. 뭘 물어도 고개를 끄덕이거나 내젓는 것으로 답변을 대신하니 취조관들이 헷갈린다고 하잖아요. 늑민 대인이 친히 접견을 하니 그때서야 두어 마디 하더래요. '우리의 우정이 아직 유효하다면 폐하께 뵙기를 청해달라', '용포龍袍를 찢어도 죽고 태자를 죽여도 죽는 건데 모든 책임은 내가 다 떠안을 테니 폐하께 어서 죽여 달라고 주청 올릴 것이다' 뭐, 이런 식으로 말했다더군요."

왕소칠이 조용히 문을 열고 들어섰다. 방봉명이 가느다랗게 눈웃음을 지어보였다.

"그것도 막료 출신이라 '결정적인 증거가 나오기 전까지는 끝까지 버텨야 한다'는 걸 잘 알고 있나 보죠. 어지御旨가 없이는 형을 집행할 수 없는 흠안欽案이라는 사실을 악용해서 저리 겁 없이 구는 거죠!"

방봉명이 말을 마치고는 왕소칠을 향해 미소를 지으면서 고개를 끄덕였다. 왕소칠도 웃는 얼굴로 화답했다.

"추운 곳에서 어찌 잠이 드시나 걱정이 되어서 와 봤더니 아주 훈훈하네요!"

왕소칠과 가까운 사이인 이시요가 말을 받았다.

"통수께서는 쉬고 계시는가? 자네가 주인을 섬기는 걸 보면 정말 그런 지극 정성이 없더군. 참 보기 좋네. 그런데 자네도 앉아서 좀 들어보게. 형방刑房에서 육형肉刑을 가하고 있잖아. 귀신 울음소리보다 더 무시무시한데 어찌 잠을 청할 수 있겠는가!"

왕소칠은 이시요의 말에 따라 형방 쪽으로 귀를 기울였다. 과연 떡메소리를 방불케 하는 곤장 소리와 돼지 멱따는 비명소리가 들려오고 있었다. 그러나 그곳과는 연못 하나를 사이에 둔 곳이라 그리 가까이에서 들리지는 않았다. 왕소칠이 입을 크게 벌려 웃으면서 말했다.

"천군 녹영 저 자식들은 전생에 다 계집들이었나 봐요. 고작 군곤 스무 대를 맞기를 저 지랄을 하고 소리를 지르니 말입니다. 부상의 중군 병사들은 피가 터져 나와 기절할 때까지도 신음소리 하나 내지 않는답니다!"

왕소칠의 말에 사람들은 모두 빙긋 웃어보였다. 다들 그의 말이 맞다고 수긍하는 표정들이었다.

15장
전쟁의 먹구름

알파는 백순 등 청수당 초소의 보초병들을 앞세운 덕에 별 어려움 없이 대금천大金川에 도착할 수 있었다. 그리고는 청수당 초소에서 하룻밤 묵으면서 성도에서 준비해온 통닭을 비롯해 돼지 뒷다리, 땅콩, 다과 등을 가득 차려놓았다. 변두리 초소에서는 구경하기 힘든 먹거리들이었다. 알파는 일단 백순 일행을 배불리 먹인 다음 하룻밤 잘 재웠다. 이어 이튿날 이른 아침, 산책을 한다면서 초소를 나섰다. 백순은 앞길이 구만리인 '격니길파' 나리를 잘 모시라면서 부하 둘을 딸려 보내는 '정성'까지 보여줬다.

알파는 어떻게 해서 이자들로부터 벗어날까 고민을 하다가 초소 저편에서 흐르는 강물을 가리키면서 졸병들에게 물었다.

"강에 물고기가 있나?"

병사 한 명이 팔을 내두르면서 대답했다.

"있다마다요. 팔뚝만 한 것들이 널렸어요. 그런데 비리기만 하지 기름기도 없고 맛도 없어요!"

"심심한데 몇 마리 건져볼까?"

알파가 먼저 바짓가랑이를 걷어 올렸다. 그때 갑자기 저쪽에서 풍덩하는 소리가 들려왔다. 알파가 고개를 들어 보니 과연 팔뚝만 한 고기가 물 위로 불쑥 치솟아오르더니 허공을 한 바퀴 돌고는 다시 물속으로 떨어지는 것이었다. 원래 장족藏族들은 물고기를 먹지 않았다. 한족들 역시 이곳의 물고기가 비리면서 기름기는 없다고 먹지 않았다. 그러니 강에는 물고기가 득실거릴 수밖에 없었다.

알파는 두말없이 옷을 훌렁훌렁 벗어 던지고 물속으로 들어갔다. 이어 허리를 숙인 채 손을 물속에 넣고 더듬거리더니 눈 깜짝할 사이에 살아서 펄떡이는 큰 물고기를 잡아 올렸다. 득의양양해 어깨를 으쓱하는 알파를 향해 두 졸병이 물가에서 박수를 쳤다. 알파가 그러자 더욱 신이 나서 소리를 질렀다.

"저기 또 있다! 가기는 어디를 가, 거기 못 서? 도망가 봤자 내 손바닥 안이다, 이놈아!"

알파는 먼저 잡은 고기를 졸병들에게 던져줬다. 이어 다른 고기를 쫓아 강 한가운데로 들어갔다. 가까이에도 고기가 많은데 하필 허리를 넘는 찬물 속까지 들어가 첨벙대는 '어리석은' 몽고족 군관 같으니라고……. 졸병들은 가소롭다는 듯 입가에 미소를 지으면서 속으로는 혀를 끌끌 찼다.

물속에 들어간 알파는 온몸이 얼어붙는 것 같았다. 그러나 팔짱을 끼고 낄낄대는 졸병들에게서 멀어지려면 계속 가야 했다. 그러자 병사한 명이 어느새 강심江心을 훨씬 벗어난 알파를 향해 큰 소리로 불렀다.

"격…… 나리! 그쪽으로 가시면 위험해요. 하상河床을 따라 가세요. 언덕으로 올라가지 말고요. 언덕에는 개펄이 있어요. 한번 빠지면 다시는 나올 수 없다고요……!"

"알아, 이 등신 같은 놈들아!"

알파는 나지막하게 말하면서 졸병들을 향해 알겠다는 듯 힘껏 손을 저었다. 그리고는 더 빨리 더 멀리 졸병들의 시야에서 멀어져갔다.

졸병들은 알파가 시야에서 사라지자 사고가 난 줄 알고 당황한 채 발만 동동 굴렀다. 그저 멀리서 "격……나리, 격니길파 나리……!" 하면서 애타게 부르기만 할 뿐이었다. 알파는 그런 졸병들을 향해 주먹질을 해 보이고는 더없이 익숙한 '고향길'로 달려갔다.

사라분은 알파로부터 타운을 성공적으로 구출해낸 경위, 이곳까지의 탈출 과정, 그리고 길에서 보고 들은 내용을 모두 전해 들었다. 알파는 사라분이 크게 기뻐할 거라고 생각했다. 그러나 그는 오랫동안 말이 없었다. 인착과 상착 활불 역시 타닥타닥 소리 내면서 타들어 가는 화롯불 옆에 앉은 채 깊은 생각에 잠겨 있었다. 화롯불에 비친 세 사람의 얼굴은 초췌해 보였으나 표정은 담담하고 단호했다. 오랜 침묵 끝에 인착 활불이 길게 한숨을 내쉬면서 먼저 입을 열었다.

"부항 그자는 예사로운 인물이 아닌 것 같습니다. 성도에 있으면서도 전선에 대한 정탐을 하루도 거르지 않는 것 같아요. 개펄이 익숙지 않으니 나무나 돌로 표시해두고 우리가 빼버릴까 봐 병사들을 시켜 보초를 서게 하는 걸 보세요. 느리지만 한 발자국씩 점점 가까이 접근해 오는 것 같습니다."

"그렇습니다. 그는 눌친과 경복이 패배한 원인을 철저하게 분석한 것이 틀림없습니다. 그자들의 전철을 밟지 않기 위해 신중에 신중을 기하고 있어요."

상착 활불의 목소리는 착 가라앉아 있었다. 그가 천천히 말을 이었다.

"그래서 군기를 정돈하는 등 '인화'人和에 공을 들이고 다른 한편으로는 '지리'地利를 우리와 공유하려고 개펄 탐사에 저리 열을 올리고 있는 겁니다. '천시'天時는 그들이 이미 선점하고 있는 상태입니다. 아마 때가 되면 삼로三路의 중병重兵이 일제히 우리 경내를 침범하게 될 것입니다. 조혜와 해란찰은 둘 다 용맹하고 싸움 잘하기로 유명한 자들입니다. 장군, 우리는 여태껏 지금처럼 힘겨웠던 적이 없었던 것 같습니다……"

사라분은 바위에 걸터앉은 채 조용히 인착과 상착 활불의 말을 듣고 있었다. 화롯불에 비친 그림자가 너울거리면서 원래 기골이 장대한 그의 덩치가 마치 큰 바윗덩어리 같아 보였다. 그는 아무 대답도 하지 않은 채 그저 두 손을 깍지 끼고 딱딱 관절 꺾는 소리를 내면서 생각에 잠겨 있었다. 내 천川자가 깊이 팬 미간에는 쉽게 범접하기 어려운 위엄이 서려 있었다. 한참 후 그가 깊은 꿈속에서 깨어난 듯 입을 열었다.

"우리가 당면한 어려움은 저자들의 연락수단이 고명하다는 거죠. 비둘기로 서신을 교환하니 웬만해서는 기밀이 누설되는 일도 없고……"

사라분이 말을 하다 말고 고개를 저었다. 그리고는 쓸쓸한 표정을 지으면서 덧붙였다.

"나는 왜 여태 그 생각을 못했을까요? 대군이 삼면三面으로 동시에 진격해 올 때 우리가 어느 부대와 붙든 간에 나머지 두 부대는 즉각 소식을 접하고 대응해 올 게 아니에요. 사라분, 너도 한참 멀었다!"

사라분이 혼잣말처럼 중얼거리고 있을 때였다. 소가죽 장화를 신은 키다리 사내가 저벅저벅 발자국 소리를 내면서 다가왔다. 사라분은 고개도 들지 않은 채 물었다.

"엽단잡, 동쪽에서는 이상한 움직임이 없었나?"

"어제까지는 별로 이상한 동정이 없었습니다. 그러나 지금은 어떤지 잘 모르겠습니다."

엽단잡이 알파를 힐끗 쳐다보고는 다시 사라분에게 아뢰었다.

"어젯밤 조혜 군중에서 이상한 점이 발견됐습니다. 여러 곳에서 자시子時를 기해 불꽃을 엄청 터뜨렸습니다. 온통 빨간색이었습니다. 무엇 때문에 그렇게 많은 불꽃을 쐈는지는 아직 조사 중에 있습니다."

그러자 알파가 침통한 어투로 말했다.

"그건 조혜가 새로 정한 신호입니다. 홍색은 '평안'을 뜻할 겁니다. 또 녹색은 '지원'을 요청하는 겁니다. 중군은 녹색 불꽃을 보는 즉시 '알았다'는 뜻으로 노란 불꽃을 쏘아 올리기로 했다고 합니다. 다른 색깔도 사용하는데 뭘 뜻하는지는 자세히 모르겠습니다."

알파의 말에 모두들 긴장감에 소름이 돋는 것 같았다. 사라분은 알겠다는 듯 고개를 끄덕였다. 이어 엽단잡에게 지시했다.

"내일 밤에는 퇴왕堆旺에 있는 형제들에게 청수당 남쪽을 거짓 공격하라고 해. 호각號角과 동고銅鼓는 물론 자네에게 있는 조총 열 자루도 동원시켜야겠어. 거짓 공격을 통해 조혜의 병영에서 어떤 움직임이 있는지 살펴보고 어떤 신호로 연락하는지를 알아내야겠어."

"장군께서는 남로에서 포위를 돌파하시려는 겁니까?"

인착 활불이 물었다. 두려움에서인지 널찍한 홍색 승포僧袍가 미세하게 떨리고 있었다. 그가 다시 말을 이었다.

"그쪽에서 돌파를 시도하는 건 무모한 일입니다. 설령 성공하더라도 부항의 본거지에서 싸우는 것과 다름이 없기 때문에 양광兩廣으로 도주한다는 것은 불가능합니다. 귀주貴州로 진입하려고 해도 사방에서 한족들의 공격을 받게 될 뿐만 아니라 배타성이 강한 묘족苗族들의 등쌀에 배겨나지 못할 겁니다."

인착 활불의 질문에 사라분이 무표정한 얼굴을 한 채 메마른 목소리로 대답했다.

"그건 부항과 조혜의 동태를 살피기 위한 거짓 공격에 불과해요. 방금 알파가 그러는데 부항은 전선의 행영行營을 문천汶川에 설치한다고 하네요. 이는 전혀 뜻밖이에요. 그곳에서 금천으로 통하는 길은 양의 창자 같은 오솔길 하나뿐이에요. 화총과 화살을 맹마孟瑪 일대에 설치해 놓고 길목을 통제하면 아무도 통과할 수 없는 곳이죠. 게다가 중간에는 강도 하나 있어요. 우리가 황하黃河 상류에 둔병屯兵을 하고 허리를 잘라버리면 그자들은 선두부대가 끊어지는 것은 물론이고 지원병도 부르기 힘들 거예요. 부항이 과연 그곳에서 돌파구를 찾으려고 한다면 이런 소문을 미리 낼 리가 없을 텐데, 뭔가 이상해요!"

엽단잡이 고개를 갸웃거리더니 천천히 입을 열었다.

"지휘상의 편의를 위해서 그랬을지도 모릅니다. 비둘기로 서신을 교환하려면 북로군과 서로군의 중간에 있는 문천이 연락하기에 보다 신속하고 편리할 테니까요."

사라분은 엽단잡의 말이 끝나기 무섭게 양피羊皮로 만든 지도를 펼쳐놓고 화롯불을 빌어 자세히 들여다봤다. 이어 문천을 찾아내 손가락으로 짚으면서 코웃음을 쳤다.

"순 거짓말이야, 거짓말! 괄이애刮耳崖에서 문천까지의 거리는 쇄경사刷經寺로 가는 것보다 고작 사십 리 안팎 더 멀 뿐이에요. 비둘기에게 이 정도 거리는 아무것도 아니죠. 저자들은 지금 나를 혼란스럽게 만들어 우리의 연락 통로를 끊어버리려는 심산이에요!"

그러자 알파가 옆에서 다른 의견을 내놓았다.

"장군, 만약 그의 행영이 문천에 있는 게 틀림없다면 우리는 이천 인마를 거느리고 그의 중군 대영을 뒤집어버릴 수 있습니다. 황하 입구에서 배를 타고 들어가 부항을 기습하여 생포할 수도 있고요. 조혜가 소식을 접하고 달려왔을 때는 이미 늦었을 테죠!"

사라분이 눈시울을 가늘게 좁히고 열심히 알파의 말을 들었다. 그리고는 냉소를 터트렸다.

"너의 말을 듣고 보니 떠오르는 것이 있어. 그건 부항이 놓은 덫이 아닐까 싶어. 그자는 행영에 없을거야. 우리가 문천을 점령하면 조혜와 천군이 대거 공격하겠지. 곤경에 빠진 우리가 도망칠 곳은 그들의 남로군 대영이 있는 방향뿐이야. 그렇게 우리를 기다리고 있다가 일망타진하겠다는 수작이 틀림없어!"

사라분이 양피 지도를 돌돌 감으면서 피식 냉소를 흘렸다. 이어 다시 입을 열었다.

"여우보다 더 교활한 자도 있구먼. 살이 피둥피둥 찐 양을 자기네 울타리에 가둬놓고 먹고 싶을 때 잡아먹는다는 깜찍한 발상이로군!"

인착 활불이 사라분의 분석에 동의한다는 듯 고개를 끄덕였다. 그리고는 탄식을 내뱉었다.

"한족들은 너무 간사하고 정과 의리가 없는 족속들입니다. 우리는 이미 두 번씩이나 그들의 장군을 풀어줬는데 그 인의를 모르고 이렇게 못 살게 굴다니. 그자들이 이렇게 나올 줄 알았더라면 지난번에 눌친과 장광사의 가죽을 벗겨 북을 만들 걸 그랬습니다. 그 북을 두드리면서 서장西藏 포탈라궁布達拉宮에 가서 달라이 라마와 반선班禪 대사를 뵙는 건데……!"

그러나 사라분은 인착 활불의 잔인한 말이 그다지 마음에 들지 않는 듯 자리에서 일어서면서 억지웃음을 지었다.

"악에 받치면 무슨 말인들 못하겠어요. 허나 남의 가죽을 발라 만든 북을 두드리면서 칠만의 남녀노소를 거느리고 협금산夾金山을 무사히 넘을 수 있을 것 같아요? 그리고 물살이 세기로 소문난 오강烏江과 난창

강란滄江을 별 탈 없이 건널 수 있겠어요?"

사라분이 잠시 멈췄다가 한마디 덧붙였다.

"밖에 나가 보죠!"

사라분은 라마묘喇嘛廟를 나서자마자 우중충하고 무성한 숲의 서쪽 공터를 바라봤다. 몇 개의 우피 천막이 보였다. 언뜻 보면 숲과 하나가 돼 있어 쉽게 그 정체를 알아볼 수 없었다. 사라분 호위대의 영방營房이었다. 그곳에서 몇몇 장족 병사들이 칼과 창을 꼬나들고 순시를 돌고 있는 모습이 어슴푸레하게 보였다.

사라분의 발걸음은 천근만근 무거웠다. 무릎까지 오는 장화를 신고 낮은 풀이 깔린 풀밭으로 걸어가는 뒷모습이 우람한 체구에 어울리지 않게 한없이 외로워 보였다. 말없이 뒤를 따르는 몇 사람 역시 기분이 잔뜩 가라앉았다. 여럿은 그렇게 물기가 남아 있는 풀을 밟으며 한참 걸어 지세가 높은 언덕으로 올라갔다.

그곳의 동, 남, 북쪽은 모두 광대무변한 개펄이었다. 그래서인지 칠흑 같은 어둠 속에서도 바닥에 고인 물이 허옇게 일렁거리는 것이 보였다. 높낮이가 일정치 않은 토산土山마다 검불 같은 황초荒草들이 차가운 밤바람에 불안하게 떨고 있었다. 그렇게 어둠의 장막이 짙게 드리운 가운데 멀리 지평선 끝자락에서는 마광조馬光祖와 조혜의 군막에서 밝혀놓은 귀신불 같은 불빛이 비쳐왔다. 병영의 사방을 둘러싸고 연면히 이어진 군막들은 거대한 산봉우리처럼 위압감을 주고 있었다.

"우리는 부항의 인해人海에 포위돼 있어요."

사라분이 눌친에게서 빼앗은 천리안千里眼(망원경)으로 건너편의 불빛을 바라보고는 자조적인 웃음을 지었다.

"우리 금천 사람들은 마지막 한 사람만 살아남더라도 온 천하에 진실을 밝혀야 해요. 사냥꾼이 이리에게 먹힌 것은 이리가 사냥꾼보다 뛰어

나서가 아니고……."

사라분이 잠시 말을 멈추었다가 깊은 한숨을 내쉬며 덧붙였다.

"이리떼는 수적으로 너무 많은데 사냥꾼의 엽총이 너무 적었기 때문이라는 사실을 말이에요."

한 줄기 삭풍이 사람들의 긴 옷자락을 들었다 놓으면서 스쳐갔다. 차가운 기운이 목을 타고 내려와 온몸에 퍼지자 모두들 진저리치듯 몸을 떨었다. 망원경을 들어 먼 곳을 바라보던 인착 활불이 사라분의 말을 듣고는 힘없이 손을 툭 떨어뜨리면서 말했다.

"문천 방향에 등불이 유난히 밀집돼 있습니다. 부항의 장군기 아래에 황등黃燈이 즐비합니다. 전에 눌친이 쇄경사 병영 앞에 달았던 숫자와 똑같은 여덟 개입니다."

사라분이 차가운 어조로 입을 열었다.

"내일 밤에는 엽단잡이 조혜를 거짓 공격하고, 이어서 모레는 쇄경사, 그 다음날은 문천 순으로 거짓 공격을 이어가야겠어요. 한바탕 진땀을 흘리게 해놓고는 순식간에 빠져 나오는 식으로 해야겠어요. 우리의 진정한 방어 지점은 대, 소금천이 아닌 괄이애가 되어야 해요!"

사라분이 잠시 말을 멈췄다가 다시 덧붙였다.

"만일을 대비해 괄이애에 두 달 동안 버틸 수 있는 식량과 소금, 기름을 비축해놨어요. 부득이한 경우가 아니고는 절대 도망가지 않을 거예요."

사라분은 뭔가 할 말이 더 남아 있는 듯했다. 그러나 입을 열지 않고 굳게 다물어버렸다. 그 틈을 타서 알파가 재빨리 끼어들었다.

"하채下寨에 대포가 두 문 있습니다. 또 대금천에도 두 문 있습니다. 대금천 밖의 개펄에도 두 문이 빠져 있습니다. 장군! 우리에게는 무려 여섯 문의 대포가 있습니다. 이를 잘 활용해봅시다!"

사라분이 애정 어린 눈길로 알파를 바라보더니 그의 작은 머리를 쓰다듬었다. 이어서 탄식을 내뱉었다.

"좋은 생각이기는 한데 대포는 너무 무거워. 괄이애로 들어가려면 피선皮船을 타야 하는데, 피선은 대포의 무게를 견디지 못하고 뒤집어질 거야. 게다가 우리는 대포가 있어도 탄약을 제조할 줄 몰라. 생각해봐, 탄약 없는 대포는 한낱 고철덩어리에 불과하지 않겠나?"

상착 활불도 대화에 동참했다.

"우리에게는 고철덩이에 불과하나 부항의 수중에 들어가면 우리에게 막대한 피해를 주는 살상무기로 변할 것입니다. 폭파시켜버리는 게 좋을 것 같습니다."

사라분이 천천히 입을 열었다.

"괄이애를 공략하는 데는 대포가 전혀 쓸모가 없어요. 보거다 칸에게는 대포가 많아요. 개펄에 잠겨 있는 저깟 것까지 건져갈 필요는 없죠."

사라분이 말을 마치고는 갑자기 무슨 생각이 떠오른 듯 다소 흥분한 어투로 덧붙였다.

"대포를 전부 이곳 라마사喇嘛寺로 옮겨와야겠어요. 우리는 여기서 부항과 한차례 혈전을 벌이는 거예요!"

인착 활불이 의아해 하면서 물었다.

"여기에서요? 방금 말씀하시기로는 괄이애로 퇴각해 일전을 벌이기로 하지 않았습니까? 만약……, 만약 해란찰이 괄이애 남쪽 산자락에서 쳐들어와 우리 뒤통수를 치면 어떡하죠?"

사라분이 그러자 오싹한 웃음을 지은 채 대답했다.

"여기는 북로군과 남로군이 괄이애로 통할 수 있는 유일한 통로예요. 우리는 여기저기서 의병계疑兵計를 쓸 필요가 있어요. 부항이 우리의 종적을 짐작할 수 없게 헷갈리게 하는 거예요. 그리고 진짜로 공격할 때에는 성동격서聲東擊西 방식을 써서 해란찰을 먹어버리는 거예요. 그가 대, 소금천을 점령하면 우리는 괄이애를 점령해 적당히 치고 빠지는 수법으로 계속 대치하면서 약을 올리는 거죠. 그러면 성질 급한 건륭이 부항을 전선에서 빼버리지 않을까요? 물론 부항도 이 점을 미리 생각하고 있을 거예요. 그래서 남북 양로군이 일단 금천으로 진입하면 그는 더 이상 '여유'를 부릴 수 없어 수로水路와 한로旱路를 통해 동시에 괄이애를 공격할 거예요. 그때 가면 서로군은 남로군으로 변하겠죠. 윤계선이 합세하고 조혜와 북로군이 동로군으로 바뀌어 쳐들어오는 날에는 우리는 아무리 사력을 다 해도 십오만 명이 넘는 무리를 당해낼 재주가 없을 거라고요! 그러지 않고 여기에서 혈전을 벌이고 괄이애의 병사들이 해란찰을 교란하는 작전을 펴면 대승이든 소승이든 아무튼 승리는 거둘 수 있을 거라고 생각해요. 적어도 괄이애로 퇴각할 기회는 거머쥘 수 있을 것이라는 말이죠. 최악의 경우 괄이애에서 내년 봄과 여름까지만 버텨보고 정 안 되면 그때는 청해로 도주해야겠지만……."

사라분이 아무리 씩씩하게 말해도 듣는 이들의 마음은 참담하기만 했다. 승리하든 패하든 결과는 정해져 있는 탓이었다. 사라분은 그럼에도 스스로를 격려하듯 큰 소리로 말을 이었다.

"나는 이곳에서 부항을 물고 늘어질 거예요. 여기서 쌍방이 대치상태에 들어가고 해란찰의 증원을 요구할 경우 건륭이 세 번째로 재상의 목을 친다는 말이 나올 수 있어요. 내가 내지內地에서 수재秀才들로부터 들은 얘기가 있어요. 역대로 관도官渡대전, 적벽赤璧대전, 곤양昆陽대전 등은 모두 적은 숫자로 다수를 이긴 경우라고 해요. 나는 비록 한족은 아니지만 우리라고 조조曹操, 주유周瑜나 유수劉秀 등의 영웅들과 비교되지 못한다는 법이 어디 있겠어요?"

"장군, 조조는……."

알파가 말을 하려다 잠시 망설였다. 그러다 용기를 쥐어짜냈다.

"다들 백안간신白顏奸臣이라고 합니다. 장군께서는 어찌 스스로를 그런 자와 비교하십니까?"

사라분이 즉각 대답했다.

"내 말이 바로 그 말이야. 백안간신도 승전을 이끌어내는데 이 땅의 정의로운 위사衛士인 내가 어찌 패할 수 있겠느냐는 거지. 남의 땅을 날 것으로 삼키려는 자들에게 더 이상의 양보는 없어. 때려야 해, 때려 주는 수밖에 없어!"

사라분이 단호한 어조로 말하면서 언덕 아래로 내려간 다음 분부를 내렸다.

"내일 대나무로 뗏목을 만들어야겠소. 하채와 대금천, 퇴왕에 있는 대포들을 이곳 라마사로 전부 옮겨다 놓으시오. 그중 네 문은 포구砲口를 북으로 향하게 하고, 나머지 둘은 각각 동과 남으로 향하게 하오. 포구 방향을 수시로 전환할 수 있게 해놓고, 늙어서 힘이 없는 낙타와 양, 소, 말은 전부 잡으라고 해요. 고기는 여인네들에게 건육乾肉을 만들어 저장하라고 하고, 가죽으로는 일인당 세 벌씩 돌아가게 방한복을 만들도록 해요. 특히 털을 깨끗이 제거하라고 분부해요. 식량이 떨어지면 그걸 삶아서 국물이라도 마실 수 있도록 말이에요. 화약은 습기가 차지 않도록 책임자에게 특별히 일러 가끔 햇볕에 내다 말리라고 해요. 일곱 살 이상 되는 아이들은 일인당 양 한 마리, 말 한 필, 낙타 한 마리씩은 맡아서 책임을 져야겠어요. 상착 숙부, 사흘 내로 내가 방금 말한 지시를 대, 소금천 모든 이들에게 전해주세요!"

사라분이 연이어 분부를 내리면서 라마사 밖으로 나왔다. 그러더니 고개를 들어 어두운 하늘을 바라봤다. 그리고는 시선을 붙박은 채 움직일 줄을 몰랐다. 그의 표정은 먹구름 사이에서 둥근 달이 튀어나오기를 기다리는 사람처럼 뭔가 기대에 차 있었다. 그는 한참 동안 그러고 서 있더니 가벼운 한숨을 지으면서 알파를 향해 돌아섰다.

"타운은 객이객 몽고와 곽집점의 회족 부락이 돌아가는 사태에 대해 알고 있을 거야. 그렇다면 너는 남경이나 다른 곳에서 이와 관련해 들은 바가 없어?"

"한족들이 찻집에서 지껄이는 걸 듣기는 했지만 별로 기억에 남는 것은 없습니다. 저희들은 부인을 구출하는 데만 온통 정신이 팔려 있었던 터라 그 부분에 대해서는 소상히 정탐할 여유가 없었습니다."

사라분은 알파의 보고를 듣고는 또다시 말이 없었다. 타운을 생각하자 갑자기 마음이 아파오는 모양이었다.

'지금쯤 타운은 어디에 있을까? 걱정이 되고 궁금하네. 고집 센 그녀가 건륭을 만나보지 않고 돌아올 리는 만무한 일이지. 그러나 우여곡절 끝에 건륭을 만날지라도 대국의 '보거다 칸'을 설득시킬 수 있을까?'

사라분은 그렇게 생각하면서 절레절레 고개를 저었다. 그리고는 다시 물었다.

"대충 들은 것이라도 말해 보거라. 인착과 상착 숙부께서는 그만 돌아가 쉬세요. 알파, 너는 이리 오너라."

사라분은 역시 머리가 비상했다. 같은 시각 부항은 말할 것도 없고 건륭황제까지도 사라분이 관심을 보인 회족回族과 서몽고의 움직임에 대해 촉각을 곤두세우고 있었으니 말이다. 우선 건륭은 부항의 상주문을 받은 즉시 육백리 긴급 주비를 내려 보내 서몽고에서 온 흠파탁색 부녀를 당장 난경으로 보내라고 명했다. 아울러 윤계선에게는 서북의 군정軍情과 민정民情에 대해 면밀히 감시하도록 분부했다. 이 밖에 천산天山 장군 수혁덕隨赫德에게 빠른 시일 내에 어가가 머물러 있는 곳으로 와서 술직述職하도록 명령했다.

수혁덕이 어지를 받았을 때 건륭은 아직 양주揚州로 향하는 길에 있었다. 수혁덕은 건륭의 명령에 따라 하남성 개봉開封에서 혜제하惠濟河를 건넌 뒤 말을 바꿔 타고 남경으로 향했다. 7000리 길을 밤낮없이 달린 결과 불과 보름 만에 남경에 당도할 수 있었다. 그는 어지에 따라 열 몇 명의 호위병들을 거느리고 석두성石頭城 역관에 머무르면서 접견을 기다렸다.

수혁덕이 막 여장을 풀고 있을 때였다. 역승이 종종걸음으로 달려 들어와 아뢰었다.

"군문, 화친왕부의 집사가 친왕마마의 균유鈞諭(상대를 가르침. 교시敎示)를 들고 왔습니다."

과연 역승의 옆에는 마흔 살을 갓 넘긴 것 같은 중년의 사내가 서 있었다. 어중간한 키에 얼굴은 말상이었다. 눈썹은 쥐꼬리처럼 맥없이 축 처져 있었다. 또 그 밑에 쌍꺼풀 없는 일자 눈은 가죽이 모자라 찢어놓은 것처럼 가늘었다. 비단 장삼은 앞이 건듯 들려 있었다. 그뿐 아니라 허리를 지나치게 곧게 펴 배꼽이 보일락 말락 했다. 매우 우스꽝스럽고 눈에 거슬리는 인상이었다.

'그야말로 '황당친왕'에 '황당집사'로군!'

수혁덕은 속으로 그렇게 웃었으나 감히 겉으로 드러낼 수는 없었다. 곧바로 일어서면서 물었다.

"존함을 여쭤 봐도 되겠나? 친왕마마께서는 이 사람에게 어떤 균유를 내리셨나?"

"저는 왕보王保라고 합니다."

집사가 수혁덕을 향해 대충 한쪽 무릎을 꿇고는 인사를 했다. 이어 균유를 전했다.

"화친왕마마께서는 군문에게 연자기燕子磯 역관에 머물라고 하십니다. 멀리서 만리 길을 달려오셨다고 조촐하게나마 환영연을 준비해놓으신 모양입니다."

화친왕의 집사 왕보는 말을 마치자마자 일어섰다. 그제야 수혁덕은 집사의 비단 장삼 앞섶이 달랑 올라가 붙은 이유를 알 것 같았다. 무릎을 꿇을 때 자락을 움켜잡을 필요도 없고 지금처럼 한쪽 무릎을 꿇어 행례行禮할 때도 날렵하게 행동할 수 있었기 때문이었다.

아무려나 남경까지 오느라 여독이 쌓일 대로 쌓인 수혁덕은 집사의 말에 선뜻 대답하기 어려웠다. 솔직히 한발자국도 더 움직이기 싫었던 것이다.

"오면서 친왕마마께 드리고자 천산天山 담비 가죽 몇 장과 영양羚羊 뿔도 좀 얻어왔네. 마마께서 부탁하신 설련雪蓮도 보따리 안에 들어있고……. 방금 역승이 그러는데 마마께서는 남경에 안 계신다더군. 내 생각에는 왕 집사가 이 물건들을 가지고 먼저 돌아가 나 대신 문후를 여쭤주는 게 좋겠어. 나는 여기서 폐하를 배알한 연후에 친왕마마를 찾아뵙고 정식으로 문안을 여쭐까 하네. 많지는 않지만 나의 성의이니 이걸 좀……."

수혁덕이 주머니에서 스무 냥짜리 은자를 꺼내 왕보에게 쥐어주면서 덧붙였다.

"이걸로 차라도 한 잔 사 마시게. 주연은 먹은 걸로 할 테니 그리 전해주게. 솔직히 먼 길을 달려오느라 모두들 지금 눈도 뜨고 있기 힘들 정도로 피곤하다네. 지금 심정으로는 이불을 뒤집어쓰고 코가 비뚤어지게 잠이니 쿨쿨 잤으면 좋겠네"

왕보가 그러자 은자를 정중히 거절하면서 웃는 얼굴로 말했다.

"은자 좋죠. 그러나 왕부의 가법이 워낙 엄해서 하나뿐인 머리통을 가지고 감히 장난칠 수가 없습니다. 감사합니다!"

왕보가 다시 한쪽 무릎을 내려 고마움을 표했다. 이어 얼굴 가득 얄궂은 웃음을 지으면서 아뢰었다.

"마마께서는 지금 고궁故宮 서쪽에 있는 역관에서 의사議事 중이십니다. 이번에는 별다른 일도 없는데, 오직 수혁덕 군문을 영접하기 위해 남경까지 오셨다는 거 아닙니까! 그런데 군문께서 그리 말씀하시면 저도, 수혁덕 군문도 뒈지게 욕을 얻어먹을 겁니다!"

그러자 수혁덕은 어쩔 수 없다는 듯이 대답했다.

"그러면 먼저 가게. 우리는 짐을 싸들고 뒤따라 갈 테니!"

왕보가 꾸벅 인사를 하고 물러갔다.

일행은 지친 몸을 이끌고 다시 짐을 꾸려 연자기 역관으로 향했다. 어가는 아직 양주에서 남경으로 돌아오지 않았으나 성 안의 관방關防은 추호도 흐트러짐이 없었다. 장검에 손을 얹은 우림군羽林軍이 몇 십 보 간격으로 기둥처럼 서 있었다. 수혁덕은 비록 개부건아開府建牙를 한 대장군 신분이었으나 감히 무례를 범할 수 없어 고삐를 느슨하게 잡고 서행을 했다. 그러다 오의항烏衣巷을 벗어난 뒤에야 비로소 달리는 말에 채찍질을 하기 시작했다. 그렇게 해서 일행은 한 시간도 채 안 걸려 연자기에 도착했다.

수혁덕은 말에서 내리자마자 기지개를 쭉 켜면서 주위를 둘러봤다. 진회하秦淮河 일대에서는 사현생황絲弦笙簧의 운율이 귓전을 간지럽히고, 그림 같은 화방畵舫들이 꼬리를 물고 노닐고 있었다. 또 양자강 위에는 점점이 어화漁火가 떠 있었다. 동쪽의 옛 성황묘 일대에서는 각양각색의 등롱이 야시장의 번화함을 자랑하고 있었다. 누가 풍요로운 강남이 아니랄까봐 시선이 닿는 곳마다 사람들의 표정은 밝고 활기차 보였다. 수혁덕은 자기도 모르게 기분이 가벼워지는 것 같았다.

마침 왕보가 역관에서 달려 나왔다.

"장소 한번 제대로 택했네! 천산에서 뿌연 흙먼지만 뒤집어쓰다가 대청大淸 최고의 번화가로 오니 꿈을 꾸는 것 같구먼. 그런데 이걸 어쩌나, 배가 꼬르륵거려 못 살겠군. 낙양성도 식후경이라고, 먼저 밥부터 먹고 봐야지. 마마께서 상으로 내리셨다는 주연은 어디 있나?"

"마마께서는 군문에게 먼저 좋은 꿈을 선사하겠다고 하셨습니다."

왕보가 히죽히죽 웃으면서 한 손을 들어 안내를 했다.

"준갈이와 곽부藿部(곽집점이 지배하는 땅)의 회족을 양옆구리에 끼고 있느라 얼마나 수고가 많으셨습니까! 어서 안으로 드십시오."

수혁덕은 왕보를 따라 안으로 들어갔다. 동쪽 별채 열 몇 칸은 방마다 불이 훤히 밝혀져 있었다. 그러나 서쪽 방은 귀신이라도 튀어나올 것처럼 온통 암흑천지였다. 역승도 역졸도 보이지 않았다. 다만 전족을 하지 않은 두 여인이 가래처럼 큼직한 발을 움직이면서 상방으로 음식을 나르느라 바삐 움직이고 있었다.

수혁덕 일행은 군화 소리를 요란하게 내면서 상방으로 들어가 앉았다. 이어 창문을 통해 뒤뜰을 내다봤다. 역시 쥐 죽은 듯 고요했다. 수혁덕이 못내 의아해 하면서 물었다.

"이봐, 왕보! 무슨 역관이 이래? 초상난 절 같군!"

"절이 아니라 비구니 암자입니다."

왕보는 사람들을 자리에 앉게 하고는 술을 따라주고서 설명을 덧붙였다.

"이 술은 화친왕마마께서 특별히 여러 장군들께 하사하신 육합동춘주六合同春酒입니다. 문무관리들은 술이 과해 추태를 부려서는 안 되고 모든 접대는 사치해서는 아니 된다는 어지에 따라 음식은 조촐하게 마련했다고 친왕마마께서 말씀하셨습니다. 박주산채薄酒山菜나마 정성껏

차린 것이니 맛있게 드셔주셨으면 합니다."

곧이어 좌중의 사람들 앞에 대접이 두 개씩 놓였다. 술과 인삼탕을 담은 대접이었다. 탁자 한 가운데의 커다란 접시 위에는 부위별로 먹기 좋게 잘라 놓은 통돼지구이가 노란 기름을 자글자글 품고 있었다. 구수한 냄새에 모두들 연신 군침을 삼켰다. 통돼지구이 접시 옆에 있는 조물조물 무친 야채무침들도 매우 먹음직해 보였다. 상차림이 끝나자 왕보가 말했다.

"먼저 인삼탕부터 드십시오. 머리가 한결 개운해지실 겁니다. 오늘은 적당히 먹고 마시라는 친왕마마의 당부가 계셨습니다. 내일 더 좋은 음식을 대접한다고 하셨습니다. 적당히 드십시오. 내일 땅을 치고 후회하지 않으시려면 말입니다."

좌중의 사람들은 인삼탕에 이어 뜨끈한 황주까지 한 잔씩 마셨다. 그러자 보름 내내 말 위에서 배고픔과 추위에 시달려왔던 심신이 사르르 녹는 것 같았다. 머릿속에서 환청처럼 들리던 말발굽소리도 가뭇없이 사라지고 벌겋게 상기된 얼굴에는 생기가 넘쳐흘렀다.

조촐한 상차림이라고는 하나 사실 그들에게는 진수성찬이 따로 없었다. 그도 그럴 것이 군중에서는 싱싱한 야채는 구경도 못하고 누린내 나는 양고기만 매일 삶아먹었었다. 쪄 먹거나 구워먹어도 별반 다를 것은 없었다. 아무려나 누가 말이라도 시킬세라 사람들은 젓가락을 바쁘게 움직였다. 접시는 순식간에 바닥을 드러냈다.

두 여인은 수혁덕 일행이 게걸스럽게 먹는 모습을 지켜보면서 연신 키득댔다. 그러면서도 음식을 더 가져오지는 않았다. 왕보는 술과 음식이 적당히 들어간 것 같아 보이자 두 여인을 향해 재촉했다.

"뭘 해? 어서 장군들을 각 방으로 모시지 않고! 피곤하실 텐데 오늘 밤에는 푹 쉬시게 해야지!"

두 여인은 그러자 호들갑을 떨면서 다가와서는 수혁덕의 팔을 잡아끌었다. 수혁덕은 취하지는 않았다. 그러나 몸이 노곤해 걸음걸이가 조금 비틀거렸다. 여인들을 따라 동쪽 별채로 향하는 그를 보고는 왕보가 이상야릇한 웃음을 흘렸다.

"수혁덕 군문! 오늘밤…… 피로가 확 풀리실 거예요, 암요!"

"자식, 싱겁기는……."

수혁덕은 왕보의 말이 무슨 뜻인지 알 수가 없었다. 그는 왕보를 향해 뒤돌아보며 퉁명스럽게 대꾸했다.

"약주 한잔 마시고 자는데 피로가 확 풀리지 않고 배기겠어?"

그러나 수혁덕은 여인들에게 이끌려 방 안으로 들어서서는 그만 멍해지고 말았다. 방은 겉에서 본 것과 달리 여인네의 규방처럼 아늑하게 꾸며져 있었다. 나비 날개처럼 얇은 분홍색 휘장이 차분히 드리워져 있었을 뿐 아니라 침대 위에는 백설처럼 하얀 침대보가 깔려 있었다. 침대머리맡의 작은 탁자 위에서는 홍촉紅燭 두 대가 나긋나긋 타오르고 있었다. 접시에는 여러 가지 싱싱한 과일도 담겨 있었다.

그뿐만이 아니었다. 침대 언저리에는 이팔청춘 꽃다운 나이의 여자 셋이 다소곳하게 앉아 있었다. 마치 대놓고 유혹이라도 하겠다는 듯 잠자리 날개처럼 얇은 치마 사이로 속살이 보일락 말락 했다. 봉긋 솟은 젖무덤과 앵두처럼 탱글탱글한 분홍색 유두는 눈을 저절로 자극했다. 그렇게 경황없는 와중에 미끄러진 수혁덕의 시선이 닿은 곳은 여자들의 미끈하게 빠진 허벅지 사이의 오동통한 검불이었다……. 수혁덕은 눈앞이 가물거리고 숨소리가 거칠어져 가슴이 터질 것만 같았다.

수혁덕이 코를 벌름거리면서 세차게 오르내리는 가슴을 쓸어내렸다. 이어 허겁지겁 패검을 벗어 던지고는 군복 윗도리 단추를 거칠게 끌렀다. 그리고는 흥분을 주체할 수 없어 번들거리는 눈으로 세 여자를 번

갈아 쳐다보면서 물었다.

"너희들 이름이 뭐냐?"

속곳조차 입지 않은 세 여자는 알몸을 요염하게 뒤틀면서 수혁덕에게 다가왔다. 허리가 개미처럼 유난히 가는 여자가 수혁덕의 한쪽 무릎에 앉아 가늘고 긴 팔로 목을 감으면서 속삭였다.

"소인은 만만曼曼이라고 하옵니다. 확실하게 운무雲霧를 태워드리겠사옵니다."

그러자 이번에는 나이에 비해 젖가슴이 유난히 풍만한 여자가 수혁덕의 남은 다리에 걸터앉았다. 이어 그의 얼굴에 은근히 가슴을 밀착시켰다.

"소인은 정정婷婷이라고 하옵니다."

마지막으로 셋 중에서 열 사내는 잡아먹고도 남을 만큼 머리부터 발끝까지 음기淫氣가 자르르 배어 나오는 계집이 볼우물을 깊게 파면서 애교를 떨었다.

"장군, 저를 달궈놓으시면 끝까지 책임지셔야 하옵니다. 밤새도록 군곤軍棍을 맞아도 끝까지 질척거리거든요……."

무슨 말인지 몰라 잠시 멍한 표정을 짓던 수혁덕은 그제야 알겠다는 듯 계집을 향해 입술을 쭉 내밀었다. 그리고는 음탕한 웃음을 지었다.

"군곤? 그래, 오냐! 군곤으로 한번 신나게 때려줄 테니 기다려라, 이년아!"

수혁덕이 말을 마치자마자 바로 배꼽 아래에서 벌떡벌떡 일어서는 그의 물건을 꺼냈다. 순간 계집이 터질 듯한 가슴을 갖다 대면서 미친 듯이 비벼댔다. 무릎에 앉았던 두 여자 역시 온몸이 다 녹아 흐르는 것처럼 신음소리를 내는 계집을 밀치더니 번갈아 가면서 딱딱하게 일어선 그것을 게걸스레 빨아댔다.

터질 것 같은 욕정에 온몸을 드르르 떨던 수혁덕은 더 이상 참지를 못하고 마치 갈기 세운 성난 사자처럼 두 기생을 한꺼번에 깔아뭉갰다.

"안 그래도 요즘은 꿀꿀대는 늙은 암돼지만 봐도 쑤셔보고 싶었는데……."

수혁덕은 급기야 거친 숨을 몰아쉬었다. 그러면서 이 가랑이 저 허벅지 사이를 열심히 드나드느라 정신을 차리지 못했다. 신음소리가 높아졌다 낮아졌다 하고 있었다.

그 시각 화친왕 홍주는 역관 후원後園에 있었다. 역시 팔뚝처럼 굵은 홍촉을 대낮처럼 밝힌 방 안에서 시녀들의 시중을 받고 있었다. 우선 무릎을 꿇은 두 시녀가 안락의자에 기대앉은 그의 발을 씻어주고 있었다. 또 등 뒤에는 어깨를 주무르고 등을 두드려주는 시녀도 있었다. 그리고 홍주의 여섯째 측복진側福晉을 시중드는 자국紫菊이라는 시녀는 앞에서 조심스레 홍주의 수염을 깎아주면서 우스갯소리를 늘어놓았다.

"저희 동네에 엉뚱하고 바보스러워 보이지만 시사詩詞만큼은 타의 추종을 불허하는 수재가 있었습니다. 술을 좋아해서 항상 술독에 빠졌다 나온 것 같은 얼굴을 한 사람이었죠. 그러다 보니 멀쩡한 꼴은 일 년 내내 좀처럼 보기가 힘들었죠. 하루는 그 사람이 대낮부터 만취한 상태로 꽈배기를 꼬면서 걸어가다가 그만 속이 울컥했습니다. 그런데 하필이면 깐깐하기로 소문난 팽彭씨 원외員外(관원)의 대문 앞에서 오물을 다 토하고 말았다지 뭡니까. 마침 그날이 조상의 기일이라 팽씨는 대문 안팎을 먼지 한 점 없이 깔끔히 청소해놓았다죠? 그런데 낭자하게 토해놓은 황탕녹수黃湯綠水를 보고는 기겁을 해서는 욕설을 퍼부었답니다. '야, 이 미친놈아! 널린 게 측간인데 하필이면 우리 집 대문 앞이냐?'라고 말이죠. 그러자 수재는 이렇게 말했답니다. '그 집 대문이 하필이면 여기 있을 게 뭐요? 대문이 얼마나 구역질나면 토했겠소?'라고요. 그러자 팽씨 집 문지기가 옆에서 이죽거렸답니다. '이 미친놈아, 우리 집 대문은 원래부터 여기 있었다. 네 눈깔이 삐었지!' 그러자 수재는 자기 입을 가리키면서 이렇게 반박했답니다. '네 할아비의 고귀한 이 입도 원래부터 여기 붙어 있었다, 왜!'라고 말이죠."

홍주가 눈을 지그시 감고 있다가 풋! 하고 웃음을 쏟아냈다. 시녀들 역시 모두 따라 웃었다. 그때 홍주가 저만치에서 웃고 있는 왕보를 발견하고 물었다.

"일은 제대로 처리했어?"

"예, 마마."

왕보가 홍주를 향해 예를 갖춰 인사하면서 아뢰었다.

"취향루翠香樓에 가서 기생어멈까지 빡빡 다 긁어왔사옵니다. 쭉쭉 잘 빠진 셋은 수혁덕 군문에게 붙여줬죠. 나머지 수행 장군들에게도 한 명씩 들여보냈사옵니다. 황금 오십 냥을 썼사옵니다."

홍주가 왕보의 말을 들은 다음 다시 턱을 높이 치켜들었다. 이어 자국에게 더 깎으라는 손시늉을 했다. 자국은 손은 손대로 놀리면서 다시 입을 열었다.

"예전에 깍쟁이 지주가 있었답니다. 이발을 해야 하는데 이발사에게 주는 돈이 아까워 꾀를 썼죠. 그래서 '상처 없이 잘 깎으면 쌀 세 홉을 줄 거야. 그러나 상처를 내면 깎을 거야. 상처 하나에 쌀 한 홉씩 제할 테니 알아서 잘 해'라고 했다는군요. 이발이 거의 다 끝나갈 때 지주는 일부러 어흠! 하고 큰 기침을 했답니다. 이발사의 손이 삐끗하면서 지주의 머리에 상처가 하나 생겼죠. 조금 더 지나자 이번에는 에취! 하고 크게 재채기를 했답니다. 결국 그런 방법으로 지주의 머리에 상처가 세 개 생겼대요. 안 그래도 며칠 동안 쌀알 한 톨 구경을 못해서 뱃

가죽이 등에 가 붙을 지경이었던 이발사는 지주가 약속한 쌀을 주지 않으려고 하자 다짜고짜 가위로 지주의 머리를 죽죽 그으면서 악에 받쳐 말했답니다. '그래, 기왕 이렇게 된 바에야 당신의 머리에 지도나 그려주지!'라고요."

"하하하하……!"

홍주가 웃으면서 자리에서 일어났다. 그리고는 자국의 볼을 살짝 꼬집었다.

"내가 너를 굶기지도 않고, 기침이나 재채기도 하지 않았으니 내 머리를 칼로 긁는 짓은 안 하겠지?"

홍주가 그러더니 갑자기 무슨 생각이 떠오른 듯 암울한 표정으로 말을 이었다.

"지금 원명원, 열하 팔대처熱河八大處와 자금성에 있는 궁녀들을 다 합치면 삼천 명이 넘어. 내가 이미 폐하께 스물다섯 살 이상 되는 궁녀들은 전부 집으로 돌려보낼 것을 주청 올렸는데 윤허하셨는지 모르겠네? 내무부에 물어봐야겠어. 궁녀들도 굶으면 무슨 짓을 할지 모르거든."

"친왕마마께서는 농담도 잘하십니다. 궁녀들이 굶는 일이 어디 있겠습니까?"

홍주가 면도가 끝나 반들반들해진 얼굴을 문지르면서 대답했다.

"굶는다는 게 꼭 배를 곯는 것만 의미하는 건 아니잖아. 다른 부위가 '굶어도' 참기 어려운 거야. 명나라 무종武宗때 궁녀들이 작당을 해서 올가미로 황제를 시해하려 한 사건이 있었잖아."

홍주의 옆에 있던 시녀들이 그의 말에 흠칫 몸을 떨었다. 시녀 한 명이 조심스럽게 관심을 보였다.

"그래서 어떻게 됐어요?"

"어떻게 되기는! 작당을 모의한 자들은 전부 처참한 죽임을 당했지.

듣기로는 황제의 비빈도 여러 명이 연루됐다더군. 왕보, 앞뜰로 가자!"

홍주가 사색이 되어 바들바들 떨고 있는 시녀들을 내버려둔 채 왕보와 함께 방문을 나섰다. 그의 머리가 유난히 반들거렸다.

16장
서부 초원의 복잡한 형세

홍주와 왕보는 북쪽 정방에서 나와 동쪽으로 향했다. 그런데 몇 걸음 못 가서 홍주가 갑자기 걸음을 멈췄다. 뒤따라가던 왕보가 부딪칠세라 황급히 걸음을 멈췄다. 어둠 속에서 한참 생각에 잠겨 있던 홍주가 천천히 입을 열었다.

"왕보, 폐하께서 이 일로 나를 처벌하실지 모르니 자네도 마음의 준비를 단단히 하고 있어."

"마마!"

왕보가 홍주의 말에 깜짝 놀란 듯 펄쩍 뛰었다. 두 눈이 휘둥그레지더니 목을 빼들고 잘 보이지도 않는 홍주의 낯빛을 살폈다. 그러다 풋! 하고 웃음을 터뜨리면서 아뢰었다.

"하다하다 이제는 별의별 농담을 다 하시네요! 그럴 리가 있겠습니까. 하나밖에 없는 아우라고 애지중지 아끼시고 심한 말씀 한마디 안

하시는 폐하가 아니십니까! 어디 그뿐입니까? 뭐라도 색다른 물건이 있으면 사흘이 멀다 하고 상으로 내리시지 않습니까? 폐하께서 친왕마마를 바라보시는 눈길에는 다른 친왕들을 대할 때와는 전혀 다른 애정이 들어 있습니다!"

"자네 말은 맞는 구석도 있으나 그렇지 않은 면도 있어. 우리는 친혈육이기 전에 엄연한 군신 사이네. 그 속에 자네가 잘 모르는 일도 많아."

"⋯⋯?"

"폐하께서는 '혈육 간이라도 가끔 불식拂拭(말끔하게 치워 없앰)을 해줘야 한다'고 이미 언질을 놓으셨다고 하네."

"불⋯⋯식이라뇨?"

"쉽게 말해 거울도 지저분해지면 닦아줘야 한다는 얘기지."

홍주가 잠시 말을 멈췄다. 이어 고개를 들어 하늘에 총총히 걸린 별들을 바라보면서 깊은 한숨을 내쉬었다.

"나는 다들 주지하다시피 '황당친왕'이 아닌가! 그런데 요즘 세태를 보면 갈수록 '황당한 세상'으로 변질돼가고 있지 않은가. 그러니 나 한 사람을 본보기로 삼아 불식하는 모습을 보여주면 덩달아 황당하게 돌아가던 아랫것들이 겁을 먹고 조심할 것 아닌가! 오늘 저녁의 일은 내가 폐하께 그런 빌미를 만들어 드리기 위해 일부러 꾸민 것이야. 두고 보게, 내일 모레면 어사들이 득달같이 탄핵안을 올릴 걸세. 그렇게 되면 동주東珠 몇 개 잃는 건 당연하고, 심지어 벌봉에 따끔한 훈계까지 받으면서 한동안 무척 시끄러울 테지. 모르기는 해도 폐하께서는 나에게 폐문사과閉門思過하게 하시고 그 여세를 몰아 고항과 전도의 목을 자르실 거야. 이렇게 해서 자기 대가리를 쇳덩이인 줄 알고 무법천지였던 무리들을 응징하시겠지. '이치吏治와의 전쟁'을 선언하신 폐하께서 읍참마속의 심경으로 당신의 혈육에게 먼저 칼을 대지 않으면 어찌 다른 부하들을 다스릴 수 있겠는가!"

왕보는 아무리 들어도 이해가 가지 않는 모양이었다. 급기야 뱁새눈을 부산스럽게 깜빡거리면서 물었다.

"그렇다면 결과를 불 보듯 뻔히 아시는 마마께서는 어찌해서 돈과 시간을 낭비해 가면서 이런 일을 꾸미셨사옵니까? 이건 뭣 주고 뺨을 맞는 경우가 아닙니까. 친왕마마께서 자주 하시는 얘기로 소인은 전생에 당나귀였으니 대갈통에 생각이 없는 게 당연합니다. 그런데 명민하신 친왕마마께서는 어찌 이런 실수를 하셨습니까?"

홍주가 왕보의 말에 욕설을 늘어놓았다.

"제기랄, 그러면 나도 네놈처럼 당나귀라는 말이냐? 네놈한테는 아무리 말해줘도 내 깊은 뜻을 알 수 없을 게다. 아무튼 그렇다는 것만 알고 있거라. 그리고 폐하께서 이 일로 나를 벌하시더라도 내가 너를 괴롭히는 일은 없을 거다. 그러나 이럴 때일수록 밖에서 행동거지를 조심해야 해. 본데없이 고관들 앞에서 예의 없이 굴거나 골빈 놈처럼 헤헤거리지 말고. 너 때문에 내가 돌을 두 배로 맞는 수가 있다 이 말이야!"

왕보가 연신 허리를 굽혀가며 바로 대답했다.

"소인은 가끔 병신처럼 굴기도 하지만 막상 고관나리들 앞에서는 주인의 체통을 엄청 챙기고 다닌답니다! 그러지 마시고 폐하께서 친왕마마를 벌하실 경우 마마께서도 소인을 개 잡듯 패주십시오. 천 명에 가까운 왕부의 아랫것들을 일거에 '정신 차리게 하는' 일벌백계의 효과를 거둘 수 있지 않겠사옵니까?"

홍주가 왕보의 말에 껄껄 웃음을 터트렸다.

"어휴, 기특해라! 완전히 속 빈 강정은 아니었군. 자, 앞마당으로 가보자. 수혁덕이 아직까지 헐떡거리고 있는 건 아니겠지?"

주인과 종복 두 사람은 걸음을 다그쳤다. 역관의 정방은 그리 멀지 않왔다. 어두운 모퉁이 하나만 돌아가면 될 정도로 그야말로 엎어지면 코 닿을 거리였다. 얼마 후 모퉁이를 돌아선 홍주가 말했다.

"가서 끝났냐고 물어보고 와. 나는 개가 몸살감기 앓는 것 같은 신음 소리를 들으면 구역질이 나."

왕보가 대답을 하고는 종종걸음으로 정방으로 향했다. 이어 가까이 다가가서는 일부러 발소리를 크게 냈다. 나중에는 그래도 혹시 못 들었을까봐 기침까지 하면서 인기척을 냈다. 그리고는 문을 열고 들어가 동쪽 방문을 사이에 두고 물었다.

"수혁덕 군문, 피곤은 좀 풀리셨습니까?"

안에서는 '개가 몸살감기 앓는' 일이 아직 끝나지 않은 것 같았다. 그래도 누가 군인 아니랄까봐 벌떡 일어나 옷을 입는 소리가 부산스럽게 들려왔다.

"잠시만, 곧 나가네!"

수혁덕은 대답소리와 함께 겉옷 단추를 채우면서 신발을 질질 끌고 나왔다. 그리고는 왕보를 향해 만족스러운 웃음을 지어보였다.

"덕분에 오랜만에 몸 한번 제대로 풀었네. 열흘 동안 말 등에서 내려오지 못한 적도 있으니 계집 셋 정도야 아무것도 아니지. 어! 친왕마마, 명明의 고궁에 계신 줄 알고 있었는데 여기는 언제 오셨습니까?"

수혁덕은 말을 하다 말고 저만치 서 있는 홍주를 발견했다. 황급히 한쪽 무릎을 꿇으며 군례를 올렸다. 급하게 나오느라 단추를 덜 채워서 그런지 가슴의 맨살이 훤히 보였다.

"일어나게!"

홍주가 단향목 부채를 쥔 채 일어나라는 손짓을 했다. 그리고는 히히! 하고 허물없이 웃으며 몇 마디 덧붙였다.

"먼 길 달려오느라 고생이 많았을 거네. 폐하께서 특별히 나하고 기윤, 범시첩을 남경으로 파견하시면서 자네를 잘 영접하라고 하셨네. 다들 고궁에서 기다리고 있네. 자네가 천산天山 상황을 보고하기를 말이야. 어때? 말을 타는 것보다 재미있었지? 똑같이 흔들흔들 넣었다 빼는 짓이라고 해도 느낌은 천양지차일걸?"

"그럼요, 마마! 온몸이 노곤한 게 피곤이 싹 가셔버리고 말았습니다. 마마께서 배려해주신 덕분입니다!"

홍주가 고개를 끄덕였다. 그리고는 동쪽 별채의 다른 방들을 향해 소리를 질렀다.

"그 정도 먹었으면 됐어. 다들 나와!"

별채의 각 방에서는 장군들이 옷을 입고 패검과 모자를 챙기는 소리로 잠시 소란스러웠다. 그러나 그들은 눈 깜짝할 사이에 모두 장화까지 제대로 갖춰 신고는 문을 박차고 나왔다. 이어 가지런히 열을 지어 서서는 마제수馬蹄袖(소매가 말발굽 모양인 청나라 시대의 남자 옷)를 터는 인사를 올렸다.

"강녕하시옵니까, 친왕마마!"

"일어나! 털 몽둥이는 신나게 휘둘렀어?"

장군들은 명색이 금지옥엽의 친왕이라는 사람이 말씨가 왜 이러냐는 듯 잠시 어리둥절했다. 그러나 그중에서도 평소에 황당친왕의 황당한 행각에 대해 익히 알고 있던 장군 두어 명이 허리를 숙이면서 대답했다.

"껍질이 두어 층 벗겨진 것 같사옵니다!"

다른 장군들이 웃음을 참느라 키득대는 사이 또 다른 한 명이 울상이 된 채 아뢰었다.

"털 몽둥이도 오래 쓰지 않으니 녹이 슬어 못 쓰겠습니다. 들어가서 두어 번 때리고는 제풀에 꺾여 픽 쓰러지고 말았지 뭡니까!"

좌중에서는 그 말에 한바탕 폭소가 터져 나왔다. 순간 홍주가 갈 데까지 가보자는 듯 다시 농담을 건넸다.

"밖에서 고생들이 많네. 계집이라고는 그림자도 볼 수 없는 변방 요새에서 가솔들도 곁에 없이 얼마나 외로웠겠나. 사내는 뭐니 뭐니 해도 털몽둥이를 신나게 휘둘러야 살맛이 나는데!"

그러나 홍주는 이내 정색을 했다. 그의 말소리가 진지해졌다.

"자네들은 아마 육조六朝의 화려한 수도였던 이 대단한 땅으로 오면서 기대가 컸을 거네. 먹고 마시고 노는 거라면 천하에 따라올 자가 없는 향락의 천국이라는 이곳에서 모처럼 몸 한번 풀고 싶었을 것 아닌가. 그러나 폐하께서는 이치와의 전쟁을 선언하시고 문무관리들의 기방출입을 엄금하셨네. 재수 없으면 냉수를 마셔도 이빨에 낀다고 놀려갔다가 재미도 못 보고 선박영 군사들에게 덜미를 잡히기라도 하면 수혁덕 군문의 체면이 어찌 되겠나! 그래서 여러분을 애중히 여기는 마음에서 내가 이런…… 자리를 마련해 봤네!"

홍주가 말을 마치고는 회중시계를 꺼냈다. 이어 방 안에서 새어나오는 불빛을 빌어 시간을 확인하더니 쩌렁쩌렁 울리는 목소리로 물었다.

"아직도 피곤한가?"

"피곤하지 않습니다!"

"씩씩하게 일할 수 있겠는가?"

"예!"

장군들의 함성이 우렁찼다. 홍주가 빙그레 웃으면서 말을 이어나갔다.

"지금은 술말해초戌末亥初(술시에서 해시로 넘어가는 시각)이네. 그럼 가마 몇 대에 나눠 타고 명明 고궁故宮으로 향하세. 열 명의 장군들은 병부에서 나온 관리들에게 보고를 올리고, 수혁덕 장군은 나하고 기윤과 범시첩을 만나 서북의 군정에 대해 보고를 해야 하네. 자시子時 이후에 다시 돌아올 것이니 그때 휘두르다 만 몽둥이를 계속 휘두르게!"

홍주의 마지막 말에 장군들은 실실 웃으면서 기쁨을 감추지 못했다. 홍주는 따라오라는 손짓을 하고는 앞서 걸었다. 일행이 요란한 발걸음으로 역관을 나서자 벌써 죽사竹絲 양교亮轎 여러 대가 문 앞에 대기하고 있었다.

명나라 고궁 역관은 청룡문靑龍門 북쪽에 위치해 있었다. 이곳의 동쪽은 띠처럼 둘러져 있는 성벽이었다. 또 서쪽은 옛 고궁의 유적지였다. 지금은 무성하게 자란 풀과 하얀 갈대가 단장퇴원斷墻頹垣(허물어진 담벼락) 사이에서 초라하게 떨고 있었다. 영락황제는 북경으로 천도하면서 고궁에 불을 질렀었다. 그래서 옛 고궁 유적에 남은 것이라고는 황량한 바람과 과거의 흔적뿐이었다. 역관은 바로 이곳의 동북쪽 모퉁이에 있었다.

현무호玄武湖 호반에 자리 잡은 이 역관은 다른 역관들과는 겉모습부터가 많이 달랐다. 우선 든든한 기둥 세 개가 떠받치고 있는 대문에는 두 개의 유리궁등이 내걸려 있었다. 주위 담벼락은 궁중 건물의 양식을 따르고 있었다. 홍주가 희미한 불빛을 빌어서 보니 보초를 서고 있는 무관들은 9품 관복 차림이었다. 한눈에 선박영의 호위護衛들이라는 사실을 알 수 있었다.

홍주가 가마에서 내리자 몇몇 태감들이 우르르 몰려와 문안인사를 올렸다. 그중 하나는 화친왕부의 관사管事 태감이었다. 그는 기다렸다는 듯 함박웃음을 웃으며 홍주의 뒤를 바싹 따랐다. 이어 아첨기 그득한 어투로 아뢰었다.

"기 중당과 범 대인 두 분 모두 기다리다 지치신 모양입니다. 병부의 몇몇 당관들도 감히 내색하지는 못했으나 서재에서 고개를 저으면서 초조하게 기다리는 것 같았습니다. 네 시간 넘게 걸렸습니다. 두 분 대인께서는 친왕마마께 욕까지 하셨습니다."

홍주가 대수롭지 않게 받아들이며 그에게 물었다.

"그것들이 뭐라고 나를 욕했는데?"

태감이 신이 나서 고자질하듯 대답했다.

"범 대인은 마마를 '수두'獸頭(짐승의 머리)라고 욕했습니다. 또 기 중당은 '구우'毬牛(남자의 생식기)라고 했습니다!"

홍주가 태감의 말을 듣고 이상하다는 듯 고개를 갸웃거릴 때였다. 기윤과 범시첩이 인기척을 듣고는 월동문에서 마중을 나왔다. 두 사람을 본 홍주는 일부러 꾸짖는 듯한 어투로 언성을 높였다.

"감히 등 뒤에서 나를 욕했단 말이지? 이것들이 뒈지려고 환장을 했구먼! 나를 욕하는 건 폐하를 욕보이는 거나 다름없다는 도리를 모르는 건가!"

그러나 홍주는 뒤에서 자신의 흉을 봤다는 이유로 화를 낼 위인이 아니었다. 기윤과 범시첩 역시 그런 사실을 모르지 않았다. 그래서 그저 허리를 숙인 채 예를 갖추기만 했다. 이어 범시첩이 홍주를 서화청으로 안내하면서 태감에게 분부를 내렸다.

"저 장군들은 병부 당관들이 있는 의사청으로 데려다주게. 호부의 김씨에게도 전해. 따라가서 그들이 군량미와 군비, 군수품에 대해 보고하는 걸 들어보라고 해."

범시첩은 말을 마치고 홍주를 따라갔다. 마침 기윤이 홍주에게 방금 전의 '욕설'에 대해 해명하고 있었다.

"친왕마마께서 아무리 저희들을 허물없이 대해주신다고 하지만 신들이 어찌 감히 친왕마마를 욕할 수 있겠습니까? 저 고자 태감이 뭘 잘못 들은 탓에 와전이 된 듯합니다. 신은 '수우'囚牛라고 했지 '구우'毬牛라고 하지 않았습니다. 용생구종龍生九種(황실의 자손은 아홉 가지가 있다는 의미)이라는 말은 들어보셨죠? 그중 첫 번째 종류를 일컬어 '수우'라 합니다. 수우囚牛는 음악을 유난히 좋아한다고 합니다. 지금 호금胡琴에 새겨져 있는 그림은 모두 그 유상遺像이라고 알고 있습니다. 수두獸頭 역시 용종龍種입니다. 전에 연갱요가 수하 장군에게 '화냥년 새끼'라고 욕을 했더니, 그 장군이 대꾸하기를 '통수, 우리 어머니는 엄연히 성조聖祖의 소생인 화석공주和碩公主이지 화냥년이 아닙니다'라고 했다고 합니다. 신들은 그 말을 듣고 대경실색했습니다. 하오니 어찌 무지몽매한 연갱요를 따라 배워 그런 무례를 범할 수 있겠습니까?"

"장황하게 설명할 거 없네. 자네가 농담으로 한 말이라는 걸 모르는 내가 아니네! 더 듣기 거북한 욕설이라도 상관없네. 자네들이 정말로 욕을 했다 한들 설마 나에게 불만이 있어서 그랬겠나? 서로 적당히 욕을 하고 욕을 먹는 것을 재미있게 생각하는 사람들이 있네. 내가 바로 그런 축에 속하지 않은가!"

홍주가 소탈하게 웃으면서 기윤과 범시첩을 두 팔로 살짝 껴안았다가 놓아주었다. 홍주의 옷차림은 오늘도 어김없이 희한했다. 짧은 윗도리에 발목이 다 드러나는 바지를 아무렇게나 입고 자잘한 꽃무늬 천으로 만든 신을 신고 있었다. 그런 차림으로 화청에 들어간 그는 동쪽 벽에 있는 의자에 주저앉듯이 털썩 내려앉았다. 그리고는 시중을 들기 위해 들어와 있는 태감, 궁녀들을 향해 명령을 내렸다.

"여러 대인들께 차 한 잔씩 내오너라! 과일과 다과는 이 정도면 됐어. 차만 올리고 모두 물러가거라."

홍주가 주위를 물리치자 기윤이 기다렸다는 듯 앉은 채로 몸을 숙였다. 이어 정색을 하면서 입을 열었다.

"今혁도 군문, 준갈이부에서는 족장 갈이단책령噶爾丹策零(책망아랍포탄策妄阿拉布坦의 장자로, 갈이단책릉噶尔丹策凌이라고도 함)이 몇 년 전에 죽고 납목찰이納木札爾가 후계자로 나선 뒤 지금까지 내란이 끊이지 않는다고 들었소. 그러나 그곳은 워낙 멀리 떨어져 있는 데다 내란이라 해도 그들 부족 내부의 가무家務요. 또 폐하께서는 금천 파병 때문에 경황이 없으시오. 그래서 그쪽 사정에는 모두들 어두운 편이오. 지난번 수혁덕 군문의 상주문을 받아보니 또 달와제達瓦齊라는 자가 반란에 성공해 납목찰이를 꺾고 족장으로 올라왔다던데, 대체 어찌된 일이오?"

수혁덕이 입을 열려고 할 때였다. 홍주가 갑자기 두 손을 들어 제지시키면서 먼저 입을 열었다.

"북경에서 아계가 폐하께 밀주문을 올렸네. 청해성의 아목이살납阿睦爾撒納이라는 자가 달리는 말에 채찍질을 가하면서 북경을 향해 가고 있다고 하네. 아목이살납이라고 하면 휘부輝部의 족장이 아닌가. 그런데 준갈이부의 내분이 그자하고 무슨 상관이 있다고 저리 날뛰고 다니는 건지 모르겠네. 나는 관사管事 친왕은 아니나 보고를 들어보라는 어지가 계셨으니 간단하게 자초지종을 설명해주게. 폐하께서 하문하실 때 뒤통수만 긁고 있게 만들지 말고."

아직 호부 상서로 정식 발령이 나지 않은 범시첩 역시 전후의 사연이 궁금하기는 마찬가지였다. 그 역시 수혁덕을 향해 고개를 끄덕였다.

"친왕마마, 기 중당, 범 대인! 이 일은 워낙 복잡해서 한두 마디 말로 설명하기 어렵습니다. 제가 아는 만큼만 요약해 말씀 올리겠습니다."

수혁덕이 앉은 채로 몸을 낮춰 예를 갖추고는 목소리를 가다듬고 다시 입을 열었다.

"성조께서는 그동안 세 차례나 준갈이부를 친히 정벌하셨습니다. 결국 완고하기가 천년 바위 같던 노老갈이단은 치명타를 입고 자살하지 않았습니까? 그 뒤로 갈이단책령이 부족의 왕으로 봉해졌습니다. 그런데 그자는 나약하고 무능한 사람이라 조정에서 봉호封號해준 힘을 빌려 겨우 준갈이의 현상만 유지해 나갔죠. 그에게는 아들이 셋 있었습니다. 맏이는 이름이 라마달이제喇嘛達爾濟인데, 첩의 소생이라 신분이 낮았습니다. 정실에게서 난 둘째는 이름이 책망다이제策妄多爾濟 납목찰이라고 합니다. 그자들의 이름은 워낙 거지년 발싸개처럼 깁니다. 친왕마마께서 듣기 짜증나시더라도 참아 주십시오. 저도 처음 몇 년 동안은 이놈이 저놈 같고 저놈이 이놈 같아 보여 땀깨나 흘렸습니다. 둘째의 어미는 조정에서 봉한 진짜배기 복진福晉이었는지라 갈이단책령이 죽은 뒤당연히 둘째 납목찰이가 후계자가 되었죠."

수혁덕이 말을 잠깐 끊고는 침을 꿀꺽 삼켰다. 이어 길고 긴 얘기를이어갔다.

"허나 이 납목찰이라는 놈은 대갈통에 피도 안 마른 것이 얼마나 방탕하고 부끄러움을 모르는지 기가 막힙니다. 하는 짓거리마다 유치하고한심한 것이 한마디로 되다만 인간이었습니다. 러시아에서 춘약春藥인지 뭔지 하는 걸 얻어다 처먹고는 하룻밤에 거짓말 조금 보태 계집을백 명씩 데리고 자는 겁니다. 부족 내의 조금 반반하다 싶은 여노女奴들은 말할 것도 없고 부족 신료臣僚들의 처자들까지 시도 때도 없이 불러들여 유린하고는 했죠. 어떨 때는 자기가 계획했던 만큼 숫자를 채우지못하면 중간에 약을 또 처먹고 미친개처럼 자기 이종사촌, 고종사촌 할것 없이 무작위로 잡아다 숫자를 채워야 직성이 풀렸다고 합니다. 종일눈깔만 뜨면 하는 짓이 그것뿐이었습니다. 그러니 인간이 뼈만 앙상하게 남아 휘청대는 꼴이 마치 고기 발라낸 개뼈다귀에 옷을 입혀놓은 것같았죠. 개 눈에는 뭐만 보인다고 그렇게 휘젓고 다니니 목장 목민牧民들의 분쟁이 눈에 보였겠습니까? 양초糧草를 비축해 겨울을 날 차비나 했겠습니까? 한마디로 부족 살림은 개판 일보직전이었죠."

범시첩은 들을수록 기가 막히는지 저도 모르게 혀를 찼다. 기윤 역시한숨을 지으면서 입을 열었다.

"화수禍水가 그리 횡역橫逆하니 어찌 망하지 않고 버틸 수 있겠습니까……."

홍주가 그러자 히죽 웃으면서 말했다.

"언젠가 황궁의 궁녀들이 원인을 알 수 없는 병에 걸려 모두 얼굴이 노랗게 뜨고 기운 없이 시름시름 앓고 있으니 태의太醫가 내린 처방이 뭐였는지 아나? 스무 명의 건장한 청년을 선발해 궁으로 들여보낸 거야. 그렇게 한 달이 지나니 궁녀들은 기적같이 치유돼 저마다 얼굴에 광채가 돌고 발걸음도 날렵한 것이 옛날보다 더 팔팔해졌다지 뭔가. 대신 청년들은 모두들 수숫대처럼 비쩍 말라 곧 쓰러질 것처럼 비틀대면서 궁전을 나섰다네. 시력이 안 좋은 황제가 '궁전에 난데없이 어인 수숫대인고?'라고 물었더니, 궁녀들이 입을 싸쥐고 키득거리면서 '폐하, 저건 약 찌꺼기이옵니다'라고 대답했다고 하네!"

홍주의 말을 듣고 좌중의 사람들은 모두 뒤로 넘어질 듯 폭소를 터트렸다. 사람들을 따라 웃던 수혁덕이 다시 정색을 하더니 말을 이었다.

"납목찰이는 진짜 우려내고 또 우려낸 약 찌꺼기입니다! 음란하고 방탕할 뿐 아니라 악랄하기가 말로 다 못할 정도였답니다. 툭하면 사람을 죽여 여자의 태반과 남자의 고환을 떼어내 처먹기까지 했답니다. 천벌을 받아 마땅한 놈이 또 죽는 건 그렇게 두려웠는지 해마다 부리는 종들을 하나씩 죽여 염라대왕전에 바쳐 제사를 지냈답니다. 그렇듯 비정하고 무능하고 방탕한 자를 아랫사람들이 추종할 리 만무했죠. 부족 사람들은 모두 이를 갈면서 기회만 노렸답니다. 그런데 납목찰이에게는 악란파아이鄂蘭巴雅爾라는 누이가 있었습니다. 둘은 어려서부터 워낙 정이 깊은 남매간이었답니다. 누이는 동생이 점점 헤어나지 못할 수렁으로 빠져드는 걸 안타깝게 여겼습니다. 나중에는 대란이 예상되자 만사를 제쳐놓고 몇 백리 밖에서 달려왔답니다. 이제부터라도 늦지 않으니 주색酒色을 멀리 하고 몸을 보양해 정무에 진력하라고 눈물로 호소했답니다. 그러나 이미 인성人性을 잃어 반쯤 미쳐버린 납목찰이는 다짜고짜 누이의 머리채를 휘어감아 따귀를 때리고는 감옥에 처넣었다는 것 아닙니까!"

수혁덕이 들려주는 얘기는 점점 더 끔찍해졌다.

"일이 이 지경이 되니 그의 매형 살기백륵극薩奇伯勒克이 가만히 있을 리 만무했죠. 당장 들고 일어나 깃발을 올리고 대포를 울리면서 반란을 책동했답니다. 오래 전부터 칸汗의 자리를 호시탐탐 노려왔던 맏이인 라마달이제는 바로 그 매형과 내응외합內應外合해 밤중에 납목찰이를 기습 공격했죠. 그날도 어김없이 춘약을 먹고 '약 찌꺼기'를 우려내느라 여념이 없던 납목찰이는 단칼에 불귀의 객이 되고 말았답니다. 라마달이제는 아우의 피가 흥건한 그 자리에서 이제 자기가 칸의 자리에 오르게 됐다고 흥분에 들떠 있었죠."

수혁덕은 목이 타는지 찻잔을 들어 차를 마셨다. 방안은 바늘 떨어지는 소리마저 들릴 정도로 조용했다. 좌중의 사람들은 바람이 높고 달이 차가운 수년 전의 어느 날 밤에, 만 리 밖의 어느 곳에서 발생한 골육상잔의 참극을 머리에 떠올리면서 몸을 오싹 떨었다. 반쯤 넋이 나간 표정으로 앉아 있던 홍주도 탄식을 하면서 물었다.

"그 뒤로는 어찌됐나?"

"아까 친왕마마께서 아목이살납에 대해 궁금해 하셨는데요……."

수혁덕이 깊은 생각에 잠긴 듯 미간을 찡그렸다. 이마에 깊은 주름이 파였다. 그는 인상을 쓴 채 천천히 다시 입을 열었다.

"이목이살납은 책망아랍포탄의 외손자이자 준갈이 휘부輝部의 왕이었죠. 초원과 목장에 욕심이 많은 그는 이미 오래 전부터 납목찰이와 일전을 벌여 준갈이 칸이 되고자 계획하고 있었습니다. 그런 상황에서 마침 준갈이 내부에서 일이 터졌죠. 친형과 매형이 결탁해 아우를 죽이고, 형이 탈위奪位를 하는 웃지 못 할 형국이 초래된 것이죠. 당시 이를 지켜보던 몽고 원로들은 감히 정면에 나서지는 못했으나 은근히 파렴치한 라마달이제에게 불만이 컸다고 합니다. 납목찰이만 보자면 워낙에 극악무도極惡無道해 스스로 불행을 자초했다고 하지만 그에게는 같은 어머니를 가진, 말하자면 정실소생인 아우 책망달십策妄達什이 있었기 때문입니다. 그러니 칸의 자리를 계승할 사람은 당연히 책망달십이 돼야 했죠. 당연히 몽고 원로들은 라마달이제 네가 뭔데 칸의 자리를 차지하느냐는 식으로 불평불만이 많았어요. 아무튼 몽고 쪽에서는 어느 누구도 라마달이제의 칸 자리를 인정해주는 분위기가 아니었다고 합니다. 하지만 그렇다고 해서 감히 정면에 나서서 정의를 호소할 힘과 용기도 없었죠. 급기야 몽고 원로들은 암암리에 아목이살납과 밀모를 하기에 이르렀죠. 다른 부족의 왕들과 함께 기병근왕起兵勤王해 책망달십을 옹립하기로 했습니다. 그런데……, 안타깝게도 기밀이 새어나갔다고 합니다."

좌중의 사람들은 어느새 수혁덕이 들려주는 얘기에 푹 빠졌다. 수혁덕이 계속 말을 이어나갔다.

"재작년 가을 준갈이부의 주최로 몽고 최고의 성회盛會인 나달모那達慕 대회가 열렸습니다. 대회를 삼 개월 앞두고 저에게도 초청장이 날아왔죠. 사실 저는 준갈이에 내분이 일기 시작하면서부터 그들의 동향을 면밀히 주시하고 있었습니다. 수시로 폐하께 보고를 올렸고, 폐하께서도 사흘에 한 번씩은 밀유密諭를 내리셨습니다. 그들의 동향을 유심히 살피되, 길들여지기를 거부하고 완고한 자들이니 해마다 올리는 공물에 인색하지 않는 한 크게 관여하지 말라고 하명하셨죠. 문제는 그들 부족의 내분이 위험수위를 넘었다는 사실이었습니다. 주군을 시해하고 스스로 왕임을 자칭했으니 세상에 그런 무법천지가 어디 있습니까! 아무튼 더 이상 지켜보고만 있을 수는 없던 차에 제가 초청장을 받았던 겁니다. 즉각 팔백리 긴급 편으로 폐하께 나달모 대회에 참석해도 되겠느냐고 여쭈었더니 폐하께서는 그리 하라고 하명하셨죠. 그래서 오늘 대동한 열 명의 장군들을 데리고 닷새를 달려 대회 날에 맞춰 도착했습니다. 명색이 천조天朝의 대장군이니 당연히 상석 한가운데로 안내하더군요. 주위를 보니 몇몇 서몽고 왕들이 있었는데 눈에 익은 얼굴은 한 명도 없었습니다. 객이객몽고의 칸들과 휘부의 아목이살납, 그리고 석부碩部의 칸왕 반주이班珠爾도 왔더군요. 그들은 라마달이제의 안내를 받아 저에게 와서 인사를 하더군요. 아주 반색을 하면서 귀찮을 정도로 친절하게 구는 겁니다. 자기들끼리도 서로 손을 맞잡고 어깨를 두드리면서 좋아하는 걸 보니 그들이 평소에 서로 잡아먹지 못해 으르렁대던 사이가 맞나 하는 착각이 들 정도였습니다."

수혁덕의 얘기는 그가 차를 한 모금 마시면서 잠시 끊어졌다가 다시 이어졌다.

"나달모 대회는 우리의 설날처럼 초원의 최대 성회입니다. 상석 탁자 위에는 사과, 배, 포도, 수박 등 각종 과일은 말할 것도 없고 여러 종류의 고기와 미주美酒가 그야말로 상다리가 부러지도록 차려져 있었습니다. 모두들 맛있는 음식을 배가 터지도록 먹고 즐겁게 담소하면서 대회를 구경하는데 분위기가 정말 좋았습니다. 활쏘기 시합에 이어 씨름, 양가두기 등등의 놀이도 이어졌어요. 울긋불긋한 몽고식 전통의상을 입은 여인들이 무지개처럼 아름다운 민속춤도 선보였죠. 광활한 초원에 빙 둘러선 사만 명의 남녀노소들 역시 흥에 겨워 열광했죠. 그들이 서로 팔짱을 끼고 빙글빙글 돌아가면서 춤추고 목청껏 노래하는 모습은 정말 보기 좋았습니다. 저희들 역시 박수를 치며 즐겁게 구경하고 있었습니다. 그러나 사달은 그 뒤에 이어진 말 시합에서 일어났습니다!"

수혁덕이 다시 차 한 모금을 마셔 목을 축이고는 말을 이었다.

"참으로 동서남북 어디를 봐도 끝이 보이지 않는 초원이었습니다. 사람들 역시 끝이 보이지 않게 늘어서 있었죠. 가운데에는 말이 달릴 수 있는 통로도 만들어 놓았고요. 곧 라마달이제가 손짓으로 신호를 보내고 왕부의 집사가 깃발을 흔들었습니다. 그러자 엄선을 거친 서른 필의 망아지들이 동쪽에서부터 미친 듯이 질주하기 시작했습니다. 이어 먼지를 뽀얗게 일으키면서 점점 가까이 오더니 질풍처럼 휙 지나갔죠. 그렇게 서쪽 끝까지 가서 다시 남으로 돌아 동으로 꺾어 돌아오는 식으로 달리더군요. 가까이에서 보니 말 위에는 건장하고 용맹한 몽고 영웅들이 납작 엎드려 타고 있었습니다. 모두 고삐와 채찍 외에는 아무런 무기도 들지 않았더군요. 눈 깜짝할 사이에 말은 또다시 한 바퀴를 돌았습니다. 그런데 세 번째 바퀴를 돌던 중 갑자기 대여섯 명의 몽고 영웅들이 마술을 부리듯 허리춤에서 화살을 꺼냈습니다. 그리고는 추호도 주저하지 않고 준갈이 부족 원로들과 책망달십, 그리고 아목이살납이 자리한 방향을 향해 쏘아대기 시작하더군요. 얼마나 빠르고도 정확하던지 지금 생각해도 등골이 서늘해지네요. 장로 한 사람이 목에 화살을 맞고 쿵 쓰러졌죠. 그러자 책망달십이 일어나 부축하려고 했어요. 그러나 곧 그도 왼쪽 가슴에 연이어 두 발의 화살을 맞고 비명 한 번 못 지르고 그 자리에 푹 고꾸라졌습니다. 다행히 눈치 빠르고 동작이 날렵한 아목이살납은 미꾸라지처럼 탁자 밑으로 숨어들었습니다. 동시에 그가 앉았던 의자에 무려 다섯 개의 화살이 일제히 날아와 꽂히더군요. 그대로 있었으면 그 화살을 다 맞고 죽었을 것입니다."

홍주를 비롯한 좌중의 사람들은 수혁덕의 말에 입을 벌린 채 다물 줄을 몰랐다. 그래도 수혁덕은 계속 말을 이어갔다.

"장내는 삽시간에 아수라장으로 변했지요. 사만 명이나 되는 군중들

은 놀라서 사방으로 뿔뿔이 흩어지기 시작했습니다. 그 와중에 아목이
살납은 말 한 필을 잡아타고 달아났습니다. 그의 호위병들 중에서 요행
으로 말을 잡아탄 한 명만이 그의 뒤를 따라갔습니다. 나머지 수십 명
은 그 자리에서 라마달이제의 친병들과 접전을 벌였습니다. 죽고 죽이
고 베고 베이는 처절한 장면은 지금 생각해도 모골이 송연해집니다. 말
소리, 고함소리, 울음소리에 지옥에 온 것 같은 공포심이 들었습니다. 한
치 앞도 내다볼 수 없을 정도로 먼지가 일었으니 억울하게 죽은 부락민
도 부지기수였을 겁니다. 그 와중에도 누가 도왔는지는 몰라도 노인과
여인, 아이들 대부분은 한쪽으로 무사히 피했습니다. 아목이살납을 추
격하지 않고 남은 무리들은 휘부에서 온 호위병들을 사정없이 난도질해
'다진 고기'로 만들어버렸습니다……. 사실 저는 전쟁터에서 잔뼈가 굵
어오면서 별의별 참혹한 꼴을 다 봤다고 자부했었습니다. 그러나 그때
처럼 극악무도한 현장은 정말 처음이었습니다. 살점이 툭툭 떨어져나가
수풀 여기저기에 들러붙고 뜨거운 핏방울이 푸른 초원을 붉게 적시는
처참한 광경은 그 뒤로도 한참이나 더 이어졌습니다."

좌중의 사람들은 얘기를 들으면서 저도 모르게 혀를 차고 인상을 찌
푸렸다. 듣기만 해도 초원에서 벌어진 살육의 참혹한 장면이 눈앞에 선
한 모양이었다. 수혁덕의 말은 계속 이어졌다.

"라마달이제는 부하들에게 아목이살납을 쫓아가라고 지시한 다음 아
무 일도 없었던 듯 대수롭지 않게 웃으면서 저에게 왔습니다. 그리고는
태연하게 실례했다고 사과까지 하는 것이었습니다. 그리고는 서몽고에
서 온 왕공들과 알아듣지도 못할 소리로 한바탕 지껄이더니 다시 저에
게 정중히 사죄를 청하더군요. 더불어 준갈이 장로들과 아목이살납이
결탁해 책망달십을 옹립하고 자신의 초원, 목장, 소, 양 등과 부락민들
을 일거에 삼키려 들었기에 부득이하게 처치할 수밖에 없었다고 말했

습니다. 또 준갈이는 천조天朝 보거다 칸의 법통을 옹대擁戴하고 천조에 신복臣服한 번신藩臣이니 감히 건륭 보거다 칸의 통치에 걸림돌이 되는 일은 없을 것이라면서 한바탕 미사여구도 늘어놓았습니다. 그러나 저는 이에 대한 어지를 따로 받은 바가 없는지라 대충 몇 마디 응수하고 천산 대영으로 돌아왔습니다."

준갈이부에서 일어난 내란의 원인과 과정은 이로써 명료해졌다. 기윤은 그에 대해 깊이 생각하더니 곰방대를 힘껏 빨고는 운무를 길게 토해 냈다. 이어 물었다.

"나는 군기처에서 문사文事를 보고 있소. 올라온 상주문들을 정리하면서 보니 달와제達瓦齊라는 자가 칸으로 봉해주십사 올린 표表가 들어 있었소. 이 달와제는 대체 뭐 하는 사람이오?"

"달와제요?"

수혁덕이 알겠다는 듯 의미심장한 표정을 지으면서 대답했다.

"저도 나달모 대회에서 처음 만났습니다. 키가 칠 척七尺이고 낯빛이 한족들처럼 하얗고 말소리가 우렁찬 사내였습니다. 대회에서 병마를 지휘하는 걸 보니 성깔도 있어 보이더군요. 한어도 사투리가 좀 섞여서 그렇지 제법 잘했습니다. 알아보니 준갈이부의 책령돈다포策零敦多布의 손자로, 찰이고扎爾固 부족회의에서 병권을 장악한 대귀족이었습니다. 카자흐스탄의 위츠玉玆 부락을 책임진 사람이니 우리 식으로 하면 병부 상서 겸 통수쯤 되는 것 같습니다. 그 역시 납목찰이가 부족 전체를 멸망의 구렁텅이로 몰아넣는 것을 보면서 한때는 찬위簒位를 결심했다가 나중에는 아목이살납을 밀어주기로 마음을 바꿔 먹었나 봐요."

좌중의 사람들은 길게 이어지는 수혁덕의 말에 알 듯 말 듯한 표정으로 귀를 기울였다. 수혁덕이 다시 말을 이었다.

"아목이살납은 겨우 살아남아 도주한 뒤 저희 병영으로 사람을 파견했었습니다. 이미 삼만 철기병鐵騎兵을 끌어 모았으니 저에게 준갈이 공격을 도와주십사 하고 부탁을 하더군요. 당연히 그럴 수 없다고 단칼에 잘랐더니 더 이상 찾아오지 않았습니다. 뒷일이 궁금해서 제가 사람을 보내 탐문을 했었죠. 그는 제가 자기 부탁을 들어주지 않자 몰래 카자흐스탄으로 가서 달와제와 음모를 꾸미고 있었더라고요. 두 사람은 건륭 이십일 년 칠월 십이일에 각각 이만 기병騎兵을 파견해 준갈이 대칸의 궁宮을 습격하기로 했습니다. 사실 준갈이부의 병사들은 모두 달와제가 옛날에 부리던 부하들이었기 때문에 모두 그의 편에 섰죠. 원래 라마달이제의 부족에는 병사가 일만 명밖에 없었답니다. 결국 달와제의 내응외합에 힘입어 불과 네 시간 만에 라마달이제의 일만 병사는 전멸하고 말았습니다. 라마달이제 역시 할복자살했죠……."

수혁덕이 입이 마른지 다시 차를 한 모금 마셨다. 그러고도 얘기는 끝이 나지 않았는지 뒷얘기를 계속했다.

"그러나 둘의 야합도 오래 가지는 못했습니다. 아목이살납은 '내 덕분에 달와제 네가 칸 자리에 올랐으니 너는 나를 무조건 도와줘야 한다'는 입장이었습니다. 반면 달와제는 허수아비처럼 맥없이 무너지는 라마달이제를 보면서 '이럴 줄 알았으면 아목이살납을 끌어들이지 말 걸. 괜히 성가시게만 됐네……'라고 생각했던 것 같습니다. 급기야 둘은 반목하기에 이르렀습니다. 제가 어지를 받고 술직을 오기 전까지 두 사람은 벌써 몇 번이나 싸움을 치렀습니다. 지금은 둘 다 기진맥진한 상태입니다. 한마디로 준갈이는 현재 이렇다 할 우두머리가 없이 어수선한 상태입니다."

수혁덕은 말이 '요약'이지 준갈이 내부의 얽히고설킨 이해관계를 상세하게 설명했다. 입술이 하얗게 마를 정도였다. 얼마 후 그가 찻잔을 들어 연신 벌컥벌컥 들이키면서 다시 덧붙였다.

"그 뒤로는 어떻게 됐는지 잘 모르겠습니다."

홍주가 천천히 말을 받았다.

"결국 아목이살납이 패했지. 달와제 그자도 대단한 야심가거든. 지금 주변의 작은 부락들을 하나둘씩 먹어치우는 중이야. 폐하께서 준갈이에 대한 용병用兵(군사를 부림)을 서두르시는 이유도 그것 때문이네. 달와제의 세력이 눈덩이처럼 커지면 제이의 갈이단이 될까봐 염려하시기 때문이네. 물론 아무리 초조해도 부항의 금천 전사戰事가 끝나야 이쪽 일을 처리할 수 있을 테지만 말이야! 갈이단이나 달와제는 모두 크나큰 야욕을 품고 있는 자들이네. 조정의 눈 밖에 나지 않기 위해 겉으로는 조정을 위해 변방의 반란을 진압한다는 명분을 내세우고 있지만 실은 어느 누구도 진정으로 조정과 일심동체인 자가 없네! 둘 다 '칭기스칸'의 꿈을 꾸고 있는 게 분명해. 아니면 러시아와 눈을 맞추고 한통속이 될 이유가 없지 않은가! 개자식들!"

홍주가 욕설을 퍼붓더니 갑자기 찰싹! 하고 자신의 왼쪽 뺨을 때렸다. 그리고는 손바닥을 들여다보면서 중얼거렸다.

"지금이 어느 때라고 아직도 모기가 있어?"

좌중의 사람들은 홍주의 말에 짧게 웃고는 이내 다시 진지해졌다. 기윤 역시 언제 농담을 즐겼나 싶은 표정으로 홍주를 힐끔 쳐다봤다. 그는 사실 속으로 적지 않게 놀랐다.

'누가 화친왕을 '황당친왕'이라고 하는가? 주관이 또렷하고 심사가 깊기로 타의 추종을 불허하는군! 매일 군기처에 앉아 주장奏章을 읽고 처리하는 아계보다 훨씬 똑똑한 사람이야. 어째서 앞에 나서기를 거부하고 한낱 '황당친왕'으로 살아가고 있는 것인가……'

기윤은 그렇게 생각하면서 홍주에 대한 아쉬움에 다시 한 번 길게 숨을 내쉬었다. 잠시 후 그가 말했다.

"대단한 혜안이십니다, 화친왕마마. 이제는 내무부 업무나 기무旗務 따위의 잡다한 일에서 그만 손을 털고 출산出山하십시오. 군기처로 입직하시는 것이 좋을 것 같습니다. 신이 폐하께 그리 주청 올리겠습니다."

"갑자기 자다가 봉창 두드리는 소리는 왜 하는 거야?"

홍주는 잠깐 정색하는 듯하더니 이내 히죽 웃으며 덧붙였다.

"괜한 짓을 했다가는 내가 자네를 가만 놔두지 않을 테니 그런 줄 알아! 내가 뭘 안다고 군기처 같은 중추기관에 얼쩡거린단 말인가? 말이 되는 소리를 해야지, 이 사람아! 찻집에 앉아 있어 보게. 말로는 세상을 열두 번도 더 들었다 놓는 자들이 얼마나 많은지 아는가!"

범시첩이 홍주의 말이 끝나기 무섭게 정색을 했다.

"저는 성조 때의 주배공周培公 장군이 하셨던 말씀을 아직도 뚜렷하게 기억하고 있습니다. 서부 전사는 군수품과 식량이 관건이라는 얘기입니다. 전에는 그게 무슨 뜻인지 잘 몰랐으나 지금은 군량미가 얼마나 중요한 역할을 하는지 뼈저리게 느끼고 있습니다. 길이 워낙 멀고 험하다보니 내지內地에서 사십 근을 보내봤자 천산 대영에 도착하면 이것저것 다 빼고 고작 한 근밖에 남지 않는다고 합니다. 수혁덕 군문, 식량을 한 톨이라도 낭비했다가는 이십 년 우정이고 나발이고 내가 결코 용서치 않을 것이니 각별히 신경을 써줘야겠소. 자네가 군량미 한 근을 낭비하는 것은 결국 사십 근을 잃어버리는 셈이 되오. 거기다 사라분에게 한 근을 빼앗기면 우리는 팔십 근을 손해 보는 거요. 폐하께서는 나를 파견하시면서 재삼 당부하셨소. 금천을 수복하는 것이 우리의 숙원이기는 하나 서부의 광활한 변방을 안정시키는 데 있어 이는 한낱 연병練兵에 불과하다고 말이오. 그러니 달와제의 부리가 딱딱해지고 날개가 여물기 전에 쳐내야 한다고 하셨소! 성조께서 세 차례나 친히 서부 정벌에 나서신 건 천조의 땅을 손톱만큼이라도 외이外夷들에게 내주지 않기 위함이었소. 지금의 천자께서 친정親征을 선언하시기 전에 우리가 먼저 똘똘 뭉쳐 서부 전역을 평정해야 하오. 내가 호부에 짐 싸들고 들어가는 이상 절대 병사들을 헐벗고 굶주리게 하는 일은 없을 테니 필요한 게 있으면 즉시 연락하도록 하오."

"여부가 있겠습니까?"

수혁덕이 고개를 숙이며 힘차게 대답했다.

"그런데 말이네……."

오랜 사색에 잠겨 있던 홍주가 갑자기 화두를 돌렸다.

"서쪽 이리伊犁에 곽집점이 똬리를 틀고 있다는 사실도 간과해서는 아니 되겠네! 회족의 수령으로서 대단히 불안정한 요소이니 말일세. 조정에서 곽집점을 가만 놔둘 리 만무하네. 아마 아목이살납의 죄를 묻고 나면 그쪽도 처리하겠지!"

그 옛날 강희황제는 친정親征을 통해 준갈이를 어느 정도 평정한 뒤 천산남로天山南路의 위구르 회족回族들에게 모하메드穆罕默特라는 수령을 정해준 바 있었다. 모하메드는 마허두미 아이자무줘허瑪赫杜米·艾札木卓和의 후예로 갈이단의 반란에도 참여한 사람이었다. 그러나 갈이단이 패망한 뒤 모하메드는 부친과 함께 조정에 투항하고자 했다. 강희는 모하메드가 위구르 회족들 사이에서 신망이 있는 것을 알고 쾌히 그들의 귀순을 받아들였다. 그리고 '화탁和卓('칸'이나 '왕'과 같은 칭호)이라는 칭호를 줘서 회족 부락의 수령으로 일방을 다스릴 것을 명했다. 모하메드에게는 파라니도波羅尼都와 곽집점이라는 두 아들이 있었다. 당시 상황을 보면 준갈이부의 몽고인들은 라마교喇嘛教를 신봉했다. 반면 회부의 위구르인들은 이슬람교를 믿었다. 이렇듯 다른 종교적 이념 때문에 초원과 부락을 이웃한 두 부족은 서로를 미워하고 적개심을 품고 있었다. 결국 갈이단책령은 강희가 말년에 정치 권태기에 처해 있는 틈을 타서 회부를 공격했다. 그 한 차례 전투에서 모하메드를 생포했다. 불운한 이 회족 수령은 옹정雍正 연간에 와서야 비로소 석방될 기회가 생겼다. 그 러나 애석하게도 그는 이미 감옥에서 죽은 뒤였다.

"그렇지 않아도 파라니도의 만언서萬言書가 군기처에 도착해 있습니다. 그쪽 남강南疆 지역은 아직까지는 조용합니다. 다만 온갖 감언이설로 독 립을 충동질하는 무리들의 물밑 움직임이 심상찮다고 합니다."

기윤은 여태껏 운무를 뿜어대고도 성에 차지 않는 듯 다시 곰방대 에 담배를 재우면서 말했다. 어조가 평소와는 달리 다소 들떠 있었다.

17장

홍주의 고육책

이튿날 날이 밝을 무렵 홍주와 기윤, 범시첩 등은 길을 나섰다. 그들은 강북 역도驛道를 따라 꼬박 하루를 달려 양주로 향했다. 말을 타는데 익숙지 않은 기윤과 범시첩은 화친왕부 호위들의 노새 두 마리를 빌렸다. 그것들은 고북구古北口에서 말과 잡교雜交해 태어나게 만든 노새들이라 빠르고도 편했다. 역도 양옆으로 수려한 경관이 펼쳐졌으나 일행중 아무도 경치를 감상할 여유가 없었다. 달리는 노새에 연신 채찍질을하면서 앞으로만 달렸다. 그러다 육합진六合鎭 동쪽의 작은 음식점 앞에 잠깐 내려 대충 허기를 달래고는 다시 말에 올랐다.

그렇게 해서 늦은 오후에 일행은 양주성 고교高橋에 있는 행궁에 도착했다. 기윤과 범시첩은 다리가 저려 노새에서 내리기도 힘들었다. 호위들의 부축을 받아 겨우 노새에서 내리면서 태양의 위치를 보니 아직 유시酉時가 채 안 된 것 같았다. 기윤이 이마에 손을 얹고 아직 서산으로 넘어가자면 한참 남은 해를 바라보고는 너털웃음을 지었다.

"얼마나 신나게 달렸으면 남경에서 양주까지 하루도 안 걸렸겠소!"

범시첩이 고개를 끄덕였다.

"나도 머리털 나고 하루 만에 이렇게 먼 길을 달려보기는 처음이네요. 아직도 머리가 울렁거리는 것 같아요. 그런데 이 노새가 달리기는 기가 막히게 잘 달리네요. 친왕마마, 이걸 저에게 상으로 내려주실 수 없겠습니까?"

홍주는 범시첩의 넉살좋은 요청에 흔쾌히 승낙했다.

"가지고 싶으면 가져! 나한테는 몇 필 더 있네. 고북구 장군이 충성의 표시로 보내온 한혈마汗血馬(하루에 천리를 달린다는 말. 아라비아에서 나는 명마) 소생인데, 요즘은 은자 몇 만 냥을 줘도 못 사지. 왕부에 종자 말이 두 필 있는데, 땀을 흘릴 때 보면 진짜 피가 섞인 땀이 나온다니까! 조상 때는 선지피를 흘리더니 지금은 삼 대째여서 그런지 전보다 색깔이 많이 옅어졌어. 그래도 힘은 여전해. 몽고마蒙古馬는 저리 가라고 할 정도지."

그때 의문 쪽에서 태감 복의가 걸어 나왔다. 홍주는 먼발치에 서 있는 왕보를 불러 분부를 내렸다.

"얘들이 먼 길을 오느라 수고했으니 잘 씻겨주고 먹여서 재우거라."

"소인 복의가 친왕마마와 두 분 대인께 문후를 여쭈옵니다!"

복의가 종종걸음으로 달려오더니 즉각 예를 갖춰 인사를 올렸다. 그리고는 무릎을 일으켜 세우면서 아뢰었다.

"폐하께서는 아침 일찍 태후마마를 모시고 홍교虹橋로 거동하시어 아직 돌아오지 않으셨습니다. 남경에서 이곳 양주까지 사백 리 길이오니 내일에야 당도할 거라면서 출타하셨습니다. 시위들 방이 비어 있으니 거기서 잠깐 쉬고 계십시오. 폐하께서도 돌아오시면 노곤해 하실 것이 분명하시오니 찾으시면 전해드리겠습니다. 찾지 않으시면……."

"찾지 않으시면 당연히 전해주러 올 필요가 없겠지!"

홍주가 태감의 말허리를 잘라버렸다. 이어 덧붙였다.

"무슨 놈의 혀가 그리도 뱅뱅 꼬이느냐? 간단하게 한두 마디로 끝낼 수 없나? 그러게 여태 총관태감도 못 되고 허구한 날 이런 심부름이나 하고 다니지! 시위들 방이 어디냐, 앞장서거라!"

복의가 풀죽은 목소리로 대답하고는 이내 배시시 웃으면서 아뢰었다.

"친왕마마께서 조금만 밀어주시면 총관태감 자리는 문제없을 텐데요……."

홍주가 어림도 없다는 듯 엉덩이를 걷어차는 시늉을 했다. 다급해진 복의는 얼른 피하며 달아났다. 그리고는 또 맞을까봐 수시로 뒤를 돌아보면서 세 사람을 의문으로 안내했다.

홍주 일행이 두 번째 문을 들어서면서 주위를 둘러보자 왼쪽으로 대여섯 칸짜리 낮은 건물들이 한 줄로 늘어서 있는 것이 보였다. 그 건물의 건축 양식은 자금성 건청문에 있는 시위들의 방과 같은 방식이었다. 그것들은 모두 지세를 따라 궁벽과 평행선을 이루면서 동남쪽을 향하고 있었다. 그중에 동쪽 끝방에만 관리들이 가득 모여 있었다. 일행이 안면 있는 몇몇 얼굴들을 얼핏 보니 그들은 모두 호부 관리들이었다. 홍주가 범시첩을 툭 건드리면서 말했다.

"하여튼 간에 붙었다, 쓸개에 붙었다 하는 놈들이라 동작 한번 잽싸군. 자네가 호부 상서로 발령 났다는 소문을 듣고 눈도장이라도 찍으려고 출장을 핑계 대고 몇 천리 길을 달려온 게 틀림없어. 가서 얼굴이라도 보여주게. 괜히 범아무개가 콧대가 높다느니 어쩌니 수군거리게 만들지 말고. 나하고 기윤은 서쪽 끝방에서 쉬고 있을 테니."

범시첩은 이미 호부 관리들과 눈길이 마주쳐버린 터라 피할 수도 없는 듯했다. 마지못해 껄껄 웃으면서 그들에게 다가갔다.

그러는 사이 복의는 문을 열고 등촉을 밝힌다, 찻물을 내어온다 하면서 수선을 피웠다. 그는 성심을 다해 바삐 움직였다. 두 사람이 물수건으로 얼굴을 닦는 동안 더운물을 떠다 발까지 닦아 줬다. 두 사람은 "어, 시원하다!"라는 말을 연발하며 흡족한 미소를 지었다.

홍주는 복의에게 발을 맡기고 찻잔을 들었다. 찻물 온도가 너무 뜨겁지도 미지근하지도 않은 것이 마시기에 딱 맞았다.

"자식, 시중드는 데는 도가 텄군!"

홍주가 주머니에서 쩔렁대는 금과자金瓜子 한 움큼을 집어 건네주면서 덧붙였다.

"내가 보기에는 네가 왕팔치王八恥보다 나은 것 같은데, 왜 아직까지 그자의 발밑에 있는 거냐? 자 받아, 너희들이라고 돈 쓸 일이 왜 없겠냐!"

복의가 국화처럼 활짝 핀 웃음을 지으면서 금과자를 받아 챙겼다. 이어 연신 머리를 조아렸다. 그리고는 더욱 겸손한 어조로 말했다.

"왕팔치는 확실히 이놈보다 재주가 있습니다! 이걸 잘하니······."

복의가 낚시질하는 시늉을 하면서 말을 이었다.

"나랍씨 귀비마마께서 낚시를 무척 즐기십니다. 낚시하실 때 적적하지 않게 왕팔치가 곁에서 말벗을 해드리는 걸 얼마나 좋아하신다고요. 히히······, 사실은 이놈도 폐하의 성은을 적지 않게 입고 있습니다. 워낙 황실의 가법이 엄해 폐하께서 아랫것들의 방종을 허용 안 하셔서 그렇죠, 히히. 발을 닦아 드리고 어깨를 주물러 드리는 것 외에는 할 줄 아는 게 없으니 친왕마마께서 잘 봐주셨으면 합니다."

홍주가 말을 받았다.

"이거 너무 겸손한 척하는데? 태감들이 못하는 게 그 짓 빼고 어디 있겠나? 다들 태감을 조심하라고 하는 걸 보면 예사롭지 않은 족속들이란 말이지. 다방茶房이나 수라간에서는 태감들에게 밉보였다간 큰일이 난다고 하더군. 네놈들이 찻물이나 수라에 소금을 뿌려 폐하께 경을 치고 쫓겨나게 만든다면서? 지난번 흑룡강 장군 제도濟度가 나를 보러 왔었는데 멀쩡하던 사람이 새우처럼 곱사등이 돼 있는 거야. 어디 아프냐고 물었더니 천성이 거짓말을 못하는 사람인지라 사실대로 말하더군. 누군가 찻물에 춘약을 탄 걸 모르고 마셨다가 아랫도리가 뻐근해서 죽을 지경이라는 거야. 그래서 허리를 펴고 일어선 걸 보니 글쎄 두루마기 앞섶이 대나무로 받쳐 놓은 것처럼 불룩하니 진짜 가관이 따로 없더군. 말을 들어보니 줄기차게 입궐하면서도 태감들에게 용돈 한 푼 안 줘서 그렇게 됐다는 거야! 나중에 내가 화청花廳을 관리하는 태감 놈들을 불러 곤장 팔십 대씩 때려주고 나서야 그런 일이 없어진 것 같아."

기윤이 목탑木榻 위에 앉아 편지를 쓰려다 홍주의 말을 듣고는 붓을 내려놓았다. 이어 어깨를 들썩이면서 웃었다.

"그 정도입니까? 저도 조심해야겠네요! 가만 있자, 지금 이 차는 마셔도 괜찮은 건가?"

"다 그런 건 아닙니다. 주인을 보고 개를 때리고, 자리를 보고 다리를 뻗는다고 하지 않습니까!"

복의가 벼루에 먹이 얼마 남지 않은 것을 보고는 황급히 물과 묵의 비율을 맞췄다. 이어 조심스레 먹을 갈면서 말을 이었다.

"폐하의 선膳에 소금을 뿌리는 일은 간혹 있습니다. 하오나 그건 누구의 소행인지 표가 날 수밖에 없습니다. 어선御膳은 여러 사람이 맛을 보고 무사함이 입증된 후 올리기 때문입니다. 거기에 손댈 수 있는 자라면 어선 시중을 전문적으로 드는 태감일 가능성이 제일 크죠. 춘약을 타는 경우도 있기는 하지만 사적인 원한이 깊지 않은 이상 누가 감히 그런 짓을 하겠습니까?"

기윤은 책을 몇 수레나 읽어 최고의 학문을 자랑하는 사람이었다. 그러나 태감들의 공공연한 비밀은 처음 듣는 터였다. 적이 놀랄 수밖에 없었다.

복의가 한참 재롱을 부리고는 물러갔다. 방에는 홍주와 기윤만 남았다. 창밖에는 서서히 어둠이 내리기 시작했다. 두 사람은 각자의 생각에 잠긴 채 잠시 아무 말도 하지 않았다.

"이보게, 효람."

홍주는 기윤이 다시 붓을 들어 먹을 묻히는 걸 보고는 반쯤 목탑에 기대 누운 채 물었다.

"들자니 자네는 노견증盧見曾하고 사돈을 맺을 거라면서? 이제 열네 살밖에 안 된 딸을 가지고 뭘 그리 서두르나? 그놈이 제법 얌전하고 똑 부러져서 내가 중매 한번 서보려고 했더니, 장유공이 선수를 쳤더구먼!"

기윤이 홍주의 말에 희미하게 웃었다.

"자녀들의 인연도 하늘이 맺어주는 것 같습니다. 저는 관리가 되기 전에 천하를 주유하고 다녔습니다. 젊은이답게 말입니다. 그때 양회兩淮 지역 염운사鹽運使로 계시던 노견증 대인을 우연히 뵙게 됐습니다. 홍교虹橋에서 명류문사名流文士들의 회문會文 자리가 있었는데, 제가 운이 좋아 방榜의 첫머리에 이름이 올랐지 뭡니까? 그때 저는 스무 살밖에 안 되었습니다. 그런데 주연酒筵에서 술이 서너 순배 돌아가자 그 어르신께서 저를 가리키면서 '저 젊은이만 한 딸이 있었으면 사위를 삼았을 텐데, 아쉽군!'이라고 말씀하셨습니다. 그때는 하룻강아지 범 무서운 줄 모르는 나이였는지라 자신만만하게 대답했죠. '그러시면 나중에 소인이 아들을 낳으면 어르신의 손녀를 며느리로 맞게 해 주십시오'라고 말입니다. 그런데 말이 씨가 된다더니, 글쎄 십 수 년이 지난 지금에 와서 장유공을 통해 다시 인연이 이어질 줄 누가 상상이나 했겠습니까? 그 어르신의 막내손자 이름이 노음문盧蔭文으로 올해 막 진학進學했다고 합니다. 소인의 둘째딸 운화韻華도 이제 열세 살이니 그리 이른 것 같지는 않습니다. 이십 년 전에 농담 삼아 한 혼약이 결국 이렇게 이뤄지는 것을 보고 감개가 무량했습니다. 남남이 만나 부부가 되고 사돈의 연을 맺는 것은 과연 하늘이 맺어주는 인연 같습니다."

홍주는 기윤의 말을 듣고 천천히 고개를 끄덕였다. 이어 가벼운 탄식을 섞어 말했다.

"인연이라는 건 하늘이 내리는 것이니 인력으로 거부할 수 없는 일인가 보군! 그 가문도 점잖은 가문이기는 하나 다소 우려되는 점이 있네. 삼 대째 염무鹽務에 종사하고 있으니 요즘 터진 고향의 사건과 이러저러하게 얽힌 부분은 없는지 그게 좀 걱정스럽네. 거꾸로 뒤집히는 둥지에 온전한 알은 있을 수 없다고 했네!"

기윤이 홍주의 말을 곰곰이 되새기더니 곰방대에 불을 붙여 입에 물었다. 이어 말없이 운무만 내내 토해냈다. 그리고는 천천히 입을 열었다.

"세상천지에 뒤가 깨끗한 염관鹽官은 하나도 없다고 합니다. 그러니 아주 큰 문제만 없다면 괜찮다고 생각합니다. 노음문의 부친이 되는 노청공盧淸孔은 장유공의 문생으로, 사람이 대단히 정직하고 청렴하다고 들었습니다. 아직 고향의 송사가 끝나지 않아 잘은 모르겠으나 설령 그 사건과 주사蛛絲(거미줄)의 연관이 있을지라도 퇴혼退婚의 이유가 돼서는 아니 되지 않겠습니까? 같이 관가의 길에서 부침하는 사람으로서 저도 마냥 승승장구할 거라는 보장도 없지 않습니까? 그건 물론 친왕마마라도 예외는 아닐 것입니다. 그렇지 않습니까?"

"그렇지!"

홍주가 크게 공감한다는 듯 크게 고개를 끄덕였다. 기윤이 다시 입을 열려고 할 때였다. 복의가 종종걸음으로 들어와 아뢰었다.

"출타하셨던 어가御駕가 당도하셨습니다. 영접을 나가셔야겠습니다!"

복의가 말을 마치더니 빠른 걸음으로 물러갔다. 홍주와 기윤은 서둘러 방문을 나섰다. 옆방에 있던 범시첩도 나오고 있었다. 하늘에는 뭇별이 총총했다. 멀리서부터 두 줄의 등롱燈籠이 꿈틀대는 용처럼 가까이 다가오고 있었다.

파특아가 행궁의 정문을 활짝 열자 왕팔치가 맨 앞에서 커다란 궁등을 받쳐 들고 큰 걸음으로 걸어 들어왔다. 이어 등롱을 든 수십 명의 궁녀들이 두 줄로 왕팔치의 뒤를 따라왔다.

홍주가 앞장서고 기윤과 범시첩이 조금 떨어져서 뒤를 따랐다. 행궁으로 술직차 온 문무 관리들도 스무 명이 넘는 것 같았다. 마제수를 터는 인사를 하면서 땅에 꿇어 엎드린 홍주가 머리를 조아리면서 큰 소리로 외쳤다.

"황제폐하 만세, 만세, 만만세!"

뒤이어 다른 신하들 역시 동시에 합창을 하듯 만세소리를 입에 올렸다. 그 소리가 우렁차게 울려 퍼졌다. 범시첩은 만세를 외친 다음 고개를 들어 가만히 황제의 행차를 훔쳐봤다. 대낮처럼 길을 밝힌 등롱을 따라 혁로연거革輅輦車(황제가 타는 다섯 가지 승여 중 하나) 한 대가 정문을 들어서고 있었다.

딱!

태감 복례가 긴 채찍을 땅바닥에 한 번 내리쳤다. 그러자 연거輦車가 그 자리에 멈춰 섰다. 움직일 때마다 딸랑거리는 소리를 내던 연거의 방울 아홉 개 역시 소리를 멈췄다.

청나라 황제의 연거는 옥로玉輅, 금로金輅, 상로象輅, 목로木輅, 혁로革輅

등 다섯 가지로 나뉘었다. 그중 혁로는 가장 낮은 등급으로, 일상적으로 출타할 때에 사용하는 것이었다. 그러나 아무리 최하등급의 연거라고 해도 차체 길이만 무려 한 장丈 여섯 척, 폭은 여덟 척이 넘었다. 끌채轅는 두 개, 어마御馬 네 마리가 앞뒤에서 끄는 구조였다. 차체의 사방에는 붉은 난간이 둘러져 있을 뿐만 아니라 네 모퉁이에 태감이 한 명씩 서 있었다.

태감 한 명이 차체 높이에 맞춘 자그마한 사다리를 들고 구르듯이 달려갔다. 이어 두 태감이 주렴을 걷어 올렸다.

건륭이 태감들의 부축을 받으면서 사다리를 딛고 천천히 수레에서 내렸다. 그동안 신하들은 누구 하나 감히 고개를 드는 이가 없었다.

홍주는 발소리만으로 건륭이 어디쯤 걸어왔는지 느끼고 아뢰었다.

"신제臣弟, 폐하께 문후를 여쭙사옵니다!"

건륭은 엎드린 신하들 앞에서 걸음을 멈추고 한참 동안 말이 없었다. 신하들이 목까지 차오르는 긴장감에 숨이 넘어갈 지경이 되어서야 건륭이 길게 한숨을 내쉬면서 모두 일어서라고 말했다. 좌중의 사람들은 그제야 참고 있던 숨을 소리 없이 가늘게 내쉬며 엉거주춤 일어나 구부정한 자세로 섰다.

홍주는 그 틈을 타 힐끔 형을 훔쳐봤다. 마침 건륭도 그에게 시선을 박고 있었다. 순간 홍주는 몰래 음식을 훔쳐 먹다 들킨 것처럼 황급히 고개를 숙였다. 그리고는 기어들어가는 목소리로 아뢰었다.

"폐하, 신은 막 남경에서 돌아왔사옵니다……."

건륭은 아무런 대답도 하지 않았다. 그저 약간 초췌해 보이는 얼굴로 미간을 찌푸리고 있을 뿐이었다. 그러자 인상이 더욱 근엄해 보였다. 얼마 후 건륭이 손으로 신하들을 가리키면서 범시첩에게 물었다.

"모두 호부에서 경을 마중 나온 사람들인가?"

범시첩이 허리를 깊숙이 숙이면서 조심스레 입을 열었다.

"아뢰옵니다, 폐하. 호부에서는 양조범梁祖範과 윤가전尹嘉荃 두 낭관郎官이 왔사옵니다. 하오나 신을 마중 나온 건 아니옵고 신에게 부무部務를 보고 올리고자 들렀다고 하옵니다. 그밖에 대여섯은 고은庫銀 수송차 복건福建으로 가는 길에 들렀사옵니다. 노작盧焯이 하공河工의 일로 신을 만나 보라고 파견한 관리도 더러 있사옵니다."

"윤가전!"

건륭이 신하들을 쓸어보면서 한 사람을 거명했다.

"윤가전이 누구인가?"

건륭이 두 번씩이나 자기 이름을 부르면서 준엄하게 묻자 뒷자리에 서 있던 서른 중반쯤 된 젊은이가 깜짝 놀라면서 고개를 들었다. 그리고는 황급히 뛰어나오다가 하마터면 두루마기 자락에 걸려 앞으로 넘어질 뻔했다. 그는 허둥대면서 무릎을 꿇고는 연신 머리를 조아리며 더듬거렸다.

"신……, 신이……."

건륭이 걱정과 불안에 말을 잇지 못하는 윤가전을 한참 내려다보더니 피식 웃었다.

"짐은 자네가 눈에 익네. 전에 육합六合에서 지현知縣으로 있었지. 평판이 꽤 괜찮았던 걸로 알고 있네. 명색이 진사 출신인데 늠름하고 의연한 모습을 보여야지 이렇게 비틀대고 더듬거려서야 되겠나! 그런데 혹시 윤계선하고 집안 사이인가?"

"예, 그러하옵니다……. 신은 폐하의 훈육을 명심하고 앞으로 보다 늠름하고 흔들림 없는 모습으로 거듭날 것을 약조 드리옵니다. 지척에서 천위를 우러르니 다리가 떨리고 가슴이 터실 것 같사옵니다."

윤가전은 그 사이 다소 긴장이 풀린 듯 머리를 조아리면서 유창하게 말을 이었다.

"신의 조부 윤영尹英과 윤계선 공의 부친 윤태尹泰는 같은 증조부를 모시고 있사옵니다……."

건륭이 빙그레 웃으면서 말했다.

"그렇다면 자네도 명신名臣의 후예로군. 짐이 자네 문장을 읽어봤네. 논리가 정연하고 문필도 괜찮더군. 다만 좀 진부하고 구태의연한 느낌이 없잖아 있었네. 일어나게. 앞으로 본연의 업무에 진력해 본인의 진가를 유감없이 발휘해보게!"

건륭이 말을 마치고는 윤가전이 미처 사은을 표하기도 전에 고개를 돌려 좌중을 바라보며 말을 이었다.

"상사에게 업무보고를 하는 건 당연지사이지. 허나 업무 보고를 빌미로 자신의 영달을 위해 떳떳치 못한 행각을 벌이고 다닌다면 그런 자는 결코 오래 가지 못할 것일세. 관계의 부침에도 도道가 있고 재물의 취렴聚斂에도 지켜야 할 나름의 법도가 있는 법이네. 뒷문으로 들어가고 옆문으로 빠지는 짓은 애당초 하지 않는 것이 좋을 걸세. 이 점을 명심하게!"

범시첩이 건륭의 훈계를 듣고는 정중히 예를 올리면서 아뢰었다.

"폐하의 일언은 실로 성현의 말씀 같사옵니다. 신들은 폐하의 훈육을 가슴속 깊이 아로새기겠사옵니다."

기윤도 눈치 빠른 그답게 늦을세라 좌중을 향해 말했다.

"폐하의 말씀은 지금 이 자리에 있는 우리 모두를 향한 훈육이시오. 나아가서는 천하 문무백관들에 대한 교시教示이시오. 우리는 다만 다른 사람들보다 복이 많아 직접 천어天語를 경청할 수 있는 기회를 가졌을 뿐이오. 그러니 모두 각자의 위치로 돌아가 솔선수범해야 하겠소. 뿐만 아니라 각자 학궁學宮이나 아문을 통해 수하나 문생들에게 각골刻骨의 가르침을 줘야 할 것이오!"

좌중의 문무관리들은 황제를 대신한 기윤의 훈육을 듣고 일제히 무릎을 꿇었다. 동시에 약속이나 한 듯 우렁차게 대답했다.

"신들은……, 폐하의 어지를 받들어 모실 것을 약조 드리옵니다!"

말을 마친 좌중의 문무관리들은 몸을 일으켜 뒷걸음질로 물러갔다. 건륭은 잠시 그 자리에 말없이 서 있었다. 이어 세 명의 대신들에게는 눈길도 주지 않은 채 손짓으로 복의를 불러 물었다.

"영가교迎駕轎 역관에 다녀왔느냐?"

복의가 즉각 대답했다.

"다녀왔사옵니다, 폐하. 연청 중당께서는 형부 관리들을 소집해 회의를 하고 있었사옵니다. 의사청에 수십 명이 모여 있었사옵니다. 달리 어지가 안 계셨기에 감히 회의를 방해하지 못하고 의사청 밖에서 지켜보기만 하고 돌아왔사옵니다."

건륭이 입을 다물고 제자리에서 이리저리 걸음을 옮겨놓는가 싶더니 복의에게 명령을 내렸다.

"다시 가서 살펴 보거라. 만약에 아직도 회의 중이면 하늘이 두 쪽 나는 일이 있어도 일단 산회散會하라는 어지를 전하거라! 황천패와 오할자는 유통훈의 뜻에 따라 의논을 계속하도록 하고 유통훈은 무조건 사흘을 쉬라고 하라."

"그리 하겠사옵니다, 폐하!"

"그리고……"

건륭의 눈빛이 갑자기 번뜩였다.

"이 말도 전하거라. '문무지도文武之道는 장이張弛(긴장과 이완)를 잘 조절하는 데 있으니 열심히 할 때와 쉴 때를 적당히 안배하면서 일을 하도록 하라. 매사에 완벽할 수는 없으니 소사小事는 무시하고 대사大事만

확실히 챙겨라!'라는 말이니라."

"소인이 한 글자도 빠뜨리지 않고 성유聖諭를 전하고 오겠사옵니다!"

"어디 다시 한 번 외워 보거라!"

복의는 한 글자도 틀리지 않고 정확히 외워냈다. 기윤이 태감의 비상한 기억력에 적이 감탄하면서 물었다.

"그러면 폐하의 말씀이 무슨 뜻인지는 아느냐?"

복의가 활짝 웃으면서 대답했다

"모르겠습니다."

좌중의 사람들은 뜻도 모르면서 당당하기만 한 태감의 '배짱'에 웃음을 금치 못했다. 건륭도 얼굴에 씩 웃음을 흘렸다.

"짐은 이미 태후마마 전에서 저녁 수라상을 받았으니 이쪽 수라간에서 준비한 선膳은 가져다 유통훈에게 상으로 내리거라. 오할자와 황천패는 같이 먹어도 좋다고 하거라. 그리고 짐이 상으로 내린 궁녀들을 되돌려 보냈는데, 짐이 다시 보낸다고 이르거라. 군주가 하사한 것을 신하된 자로서 거절하는 것은 예의에 어긋난다는 말도 함께 전하거라. 됐느니라, 그만 물러가도록 하라!"

"예, 폐하!"

"다들 따라오게."

복의가 물러가자 건륭은 짧게 한마디를 던지고는 앞서 행궁을 향해 걸어갔다. 뭔가 할 말이 더 있는 듯했다.

행궁은 촉강蜀崗(곤륜산崑崙山)의 여맥餘脈을 따라 지은 건물이었다. 촉강의 허리를 반쯤 돌아 흘러가는 운하가 가까이에 있어 경관이 일품이었다. 건륭 일행은 의문으로 들어가 약간 경사진 오솔길을 따라 금수교金水橋를 건넜다. 이어 서북쪽으로 몇 십 보 더 걸어갔다.

그러자 행궁의 내문內門이 보였다. 황금색 기와를 얹고 붉은 담벼락으로 둘러싸인 건물의 주변에는 느릅나무, 버드나무, 홰나무, 백양나무 등 고목들이 빽빽이 자라고 있었다. 담장 아래에는 야간 경비를 서는 태감들이 바람에 허리 휜 고목처럼 고개를 숙인 채 서 있었다.

시위 파특아는 건륭을 보자마자 그의 거동이 평소보다 힘겨워 보이는 것을 눈치채고는 곧바로 달려가 부축을 했다. 건륭은 일제히 무릎을 꿇은 태감과 궁녀들 사이에 황후전에서 시중드는 진미미秦媚媚도 끼어있는 것을 보고는 일어나라고 손짓했다. 이어 동난각으로 걸어가면서 그에게 물었다.

"황후께서는 오늘 기분이 어떠신 것 같더냐?"

진미미가 기다렸다는 듯 즉각 아뢰었다.

"황후마마께서는 낮에는 음식도 맛있게 드시고 기분이 좋아 보였사옵니다. 하오나 낮잠을 주무시고 나서는 가슴이 답답하고 머리가 무겁다고 하셨사옵니다. 저녁 수라는 기장에 연근을 넣어 끓인 죽을 조금 드셨을 뿐이옵니다. 지금은 귀비마마와 진비마마께서 황후전에 들어 말동무를 해드리고 있사옵니다!"

건륭이 진미미의 말을 듣고는 고개를 끄덕여 보였다.

"오늘은 늦었으니 내일 엽천사를 들여보내 진맥을 해봐야겠군. 나랍씨에게 이르거라. 황후마마께서 기분이 좋아지도록 재미나는 얘기를 많이 해드리라고 말이야. 짐은 의사議事가 끝나는 대로 건너갈 것이다."

말을 마친 건륭은 난각으로 들어와 앉았다. 태감들이 얼굴을 닦아준다, 발을 씻어준다, 옷을 갈아입힌다 하면서 한바탕 바쁘게 움직였다. 그렇게 태감들이 시중을 다 들고 물러가자 건륭은 목탑 위에 다리를 괴고 앉아 상주문을 뒤적이면서 명했다.

"들게!"

홍주를 비롯해 기윤과 범시첩이 줄을 지어 안으로 들어왔다. 건륭은 행례를 하려는 그들에게 시답잖다는 듯 손사래를 치면서 나무결상을 가리켰다.

"인사는 됐어. 저리 가서 앉게들. 태감들은 차를 가져오고 물러가거라! 기윤, 경부터 말해보게. 빠뜨린 부분은 범시첩과 홍주가 보충하도록."

기윤이 조심스레 찻잔을 받아 내려놓고 수혁덕에게 들은 얘기를 소상하게 전하기 시작했다. 수혁덕이 길게 늘어놓았던 내용을 군더더기 없이 깔끔하게 정리하고는 준갈이부 내부에서 일어난 내란의 원인과 향후 대책에 대해서도 간단히 의견을 피력했다. 건륭은 기윤의 얘기를 들으며 길고긴 몽고 이름도 그리 어렵게 느껴지지 않는 듯했다.

홍주는 늘 가까이 있어 실감하지 못했던 '강남제일재자'江南第一才子의 재능에 탄복하지 않을 수 없었다. 자기도 모르게 그에 대한 경외심이 생겨날 지경이었다. 홍주는 순간적으로 떠오른 그런 생각을 흘려 보내고는 다시 건륭을 훔쳐봤다. 다갈색 두루마기를 입고 다리를 포갠 채 마치 그린 듯 미동도 없이 앉아 있는 건륭의 좌공坐功 역시 예사롭지 않았다. 홍주가 내내 무겁고 차가운 표정인 건륭의 의중을 점치느라 고민하는 동안 기윤의 보고는 끝나가고 있었다.

"신의 소견으로 준갈이부 내부의 분란은 더 이상 좌시할 수 없사옵니다. 조정에서 시급히 개입해야 한다고 생각하옵니다. 그자들은 서로 패권다툼을 벌이면서도 조정을 대하는 태도 역시 동상이몽이옵니다. 몽고는 자고로 중원의 외환外患이자 우리 대청大淸의 숙적이었사옵니다. 동몽고와 막남몽고는 여러 조대에 거친 은덕恩德과 천위天威에 감화되어 조정에 완전히 귀순한 상태이오나 객이객몽고는 사실상 러시아와 결탁해 조정을 적으로 간주하고 있사옵니다. 변새邊塞(변방)를 이대로 방치해둘 경우 감당하기 힘든 난을 불러오게 될 것이옵니다. 대책이 시급하옵니다. 통촉해 주시옵소서, 폐하."

기윤이 말을 마치고는 입술을 움찔거렸다. 자신도 모르게 손이 장화 속을 더듬었다.

"한 대 피우게."

건륭이 잠시 웃음을 지어보이고는 이내 미소를 거뒀다. 이어 홍주를 향해 물었다.

"다섯째, 자네는 아뢸 말이 없나?"

차를 마시려던 홍주가 황급히 찻잔을 내려놓으면서 대답했다.

"신은 워낙 무지하고 불민해 뭐라 드릴 말씀이 없사옵니다. 군정軍政에 대해서는 더더욱 문외한이옵니다."

"불학무술不學無術의 극치!"

건륭이 홍주를 무섭게 쏘아보면서 얼음장처럼 차가운 어투로 쏘아붙였다. 이어 사정없이 덧붙였다.

"명색이 친왕이라는 자가 황당무계한 짓을 하고 다니는데 아무도 따라갈 수가 없을 정도니! 그래놓고는 어떻게 그렇게 염치없이 자신의 치부를 자랑처럼 떠벌리고 다닐 수 있단 말인가! 육경궁毓慶宮 담벼락에 오줌을 싸지를 않나, 종학부宗學府 강당에서 구린내 나는 양말을 벗어서 흔들지를 않나, 똑같이 황당하기 짝이 없는 집사를 달고 다니면서 온갖 황당한 짓을 일삼고 다니는 것 외에 자네가 할 줄 아는 게 뭔가! 응?"

건륭이 노기충천한 얼굴을 한 채 책상을 무섭게 내리쳤다. 사실 홍주는 건륭이 자신의 죄를 물을 것을 이미 알고 마음속으로 준비를 단단히 하고 있던 터였다. 도찰원都察院에서 그의 연이은 '황당 행각'을 고발하는 탄핵안을 올렸을 뿐 아니라 내징 태감으로부터 "폐하께서 크게 노하시어 상주문을 쫙쫙 찢어 내쳤다"는 말을 전해 들었던 것이다. 그는 인내

심의 한계를 느낀 건륭이 언젠가는 한번 크게 분노를 터뜨릴 것이라고
짐작하고 있었다. 하지만 막상 건륭이 벽력같은 분노를 터트리자 온몸
에 식은땀이 흐르고 가슴이 튀어나올 것처럼 쿵쿵 뛰었다. 급기야 죽어
라고 머리를 조아리면서 더듬더듬 아뢰었다.

"폐하……, 폐하……! 고정하시옵소서. 제발……. 이 아우가 죽일 놈이
옵니다. 불학무술할 뿐 아니라 부덕하고 무능하기 짝이 없는 이놈이 폐
하의 간절한 기대를 저버렸사옵니다."

홍주가 말을 마치기 무섭게 쿵하고 소리 나게 이마를 찧으며 몸을
사시나무 떨 듯 떨었다. 그러나 입에서는 술술 말이 잘도 흘러나왔다.

"폐하 즉위 초에 태후마마께서는 신을 소견召見하시는 자리에서 재삼
강조하셨사옵니다. 형제가 한마음이면 쇠도 자를 수 있을 정도로 강한
힘이 생긴다면서 아우이기에 앞서 신하된 도리를 다하라고 거듭 당부
하셨사옵니다. 하오나 신은 그 훈육을 까마득히 잊고 폐하의 은덕에 힘
입어 이룩된 정통인화政通人和(정치가 통하고 만사가 화목함)의 성세盛世를
편하게 누리기만 했사옵니다. 신은 실로 후안무치하기 짝이 없는 인간
이옵니다!"

홍주는 말을 마치자마자 손을 번쩍 들어 자신의 뺨을 힘껏 갈겼다.
어찌나 힘을 줘 때렸던지 오른쪽 뺨에는 손가락 자국이 벌겋게 나며 금
세 부어올랐다. 죽어라고 머리를 조아리고 있으니 눈물, 콧물은 알아서
줄줄 흘러나왔다.

"잘도 갖다 붙이네."

건륭은 화가 수그러든 것은 아니었지만 홍주가 하는 꼴이 우스운지
처음의 투지와는 달리 한숨을 길게 내쉬었다.

"하는 말을 듣고 있으면 세상 사람을 전부 찜 쪄 먹을 정도로 똑똑하
군. 그런 걸 누구보다 잘 알고 있는 사람이 이게 무슨 꼴인가? 그리고 뜻

이나 알고 '정통인화'니, '성세'니 하는 건가? 부항을 보게. 그 사람이 뭐가 부족해서 가족들과 떨어져 저 고생을 하고 있단 말인가! 우리 대청을 좀먹으려 드는 자들이 도처에서 득실거리고 있네. 겁 없이 독립을 주장하는 서부의 움직임이 예사롭지 않단 말이야! 그래도 지금이 전례 없는 '성세'인가? 제이, 제삼의 고항, 전도가 독버섯처럼 번지고 있어. 이치는 지금 바닥이야, 바닥! 가서 유통훈을 봐봐. 저러다 언제 지쳐…… 쓰러질지 몰라."

건륭은 입가에 맴돌던 '죽을지도 모른다'는 말을 "쓰러질지도 모른다"로 바꿨다. 홍주는 건륭의 그런 마음을 아는지 모르는지 울음 섞인 목소리로 아뢰었다.

"신이 저지르고 다닌 상스러운 짓은 이밖에도 많사옵니다. 이 몰염치한 자를 크게 벌해 주시옵소서, 폐하!"

"그래, 상스럽기 짝이 없는 짓은 바로 어제도 하고 다녔지!"

"폐하……."

"수혁덕 등에게 스물세 명의 기생을 붙여준 건 또 뭐야!"

건륭이 참고 참았던 말을 토해냈다. 눈에서는 불꽃이 튀고 있었다.

"역관이 기방이야? 보자보자 하니까 이제는 노골적으로 짐의 체통을 짓밟고 다니는구나! 짐이 감히 너를 부의部議에 넘기지 못할 거라고 생각한 건가? 감금하거나 주살하는 일은 더더욱 불가능할 거라 생각한다면 큰 오산이야! 그동안 온갖 꼴불견을 감싸주고 스스로 뉘우치고 회개할 때까지 지켜봐준 짐의 뒤통수를 이렇게 치다니……. 결국 이런 모습이 너의 한계였냐!"

궁전 안팎에 건륭의 포효가 메아리쳤다. 그가 이성을 잃고 고래고래 소리를 질렀나.

"꼴도 보기 싫으니 썩 물러가! 걷어차고 짓이겨버리기 전에 썩 물러가! 왕작王爵을 내놓고 조관朝冠의 동주東珠도 몽땅 떼어놓고 돌아가 처벌을 기다리거라!"

홍주는 혼비백산한 채 거의 기다시피하여 정전에서 '도망쳐' 나왔다. 궁전 곳곳에서는 사색이 된 궁녀들이 죽은 듯 엎드려 미동도 하지 않았다.

기윤과 범시첩은 나무걸상에 앉은 채 목각처럼 굳어진 지 오래였다. 머릿속이 텅 비고 아무런 감각도 느껴지지 않으면서 식은땀만 흘렀다.

'친왕마마가 수혁덕에게 기생을 붙여준 건 바로 어젯밤의 일이야. 그런데 그 일이 벌써 폐하의 귀에 들어갔단 말인가? 아무리 생각해봐도 불가사의한 일이야!'

기윤과 범시첩은 그렇게 생각하고는 천천히 고개를 들었다. 홍주가 얼빠진 사람처럼 밖에서 궁전 안을 들여다보고 있는 모습이 보였다. 범시첩은 그 모습을 애써 외면했다. 그리고는 찻잔을 잡는 건륭의 손이 떨리는 걸 보고는 황급히 무릎을 꿇으면서 아뢰었다.

"부디 고정하시옵소서, 폐하! 용체를 보존하셔야 하옵니다. 어찌 됐건…… 화친왕마마를 부의에 넘기시는 일은 재고하셔야 하옵니다. 태후마마께서 불안해하실 것은 물론 폐하의 효제지심孝悌之心에도 오점을 남길까 심히 우려스럽사옵니다."

"효……제라고 했나?"

건륭이 고개를 절레절레 저었다. 이어 울상이 된 채 발밑에 엎드려 있는 두 신하를 실망스러운 눈길로 바라봤다. 그는 궁녀가 받쳐 올리는 물수건을 낚아채듯 집어 들어 얼굴을 마구 문지르고는 땅이 꺼질 듯 길게 한숨을 토해냈다. 그리고는 허물어지듯 자리에 주저앉아 떨리고 약한 목소리로 말했다.

"아우라고는 하나밖에 없는 것이 저리 간도 쓸개도 없이 구니 짐이 어찌 진정할 수 있겠는가. 친아우 하나도 인간을 만들지 못하면서 어찌 효제를 논할 수 있겠나? 짐은 괴롭고 야속해 가슴이 갈기갈기 찢어지는 것 같네……."

　홍주는 아직도 밖에 서서 뚱한 표정으로 궁전 안을 기웃거리고 있었다. 그런 홍주를 힐끗 쓸어보는 건륭의 얼굴에 더 이상의 분노는 없었다. 오직 알 수 없는 허전함과 슬픔뿐이었다.

18장
최고의 군주

기윤과 범시첩은 한참이 지나서야 마음이 어느 정도 진정되었다. 그러면서 기윤은 순간적으로 천가天家의 두 형제가 고육지계苦肉之計를 연출한 것이 아닐까 하는 의심이 들기도 했다. 하나는 때리고 하나는 맞는 연극을 꾸며서 천하의 관리들에게 보여주려 한 것이 아닌가 하는 생각이 얼핏 뇌리를 스쳤던 것이다. 그러나 기윤은 이내 고개를 가로 저었다. '고육책'이라고 하기에는 건륭의 얼굴에 비친 분노와 슬픔, 상실감이 너무나 가슴절절하게 와 닿았던 것이다. 또 홍주가 그렇게 혼비백산한 모습도 처음 보는 것이었다.

아무려나 건륭은 오래도록 창밖에 시선을 고정시킨 채 생각에 잠겨 있다가 혼잣말을 하듯 느릿느릿 입을 열었다.

"성조(강희제)께서는 삼번三藩의 난을 평정하시고 세 번의 친정親征을 거쳐 변방의 안정을 도모하셨네. 선제(옹정제)께서도 십삼 년의 제위 기간 내내 심혈을 기울이신 끝에 성조 말년부터 악화일로를 치달았던 이치吏治를 쇄신하셨지. 그리고 두 분 모두 노력하신만큼 흡족한 결실을 봤어. 그런데 어찌해서 짐은 손바닥만 한 금천 하나 다스리지 못하고 연신 상사욕국喪師辱國의 아픔을 겪어야 한단 말인가. 광란狂瀾을 길들이고자 사력을 다하건만 물 위의 표주박처럼 하나를 누르면 열 개가 들썩거리니, 날로 더해가는 변방의 불안을 어찌 잠재워야 한다는 말이냐? 짐은 통탄스럽기만 하네. 이 모든 것이 짐의 덕이 부족하기 때문이 아닌가 싶네……."

건륭이 급기야 두 팔을 벌려 책상의 양쪽 끝을 짚은 채 고개를 떨구고는 탄식을 터뜨렸다. 기윤이 그런 건륭을 보면서 눈물이 그렁그렁한 목소리로 아뢰었다.

"어인 말씀이옵니까, 폐하! 신은 매일 아침저녁으로 폐하를 섬겨오면서 폐하만큼 근정애민謹政愛民하시고 대덕대재大德大才하신 군주는 천고에 없었다고 생각해 왔사옵니다. 이는 모든 신하들이 공감하는 바이옵니다. 그 옛날 제齊나라의 경공景公은 밤중에 안자晏子를 방문하였사옵니다. 그때 안자가 크게 놀라 '궁중에 변變이 일어났습니까?', '대신들이 반란을 일으켰습니까?', '제후들이 난을 일으켰습니까?' 하고 세 번이나 다그쳐 물었다고 합니다. 세 가지 모두 나라의 근간을 뒤흔드는 우환의 극치라 할 수 있사옵니다. 그러나 지금은 궁중에 변이 없사옵니다. 대신들이 반란을 일으키지도 않았사옵니다. 제후들도 난을 일으키지 않았사옵니다. 한마디로 나라에 큰 변란은 없사옵니다. 또 연간 이천만 냥에 달하는 세수稅收가 보장돼 있사옵니다. 삼 년에 한 번씩 천하의 전량錢糧을 면제해주이 억만 백성들이 따뜻하고 배부르게 살 수 있게 됐사옵니다. 이 모든 것이 폐하의 대덕이 아니고 무엇이겠사옵니까? 비록 금천의 반란과 준갈이의 내란 때문에 변방이 불안하기는 하오나 이는 어디까지나 지엽적인 우환일 뿐이옵니다. 백성들은 병과兵戈의 위협을 모르고 있사오니 감히 지금의 천하는 태평하다고 단언해도 마땅하다고 생각하옵니다. 《논어》論語에서는 위의 세 가지를 모두 소유했음에도 자족하지 못하는 군주를 일컬어 상성지주上聖之主라 했사옵니다. 또 스스로 만족해 수성守成에 머무르는 자를 중평지주中平之主라 했사옵니다. 폐하께서는 세 가지를 전부 구비하셨음에도 불구하고 불철주야 근정하시고 유비무환을 강조하시오니 실로 '금상첨화의 군주'로 만인의 칭송을 받고 후세에 널리 회자될 것이옵니다."

기윤의 말은 돌부처도 감동시킬 정도로 간곡했다. 심금을 울리는 그의 말에 먹구름처럼 어둡던 건륭의 안색이 차츰 밝아졌다. 저도 모르게 기분이 좋아진 모양이었다. 급기야 건륭은 찻잔을 들더니 차도 조금씩 홀짝였다. 그러나 아직은 침묵할 뿐 말이 없었다.

범시첩은 황제의 마음을 달래는 데는 역시 기윤을 따를 자가 없다면서 속으로 엄지를 내두르며 감탄을 하고 있었다. 그러다 잠시 틈이 생기자 이내 비집고 들어갔다.

"신도 기윤 대인의 말에 크게 공감하옵니다. 세수 이천만 냥은 실로 천문학적인 액수이옵니다. 성조 때는 지금의 반에도 미치지 못했을 뿐 아니라 말년에는 고은庫銀이 고작 칠백만 냥에 불과했사옵니다. 오죽하면 성조의 남순南巡을 앞두고 호부에서 막수호莫愁湖의 궁문을 수리할 은자도 지원해주지 못했겠사옵니까? 폐하, 지금 머물러 계시는 이 행궁 뒤의 칠층보탑七層寶塔을 보셨사옵니까? 전에는 없던 것이옵니다. 이번에 화친왕마마께서 양주로 행차하시어 말씀하시기를 '이곳의 풍수는 묘우廟宇의 풍수이니 보탑을 지어 그 기운을 누르라'고 명하시어 새로 세우게 된 탑이옵니다. 그러나 호부의 도움은 한 푼도 받지 않았고 양주 현지의 부호와 진신縉紳들이 십시일반으로 돈을 내서 하루 만에 기적같이 세운 것이옵니다. 그렇게 민첩한 일처리에 인근의 사람들마저 전부다 놀랐을 정도이옵니다."

"오호, 과연 그 말이 사실인가?"

드디어 건륭이 감탄사를 터트리며 말했다. 완전히 평상심을 회복한 듯 목소리 역시 담담해졌다.

"짐은 가까이 다가가서 만져보면서도 전에 있었던 사리탑에 분칠을 한 줄로만 알았네."

건륭이 말을 마치고는 고개를 끄덕였다. 이어 기윤에게 계속 말하라는 손짓을 했다.

"좀 더 들어보세."

기윤이 앉은 자리에서 몸을 약간 숙여보이고는 아뢰었다.

"《이십사사》二十四史를 두루 살펴보면 망국을 재촉하는 길은 두 가지가 있다고 생각하옵니다. 첫째는 과중한 노역으로 백성들을 혹사시키는 경우이옵니다. 진秦이 만리장성을 구축하고, 왕망王莽이 정전井田을 복구한 것이 대표적인 사례이옵니다. 수隋 양제煬帝가 운하를 개통한 것 역시 멸망으로 이어진 지름길이었사옵니다. 둘째는 제후들이 편을 갈라싸우고 열강들이 이를 방조하면서 중앙에서 제압할 힘을 잃은 경우이옵니다. 주周나라 때의 '서융西戎의 난', 동한東漢 때의 '동탁董卓의 난', 서진西晉 때의 '팔왕八王의 난', 후당後唐 때의 '번진藩鎭의 난' 등은 모두 그예로 들기에 충분한 사건들이옵니다. 이치吏治가 어지러운 것은 역대로부터 존재해왔던 고질병이라고 해도 과언이 아니옵니다. 폭정暴政과 외환外患이 없고 제후들의 난이 없다고 해도 이치가 어지러우면 나라는 시름시름 앓기 시작하옵니다. 이치와의 전쟁은 끝이 있을 수 없사옵니다. 이 '고질병'은 때에 따라 악화됐다 호전되는 수는 있어도 완쾌를 바라는 건 무리인 듯 싶사옵니다. 고황膏肓에 들기 전에 환부를 도려내고

치유를 서둘러야 할 것이옵니다……."

기윤이 가벼운 한숨과 함께 서서히 말문을 닫았다. 그러자 아랫입술을 지그시 깨물고 생각에 잠겨 있던 건륭이 말을 받았다.

"맞는 말이네. 동한東漢에서부터 시작해 남송南宋과 북송北宋을 거쳐 명明나라 영락제永樂帝 이후부터 본격적으로 어지럽혀지기 시작한 이치는 그 후 백년 동안 악화일로를 치달았지. 다행히 공부자孔夫子 성현께서 예악禮樂으로 민심을 단속했기에 백성들은 기한飢寒에 시달려도, 도탄에 빠져도 궐기하지 않았지. 이치는 나았다가도 언제든 재발할 수 있는 '고질병'이라는 말에 공감하네. 추호도 방심해서는 안 되는 '난치병'이야."

범시첩도 다시 입을 열었다.

"폐하께서 심기가 회복되신 것 같아 신이 감히 용기를 내어 진언 올리옵니다. 화친왕마마께서는 비록 행동거지가 다소 어지럽고 황당할 때가 있사오나 대사大事를 처리하실 때는 철두철미하여 의외로 세심한 면이 있사옵니다. 또 지금까지 한 번도 금지옥엽의 위세를 등에 업고 호가호위하는 모습을 본 적이 없사옵니다. 자신의 것이 아닌 물건에는 관심이 없으시고, 외관外官들의 금전 공세에도 항시 초연하시면서 법에 저촉되는 일을 하신 적이 없사옵니다. 행실이 다소 막무가내이고 예의가 없는 부분은 있사오나 큰 잘못은 아니오니 폐하께서 지나치게 나무라시는 것은 바람직하지 않다고 사료되옵니다. 친왕마마의 체통을 살려주시어 모름지기 엄히 훈계하시고 이번 일은 덮어주셨으면 하옵니다."

건륭이 바로 탄식을 내뱉었다.

"짐이 분노한 건 그의 황당한 행동거지 때문이 아니네. 겉으로는 황당한 짓만 골라 하면서도 속은 누구보다 맑은 거울 같은 사람이야. 또 무능한가 싶으면 속 깊은 곳에 육도삼략六韜三略(태공망이 지은 《육도》六韜와 황석공이 지은《삼략》三略을 아울러 이르는 말)을 품고 있으니 바보도 아니지. 그러니 숨어서 태극권太極拳을 휘두르지 말고 앞에 당당하게 나서라이거네. 실력이 있으면 적당히 과시해서 갈채도 받고, 불의를 보면 정의의 편에 서서 칼을 휘두를 줄도 알아야지. 짐이 이치와의 전쟁을 선언한 마당에 자기가 총리친왕대신總理親王大臣의 신분으로 천하를 순시하면서 미력이나마 보태주면 좀 좋겠나? 짐이 이렇게 괴로운 건 단순히 홍주 때문만도 아니네. 어제 장정옥張廷玉이 떠나갔네. 북경의 사이직史貽直도…… 갔네. 인정머리 없는 사람들, 아무리 그래도 어떻게 한꺼번에 이렇게 다 떠나가 버리나. 어제는 그래서 밤새 한숨도 못 잤네……."

사이직은 손가감과 더불어 불세출의 '쌍충쌍직'雙忠雙直의 충신으로 불리는 사람이었다. 건륭의 상실감이 큰 것은 당연했다. 그러나 말년의 장정옥은 사이직과는 많이 달랐다. 사후의 공명에 지나치게 집착하고 삼조三朝의 원로다운 면모를 보이지 못해 건륭의 책망과 미움을 받은 사람이 아니었던가? 그렇게 혐오하던 사람이 죽었다고 해서 '밤새 한숨도 못 잤'다니, 기윤과 범시첩은 아무리 생각해도 이해가 되지 않았다.

기윤과 범시첩은 고개를 들어 건륭의 얼굴을 바라봤다. 처연한 기색이 역력했다. 이마에 깊이 팬 내 천川자에는 슬픔이라고 이름 붙이기에는 어딘가 복잡하고 미묘한 감정이 담겨 있었다. 기윤과 범시첩은 슬그머니 서로 눈빛을 교환했다. 군주의 심사를 헤아리기가 갈수록 힘이 들었던 것이다.

그러자 건륭의 두 신하의 속내를 꿰뚫기라도 한 듯 가볍게 일침을 놓았다.

"성심聖心은 추측 불가이니 무모하게 넘겨짚으려 하지 말게. 참새가 짹짹거리듯 입이 가벼운 자는 결코 명민한 신하라 할 수 없네."

건륭이 말을 마치고는 기윤과 범시첩을 쳐다봤다. 그 눈길이 예리한

송곳 같았다. 그러나 그가 다시 입을 열어 내뱉은 말투는 마치 고인 물처럼 평온했다.

"아계가 북경 황사성皇史宬에서 장정옥이 강희 오십일 년에 쓴《논삼로오경론》論三老五更이라는 글을 찾아냈네. 짐이 최근까지 그를 비평했던 고어考語들은 대부분 그가 삼십 년 전부터 수많은 이들에게 가르침을 줬던 말들이었네! 그 글들을 읽으면서 새삼 나이가 든다는 것이 서글퍼졌네. 자고로 금金은 족적足赤이 없네. 사람도 완벽한 사람이 없다고 했어. 그런데 나는 어째서 유독 장정옥에 대해서만 그렇게 완벽하기를 원했을까? 삼대의 군주를 보필하는 데 평생을 바친 원로를 왜 그렇게 비난만 했을까 하는 자책감이 들었다네……. 장정옥의 유산 목록을 보니 짐이 하사한 장원莊院과 부택府宅을 빼고는 값나가는 물건이 거의 없었네. 일생동안 욕심 없이 살아왔음을 여실히 보여주고 있었네. 물론 요즘의 탐관오리들이야 그런 사람을 바보멍청이라고 손가락질하겠지만……."

기윤이 자책 어린 건륭의 말을 듣고는 즉각 아뢰었다.

"폐하께서 방금 하신 말씀은 필히 구천九泉에 전해질 것이옵니다. 형신 대인께서는 죽어서도 감격을 금치 못할 것이옵니다."

건륭이 그러자 깊이 숨을 들이마셨다.

"세상사는 참으로 기묘한 것일세. 양심전養心殿의 선덕로宣德爐도 매일 그 자리에서 향불을 피워 올리니 얼마나 소중한 존재인지 몰랐는데, 막상 다른 나라 사절에게 상으로 하사하고 나니 생각이 달라지더군. 평소처럼 만져보지 못하게 된 것이 아쉽고 원래 있던 자리에 없다는 것이 허전하게 느껴졌네. 나에게 익숙한 것이 보이지 않을 때의 상실감이 이렇게 클 줄 미처 몰랐네. 장정옥은 짐의 첫 번째 사부님이셨지. 짐은 소싯적에 그의 어깨 위에서 목마를 타고 마당의 대추나무에서 대추를 따먹고는 했지. 언젠가 가시에 손이 찔려 아야! 하고 소리를 지르니 다짜고짜 내 손을 자신의 입안에 넣고 피를 빨아줬었지. 살짝 긁힌 것뿐이었는데도 소매 끝으로 눈물을 찍어내던 모습이 아직도 생생하네……. 또, 늘 짐의 손을 잡고 서화書畵를 가르쳐줬지. 그때는 그의 까칠까칠한 수염이 얼마나 싫었는지 모른다네. 그래서 먹을 한줌 집어 그의 얼굴에 쓰윽 문질렀더니 숯검정 얼굴을 해 가지고도 얼마나 좋아하던지! 추억이 주옥같아도 이제는 영영 옛말이 되고 말았네……."

희비를 가늠할 수 없던 건륭의 얼굴에 그리움이 진하게 묻어났다. 그러나 그는 이내 자세를 고쳐 앉으면서 표정을 가다듬었다.

"손가감과 사이직, 두 불세출의 직신直臣을 잃은 상실감도 이루 형언할 수 없지만 어쩌겠나, 천명을 누리고 하늘이 불러서 간다는데! 세 사람의 시호諡號를 정해줘야겠네. 이런 일은 기효람 자네를 능가할 사람이 없지 않겠나? 정해지면 여타 군기대신들의 의견을 물을 것 없이 가봉加封(벼슬이나 시호를 내려줌)해 내보내게."

기윤이 건륭의 말에 그동안 미리 생각이라도 해둔 것처럼 잠시의 머뭇거림도 없이 즉석에서 대답했다.

"둘 다 청렴하고 강직하면서도 충성스런 신하로서 타인의 귀감이 된다는 데에 이의를 제기할 사람은 없을 줄로 아옵니다. 손가감은 칼이 명치끝을 위협해도 당당하게 정의를 주장하고 바른 소리를 내던 사람이니 '청절'淸節이라는 시호諡號가 적합한 것 같사옵니다. 끝까지 대쪽 같은 모습으로 일관해온 사이직에게는 '청직'淸直이라는 시호가 좋을 듯하옵니다."

기윤이 말을 마치고는 건륭의 반응을 살폈다. 건륭이 붓에 주사를 묻혀 글을 쓰려다 고개를 끄덕이며 말했다.

"둘 다 적당하네. 디민 '청직'파 '이식'은 글씨가 중첩되니 둘을 바꿔놓는 게 좋겠네. 사이직에게는 '청절'淸節, 손가감에게 '청직'淸直을 시호로 내리지. 장정옥에게는 '문화'文和라는 시호를 내리는 게 어떻겠나?"

기윤은 건륭의 말에 얼굴 가득 웃음을 머금은 채 대답했다.

"대찬성이옵니다! 천하 문관들의 스승이었으니 문文자를 넣는 건 당연하옵니다. 또 현자賢者를 밀어주고 능자能者들에게 앞서 가라고 자리를 내줬으니 화和라는 글자도 알맞겠사옵니다. 게다가 성격도 불강불유不剛不柔하니 이 역시 화和한 성품이 아니겠사옵니까? 하오니 '문화'가 더할 나위 없이 적격이라고 생각하옵니다!"

건륭은 자신이 생각해도 그다지 자신 있게 내놓은 '작품'이 아닌데 '꿈보다 해몽'을 잘해주는 기윤 덕분에 너털웃음을 터트리지 않을 수 없었다. 건륭은 환한 얼굴로 다른 이들에게도 의견을 물었다.

"그럼 세 사람의 시호는 해결된 건가?"

때맞춰 자명종이 해시亥時를 알려왔다. 건륭이 자리에서 일어나면서 말했다.

"이제 그만 물러가 쉬도록 하게! 가는 길에 유통훈에게 가보게. 굳이 사은을 표하러 들어올 필요는 없다고 전하게. 그리고 사라분의 처자가 도망갔다고 해서 너무 속상해하지 말라고 하게. 어차피 타운이 제 발로 찾아왔어도 한번 접견하고 돌려보내려고 했네. 쌍방이 접전을 앞두고 있는 마당에 사절의 목은 치는 것이 아니니 말일세. 짐은 사월 초파일 이후에 귀경길에 오를까 하네. 둘만 알고 있게. 기윤은 돌아가서 아계에게 서찰을 보내게. 짐은 강남에서는 수혁덕을 접견하지 않겠네. 북경으로 돌아간 뒤 아목이살납과 함께 접견하겠네. 이상이네."

"어지를 받들겠사옵니다."

기윤과 범시첩은 바로 뒷걸음질 쳐 물러났다.

신하들이 물러가자 건륭은 길게 기지개를 켰다. 밖에 나가 바람이라도 쐬고 싶었다. 그러나 그는 궁전을 나서려다 말고 책상 위에 가득 쌓인 상주문을 돌아보고는 잠시 망설였다. 이어 한숨을 푹 내쉬고는 되돌아와 하나씩 뒤적이기 시작했다.

먼저 부항의 밀주문을 집어 들었다. 그리고는 조심스레 화칠火漆을 한 편지를 뜯어 속지를 꺼냈다. 부항은 편지에서 회족回族의 난에 대해 소상히 상주하고 나서 곽집점이 형인 파라니도를 종용해 스스로 칸을 칭하고 있다고 했다.

이어지는 주장의 내용도 상당히 길었다. 곽집점이 준갈이의 내란을 틈타 아목이살납을 따라 엽이강葉爾羌(지명)으로 도주한 것부터 시작해 회족의 불순한 동기와 움직임에 대해 다양한 측면에서 분석한 내용이 족히 1만 자는 될 것 같았다. 건륭은 한 번에 10줄을 보는 속독으로 주장을 다 읽은 다음 끝부분은 찬찬히 읽었다. 그마저도 보통 장황한 게 아니었다.

상세한 내막은 우연한 기회에 알게 됐사옵니다. 차신 부락에서 중원으로 흘러나온 난민들 중에서 흠파 성을 쓰는 몽고족 부녀를 우연히 만났사옵니다. 신은 회족의 동태를 파악하고자 두 부녀를 군중으로 불렀사옵니다. 일각에서 신이 여색을 탐해 몽고족 여자를 불러들였다는 유언비어를 퍼뜨릴 것 같아 신은 두 부녀를 어가가 머물러 계시는 남경으로 보냈사옵니다. 폐하께서 친히 하문하여 주시옵소서. 각설하고, 서북 변방의 움직임은 예사롭지 않사옵니다. 신은 이곳 사천에서 초조하고 불안한 마음을 주체할 수 없사옵니다. 곽집점이 비록 이리처럼 검은 야심을 드러냈사오나 그의 형인 파라니도는 아직 모반의 뜻은 없는 걸로 알고 있사옵니다. 폐하께서는 속히 사신을 엽이강으로 파견하시기를 바라옵니다. 부디 회족을 인무按撫해 서북의 난국이 만연되는 걸 미연에 막아주시옵소서. 신은 금천을 평정한 뒤 필히 병력을 이동해 불순한 무리들을 소탕함으로써 성

려聖慮를 덜어드리도록 진력하겠사옵니다. 주군의 성은만 먹고 살았음에
도 여태 변변히 보답하지도 못한 신은 항상 통절한 부끄러움을 느끼고 있
사옵니다……

건륭은 상주문을 접고 스르르 눈을 감았다. 절로 깊은 한숨이 새어
나왔다. 그는 신강新疆과 서몽고 지역에는 가본 적이 없었다. 그러나 아
계와 함께 지도를 펴놓고 수없이 서부의 정세를 논한 탓에 남강南疆과
북강北疆의 지리에는 훤했다. 따라서 그는 회족이 난을 일으키는 날에
는 남강, 북강과 중원이 분단될 뿐 아니라 북강北疆의 난국이 수습불
가능의 악화일로를 치닫게 될 것이 자명하다는 사실을 모르지 않았다.
　문제는 금천의 전사戰事가 아직 시작되지도 않은 마당에 어떻게 서북
에서 동시에 용병用兵을 시도할 수 있느냐 하는 점이었다. 그러나 달리
생각해보니 원명원 공사를 잠시 중단하면 금천과 북강에서 동시에 용
병을 개시한다고 해도 전량錢糧 공급에는 차질이 없을 것 같았다. 문제
는 누구에게 통수統帥 자리를 줘서 내보내느냐 하는 것이었다. 또 군사
는 어떻게 확보한다는 말인가?
　만에 하나 두 곳 모두 수세에 몰리거나 승패를 가늠할 수 없는 교착
상태에 빠진다면 성조와 더불어 '영명군주'英明君主로 후세에 회자되려던
자신의 꿈은 물거품으로 돌아갈 것이 아닌가. 그리고 무슨 면목으로 신
하와 백성들을 대한다는 말인가? 건륭은 기분이 한없이 가라앉았다.
　건륭은 다시 손에 집히는 대로 다른 상주문을 빼서 읽어보았다. 사천
장군 포달布達의 밀주문이었다. 뜯어보니 앞부분에서는 청우표晴雨表와
작황을 비롯해 어느 도대道臺와 어느 지부知府가 사돈을 맺었다는 등, 성
도에서는 요즘 어떤 연극이 호평을 받고 있다는 둥 온통 쓸데없는 소리
만 장황하게 늘어놓고 있었다. 건륭은 짜증스레 종잇장을 넘겼다. 마지

막에는 밀주문이랍시고 부항을 탄핵한 내용이 들어 있었다.

근자에 들어 부상傅相(부항)은 천군 녹영과 자신의 중군을 차별대우하고 있사옵니다. 그로 인해 천군들로부터 상당한 빈축을 사고 있사옵니다. 천군 녹영병 역시 적재적소에 대군을 지원하기 위해 원래의 주둔지를 떠나 명을 기다리고 있는 대청의 군사들이 아니옵니까! 그런데 새 군막은 조혜와 해란찰의 병영에만 주고 그들이 쓰던 낡고 해진 군막을 천군 녹영에 던져주고 있사옵니다. 심지어 중군 군사들은 싱싱한 채소와 고기를 먹으면서 천군들에게는 고작 건량乾糧과 오이지만 준다고 하옵니다. 종일 포식하고 빈둥대면서 공격 시일만 차일피일 미루는 주제에 천군들을 짐승 대하듯 멸시한다고 하옵니다. 신의 부하들 중에는 미증유의 차별대우를 방관할 수 없다면서 '폐하께 주청을 올려 천군으로 부상의 중군을 교체해야 한다'면서 목소리를 높이는 자들도 있사옵니다. 그런 자들에 대해서는 신이 엄히 훈계하고 곤장 수십 대씩을 안겼사옵니다! 이밖에 부항은 예기藝妓를 팔아먹고 사는 외이外夷 계집을 군중으로 불러들여 음란한 행각에 시간 가는 줄 모른다고 하옵니다. 이는 신이 직접 듣거나 조사한 바는 아니옵니다.

건륭은 포달의 주장을 읽고는 짜증이 솟구쳤다. 급기야 주장을 내팽개치듯 한쪽으로 던져버렸다. 그러나 잠시 생각한 끝에 다시 그것을 집어 들었다. 그리고는 주사를 듬뿍 찍어 비어批語를 달기 시작했다.

경은 과연 무슨 심보로 부항을 그리 비난하는 건가? 짐은 부항이 제 입에는 고깃덩이를 집어넣고 남에게는 건량과 오이지만 줬다는 말은 믿을 수가 없네. 개구멍으로 사람을 보면 원래 작아 보이는 법이네. 또 군중으로 외이 계집을 불러들였다고 했는데, 안 됐네만 그 번녀番女(외이)는 이미 짐을 알현하러 남경으로 오고 있는 중이라네! 자네 글이 밀주문이었기에 망정이지 일반 상주문이었더라면 조정으로 먼저 들어갔을 게 아닌가. 그리 되면 장삼이사張三李四가 모두 읽었을 것이고, 짐은 망발을 입에 올린 경의 죄를 묻지 않으려야 않을 수 없었겠지. 두 번 다시 검증을 거치지 않은 망언을 퍼뜨렸다가는 짐이 용서치 않을 것이네. 주살誅殺의 형법은 경과 같은 자들이 있기에 꼭 필요한 것이네. 이상!

건륭은 붓을 내려놓고 어지러워진 머릿속을 정리하고자 자리에서 일어섰다. 어찌 된 영문인지 근래 들어 순조로운 일은 하나도 없는 것 같았다. 그는 불끈 치미는 울분을 왈칵 토해버리고 싶었다. 하지만 잔뜩 숨죽이고 있는 태감, 궁녀들에게 화를 낼만한 빌미는 없었다.

건륭은 잔뜩 굳은 얼굴 그대로 궁전을 나섰다. 태감 왕팔치는 이럴 때는 말 한마디라도 허투루 해서는 안 된다는 것을 본능적으로 알아차렸다. 그러나 건륭을 수행하기는 해야 했다. 결국 까치발을 하고 안으로 들어가 낙타색 외투를 꺼내들고는 멀지도 가깝지도 않은 적당한 거리에서 건륭의 뒤를 따라갔다.

건륭이 궁전을 나와 붉은 돌계단을 내려서자 미미한 밤바람이 볼을 감싸듯 스쳐 지나갔다. 순간 그는 화가 조금 가라앉는 것 같았다. 동시에 어디로 갈까 망설이며 사방을 둘러보았다. 곧이어 그가 날아갈 듯한 비첨飛檐 아래 등불이 휘황찬란한 후궁전의 서배전西配殿을 가리키면서 물었다.

"저기는 누가 머물러 있나?"

건륭이 어쨌거나 입을 열자 왕팔치는 일단 안심이 되었다. 이어 황급히 아뢰었다.

"나랍씨 귀비마마의 침궁이옵니다. 진비마마를 비롯한 여러 비빈들께서는 동배전에 들어 계시옵니다. 지금은 태후마마를 모시고 작패놀이를 하고 계신 줄 알고 있사옵니다."

"마당에서 작패놀이를 하는 것도 아닌데 밤중에 무슨 등불이 저리 밝은가? 궁등 두 개만 놔두고 나머지는 전부 꺼버려!"

건륭이 차가운 어조로 명령했다. 왕팔치가 연신 대답하면서 물러갔다. 건륭은 이번에는 태감 복의에게 분부했다.

"가서 기윤에게 악종기가 출발했는지, 했다면 어디까지 와 있는지 알아보라고 하거라. 그리고 악종기가 도착하는 대로 즉각 짐에게 보고하라고 이르거라. 그리고……."

건륭이 행궁의 허리를 감으면서 유유히 흘러가는 운하를 가리키고는 덧붙였다.

"지금 운하를 오가는 순시선들은 전부 철수시키도록 하라. 어민들의 어선이 자유롭게 왕래하도록 허락하라!"

복의가 어지를 전하려고 막 돌아섰을 때였다. 옆에 있던 파특아가 황급히 불러 세웠다. 이어 건륭을 향해 딱딱한 목소리로 아뢰었다.

"폐하, 이쪽으로 들어오는 어선은 전부 검사 마땅합니다. 그리고 순시선은 철수되지 않습니다!"

파특아의 한어는 좀처럼 늘지 않았다. 어투가 딱딱하고 격식이 전혀 없어 듣기에 여간 거북한 것이 아니었다. 사실 조정의 문무 신료들 중 감히 건륭의 면전에서 이처럼 무뚝뚝하게 말할 수 있는 사람은 아무도 없었다. 그러나 건륭은 그것은 전혀 문제 삼지 않고 오히려 웃음을 지어보였다.

"경은 유통훈의 말은 듣고 짐의 명령에는 불복하겠다는 말인가? 운하의 경치가 주변 경관과 어우러져 그저 그만인데 순시선이 한 번씩 휘젓고 지나갈 때마다 정신이 사납지 않은가. 어선의 어화漁火들은 점점이 떠있는 불꽃같아 운치를 돋워줄 것이네."

그러나 고집스러운 파특아는 한 치의 양보도 하지 않을 기세였다. 그는 여전히 고집스럽게 대꾸했다.

"군함은 철수 없습니다. 어선은 검사하도록 합니다. 풍경이 나빠지면 풍경을 죽이면 됩니다!"

무슨 말인지 몰라 잠시 어정쩡해 있던 건륭이 이내 너털웃음을 터트렸다.

"그래, 그래. 풍경이 나쁘면 풍경을 죽여야지! 자네 말이 맞네."

건륭이 이어 복의에게 어지를 전하라는 손짓을 했다. 그리고는 황후와 비빈들이 머물러 있는 침궁으로 향했다. 정원 가득 약냄새가 은은하게 배어 나왔다. 정전 안에서는 연노란 색 망을 씌운 홍촉 두 대가 부드럽고 은은한 분위기를 연출하고 있었다.

황후는 대영침大迎枕에 반쯤 기댄 채 눈을 감고 편안하게 잠이 들어 있었다. 건륭은 황후를 놀라게 하지 않으려고 조용히 관모冠帽와 허리띠, 그리고 겉옷을 벗어 궁녀에게 건네줬다. 그리고는 황후의 침대 가에 살짝 기대앉았다. 그는 이불을 여며주고자 손을 내밀다가 멈추고는 물끄러미 황후의 얼굴을 들여다봤다.

마흔의 나이라고는 믿기 어려울 만큼 고운 얼굴이었다. 주름이 거의 없는 옥 같은 얼굴은 지분脂粉기가 없어 이팔의 청순함을 간직하고 있었다. 앵두 같은 입술과 얕은 보조개는 미세한 호흡과 더불어 살짝 벌어졌다 다물어졌다 하기를 반복했다. 마치 미소를 짓는 것 같기도 하고 누군가와 조용히 얘기를 나누고 있는 것 같기도 했다. 건륭은 생각 같아서는 이마에 입술이라도 잠깐 대보고 싶었다. 그러나 억지로 참았다.

건륭이 살며시 일어나 의자로 돌아와 앉자 뭔가에 놀란 듯 황후가 몸을 가볍게 떨면서 눈을 떴다.

"폐하, 언제 이리로 걸음 하셨사옵니까? 신첩을 깨우시지 그러셨사옵니까!"

황후가 의자에 앉아 부드럽게 웃고 있는 건륭을 발견하고는 일어나려 애를 썼다.

"일어나지 말게. 그대로 누워서 얘기 나누도록 하지."

건륭이 황급히 다가가 황후의 어깨를 껴안아 자리에 뉘었다. 그리고는 함박웃음을 지어보였다.

"지진과 천지개벽이 일어나지 않는 한 황후의 잠을 깨워서는 안 된다고 짐이 어지를 내리지 않았는가!"

그러나 황후는 끝내 고집을 부리면서 일어나 앉았다.

"폐하께서 신첩을 애중히 여기심을 신첩이 어찌 모르겠사옵니까? 하오나 폐하께 격식을 차리려 해서가 아니옵고 오후 내내 자다 깨다 했사오니 좀 일어나 앉고 싶어서 그러는 것이옵니다."

곧 시녀들이 다가와 황후의 옷을 갈아 입혔다. 황후는 손거울을 보면서 흐트러져 이마에 붙은 머리카락을 조심스레 손으로 빗어 뒤로 넘겼다. 그러나 겨우 두어 번 올라가던 팔은 이내 맥없이 주르르 미끄러져 내리고 말았다. 그 모습을 지켜보던 건륭이 속으로 탄식을 하면서 물었다.

"그래 좀 어떤가? 아무리 바빠도 이쪽 걱정은 지울 수가 없었어. 낮에도 변변찮게 먹었다면서……. 그래, 엽천사가 지어준 약은 먹을 만한가?"

황후 부찰씨는 창백한 얼굴에 엷은 미소를 지으면서 황제인 남편을 뚫어지게 바라봤다. 이어 천천히 입을 열었다. 목소리가 작고 미약했으나 궁전이 워낙 조용해 대단히 또렷하게 들렸다.

"오전에는 뒷산 근처까지 산책을 하고 왔사옵니다. 좌탑座塔이 있는 곳에서 향배도 올렸고요. 오후에는 바람이 불어 나가지 못했사옵니다. 엽천사는 진맥을 하고 처방을 내리는 것은 말할 것도 없고 사소한 것까지 정성을 다하고 있사옵니다. 며칠 전에는 약 먹는 시간을 일각一刻 정도 앞당겼다고 복지와 진미미를 불러다 어찌나 혼을 내던지요. 태감들의 말을 들어보면 엽천사는 의생 노릇을 할 때에는 기세가 친왕 저리 가라 할 정도로 막무가내라고 하옵니다. 그러나 평소에는 아랫것처럼 아무에 게나 머리를 조아리고, 혼자 있을 때는 또 바보처럼 중얼거리면서 자기 뺨을 때리기도 한다 하옵니다……."

건륭은 황후가 가볍게 웃으면서 말하자 의술은 탁월하나 행색과 행 동거지가 어지러운 엽천사의 모습을 떠올리고는 자기도 모르게 웃음 을 머금었다.

"그처럼 의술이 고명하고 책임감 있는 의생을 만난 것도 황후의 복이 야. 짐은 황후가 요즘 잠을 잘 잔다고 하니 일단 안심이네. 성급하게 생 각하지 말고 차분히 의생과 협조해 나가면 머지않아 곧 완쾌될 거야. 황후의 병은 비장脾臟이 안 좋은 것이 문제라고 하니 울분이 치밀어 오 르면 참지 말고 그때그때 터트려야 해. 방안의 태감, 궁녀들을 괴롭혀서 분풀이가 될 것 같으면 꼬집고 비틀고 마음대로 하라고. 주인의 분풀이 상대가 돼줄 수 있다는 것도 아랫것들한테는 영광일 테니 말이야. 짐의 말을 알아들었는가?"

건륭이 마지막에는 태감과 궁녀들을 향해서 훈시를 했다. 순간 그들 은 일제히 무릎을 꿇은 채 대답했다.

"예, 폐하!"

황후가 그런 태감과 궁녀들의 모습을 지그시 쳐다보면서 밝은 어조 로 말했다.

"신첩을 애중히 여기시는 폐하의 마음은 잘 알겠사옵니다. 하오나 신 첩은 오로지 일편단심으로 주인을 섬긴 죄밖에 없는 아랫것들을 아무 이유 없이 잡을 만큼 심한 분노는 여태껏 느낀 적이 없사옵니다. 엽천사는 일 년만 무사히 넘기면 큰 고비는 없을 거라고 했사옵니다……. 신첩에 대한 염려는 이제 그만 거두시고 폐하의 용체에 보다 신경을 쓰시옵소서. 화를 자주 내시는 건 건강에 아주 해롭다고 들었사옵니다. 구주만방九州萬方을 거느리시고 억만 중생을 보살피시면서 어찌 매사가 순조롭고 모든 이들이 다 마음에 들 수 있겠사옵니까? 방금 언홍嫣紅이 태후마마 전에 들었다가 오는 중이라면서 문안인사를 올리고 물러갔사옵니다. 폐하께서 진노하시어 화친왕마마를 크게 힐책하셨다고 하온데, 하나밖에 없는 폐하의 혈육이옵니다. 어느 정도 체면은 살펴주셔야 하지 않겠사옵니까……?"

"하도 황당한 짓거리를 하고 다녀서 야단을 좀 쳤을 뿐이야."

건륭이 궁전 안의 태감과 궁녀들을 쓸어보면서 입을 열었다. 이어 친히 찻잔을 들어 황후에게 건네주며 당부를 했다.

"뜨거우니 조심해서 마시게. 형이 말썽꾸러기 아우를 훈계했거늘 어찌 그리 호들갑인가. 염려하지 말라고. 짐도 다 생각이 있으니까. 다섯째가 비록 간도 쓸개도 없는 사람처럼 저리 헤헤거리고 다니지만 사실은 누구보다 명석하다오."

황후는 무슨 말인지 알겠다는 듯 미소를 머금고는 고개를 끄덕였다. 이어 입을 막고 가볍게 기침을 했다.

건륭은 손사래를 쳐서 좌중을 물리친 다음 황후에게 가까이 다가갔다. 한 손으로 등을 감싸 안고 한 손으로 찻잔을 받쳐 조금씩 마시게 하면서 목소리를 낮추었다.

"왕작을 박탈하고 동주도 열 개나 떼어냈지. 업무에서도 당연히 손을 떼게 했고……. 지나쳤다고 말하지 말게. 그 사람을 위해 부탁을 할 필요도 없다네. 혹시 황후전에 문후 올리러 들더라도 황후가 피곤하면 접견하지 않아도 좋아. 접견하더라도 다른 소리는 일절 하지 말고 황후의 신분으로 훈책하고 적당히 위로해주는 것으로 끝을 내라고."

황후는 마음이 복잡해 보이는 남편의 두 눈을 지그시 바라보았다.

"폐하께서 당신이 애중히 여기시는 아우를 이용해 일벌백계를 꾀하시려는 뜻은 잘 알겠사오나 신첩의 소견으로는 아무래도 처벌이 조금 무거운 것 같사옵니다."

건륭이 황후의 말에 길게 탄식을 내뱉었다.

"황후는 마음이 너무 여린 게 흠이야. 홍주는 한밤중에 원명원으로 쳐들어가 위가씨를 빼내왔지. 나쁜 의도야 없었다지만 군주가 자리를 비운 틈을 타서 친왕이 궐내에 침입하고 후궁을 빼돌렸다는 사실은 생각하기에 따라서 엄청난 사태가 아닐 수 없어! 얼마나 많은 사람들이 이 사건의 귀추를 주목하고 있는지 모른다고! 평소에 등 뒤에서 주먹 휘두르던 자들도 잘됐다면서 칼을 갈아대고 있을 거야. 한두 사람의 불만은 적당히 무마하면 된다지만 그를 비난하는 목소리가 거세져 일정한 세력을 형성하면 군주라도 어쩔 수 없게 된다고. 그래서 짐이 선수를 친 거야. 이제 '황당가증'荒唐可憎이라는 네 글자의 죄명을 씌워버리면 모든 일이 절로 해결될 거야. 이를 갈던 소인배들은 분풀이를 한 셈이고, 황당무계한 짓을 일삼고 다니던 무리들은 크게 뜨끔할 것이니 일석이조가 아니겠나? 홍주가 태후마마를 찾아뵙고 눈물 콧물 범벅이 돼 하소연을 했다고 들었어. 짐은 그가 손수건에 후춧가루를 뿌려 가지고 갔다는 걸 알고 있어. 둘도 없는 인간원숭이거든!"

황후는 그제야 건륭의 깊은 뜻을 알겠다는 듯 연신 고개를 끄덕였다. 그러면서 홍주가 후춧가루를 묻힌 손수건으로 눈을 문질러 눈물을 짜내는 모습을 상상하자 마치 그 광경을 보기라도 한 듯 입을 가리고 웃었다.

건륭은 표정이 한결 밝아진 황후를 좀 더 위로해준 다음 밖으로 나왔다. 이어 정침전正寢殿 밖에서 청량하고 신선한 공기를 두어 모금 크게 들이마셨다. 기분이 한결 상쾌해졌다. 그는 이어 가슴을 있는 대로 내밀고 내원 입구에 서 있는 파특아를 향해 말했다.

"하루 종일 짐을 따라다니느라 수고했네. 이곳은 사방에 겹겹이 관방關防이 설치돼 있어 철통같은 경호가 이뤄지고 있으니 걱정하지 말고 이제는 들어가 잠이나 푹 자게. 그래야 내일 하루도 또 짐의 그림자처럼 붙어 다닐 수 있지 않겠나!"

건륭은 말을 마치자마자 곧장 발길을 돌려 서쪽의 궁으로 향했다. 그리고는 왕팔치에게 분부했다.

"껴안고 있는 그 낙타색 외투는 파특아에게 상으로 내릴 것이니 가져다주고 오너라!"

"예!"

왕팔치는 건륭의 심기가 조금 전과는 달리 상당히 편해 보이자 자기도 덩달아 기분이 좋아져서 큰 소리로 대답했다. 그리고는 오리 궁둥이를 실룩거리면서 종종걸음으로 달려갔다. 복의, 복례 등 다른 태감들은 건륭을 에워싸고 후궁들이 있는 침궁으로 향했다. 그때 저만치에서 두 줄의 궁등이 흔들거리며 가까워지는 광경이 보였다. 나랍씨 등이 자신을 맞으러 나오는 중임을 짐작할 수 있었다. 아니나 다를까, 가까이 가서 보니 진비, 언홍, 영영, 이씨 등이 모두 모여 있었다.

건륭은 침궁 입구에 길게 엎드려 문후를 올리는 여인들을 보자 자신도 모르게 입가에 흡족한 미소를 띠었다. 이어 자상한 어조로 말했다.

"작패놀이를 한다고 들었는데, 그래 누가 따고 누가 잃었나? 다들 일어나게. 바닥이 차가우니."

좌중의 여인들은 모두 건륭의 심기가 요즘 대단히 불편하다는 사실을 알고 있었다. 그래서 건륭에게 인사를 하면서 숨 한번 크게 쉬지 못했다. 그러나 건륭이 의외로 온화하고 자상한 말투로 입을 열자 약속이나 한 듯 크게 안도하면서 얼굴에 자글자글 웃음을 볶아내기 시작했다. 진비가 먼저 입을 열었다.

"신첩과 이씨가 한편이고 언홍과 영영이 한패였사옵니다. 젊고 눈치가 빠른 데다 손동작까지 어쩌나 민첩한지 눈 깜짝할 사이에 패를 쓸어 넣고 바꾸고 하는 바람에 신첩이 좀 잃었사옵니다……."

이번에는 이씨가 입을 열었다.

"오늘은 운도 지지리 안 따라줬사옵니다. 잡는 것마다 아랫사람 좋은 노릇만 시키고 말았지 뭡니까? 그 바람에 이번 달의 월례를 다 잃어버리고 말았사옵니다!"

워낙 말이 없는 언홍은 그저 입을 가리고 웃기만 했다. 그러나 영영은 깔깔거리면서 뒤질세라 반격을 가했다.

"패를 쓸어 넣기는 누가 쓸어 넣었다고 그래요? 오히려 진비께서 하나 훔치다가 그 자리에서 발각돼 소첩에게 손목을 잡혔잖아요!"

종일 기분이 우울하고 심신이 무겁기만 하던 건륭은 온화하고 무게 있는 황후와는 달리 활발하고 명랑한 여인들의 수다를 듣자 어느새 기분이 활짝 풀렸다. 사람은 이래서 나물도 먹고 고기도 먹으면서 살아가는 것이로구나! 건륭으로서는 세상 사는 도리를 새삼 깨닫는 순간이었다…….

건륭은 그렇게 여인들에게 에워싸인 채 궁전 안으로 들어갔다. 이어 남쪽 창가에 자리했다. 그러자 귀비 나랍씨가 손수 차를 가져왔다. 건륭은 입가심 정도로 차를 한 모금만 머금고는 모두들 자리에 앉으라고 명했다. 언홍과 영영을 빼고는 모두 마흔을 바라보는 나이들임에도 꽃밭에 앉아 있는 느낌이 들 정도로 화려했다. 건륭은 오늘 따라 입성이 유난히 얇아 보이는 언홍과 영영의 봉긋한 가슴에 눈길을 주면서 귀비 나랍씨에게 말했다.

"한동안 자네가 작패를 노는 걸 못 봤네. 독서에 재미를 붙여 제법 열중한다고 들었는데, 바람직한 일이네. 《금강경》金剛經을 다 읽고 나서 지금은 《여아경》女兒經을 읽고 있다고? 관세음보살께 향배는 올렸고?"

"보살전에 향을 사르는 건 하루 세 번의 일과이옵니다."

책을 몇 권 읽더니 어느새 언행부터 달라진 나랍씨가 미소를 머금고 아뢰었다. 그리고는 덧붙였다.

"세 번 중 한 번은 태후마마의 복수福壽를 비는 것이옵니다. 또 한 번은 폐하의 만세, 다른 한 번은 황후마마의 쾌차를 비옵니다. 하루도 걸러본 적이 없사옵니다."

나랍씨는 얼마 전까지만 해도 유난히 시샘이 많고 언행이 가벼웠다. 성총이 남다른 황후를 질투하여 말끝마다 꼬투리를 잡고 헐뜯지 못해 안달하기도 했다. 그러던 그녀가 지금은 하루에 한 번씩 황후의 쾌차를 빌고 있다지 않은가. 건륭은 책이 사람의 소양을 키운다는 말이 역시 맞다고 생각하면서 적지 않은 감동을 받았다.

"자네의 마음씀씀이가 이리 가상하니 짐은 더 이상 흡족할 수 없네. 건강이 여의치 않은 황후를 변함없는 마음으로 정성껏 시중들어 주기를 바라네. 전에 들으니 위가씨 화장대의 칠이 벗겨진 것을 보고 자네가 쓰던 화장대를 상으로 내렸다면서? 위가씨가 무척 좋아하더군!"

두 사람의 모습을 지켜보고 있던 진비 등은 건륭이 오늘밤은 필히 나랍씨의 패牌를 잡을 것이라 생각하고는 옷섶을 여미면서 자리에서 일어났다. 이어 고개를 숙이며 인사를 올렸다.

"자시子時가 가까워 오는 것 같사옵니다. 늦었사오니 신첩들은 그만 물러가겠사옵니다. 내일 다시 문후 올리러 들겠사옵니다."

나랍씨 역시 아뢰었다.

"신첩이 감히 폐하의 흥을 떠미는 건 아니오나 내일은 태후마마를 모시고 천녕사天寧寺로 향배를 올리러 가기로 했사옵니다. 오늘밤에는《금강경》을 적어도 열 번은 낭송해야 하오니 폐하께서 침수 드시는 데 방해가 될까 저어되옵니다."

"알았네, 알았어! 이제는 짐보다 금강경이 더 좋다는 얘기로군. 서운한데?"

건륭이 일어섰다. 이어 애정이 듬뿍 담긴 눈매로 나랍씨를 응시하면서 귀밑에 흘러내린 머리카락을 뒤로 넘겨주면서 덧붙였다.

"백행百行 중에 효孝가 우선이라고 했네. 경을 잘 외워 내일 태후마마를 즐겁게 해드리게. 짐은 오늘밤 언홍의 처소에 들겠네."

언홍은 건륭의 말을 듣고 얼굴을 붉히면서 몸을 낮춰 예를 올렸다. 그러자 진비와 이씨는 귀비 나랍씨와 함께 경을 읽겠다면서 그곳에 남았다. 언홍과 영영은 건륭을 따라 나랍씨의 처소를 나섰다.

언홍과 영영의 처소는 동쪽 끝에 있는 침궁이었다. 방은 모두 세 칸이었다. 건륭이 앞장서서 왼쪽 방으로 들어서면서 말했다.

"너무 덥군. 무예를 연마했다는 사람들이 어찌 이리도 추위를 타는가?"

언홍이 그러자 수줍게 대답했다.

"소첩들이 목욕을 하려고 태감들에게 방을 좀 따뜻하게 덥혀놓으라고 했더니 좀 덥사옵니다."

영영은 뜨거운 물수건을 가져다 건륭의 얼굴을 닦아줬다. 분명히 언홍과 밤을 보낸다고 말했는데, 영영은 도통 자기 방으로 물러갈 생각을 하지 않았다. 건륭은 고개를 갸웃거리다가 뭔가 깨달은 듯 실소를 터트렸다. 건륭이 들어섰던 이 방은 사실 영영의 방이었던 것이다. 건륭은 자신의 실수가 재밌어서 웃다가 욕정에 불타는 눈빛으로 두 여인을 바라보면서 말했다.

"자네들은 고락을 함께 하는 친자매 같은 사이가 아닌가. 그러니 오늘 같은 날 인륜지락도 함께 누려야 마땅하지 않겠는가?"

영영이 볼을 빨갛게 물들이면서 대답했다.

"사람들이 알면 손가락질할 것이옵니다. 소인이 언니 방으로 가서 자 겠사옵니다."

"누구든 감히 허튼소리를 지껄였다가는 짐이 가죽을 벗겨버릴 거네. 걱정하지 말고 이리 오게."

건륭이 촛불을 입으로 불어 껐다. 오랫동안 황제의 총행寵幸(황제와 동 침함)을 받지 못했던 두 여자는 불이 꺼지자 부끄러움도 잊은 채 옷을 홀딱 벗어던졌다. 이어 황제의 양옆으로 바싹 파고들었다……

19장
건륭과 타운의 만남

건륭은 언홍, 영영과 함께 밤새 질펀한 정사를 벌인 다음 새벽 나절에야 겨우 잠이 들었다. 그렇게 한숨 자고 나서 눈을 떴을 때는 날이 완전히 밝은 뒤였다. 그는 둘을 번갈아 뒤집어가면서 운우지정을 나눴으나 언제 그랬냐는 듯 아랫도리가 또다시 뻐근해지기 시작했다. 그는 고개를 돌려 양쪽에서 고른 숨소리를 내면서 자는 두 여인을 바라봤다. 둘 다 얇은 속곳으로 아랫도리만 간신히 가린 채 가슴은 훤히 드러내고 있었다. 심지어 언홍의 가슴에는 그가 어젯밤 물고 빤 흔적이 고스란히 남아 있었다.

건륭은 언홍의 우유처럼 뽀얀 젖무덤을 주물럭거리기 시작했다. 언홍은 놀라서 잠에서 깼으나 이내 건륭의 손길에 몸을 맡겼다. 그리고는 오히려 더 적극적으로 움직였다. 몸이 달아올라 참지 못하고 짐승처럼 덮치는 건륭을 온몸으로 받았다. 영영은 언홍이 그렇게 깜빡깜빡 죽어가는 소리에 잠을 깼다. 건륭은 순간 불덩이처럼 달아오른 언홍을 밀쳐버리고는 영영에게로 몸을 옮겼다. 그렇게 번갈아 가면서 원초적인 동물의 본능을 한껏 발산하고서야 셋은 비로소 자리를 털고 일어났다. 두 여인은 서둘러 옷을 입고 세수를 한 후 건륭을 도와 옷을 입히고 세수와 머리 다듬기까지 마쳤다.

그러나 건륭은 확실히 너무 무리한 것이 분명했다. 온몸에 힘이 없어 기력이 많이 딸릴 뿐 아니라 머리도 어지러운 느낌이 들었던 것이다. 당황한 두 여인은 건륭에게 기를 불어넣어주기로 했다. 둘 다 무림武林 출신으로 기공氣功이 뛰어났기에 두 여인은 번갈아가면서 건륭이 체력을 회복할 수 있도록 힘을 썼다. 한참 후 건륭은 비로소 몸이 개운해지고 머리가 맑아지는 느낌이 들었다.

셋이 알몸으로 뒹굴 때는 상전이고 몸종이고 따로 없었다. 그러나 일단 옷을 걸치자 상명하복의 주종관계는 명확해졌다. 그것은 천고불변의 '진리'라고 해도 과언이 아닐 터였다. 아니나 다를까, 침대 위에서 운우지정을 나눌 때는 부끄러움도 모르고 적극적이던 두 여인은 얼굴을 붉히면서 건륭의 시선을 피했다. 그러자 건륭이 말했다.

"춘소일도치천금春宵一度值千金(봄날 밤의 운우지정을 의미함)이라! 이런 낙이 없으면 인생도 보람이 없는 거야. 지금 짐의 기분이 어떤 줄 아나? 모공까지 꼭꼭 찼던 번뇌와 울분이 일장훈풍에 낱낱이 녹아내린 느낌이네."

건륭은 그렇게 소감을 말하고는 바로 자리에서 일어났다. 시계를 보니 진시辰時 이각을 넘어서고 있었다. 그가 궁전을 나서기에 앞서 잠깐 방안을 배회한 다음 정색을 했다.

"후궁들에게 있어 질투라는 건 침으로 무서운 일이네. 저쪽에서는 지금 경을 읽고 있다고는 하지만 머릿속으로 불조佛祖만 생각하는 건 아닐 걸세. 짐이 황후를 존경하는 이유는 그녀가 진정으로 자중자애의 의미를 알고 그것을 실천하는 정숙한 여인이기 때문이네. 지금까지 다른 여자들과 짐의 성총을 다투는 따위의 어리석은 짓은 한 번도 한 적이 없었지. 자네 둘 역시 아직까지 검은 물이 들지 않았기에 짐이 자주 찾아주는 거라는 걸 명심하게. 얼마 안 있으면 귀경길에 오를 거네. 북경에 도착하면 자네 둘은 위가씨하고 처소를 같이 쓰면서 가까이에서 잘 보살펴주도록 하게."

"예, 폐하!"

"이 일은 황후에게도 말했어. 앞으로 황후의 의지懿旨에 따르도록 해."

건륭은 언홍과 영영의 대답을 기다리지도 않은 채 다시 덧붙였다.

"짐은 자식 운이 없어 슬하가 허전한 사람이네. 짐의 깊은 외로움을 자네들은 모를 걸세. 황후의 소생인 영련永璉, 영종永琮 두 황자는 모두 어린 나이에 세상을 떴네. 따지고 보면 황후 사촌언니의 소생인 영황永璜이 짐의 큰아들인데, 그 아이도 오늘내일 하고 있는 상황이네……. 그런 의미에서 위가씨 배 속의 아기는 조정과 종묘사직, 짐 모두에게 혜성처럼 반가운 존재이네. 성조께서는 슬하에 황자 서른다섯을 뒀어. 그랬는데도 고작 스물넷만 장성했지. 자손이 많으면 치열한 보위다툼이 벌어지고 '황자의 난'이 일파만파로 번져 조정을 위기로 몰아갈 수도 있어. 하지만 그렇더라도 짐은 자손이 번창했으면 좋겠어."

건륭의 슬픔이 두 사람에게 전염된 듯 언홍과 영영은 깊은 탄식을 발했다. 이어 언홍이 진심 어린 위로를 해주었다.

"폐하께서는 아직 춘추가 한창이시고 정력이 왕성하오니 슬하 염려는 안 하셔도 좋을 듯하옵니다."

언홍이 말을 마치고는 간밤의 격렬했던 정사를 떠올리면서 살짝 얼굴을 붉혔다. 그리고는 다시 말을 이었다.

"이것도 주군을 애중히 여기는 하늘의 뜻인 것 같사옵니다. 오랜 기다림 끝에 황자를 얻으시는 기쁨을 만끽하게 해드리고자 폐하께 아직 황자를 점지해주시지 않는지도 모르옵니다!"

영영도 바로 거들고 나섰다.

"폐하께서는 이토록 근정애민하시고 덕이 높으시오니 머지않아 필히 슬하에 문무겸전한 황자들을 여럿 두시게 될 것이옵니다!"

건륭은 두 여인의 위로와 아부의 말에 어느새 기분이 좋아진 듯 밝은 웃음을 터트렸다.

"자네들도 아부가 늘었네그려. 처음 자네들을 만났을 때는 고삐 풀린 망아지 같았는데, 궁중에 들어오니 어느새 여기 여인들과 똑같은 물이 들었군. 짐이 패륵 신분으로 처음 자네 둘을 만났을 때가 생각나는가? 그때는 막무가내로 짐에게 삿대질을 하면서 '너', '당신' 이랬었지? 아무튼 둘 다 보양을 잘해서 언제든지 짐을 받아줄 준비를 해 두게. 짐이 앞으로 자네들의 처소를 자주 찾아줄 테니, 짐에게 두꺼비 같은 황자를 생산해주게나. 잘하면 한날한시에 '문무에 능한' 황자를 생산할지도 모르겠는걸?"

건륭이 말을 마치고는 밖으로 나서려고 했다. 그러다 잠시 멈추고는 입구에 시립해 있는 복의에게 분부했다.

"기록을 남길 때는 두 처소를 이삼일 간격으로 따로따로 찾은 걸로 하거라! 명심하라고."

건륭은 행궁의 앞뜰로 향했다. 그러나 정전으로 가지 않고 서쪽 별채에 있는 군기처로 직행했다. 멀리서부터 기윤의 웃음소리가 들려오고 있었다. 누군가와 한담중인 것 같았다.

건륭은 그 상대가 유통훈일 거라고 짐작했다. 그래서 미리 들어가 알리고자 하는 복의를 제지하고는 살그머니 방 안으로 들어갔다. 역시 그의 짐작대로 유통훈이었다.

"무슨 일로 그리 즐거운가? 멀리서도 웃음소리가 들리던데!"

방 안에는 유통훈 외에 악종기, 김홍, 범시첩 등도 와 있었다. 건륭은 그들 중 악종기를 향해 부드럽게 말했다.

"동미東美(악종기의 호) 공, 오느라 수고 많았네. 그래 언제 도착했나?"

격의 없이 담소를 즐기던 좌중의 사람들은 갑자기 들이닥친 건륭의 등장에 기겁을 하고는 일제히 바닥에 무릎을 꿇었다. 악종기의 백발이 성성한 머리가 가늘게 떨렸다. 그러나 머리를 조아리면서 대답하는 목소리는 여전히 홍종洪鐘(크기가 큰 범종) 같았다.

"억만 중생의 보다 윤택한 삶을 위해 주야로 근정하시는 폐하의 노고에 비하면 신의 이 정도 견마지로犬馬之勞는 혀끝에 올리기조차 부끄럽사옵니다. 신은 오늘 새벽 사경四更에 배에서 내려 묘시 정각에 패찰을 건넸사옵니다. 저들이 폐하께 보고 올린다고 하는 걸 신이 말렸사옵니다."

기윤이 악종기의 말이 끝나자 덧붙였다.

"악종기 공이 도착하는 대로 보고하라는 어지가 계셨는지라 태감들은 초조해 했사오나 신 역시 말렸사옵니다. 줄곧 강행군을 해 오신 폐하께서 하룻밤이라도 푹 쉬시게 하고 싶었사옵니다."

"태감들이 보고 올리는 건 당연한 일이네. 자네들도 말리지 말았어야 했네."

건륭은 자신이 전날 무슨 일로 바빴는지도 모르고 무작정 걱정부터 하는 좌중의 신하들을 보면서 속으로 잠깐 웃었다. 순간 더 큰 웃음이 터지려 했다. 그는 그러나 주먹을 꽉 움켜쥐면서 겨우 새어나오는 웃음을 막았다. 이어 곧 일어나 앉으라고 손짓을 하면서 말했다.

"사실 진짜 쉬어야 할 사람은 먼 길을 달려온 동미 자네이네. 서부의 군정軍政은 헝클어진 소털처럼 복잡하지만 아직 자네를 급히 부를 정도로 긴급한 상황은 아니네. 짐은 그저 자네를 본 지가 오래되어 얼굴을 보고 싶었을 뿐이네. 나이가 나이니 만큼 가까이 불러 며칠 쉬게 하고픈 생각도 있었네. 다행히 생각보다 기색이 좋아 보여 한걱정 덜기는 했네."

악종기가 건륭의 말에 허리를 깊이 숙이면서 사은을 표했다.

"신은 평생 전쟁터에서 살면서 몸뚱이를 험하게 굴려왔사옵니다. 죽는 그날까지 내세울 거라고는 황소 같은 이 몸뚱이밖에 없사옵니다. 유통훈은 신보다 열 몇 살이나 아래인데도 벌써부터 걸으면 숨이 가쁘다고 하니 큰일이옵니다."

악종기가 말을 마치고는 건륭을 힐끗 훔쳐봤다. 건륭의 건강을 살펴보려는 눈치인 듯했다. 그가 곧 이어 감정이 북받친 듯 미세하게 떨리는 어조로 다시 입을 열었다.

"폐하께서는 강녕해 보이시어 신은 마음이 놓이옵니다. 신은 어느새 고희古稀의 나이도 훌쩍 넘겼사옵니다. 한쪽 발을 무덤에 넣고 있는 몸이오나 폐하와 같은 성군을 섬겨온 세월이 보람 있기에 곧 죽어도 여한이 없을 것 같사옵니다. 다만 주군에 대한 미련을 놓을 수 없어 이승의 끈을 아직 놓지 못하고 있나 보옵니다. 가끔 삼라만상이 잠든 고요한 밤에 베개를 밀고 일어나 앉으면 폐하를 섬길 수 있는 날이 이제 얼마 안 남았다는 생각에 가슴이 미어지는 것 같사옵니다……."

건륭은 악종기의 말에 적지 않게 감명을 받았다. 그러나 겉으로 내색하지 않으려 말머리를 돌렸다. 그리고는 책상 위에 놓여 있던 기와 조각 하나를 집어 이리저리 뜯어보면서 말했다.

"짐도 그날이 올까봐 두렵네! 그런데 이건 지난번 마씨에게서 샀던 기와 조각이 아닌가? 가짜 한와漢瓦 날이네."

기윤이 즉각 대답했다.

"가짜가 아니옵니다. 여기를 보십시오. 노란 색으로 덧칠한 부분을 긁어냈더니 안쪽에 칠한 것은 붉은 색이었사옵니다. 아마 역사적인 지식이 없는 얼빠진 자가 궁중의 물건은 모두 노란 색인 줄로만 알고 일부러 진짜 물건에 노란 칠을 한 것 같사옵니다."

"음, 그렇군. 제 꾀에 넘어가 진짜를 가짜로 만들어버렸군."

건륭이 고개를 끄덕이고는 조금 전에 하던 말을 계속했다.

"연청, 자네도 마찬가지이네. 어찌 짐의 말을 그리 듣지 않는 건가? 하루에 여섯 시간 이상 일을 하지 말라고 했거늘 아직도 날을 꼬박꼬박 새우면 뭘 어쩌겠다는 건가? 부항도 항시 청춘일 줄 알고 몸 걱정은 전혀 안 하는 것 같더군. 올리는 주장마다 만언서萬言書인데, 대필을 하지 않고 직접 다 쓰려면 오죽 힘들겠나. 예전에는 서첩書帖을 그대로 옮겨놓은 것처럼 단정하던 글씨체가 요즘은 많이 흐트러져 보였네. 끝부분의 필획筆劃이 흐트러졌다는 것은 손이 떨린다는 말이네. 대청大淸을 받쳐주던 기둥들이 하나둘씩 무너져가고 있네. 인재 공황이 얼마나 무서운 줄 아는가? 경들이 다 지쳐 쓰러지면 누가 짐을 위해 수족이 되어주겠는가? 경들은 몸져눕거나 저 세상으로 먼저 불려가더라도 본인들에 비해 손색없는 인재들을 만들어놓은 후에 가야 한다는 것을 명심하게."

건륭이 분위기가 다소 가라앉은 듯하자 자조하듯 웃었다. 그리고는 말머리를 돌렸다.

"아, 참! 경들에게 보여줄 게 있네. 다들 편복으로 갈아입고 나오게. 어제 누군가 그러던데 도화암桃花庵에 도화가 만발했다고 하네. 모처럼 서로를 염려하던 군신끼리 모였는데 우리 꽃구경이나 가세!"

악종기 등은 건륭의 말이 끝나기 무섭게 서둘러 옆방으로 건너가 옷을 갈아입었다. 편복은 왕팔치가 건륭의 명을 받고 전날 밤 미리 준비해 둔 것이었다. 건륭은 용포龍袍 대신 다갈색 장포長袍를 입고 허리띠는 매지 않았다. 머리에는 검정색 비단 과피모瓜皮帽를 썼다. 신발도 까만 천으로 만든 단화로 바꿔 신었다. 그러자 바로 영락없는 효렴孝廉 차림의 선비로 변했다.

도화암은 행궁에서 5리도 떨어지지 않은 곳에 있었다. 그곳은 일명 '임수홍하'臨水紅霞라 불리기도 했다. 아무려나 일행은 행궁을 나와 구불구불 흐르는 냇물을 따라 서쪽으로 갔다. 장춘교長春橋를 지나 지세가 조금 높은 둔덕에 올라서자 갑자기 눈앞이 확 트였다.

끝없이 펼쳐진 광활한 공간에 온갖 종류의 수목이 숲을 이루고 있었다. 냇물이 숲속을 종횡하면서 띠처럼 흐르고 있었다. 그 사이를 이어주는 이곳저곳의 석판교石板橋는 맞은편의 꽃길과 이어져 있었다. 어딘가 무질서하면서도 마음을 편안하게 하는 풍경이었다. 암자 밖의 숲속에는 초가집이 서너 채 있었다. 북쪽 방 앞으로 사람들이 한가로이 오가는 광경이 보였다. 남으로 흐르는 시냇물은 검도록 푸르렀다. 수초水草가 너무 빽곡하게 자라 채방彩舫은 띄울 수 없을 것 같았다.

남쪽 일대의 커다란 연못 한가운데는 자그마한 섬이 있었다. 섬으로 통하는 석판교가 세 개 있었다. 섬 위에는 평범해 보이는 정자도 있었다. 정자의 편액에는 '나정'螺亭이라고 적혀 있었다.

석판교 이쪽에서 멀리 바라보니 숲 전체가 글자를 만들고 있었다. 건륭 일행이 걸음을 멈추고 필획을 따져보니 그것은 '임수홍하'臨水紅霞 네 글자였다.

건륭 일행은 나정에서 서쪽 석판교를 건너 언덕으로 올라갔다. 그곳에는 '목여정'穆如亭이라는 정자가 있었다. 정자를 지나면 곧 도화암이었다. 연못 서편에서는 수백 그루의 복숭아나무가 분홍색 꽃망울을 터뜨릴 준비가 한창이었다. 맑은 연못에 비친 푸른 하늘과 화려한 도화桃花의 조화에 선경仙境이 따로 없었다. 꽃 속에 파묻힌 암자는 마치 꽃구름을 타고 노니는 것 같았다. 도화암이라는 이름이 딱 들어맞았다.

황홀한 꽃향기가 미풍을 타고 날아와 온몸을 감쌌다. 연못가의 풀숲에서는 이름 모를 벌레들의 합창이 한창이었다. 인간 세상에는 없을 것 같은 그런 선경에 이르자 건륭 일행은 너 나 할 것 없이 마음이 저절로 둥둥 떠올랐다. 세상에 떨쳐내지 못할 번뇌가 어디 있고, 삭이지 못할 분노가 또 어디 있으랴 싶었다. 한마디로 백팔번뇌가 일거에 사라지는 느낌이었다. 멍하니 그런 풍경을 구경만 하던 일행 중에서 범시첩이 가장 먼저 입을 열었다.

"너무 조용한 것 같지 않사옵니까? 연청 공이 유람객들을 다 내쫓았사옵니다. 경치 좋은 이곳에 정기적으로 묘시廟市 같은 것이 열리면 얼마나 좋겠사옵니까? 사람들이 구름같이 몰려들면 양주 백성들은 그야말로 님도 보고 뽕도 따는 낙을 누릴 수 있을 텐데 말이옵니다."

김홍이 바로 범시첩의 말을 받았다.

"그대는 어찌 가는 곳마다 그리 흥을 깨는 말을 하오? 이런 선경에 장터를 만들겠다는 발상은 실로 가야금을 태워 학을 삶아 먹겠다는 심보요! 님도 보고 뽕도 딴다니? 그야말로 복숭아밭에서 뽕을 따는 소리로군."

범시첩은 순간 할 말이 궁해졌다. 그러나 쉬이 김홍의 주장을 인정하려고 하지 않았다.

"인간세계의 선경은 여기 말고도 수없이 많소! 물 좋은 데는 장이 서지 말라는 법이라도 있소? 나중에 내가 윤원장에게 편지를 써서 이곳에 꼭 오일장을 세우게 하고야 말 거요. 이곳은 남으로 양자강과 인접해 있고, 서북쪽으로는 촉강蜀崗의 승지勝地가 있소. 또 동쪽으로는 운하까지 끼고 있어 수륙교통이 그만이오. '폐하께서 친림親臨한 곳'이라는 간판만 내걸면 금은보화가 절로 굴러 들어오지 않겠소? 의정현의 그 두꺼비 같은 현령도 생각해내는 치부致富의 도를 나라고 생각해내지 못할 것 같소?"

범시첩과 김홍이 금방이라도 싸울듯이 으르렁대자 유통훈이 바로 중재에 나섰다.

"됐소, 그만들 하시오. 시첩, 그대도 알고 보니 이재에 꽤나 밝은 면이 있구려."

"그래서 짐이 뒤늦게 호부의 살림을 범시첩에게 맡겼다는 것 아닌가?"

건륭도 좌중의 대화가 재미있는지 함박웃음을 웃고는 입을 열었다. 그리고 그 와중에도 고개를 돌려 파특아와 색륜이 잘 따라 오고 있는지 확인하는 것을 잊지 않았다. 일행이 담소를 즐기면서 그렇게 한참을 더 걸어가자 유통훈이 목소리를 낮춰 아뢰었다.

"폐하, 이제부터는 금지禁地가 아니옵니다. 양주부에서 나온 아역들이 변복을 하고 관방關防을 서고 있을 뿐이옵니다. 유람객들이 눈치채지 못하게 언행에 특별히 유의하셔야겠사옵니다."

건륭이 히죽 웃으면서 고개를 끄덕였다.

"그러지 않아도 그리 생각하고 있던 중이었네. 헌데 오늘 멋진 풍경을 구경시켜주고 싶어 큰마음 먹고 데리고 나왔는데, 자네는 도리어 손에 땀을 쥐고 있으니 이를 어쩌나?"

안쓰러운 표정으로 유통훈을 향해 돌아서던 건륭이 갑자기 걸음을 멈췄다. 이어 고개를 갸웃하고 귀를 기울였다.

"잘 들어보게. 생가笙歌 소리 같은데……. 여기에도 연극무대가 있나? 설마 암자에서 나는 소리는 아니겠지?"

좌중의 사람들은 귀를 세워 조용히 들었다. 과연 암자 저편에서 생황사현笙簧絲弦의 소리가 들려오고 있었다. 간간이 목청을 돋우는 듯한 남녀의 "이이야야!" 하는 음창吟唱이 섞여 있었으나 가사는 끊겨졌다 이어졌다 하면서 잘 들리지 않았다.

건륭은 종종걸음으로 목여정을 지났다. 이어 다시 빠른 걸음으로 절 앞의 산문山門 공터로 걸어갔다. 가락소리는 절이 아닌 암자 서쪽의 별채에서 나는 것이었다. 그러나 유통훈은 가락에는 도통 관심이 없고 주변을 경계하느라 여념이 없었다.

그런데 알고보니 연못은 수서호瘦西湖와 이어진 것이었다. 암자 앞에도 수서호가 만들어 놓은 자그마한 연못이 있었다. 암자의 지세를 따라 동남쪽에서 서북쪽으로 점점 높아지는 묘원廟院에는 대문이나 담 같은 것은 없었다. 그렇게 도화림桃花林과 길게 이어져 있었다.

통로에는 비질을 한 흔적이 정갈하게 남아 있었다. 떨어진 풀잎 하나 보이지 않고 깨끗했다. 통로를 따라 산문을 돌아가자 맞은편 대전大殿 안에서 대자불大慈佛이 보였다. 대전 주변은 붉은 난간으로 둘러져 있었다. 대전 왼쪽에는 송백구죽松柏枸竹과 각종 약초가 자라고 있었다. 왼편은 다실茶室이었다. 다실은 공양간과 통해 있었다.

선남선녀들이 삼삼오오 떼를 지어 암자 주변을 돌아다니면서 구경도 하고 향배를 올리고 있었다. 절을 하며 소원을 비는 사람들도 없지 않았다. 그러나 "불문佛門은 청정하다"는 말처럼 떠드는 사람 하나 없는 사찰에는 목어종반木魚鐘磬 소리만 간간이 들릴 뿐이었다. 도화 속에 묻혀 있어도 선림禪林의 엄숙함이 유지되고 있었다. 성격이 깐깐한 유통훈마저 점차 마음의 긴장을 풀고 분위기에 끌려 들어갈 정도였다.

일행은 건륭을 따라 불전으로 들어갔다. 이어 사대천존四大天尊, 십팔나한十八羅漢을 올려다본 다음 향을 사라 올리고는 보시도 했다.

건륭이 은자 열 냥을 보시하고 돌아서더니 동자승 하나를 붙잡고 물었다.

"스님, 말씀 좀 여쭙겠소. 저쪽에서 생가笙歌 소리가 들려서 궁금해서 그러는데, 암자 근처에 극장이라도 있는 거요?"

"그런 건 아닙니다, 시주. 이 일대는 모두 도화암의 묘산廟産입니다. 생가 소리가 나는 저쪽은 사謝씨 성을 가진 시주께서 빌려 머물고 계시는 관오헌觀惡軒입니다. 워낙 풍악을 즐기시는 것 같습니다. 전당성錢塘城에서 온 유명한 부자라고 들었습니다. 이번에 영가迎駕차 양주로 왔다가 이곳이 좋아 당분간 묵어가고 싶다고 했습니다. 시주에 인색하지 않으신 선지식善知識이죠."

건륭이 조소 어린 어투로 비꼬았다.

"불전에 인색하지 않으면 선지식인가? 그렇다고 할 수도 있겠네!"

건륭이 말을 마치고는 고개를 끄덕이면서 나온 다음 생가 소리가 나는 관오헌을 향해 방향을 틀었다. 유통훈 등은 재빨리 시선을 교환하고 건륭의 뒤를 따랐다.

이곳 관오헌은 명색이 '헌軒'일 뿐 당실堂室도 유랑遊廊도 없었다. 그러나 각종 분재盆栽가 마당에 가득했을 뿐 아니라 월계月季를 비롯해 모란牡丹, 작약芍藥이 담벼락 밑 화분에서 탐스러운 꽃을 피우고 있었다. 커다란 어항 안에서는 알록달록한 색깔의 금붕어들이 온갖 자태를 뽐내면서 노닐고 있었다. 또 마당 한쪽에는 경덕진景德鎭의 도자기와 토석土石이 진열되어 있었다. 마당 전체가 마치 예술품 전시장 같은 느낌이 들었다.

건륭 일행이 마당에 들어서며 감탄사를 연발하자 저만치에서 집사 차림의 중년사내가 가까이 다가왔다. 이어 일행을 향해 정중히 예를 갖춰 인사를 했다.

"어떻게 오셨는지요? 이곳 관오헌은 저의 주인께서 잠시 빌려 머무는 곳입니다. 이곳이 마음에 들어 설음을 멈추셨다면 마음껏 구경하셔도 됩니다."

건륭 일행은 친절하면서도 정중한 집사의 자세가 일단 마음에 들었다. 그러나 낯선 사람이 찾아와서 통성명도 하지 않았는데 집을 마음대로 구경해도 된다느니 하는 것에 대해서는 슬며시 이상한 느낌도 들었다.

"나는 융격隆格라는 사람이오."

건륭이 말했다. 이어 다시 덧붙였다.

"춘위春闈(봄에 치는 과거시험)에 응시해보고자 왔소. 결례가 안 된다면 이곳 주인의 존함을 여쭤 봐도 되겠소? 워낙 열정적으로 손님을 맞아주시니 고마워서 함자라도 기억해 두려고 그러오."

그러자 집사가 깍듯이 인사를 하고는 아뢰었다.

"가주家主는 사謝씨 성에 성함은 운수雲岫입니다. 자字는 유천維川입니다. 전당현에서 '탑사 사가'塔寺謝家라고 하면 모르는 사람이 없습니다. 한때는 호부에서 일을 한 적도 있으나 지금은 해외무역에 집중하고 계십니다."

집사가 앞장서 걸으면서 다시 자랑을 늘어놓았다.

"주인나리의 조부께서는 옛날 강희황제 시절에 지부를 두 번씩이나 역임했다고 합니다. 이번에 건륭황제께서 남순 길에 이곳 양주에 들르신다는 소식을 듣고 주인나리께서는 둘째도련님에게 헌금을 내서 영가대迎駕隊에 끼라고 분부하셨습니다. 이리로 오시죠. 편하신 대로 앉으세요. 창문을 열면 도화림이 한눈에 보입니다."

觀惡軒

건륭 일행은 고개를 들어 편액의 '관오헌'이라는 세 글자를 보고는 고개를 갸우뚱했다. 첫눈에도 필체가 눈에 익었던 것이다. 그랬다. 그것은 바로 원매袁枚의 필체가 틀림없었다. 아무려나 일행은 집사를 따라 사방에 통유리를 박은 넓은 방으로 들어갔다. 창 너머로 도처에 무성한 도화림이 한눈에 보였다. 분홍빛 안개가 내려앉은 곳에서 보슬보슬 내리는 꽃비花雨 속에 들어앉은 느낌은 황홀함 그 자체였다.

일행은 연신 감탄사를 터뜨리면서 입을 다물지 못했다. 여기저기를 두리번거리면서 넋이 나간 듯 창밖을 바라보기도 했다. 그때 저쪽 멀지 않은 복숭아나무 밑에서 녹의홍상綠衣紅裳의 희자戲子들이 죽현竹弦 연주를 멈추고 누군가의 지도를 받는 모습이 보였다. 그들의 머리 위에는 터질 듯한 꽃봉오리들이 다닥다닥 맺힌 가지가 휘어질 듯 드리워 있었다. 마치 만개滿開할 순간을 숨죽여 기다리는 것 같았다.

그때 살랑살랑 미풍이 불어왔다. 이어진 꽃가지들이 바람을 타고 차례로 손을 흔들었다. 순간 방안에 있던 일행은 흔들리는 커다란 화선花船을 타고 바람과 함께 흘러가는 듯한 황홀경에 빠지고야 말았다.

김홍은 도무지 믿을 수 없다는 듯 고개를 세차게 저었다. 벌어진 입을 겨우 다물면서 연신 감탄사를 터뜨렸다.

"몇 년 동안 강남에 있으면서 풍경이 좋다는 곳은 가 보지 않은 곳이 없건만 양주에 이런 선경이 있는 줄은 미처 몰랐소. 이런 선경을 소유한 주인이 도대체 어떤 사람인지 정말 궁금하오. 괜찮다면 모시고 차라도 한잔 하고 싶은데……."

집사가 즉각 대답했다.

"저의 주인은 삼청원三淸院으로 출타하시어 안 계십니다. 어린 시절 일찍부터 오뢰법五雷法을 익히시어 귀신 잡는 데는 신통하시거든요. 삼청원의 도장道長이 어젯밤 청면靑面 악귀 다섯을 만나 죽다 살아났다지 뭡니까? 아침 일찍 가셨으니 정오 선에는 돌아오실 겁니다."

건륭 일행은 호기심이 잔뜩 동하여 주인을 만난 다음에 일어서기로 하고는 앉아서 기다렸다. 그때 갑자기 밖에서 음악 소리가 울렸다. 일행이 놀라서 뒤돌아보니 도화나무 밑에서 연극연습에 몰두하고 있던 희자들이 연주를 시작하는 소리였다. 연극 지도가 끝나고 본격적으로 연습을 시작할 모양이었다. 아니나 다를까, 희자 한 명이 긴 소매를 끌고 나오더니 두 팔을 쭉 뻗어 하늘을 향하면서 하소연하듯 처연한 목소리로 창唱을 하기 시작했다.

소첩이 무슨 죄를 지었다고 이리 가혹하시옵니까? 하늘이시여, 소첩의 죄명을 알려주시옵소서. 하늘도 밉고 땅도 원망스럽사옵니다…….

"잠깐!"

노래가 채 끝나기도 전에 희자들의 우두머리인 듯한 사내가 탐탁지 않은 표정으로 손짓을 했다. 순간 음악이 뚝 그쳤다. 희자 역시 동작을 멈췄다. 건륭은 체구가 왜소할 뿐 아니라 머리가 대추씨처럼 뾰족하고 눈도 쥐의 눈처럼 반들거리는 못 생긴 사내를 보면서 피식 웃었다. 그때 옆에서 김홍이 아뢰었다.

"저자가 바로 그 유명한 안휘安徽 쌍경반雙慶班(연극의 한 유파)의 으뜸 희자 위장생魏長生입니다! 저래 봬도 무대 위에 올라서면 여자들이 오줌을 질질 싸면서 열광한답니다. 한 번 무대에 오르는 데 몸값이 은자 이백사십 냥이라고 합니다. 그런 자가 어떻게 이런 곳에 다 왔지?"

"그게 피눈물을 토하면서 하소연을 하는 거야?"

위장생이라는 사내는 주변의 손님들이 자신을 지켜보고 있는 줄은 전혀 모르는 듯 팔을 걷어붙이면서 흥분했다. 이어 다시 준엄한 어조로 희자를 가르쳤다.

"몇 번 말해줘야 알겠어? 이 여자는 지금 백정들에게 남편을 잃었어.

게다가 새끼도 잃어버려서 미치기 일보직전이란 말이야. 찡그리고 우는 것만이 능사가 아니야. 여인의 가슴속에 사무친 놈들에 대한 적개심과 남편, 자식에 대한 애절함을 동시에 느끼게 해줘야 된다고! 잘 봐, 내가 시범을 보여줄 테니……."

위장생은 눈을 감으며 자세를 취했다. 그런데 단지 두 팔을 쭉 뻗었을 뿐인데 여자의 한 맺힌 마음이 고스란히 전해졌다. 이어 그의 입에서 심장을 도려내는 아픔이 쏟아져 나왔다. 순간, 그 처절한 비통함에 도화의 화사함이 갑자기 빛을 잃고 산천도 고개 숙이며 함께 우는 듯했다. 듣는 이 모두가 혼연일체의 슬픔에 잠겼다.

일월성신으로부터 미움을 받고 있습니다. 산천초목이 울고 있사옵니다.
하늘이시여, 어찌 그리 무심하십니까. 이년의 억울한 사연을 부디 굽어 살펴주시옵소서! 제발 청탁淸濁을 가려주시고 백정들에게 천벌을 내려주시옵소서! 죄 없는 자는 개처럼 죽어가고 사악한 자가 부귀영화를 누리다니, 이 무슨 당치도 않은 조화란 말입니까…….

위장생이 창을 마쳤다. 그러나 분위기는 깨어날 줄 모르고 한동안 숙연하기만 했다. 사람들의 눈가에는 눈물이 그렁그렁 맺혀 있었다.

건륭은 위장생이 분장을 하고 무대 위에 오른 모습은 두어 번 봤지만 엉망진창인 맨얼굴은 오늘 처음 보는 터였다. 그는 위장생이 역시 연극계의 '일대종사'一代宗師답다면서 속으로 감탄을 했다.

그때였다. 창밖에서 시선을 뗄 줄 모르고 있는 일행을 향해 갑자기 집사가 어딘가를 가리키면서 소리쳤다.

"저의 주인께서 귀가하셨습니다!"

집사는 말을 마치자마자 빠른 걸음으로 달려 나갔다.

과연 꽃밭 저쪽에서 젊은이 한 명이 천천히 걸어오고 있었다. 나이가 스물 대여섯 살 정도 되어 보이는 청년이었다. 푸른 두루마기에 자주색 허리띠를 두른 옷맵시가 정갈하고 단정했다. 얼굴은 관옥 같고, 오관이 또렷한 것이 속된 인상이 아니었다.

달려 나간 집사가 뭐라고 몇 마디를 하자 젊은이가 고개를 끄덕이면서 빠른 걸음으로 마당에 들어섰다. 이어 방으로 들어와 두 손을 들어 공수하면서 반색을 했다.

"만나서 반갑습니다. 일이 늦게 끝나는 바람에 본의 아니게 오래 기다리게 해드려 미안합니다. 잘은 모르겠지만 이분이 우리 집사가 말하던 융격 나리이신 것 같은데, 혹시 기인旗人이십니까?"

건륭이 천천히 일어서서 미소를 지으며 화답했다.

"처음 뵙겠소. 내가 융격이라는 사람이오. 양황기鑲黃旗 소속이오. 도화구경을 왔다가 이집 주인의 풍아風雅에 끌려 여기까지 오게 됐소. 예의가 아닌 줄 알면서 마당에까지 들어섰소. 다행히 명차茗茶(대용차와 구별되는 귀한 차) 한 잔 내주시면서 옛 벗을 대하듯 반겨주시기에 우리 일행은 감격한 나머지 주인을 만나 뵙고 싶었소!"

젊은이가 건륭의 말에 환하게 웃었다. 그러더니 나머지 사람의 이름은 묻지도 않은 채 건륭에게만 말을 걸었다.

"내가 출타하면서 재삼 당부했었죠. 요즘은 어가가 양주에 머물러 계시니 수행한 훈척귀족勳戚貴族들이 구름 같을 텐데, 귀하신 분들이 어느 날 갑자기 도화암 구경을 오셨다가 들를지도 모르니 무조건 깍듯이 모시라고 말이에요. 장사꾼 속셈이라면 불 보듯 뻔하지 않겠어요? 게다가 여러분은 이렇게 의표儀表가 당당하시고 일거수일투족이 고아高雅하시니 집사가 어찌 소홀히 대할 수 있었겠습니까?"

건륭이 일행을 소개했다.

"유천 선생은 실로 안목이 예리하시오. 솔직히 나는…… 장친왕莊親王의 조카요. 명실상부한 천황귀주天潢貴胄라고 할 수 있겠소. 음……, 그리고 이쪽부터 악 선생, 유 선생, 범 선생, 김 선생이라 부르면 되겠소."

젊은이가 미소를 머금고 일일이 건륭 일행과 시선을 마주치면서 고개를 끄덕여 예를 표했다.

"패륵마마를 몰라 뵈어서 황감합니다! 당연히 패륵마마를 수행하신 여러분도 범상한 인물들은 아니시겠죠? 때가 때이니만큼 점심을 대접해 드리고 싶은데 괜찮겠습니까?"

건륭이 어느새 말투를 바꾼 젊은이의 부탁에 막 대답을 하려고 할 때였다. 유통훈이 가벼운 기침소리를 내면서 나섰다.

"유천 선생의 성의는 고맙소만 우리 주인께서는 조찬 시간이 다른 사람보다 늦으시어 점심도 신시申時께나 되어야 드시는 편이오. 미안하오."

사실 건륭은 언홍의 처소에서 늦은 아침으로 죽 한 그릇을 비운 게 고작이었다. 그래서 배가 많이 고프지는 않아도 약간 출출한 상태였다. 그러나 유통훈이 미리 사양을 했으니 불문곡직하고 따를 수밖에 없었다. 그가 고개를 끄덕이면서 말했다.

"황홀한 경관을 구경하는 것만으로 이미 배가 불렀소. 도화나 감상하면서 연극연습 구경이나 더 할까 하오."

젊은이, 아니 유천으로 불린 사운수가 말했다.

"그러시다면 갑갑한 방안에 계시지 마시고 밖으로 나가시죠. 제가 당대 최고의 희자를 부르겠습니다. 원래는 태후마마와 폐하께 보여드리면서 충성을 하고자 했으나 폐하께서는 연극 구경을 하실 시간이 없으시다고 들었습니다. 자작자락自作自樂하는 수밖에 없어 약간 아쉬웠는데 다행히 패륵마마께서 관심을 가져주셔서 정말 기쁩니다. 준비가 어찌 되어 가는지 한번 가보고 오겠습니다."

사운수가 밖으로 나가자마자 유통훈이 바로 볼멘소리를 했다.

"저자를 어찌 믿고 여기서 점심까지 먹고 있겠습니까? 돈을 내고 영가迎駕의 행운을 얻은 자들이 수천 명인데, 그중에 사씨 성을 가진 자가 어디 한둘이겠습니까? 하나씩 맞춰볼 수도 없고 저자가 거짓말을 했을 가능성도 배제할 수 없지 않습니까? 저 말투는 절대 전당錢塘 사투리가 아닙니다. 마치 이제 막 말을 배우는 사람처럼 또박또박 발음하는 것이 어딘가 어색합니다. 조금만 더 앉아 있다가 자연스럽게 자리를 뜨는 게 좋을 것 같습니다."

유통훈의 말이 끝나자 내내 말없이 미간만 찌푸린 채 앉아 있던 악종기가 혼잣말처럼 중얼거렸다.

"어디서 본 얼굴인데? 전당에 간 적은 한 번도 없고……. 기억이 왜 이리 날 듯 말 듯하면서 사람을 괴롭히지? 이제는 다 늙었어!"

"그게 바로 불가에서 말하는 소위 '인연'이라는 거네. 궁합이 맞는 사람끼리는 처음 만나도 이유 없이 좋아지지만 그렇지 않으면 뒤통수만 봐도 괜히 미워진다고 하지 않은가."

건륭이 악종기를 위로하듯 말했다. 이어 서둘러 돌아오고 있는 사운수를 보면서 얼른 입단속을 했다.

"됐네, 주인이 들어오네. 의심하는 내색은 하지 말게. 나가보지!"

건륭이 말을 마치고는 앞장서서 문을 밀고 밖으로 나갔다. 안으로 들어오려던 사운수가 때맞춰 나오는 건륭 일행을 방초芳草가 담요처럼 깔린 연극 연습장으로 안내했다. 거기에는 등나무의자가 준비되어 있었다. 건륭 일행은 각자 천광수색天光水色을 마주하고 꽃나무 밑에 자리했다.

여자 희자들은 모두 열두 명이었다. 그들 역시 만개 직전의 도화처럼 순수하고 예쁜 얼굴들이었다. 아직 분장 전인데도 티 없이 맑은 피부에 아름다운 눈동자와 가지런한 치아 등이 눈이 부셨다. 가벼운 몸짓은 구름 위를 노니는 제비나 미풍에 하느작거리는 옥수玉樹를 방불케 했다. 그야말로 경국傾國의 자색姿色이 따로 없었다.

건륭은 희자들에게서 눈을 뗄 줄 모른 채 옆에 앉은 사운수에게 말했다.

"하늘에서 열두 그루의 옥수玉樹를 가져다 심었구먼!"

그러나 사운수는 엷은 미소만 지을 뿐 말이 없었다. 어느새 무서운 사부님에서 안휘 쌍경반의 명창으로 돌아온 위장생이 명인의 고자세와는 거리가 먼 모습으로 히죽대면서 다가왔다. 이어 건륭 일행에게 예를 갖춰 인사했다.

"패륵마마를 가까이에서 모시게 돼 무한한 광영입니다! 애들이 그럭저럭 자질은 있으나 아직 연습이 부족해 패륵마마의 법안法眼에 드실지 자신이 없습니다. 소인이 직접 몇 곡 불러드리겠습니다. 원하시는 곡을 선택해주십시오."

사운수가 연극 제목이 적힌 종이를 받아 건륭에게 건넸다. 건륭은 그것은 보지도 않고 말했다.

"당대 최고의 명창이니 제일 자신 있는 것으로 몇 곡 뽑아보게나. 악기나 분장 같은 형식은 집어치우고 소리나 들어보세. 격식을 갖춘 연극 구경을 할 것 같았으면 극장으로 갔지, 여기에 왔겠나!"

위장생이 즉각 대답했다.

"역시 북경에서 오신 패륵마마는 다르십니다. 연극의 진수를 아시는 것 같습니다. 다만 분장을 아예 하지 않으면 관객 여러분에게 대단히 결례되는 면상인지라 심히 부끄럽습니다. 여러분은 눈을 감으시고 소리만 음미해 주시기 바랍니다."

건륭도 화답했다.

"과연 명인답게 자기 자신을 아는 현명함도 대단하네. 눈을 감든 싸매든 그건 우리가 알아서 할 일이니 위 명창은 어서 창이나 하시게!"

"예, 패륵마마! 그럼 소인이 《모란정》牡丹亭의 한 소절을 불러 드리도록 하겠습니다!"

그러나 위장생은 말을 마치고 일어서다 말고 흠칫 놀라며 몸을 비틀거렸다. 순간적으로 건륭의 허리춤에서 비죽이 삐져나온 패옥佩玉을 발견했던 것이다. 패옥에 달린 장식물에는 노란 실로 '장춘거사'長春居士라는 네 글자가 수놓아져 있었다. 온몸을 부르르 떨면서 건륭을 유심히 뜯어보던 위장생이 허물어지듯 다시 땅바닥에 무너지면서 대경실색한 어조로 소리를 질렀다.

"폐, 폐⋯⋯ 폐하! 혹시 지금의 폐하 아니시옵니까?"

건륭 일행을 제외한 장내의 사람들은 모두 경악하며 그 자리에 굳어버리고 말았다! 공기마저 그대로 얼어붙은 것 같았다. 사실 기윤과 유통훈은 그러지 않아도 건륭이 태후와 함께 위장생의 연극을 여러 번 본적이 있는지라 혹시 신분이 드러나지 않을까 노심초사하던 터였다. 완전히 가시방석이 따로 없었다. 다행히 위장생은 용안을 알아보지 못했다. 둘은 내심 안도의 한숨을 내쉬었다. 그런데 바로 그 순간 일은 벌어지고 말았다. 두 사람은 느닷없이 터진 어이없는 광경에 깜짝 놀라 벌떡 일어섰다.

앉아 있거나 서 있던 희자들도 그 자리에 얼어붙었다. 사운수 역시 불에 덴 듯 흠칫했다. 튀어나올 것 같은 눈으로 건륭을 뚫어지게 바라보는 그의 얼굴이 하얗게 질렸다. 멀리서 사태의 심각성을 눈치챈 파특아와 몇몇 시위들이 비호처럼 빠르게 건륭 쪽으로 달려오고 있었다.

"눈썰미가 뛰어나군!"

건륭도 놀라기는 마찬가지였으나 애써 아무렇지 않은 척했다. 곧 자세를 고쳐 앉으면서 엷은 미소를 지어보였다. 이어 천천히 입을 열었다.

"짐이 태후마마를 모시고 자네 연극을 몇 번 관람한 적이 있었지. 무대와 그리 가까운 거리도 아니었고, 관람석과 발을 사이에 두고 있어서 몰라볼 줄 알았는데 용케 알아봤군!"

그 사이 희자들은 모두 땅에 꿇어 엎드렸다. 건륭을 수행한 신하들도 계속 앉아있을 수가 없어 몇 걸음 물러나 건륭의 등 뒤에 시립했다.

그러나 사운수만은 여전히 그 자리에 꼿꼿하게 서 있었다. 조금 전까지 보여주던 예의 바르고 친절하며 부드럽던 그 표정이 아니었다. 그의 얼굴은 무서우리만치 창백하게 질렸다.

건륭은 그 태도가 거슬렸지만 일단은 화를 내지 않고 가만히 지켜보기만 했다. 그때 갑자기 사운수가 하늘을 향해 합장하면서 뭔가 중얼거리기 시작했다. 사람들이 그의 수상한 행동에 또 한 번 놀라고 있는 와중에 악종기가 비명에 가까운 소리를 질렀다.

"저, 저 남장 여인은⋯⋯, 아니 이곳 주인은 바로 사라분의 처자 타운이옵니다!"

마른하늘에 날벼락이 이런 경우를 뜻하는 것인가! 건륭이 받은 충격은 타운이 받은 충격 이상이었다. 건륭의 얼굴은 마치 벌건 대낮에 땅에서 솟아난 괴물을 본 듯했다.

유통훈을 비롯한 범시첩과 김홍의 놀라움도 상상을 초월할 정도였다. 색륜과 파특아는 본능적으로 건륭의 앞을 막아섰다. 등골에서 진땀이 주르륵 흘러내린 파특아는 악을 쓰면서 고함까지 질렀다.

"이년이! 감히 우리 주인을 시해하려 들었단 말이야?"

"악 장군! 아직도 저를 기억하고 계시네요. 저는 사라분의 처자 타운이 맞아요!"

타운은 말을 마치고는 파특아를 향해 고개를 돌렸다. 이어 단호한 표정에 또박또박 힘을 주어 말했다.

"너는 파특아라는 몽고족이지? 분명히 말하는데 나는 보거다 칸을 시해할 마음은 없어!"

그리고 타운은 몸을 돌려 건륭을 향해 공수를 하면서 큰 소리로 인사를 했다.

"금천 장군 사라분의 처자 타운이 위대한 보거다 칸을 배견拜見하옵니다!"

타운의 말이 막 끝났을 때였다. 파특아가 갑자기 인정사정없이 타운에게 덮쳐들었다. 그러나 눈치 빠른 타운은 옆으로 살짝 비켜서면서 소매 속에서 서슬 푸른 비수 한 자루를 뽑아 들었다. 위기일발의 찰나였다. 물론 건륭에게는 목숨을 걸고 황제를 지킬 신하들이 있었으니 별문제가 없었다. 그러나 파특아의 목숨은 장담할 수 없었다. 좌중의 사람들은 긴장한 채 잔뜩 숨을 죽였다. 그러나 파특아는 오히려 타운을 향해 헤헤! 하고 웃으면서 여유 있게 도발을 했다.

"까불지 마, 이년아! 나는 맨손으로 곰을 때려잡은 대청大淸의 영웅이야. 어디 찔러봐, 찔러 보라고!"

그러나 아무리 용맹한 파특아라고 해도 칼 앞에서는 장사가 없을 터였다. 결국 유통훈이 보다 못해 고함을 질렀다.

"어서 칼을 내려놓지 못해? 폐하께 머리를 조아려 죄를 청해도 용서받을까 말까한데 흉기를 겨누다니!"

"걱정하지 마시오. 나는 이 칼로 내 목숨을 끝내려는 거지 당신네 보거다 칸을 해치고자 하는 것은 아니오."

타운이 담담하게 말했다. 그리고는 마치 예리한 정도를 가늠이라도 하듯 비수를 내려다보면서 팔을 안으로 꺾었다. 순간 서슬 푸른 비수는 타운의 가슴을 향했다. 그녀가 마침내 결심이 선 듯 건륭을 향해 차갑게 덧붙였다.

"우리 대, 소금천은 남녀노소 모두 합쳐봐야 칠만 명에 불과하옵니다. 허나 우리 부족의 씨를 말리고자 온 보거다 칸의 부대는 십만 명이옵니다. 우리가 두 번씩이나 대군에게 상사욕국喪師辱國의 굴욕을 주고도 번번이 강화講和를 청한 것은 우리에게 진정 보거다 칸을 배신할 마음이 없기 때문이옵니다! 우리는 대청의 속국屬國이옵니다. 보거다 칸이 영원하다는 것도 인정하옵니다! 그리고 존경하옵니다! 우리는 그냥 조상 대대로 살아온 땅에서 대국을 섬기면서 조용히 살고 싶다고, 제발 그렇게만 하게 해 주십사 하고 몇 번이나 간청을 했사옵니다. 그럼에도 끝까지 우리 부족의 씨를 말리려는 의도가 대체 무엇 때문이옵니까? 죽어도 그 이유만은 알아야 할 것 같아서 만리 길을 찾아왔사옵니다. 그러나 끝내 뵙지 못하다가 오늘 비로소 천지신명의 도움으로 간난신고 끝에 위대한 보거다 칸을 뵐 수 있게 됐사옵니다! 보거다 칸도 불조佛祖를 섬기시는 분이라고 들었사옵니다. 그래서 길을 걸으실 때는 개미 한 마리조차 밟아 죽일세라 조심한다고 들었사옵니다. 그런 인자하신 보거다 칸께서 어찌 저희들에게만 그리 가혹하신 것이옵니까? 하필 저희만 그토록 증오하시는 이유가 무엇인지 말씀해주시옵소서. 그러면 이년은 이 자리에서 당장 죽어도 여한이 없사옵니다!"

타운은 건륭의 대답을 강요하듯 칼끝을 자신의 가슴에 더욱 바짝 갖다 댔다. 여차하면 당장이라도 찌를 기세였다.

20장
건괵영웅巾幗英雄

"타운! 그러지 말고 칼을 내려놓게. 짐에게도 생각할 시간을 좀 줘야 할 게 아닌가! 충동적인 행동은 금물이네."

다급해진 건륭이 황급히 손짓을 하면서 타운을 만류했다. 그는 갑작스러운 상황에 머릿속이 검불처럼 엉켜 복잡했다. 그러나 그런 와중에도 어떻게 하면 타운을 설득할 수 있을지 머릿속을 가다듬었다. 허튼소리는 백 마디 늘어놓아봐야 소용없을 터였다. 타운의 마음을 움직일 결정적인 한마디가 필요했다.

"자네가 지금 내 앞에서 죽는다고 해서 금천金川 사람들에게 어떤 이로움이 있겠는가! 자네의 충동적인 행동은 오히려 짐의 결심만 부추길 뿐이네. 그리 되면 금천의 장인藏人(장족)들은 멸족滅族의 재화災禍를 면키 어려울 테지. 일단 흉기부터 거두게!"

그러나 타운은 콧방귀를 뀌었다.

"그 순간 보거다 칸의 파렴치한 수하들이 굶주린 이리떼처럼 달려들 텐데 흉기를 거두라고요? 저는 죽으면 죽었지 굴욕은 당하지 않을 겁니다!"

"자네들은 물러가 있게!"

건륭이 즉각 시위들에게 명령했다.

"예! 폐하!"

시위들이 일제히 대답하고는 한발 뒤로 물러났다. 타운은 마음이 복잡해서인지 두려움 때문인지 비수를 든 손을 바들바들 떨고 있었다. 건륭이 그런 타운을 쓸어보면서 어이없다는 듯 웃었다.

"그 칼로는 과일밖에 못 깎겠는데? 짐의 면전에서 죽어 보이겠다는 옹골찬 결의만 있었지 준비는 부실한 것 같군. 자네가 몰라도 별 상관은 없지만 짐은 사냥터에서 곰을 잡고 이리를 쏴 죽일 때도 혼자 힘으로 충분하네. 시위들의 도움 따위는 필요 없단 말일세. 허나 약한 아녀자를 죽일 생각은 추호도 없네. 자네는 아니라고 하겠지만 자네가 흉기로 만승지존萬乘之尊의 신변을 위협한 죄가 얼마나 큰지 아는가? 일단 진정하고 자네가 할 말이라는 게 뭔지나 어서 말해보게!"

타운이 처연하게 입을 열었다.

"말할 기회를 주셔서 감사합니다! 저는 금천에서 북경까지의 멀고먼 길을 보거다 칸을 만나기 위해 찾아왔습니다. 오는 동안의 고초를 어찌 말로 다 할 수 있겠습니까? 북경에 온 저는 폐하를 뵙기 위해 많은 사람들에게 부탁도 하는 등 온갖 방법을 다 동원했지만 뜻을 이루지 못했습니다. 하는 수 없어 조혜 장군의 부인을 납치하려 했다가 붙잡히는 바람에 북경에서 남경까지 압송돼 왔습니다. 그러나 의정에서 경비가 허술한 틈을 타 도주했습니다. 만약에 제가 구차하게 제 한 목숨만 부지하려 했더라면 진작 금천으로 돌아갔을 겁니다. 그렇지만 저는 중원에 남았습니다. 어떻게 해서든 보거다 칸을 만나 뵈어야 했습니다. 지니고 온 황금으로 보거다 칸이 찾아올 만한 곳을 찾아 '풍경'風景을 빌렸습니다. 하오니 오늘 이 자리가 아니더라도 우리는 언젠가 다른 곳 어디서든 만났을 것입니다!"

건륭의 얼굴에 놀란 표정이 역력했다. 전혀 굽힐 줄 모르고 당당한 타운에게 감탄하지 않을 수 없었다.

"사라분은 상, 하첨대에서 반역을 일삼은 반곤班滾이라는 자를 거둬 줬어. 또 두 차례나 천병天兵의 정벌에 항거해 멸족의 죄를 지었네! 그럼에도 짐은 호생지덕好生之德을 베풀었지. 사라분이 진심으로 회개하는 마음으로 스스로를 묶어 투항하기만 하면 부족 전체를 멸하지는 않겠다고 누누이 어지를 내렸었네. 그러나 사라분은 번번이 항명했네. 그런데 사라분도 아니고 그 처자가 짐을 만나러 와서 뭘 어쩌겠다는 건가?"

"보거다 칸, 저는 보거다 칸을 뵙고 꼭 한마디를 하고 싶었습니다. 금천인들은 천조天朝(청나라 조정)를 배신하거나 보거다 칸의 통치에서 벗어나려는 생각은 추호도 없다는 것입니다."

타운은 건륭의 서늘한 눈빛에도 전혀 굴하지 않고 당당하게 말을 이었다.

"우리가 보거다 칸의 체통을 고려했기에 경복, 눌친과 장광사는 무사히 살아 돌아갈 수 있었습니다. 안 그랬다면 금천에서 이미 불귀의 객이 됐겠죠. 그러나 보거다 칸은 우리가 마치 개처럼 천조天朝를 향해 꼬리를 흔들고 납작 엎드리기만 바라고 있습니다. 하지만 절대 그렇게 할 수는 없습니다! 저희가 천병에 온몸으로 항거하는 것은 존엄을 지키기 위해서입니다!"

건륭이 타운의 말에 냉소를 머금었다. 그리고는 준엄하게 꾸짖었다.

"죄지은 신하는 스스로를 묶어 군부君父를 찾아와 용서를 구함이 마땅하다고 공자께서 정하셨네. 인간이 아닌 개는 결코 할 수 없는 일이지! 자네 말대로라면 금천인들이 오체투지五體投地의 예를 행하면서 서장까지 가는 건 치욕이 아닌가?"

타운이 즉각 반박했다.

"오체투지의 예는 팔꿈치와 무릎을 대고 엎드려 신神과 하나가 되는 우리만의 독실한 신앙의식입니다."

타운은 잠시 말을 멈추더니 먼 하늘을 바라봤다. 그리고는 혼잣말을 하듯 중얼거렸다.

"죽음이 두려워 개처럼 굴욕을 감수하고 살아간다면, 달라이 라마와 반선 활불은 말할 것도 없고 서장西藏과 청해青海의 장족들도 우리를 사람 취급하지 않을 것입니다. 아마 우리와 같은 혈통을 지녔다는 것이 혐오스러워 온몸의 피를 다 바꿔버리고 싶어 할 것입니다!"

타운의 눈에서 눈물이 주르륵 흘러내렸다. 그녀의 가슴이 거칠게 오르내렸다. 사방을 둘러보는 두 눈에 절망감이 가득했다. 그녀는 건륭을 힐끗 일별하고는 떨리는 손으로 겉옷을 벗었다. 그러자 안에 입고 있던 붉은 색 장족 전통복장이 드러났다. 그녀가 천천히 고개를 들어 길게 울부짖듯 말했다.

"장군! 저는 결국 보거다 칸을 설득하지 못했습니다. 장군께서 하신 말을 전부 전했으나 아무런 소용이 없습니다. 이대로 살아서 돌아간들 뭐 하겠습니까! 저는 여기서 죽어 한 마리 새가 되어 그대 곁으로 날아가겠습니다."

말을 마친 타운이 비수를 번쩍 들더니 자신의 가슴을 향해 푹 찔렀다! 순식간에 일어난 일이었다. 사방에서 비명이 터져 나왔다. 타운은 붉은 피가 쏟아지는 가슴을 움켜잡은 채 누어 번 비틀거리더니 통나무 쓰러지듯 쿵 하고 그 자리에 쓰러지고 말았다.

아무리 강건해 보여도 유약한 아녀자일 뿐인데 설마 죽기야 하겠느냐고 반신반의하던 좌중의 사람들은 다시 한 번 놀랐다. 심한 충격을 받은 사람들은 굳은 듯 붙박인 채 움직이지도 못했다!

얼굴이 백짓장처럼 변한 건륭이 손에 땀을 쥔 채 천천히 다가섰다. 시위 색륜索倫이 달려가 타운을 부축했다. 그러나 감히 옷섶을 헤치거나 칼을 뽑을 엄두를 내지는 못했다. 그저 맥을 짚어보고 호흡을 확인할 뿐이었다.

"어떤가? 목숨이 붙어있는가?"

건륭이 다그쳐 묻자 색륜이 대답했다.

"심장박동은 아직 멈추지 않았사옵니다. 다행히 가슴의 중심을 관통하지 않고 살짝 옆으로 비켜간 것 같사옵니다."

"행궁으로 데려가게."

건륭의 목소리가 가늘게 떨렸다. 눈에서 눈물도 살짝 비치고 있었다. 건륭은 머리가 조금 어지러워 파특아를 붙잡고 한참 진정을 취하고는 침통하게 말했다.

"엽천사를 불러 와. 어떻게든 살려내라고 하게."

여흥이 도도해서 떠났던 도화암에서 예기치 못한 돌발 상황을 맞은 건륭 일행은 천근짜리 납덩이를 찬 것처럼 무거운 걸음으로 행궁으로 돌아왔다. 다들 궁전 안으로 들어가 자리에 앉을 때까지 아무 말도 하지 못했다. 뒤늦게 소식을 접한 기윤이 구르듯 달려와 문후를 올리고 나서야 일행은 쥐죽은 듯한 정적에서 헤어날 수 있었다. 유통훈이 먼저 힘없이 무릎을 꿇고 아뢰었다.

"이 모두가 신의 책임이옵니다. 전혀 뜻밖의 상황이라 미처 경계를 못해……, 어가를 놀라게 했사옵니다."

"이번 일은 경의 책임이 아니네. 일어나게. 유용의 책임도 아니니 나중에라도 탓하지 말게."

건륭은 아직 놀라움이 덜 가셨으나 애써 침착한 모습을 보였다. 그는 평온한 표정으로 말을 이었다.

"오늘 일은 단순한 치안문제가 아니네. 군정軍政의 연장선이라고 보면 되겠네. 짐이 놀라고 불안한 것은 타운을 만난 일 때문이 아니네. 짐이 그동안 나름대로 잘 처리했다고 생각해온 정무들이 어쩌면 여러 가지 문제점이 있었을지도 모른다는 생각이 들었기 때문이네."

속옷까지 땀으로 흠뻑 젖은 범시첩이 긴장으로 굳었던 몸을 조금씩 움직이더니 놀란 기색이 덜 가신 표정으로 아뢰었다.

"무슨 아녀자가 저리 겁이 없사옵니까? 신은 오늘 본 장면을 평생 잊지 못할 것 같사옵니다!"

악종기도 입을 열었다.

"어쩐지 낯설지가 않아 기억을 더듬어 봤사오나 타운일 줄은 생각도 못했사옵니다! 얼굴도 너무 젊어 보였고, 약간 어색하기는 했지만 한어 실력도 정말 많이 늘었사옵니다."

반면 김홍의 어투는 단호했다.

"타운이 어가를 놀라게 한 죄는 결코 용서받을 수 없사옵니다! 폐하께서 엽천사를 불러 구해주시려는 데 대해 신은 공감할 수 없사옵니다!"

건륭은 김홍의 말에는 가타부타 말이 없이 문후를 올린 기윤에게 일어나라는 손짓을 했다. 기윤은 마침 이리로 오기 전에 《용재수필》容齋隨筆(남송 시대 홍매洪邁가 독서하며 얻은 지식을 그때마다 정리해 집대성한 책)이라는 책을 뒤적이고 있었다. 때문에 지금 건륭의 속마음이 어떤지 누구보다 잘 헤아리고 있었다. 이렇게 경황이 없을 때는 최대한 자극을 주지 않는 것이 중요했다. 그래서 그는 별로 중요하지 않은 말들을 골라 먼저 아뢰었다.

"신의 소견으로 이 여인은 열부烈婦이옵니다. 남정네의 뜻을 전하기 위해 만리 길을 헤쳐오고 백절불굴의 의지로 끝내 폐하를 뵙고 그 뜻을 전했사옵니다. 모든 걸 다 떠나 자신의 남정네에 대한 충성심 만큼은 하늘을 감동시키기에 충분하다고 사료되옵니다! 한줌밖에 안 되는 만이蠻夷(야만스러운 오랑캐)들 중에도 저리 살신성인殺身成仁하는 자들이 있다는 것은 폐하의 덕화德化가 미치지 않는 곳이 없고, 폐하의 인택仁澤이 천지를 두루 감화시켰다는 분명한 증거가 아니겠사옵니까?"

기윤의 말은 예부 관리로서의 진부한 아부에 불과했다. 그러나 아무도 뭐라고 반박할 수는 없었다. 잠시 후 태감 복신이 들어와 아뢰었다.

"폐하, 방금 엽천사가 다녀갔사옵니다. 사라분의 처자는 위태롭기는 하오나 비수가 심장을 비켜갔기에 생명에는 지장이 없다고 했사옵니다. 다만 출혈이 심해 보양에 치중해야 한다고 했사옵니다."

다행히 생명에는 지장이 없다는 말에 좌중의 사람들은 속으로 적이 안도했다. 건륭 역시 고개를 끄덕이고는 한숨을 내쉬었다.

"다행이네. 엽천사에게 이르거라. 몸보신에 어떤 음식이 좋은지, 보혈에 좋은 약재에는 어떤 것이 있는지 물어보고 회복에 좋은 것은 아낌없이 쓰라고 하라. 그리고 타운을 반드시 완쾌시키라고 이르거라."

복신이 굽실거리면서 대답하고는 아뢰었다.

"소인이 당장 가서 그리 이르겠사옵니다. 하오나 그 처자는 입을 꼭 다물고 아무것도 먹으려 하지 않사옵니다. 억지로 뭘 좀 먹이려고 해도 도무지 말을 듣지 않사옵니다……."

말을 마친 복신은 물러가지 않고 건륭을 올려다보며 어지를 기다렸다. 건륭의 얼굴에 우울한 표정이 나타났다. 기운이 없는 듯 천천히 방안을 배회하는 모습이 외로워 보였다.

그는 몇 번이고 뭔가 말하려다가 도로 삼켜버리기를 반복했다. 그러다 한참 후에야 비로소 마음의 결정을 내린 듯 천천히 입을 열었다.

"가서 보거다 칸이 사라분 처자의 건괵영웅巾幗英雄(여장부) 기질을 치하했다고 전하거라! 그리고 금천의 일에 대해서는 짐에게 고민할 시간을 줘야 한다고 하거라. 당장은 결정을 내리라고 닦달해봤자 소용없다고 하거라. 일단 건강을 회복한 다음 짐의 접견을 받도록 하고, 만약에 그래도 죽고 싶다면 그때 죽으라고 하거라!"

복신은 그 자리에서 어지를 토씨 하나 빠뜨리지 않고 복술하고 물러갔다. 건륭의 말에 어리둥절해진 것은 신하들이었다.

금천에는 10만 대군이 운집해 있었다. 군사들 모두 사기가 고조될 대로 고조돼 대세는 이미 삼로군 쪽으로 기울어졌다고 해도 과언이 아니었다. 그런데 건륭은 '건괵영웅' 한 사람을 위해 병사兵事를 그만두기라도 하겠다는 뜻인가? '고민할 시간'을 달라니 도대체 무슨 말인가! 신하들은 아무리 생각해도 천심天心을 헤아릴 수가 없었다.

"오늘은 정무를 논하지 않으려고 했건만 결국 또 정무의 연장선이 되고 말았군."

오랜 침묵 끝에 건륭이 자조하듯 웃음을 지었다. 이어 천천히 덧붙였다.

"악종기는 멀리서 오느라 수고했으니 남아서 짐과 수라를 같이 하고 나머지는 그만 물러가게!"

사람들이 모두 물러가자 넓은 궁전 안이 갑자기 휑뎅그렁해 보였다. 해가 서쪽으로 반쯤 기울면서 부드러운 햇살이 비껴 들어왔다. 아직 밝은 밖에 비해 실내는 약간 어두워졌다. 복신과 몇몇 태감들은 식탁을 펴고 어선을 배열하느라 바삐 움직이고 있었다. 그때 건륭이 분부를 내렸다.

"악 장군은 밖에서 싱싱한 채소를 못 먹었을 테니 느끼한 육식보다는 담백하게 몇 가지만 올리거라."

악종기가 그러자 허리를 숙여 사은을 표했다.

"신은 뭐든지 잘 먹사옵니다. 폐하께서 드시는 대로 똑같이 먹으면 되옵니다. 폐하께서 맛있게 드시는 걸 곁에서 보는 것만으로 신은 배가 부를 것 같사옵니다."

건륭은 고개를 끄덕이고는 악종기에게 앉으라는 손짓을 했다. 이어 숨을 길게 내쉬고서 말했다.

"오늘은 군사 얘기를 좀 해보고 싶네. 배가 고프면 먼저 거기 있는 다과를 좀 먹도록 하게. 너무 많이 먹으면 조금 있다 밥맛이 없을 테니 적당히 먹게. 모든 걸 떠나서 짐은 오늘 타운이 하던 말과 행동을 지켜보면서 짐이 과연 옳은 길을 가고 있는 것인지 난생 처음으로 회의를 느꼈다네. 솔직히 떠들썩하게 반란을 일삼는 무리들은 서북에 있지 금천金川에 있는 것은 아니거든. 짐은 타운의 말에도 일리가 있다고 생각하네."

악종기가 허리를 곧게 폈다. 짙은 눈썹이 꿈틀거렸다. 그는 몸을 숙여 예를 갖추면서 아뢰었다.

"명훈明訓을 내려주시옵소서, 폐하!"

건륭이 안타까운 표정으로 대답했다.

"머릿속이 너무 복잡해 무엇이 옳은 판단인지 갈피를 못 잡겠네. 짐도 이번에는 부항이 반드시 승전고를 울리리라 믿고 있네. 사라분이 처자를 만리 길에 홀로 보내 죽음으로 호소하게 만든 걸 봐도 그가 이번 전쟁은 자신이 없다는 걸 알 수 있네. 그러나 설령 우리가 승리한다 하더라도 사라분은 부족 전체를 이끌고 자살을 감행하면 했지 투항은 하지 않을 걸세. 사라분의 기세를 꺾고 자존심을 짓뭉개버리고자 칠만 명의 무고한 인명을 죽음으로 몰아넣는다는 것은 재고해 볼 필요가 있네……"

악종기는 서로 칼끝을 겨누고 있는 변방의 부족에게도 '인仁'을 앞세우는 건륭의 말에 깊은 감동을 받았다. 하지만 그렇다고 해서 건륭의 말처럼 금천의 전사를 접기는 힘들었다. 그가 정색을 하면서 아뢰었다.

"그 점은 지나치게 우려하지 않으셔도 될 것 같사옵니다. 사라분은 십악불사十惡不赦의 죄를 저지른 자이옵니다. 설령 부족 전체가 목숨을 잃는다고 해도 이는 사라분의 죗값이 될 것이옵니다! 폐하의 성명聖明하심과 크신 인덕仁德에는 추호도 해가 됨이 없사옵니다."

"경은 이치理致를 논하고, 짐은 정情에 대해 얘기하고 있네."

건륭이 고개를 끄덕이면서 말을 이었다.

"허나 천의天意는 정과 이치를 둘 다 취할 것을 원하고 있네! 달라이라마와 반선 대사는 벌써 두 번이나 상주문을 올려 사라분의 죄를 사면해 주십사 주청했네. 금천에는 묘족과 장족이 잡거雜居하고 있는데, 구 할이 장족이고 일 할이 묘족이네. 만약 전체 부족이 멸망할 경우 운남雲南과 귀주貴州의 묘족들이 크게 반발하는 것은 물론 서장 전 지역에 충격을 줄 것이네. 아마도 그 파장은 청해성까지 뒤흔들어놓고도 충분할 것이네!"

악종기는 두 손을 무릎에 얹은 채 조용히 듣고만 있었다. 건륭이 궁전 밖을 내다보면서 잠시 침묵하더니 다시 말을 이었다.

"회부 곽집점의 움직임이 예사롭지 않네. 남강南疆(신강新疆 남쪽)과 북강北疆 전역이 이리떼들의 각축장으로 변해가고 있네. 헌데 우리는 대규모 병력을 사천에 집결시켜놓고 지금 이게 뭐하고 있는 건가? 조정에 복종한 채 조상의 땅에서 숨죽이며 살게만 해달라고 애원하는 사라분을 굳이 멸족시키려고 하니 말일세. 우리의 결정이 과연 옳은 것인지,

우리가 설령 사라분을 이기더라도 무슨 의미가 있는지 새삼 회의를 느끼지 않을 수 없네."

건륭의 말은 구중궁궐에서 사해만방四海萬方을 두루 조감하는 천자만이 입에 올릴 수 있는 고견高見이었다. 사실 악종기와 윤계선 역시 세 번째로 이어지는 금천 용병을 앞두고 사적인 자리에서 이와 비슷한 우려를 하지 않았던 것은 아니었다. 그러나 당시 건륭의 용병 의지가 워낙 굳건했기에 감히 '용린'龍鱗을 건드릴 엄두를 못 냈던 것이다. 그런데 이제 건륭이 스스로 자신의 실수에 대해 고민하고 하문을 하니 악종기는 오히려 마음이 편해졌다. 그는 침착한 어조로 자신의 견해를 피력했다.

"아목이살납은 음흉한 데다 변덕스럽고 속마음을 알 수 없는 자이옵니다. 믿을 수 없는 자이오니 유의하셔야 하옵니다!"

"천산 장군天山將軍도 똑같은 말을 했었네. 윤계선도 아목이살납을 믿어서는 안 되는 몇 가지 이유를 들었었지."

건륭의 눈에서 푸른빛이 감돌았다.

"허나 아무리 믿을 수 없는 자라고 해도 당분간은 우리에게 필요한 존재이네. 적어도 현재 곽집점의 동진東進을 견제할 수 있는 사람은 아목이살납밖에 없네. 그가 일 년만 시간을 끌어주면 그동안 금천 전사戰事가 끝날 걸세. 그러면 부항, 조혜와 해란찰 등을 모두 서북에 보내 일거에 난을 진압할 수 있지. 그때까지도 아목이살납이 충군忠君의 자세를 잃지 않는다면 당연히 공로를 인정해주겠지만 그렇지 않을 경우, 한꺼번에 뭉개버리는 수밖에 없겠지. 조정으로서는 어느 쪽이 유리할지 저울질해보고 떡이 큰 쪽으로 방향을 틀 것이네."

악종기는 새삼 황제의 마음은 헤아리기 어렵다는 사실과 건륭의 술수에 오체투지의 감복을 하지 않을 수 없었다. 급기야 가볍게 탄식을 터트리며 아뢰었다.

"신들은 폐하의 고원高遠한 성려에 만분의 일도 미치지 못하옵니다. 부끄럽사옵니다."

악종기는 말을 마치고 고개를 깊이 숙였다. 이어 뭔가 잠시 생각하고는 여쭈었다.

"하오면 폐하께서는 금천에 대해 어떤 복안을 갖고 계시옵니까?"

아랫입술을 잘근잘근 씹으면서 한참 생각하던 건륭이 무겁게 입을 열었다.

"금천은 부항의 연병장 정도로 간주하면 무난할 걸세. 적당히 혼내주고 적당히 승리하는 쪽으로 결말을 보는 게 좋을 것 같네. 그래서 자네에게 그 일을 맡기려고 이 자리에 남으라고 한 것이네."

악종기가 흠칫 놀라는 표정을 지었다.

"폐하, 하오면 폐하께서는 신을 괄이애 공략에 파견하실 것이옵니까?"

"공략은 공략이지. 그러나 짐은 자네에게 무공武攻이 아니라 문공文攻을 바라네."

그 사이 어선御膳 준비가 끝났다. 건륭이 자리에서 일어나면서 덧붙였다.

"타운도 왔고, 자네도 왔네. 게다가 자네는 사라분, 색륵분 두 형제와 한때 우애가 깊은 사이였지. 이는 하늘의 뜻이 아닐 수 없네. 자, 어서 들게. 짐은 배가 고픈 지 한참 됐네."

건륭이 소탈하게 웃었다. 이어 악종기를 데리고 어선이 마련된 식탁으로 다가갔다.

이때 건륭에게서 물러났던 신하들은 정전에서 서쪽으로 그리 멀지 않은 곳에 임시로 마련된 군기처에 모여 있었다. 아직 놀라움이 채 가시지 않은 그들은 이번 일에 대한 건륭의 의중을 점치느라 여념이 없었다. 하지만 아무래도 건륭의 의중을 헤아리는 일은 쉽지 않았다. 그러나 타운이 함거에서 탈출해 도주한 것도 그렇고, 건륭이 아흥雅興에 이끌려 간 곳이 하필이면 도화암인 것도, 그리고 지척에서 봉변을 당할 뻔했으면서도 죄를 묻기는커녕 목숨을 구해준 것 등등, 이 모든 것이 천의天意라고 봐야할 것 같았다.

유통훈은 타운이 함거를 탈출한 즉시 추적해 잡았어야 했다면서 머리를 쥐어뜯었다. 범시첩은 연신 혀를 차면서 적을 포용하는 건륭의 아량에 엄지를 내둘렀다. 군기처 당번인 기윤은 그 사이 올라온 서류들을 분류, 정리하느라 정신이 없었다. 절략節略을 작성하는 중간중간 잠깐씩 그들의 말에 귀를 기울이면서 고개를 끄덕이거나 가로젓는 것이 고작이었다.

유통훈은 여전히 스스로를 원망하면서 가슴을 치고 있었다.

"내가 왜 미리 황천패를 시켜 소위 양주의 명승이라는 곳들을 조사해 보지 못했을까? 아휴, 등신!"

기윤이 그제야 비로소 붓을 내려놓았다. 이어 시큰해진 오른쪽 손목을 만지면서 유통훈을 향해 말했다.

"아무리 들어도 쓸 만한 소리는 안 나오는구먼. 하나같이 찻집에서 시간을 죽이는 기인旗人들의 식견이니, 원! 연청 공, 너무 자책하지 마시오. 타운은 금덩이를 한 자루나 메고 왔다오. 사방에 금가루를 뿌리고 다니면서 보호색을 충충이 덧칠하는데 우리가 무슨 수로 잡는다는 말이오? 게다가 오늘 보니 폐하를 뵙고 하소연을 하고자 하는 것이 목적이지 달리 나쁜 마음을 먹지는 않은 것 같았소. 두고 보시오, 죄를 묻는다고 해도 '무례실경'無禮失敬 네 글자에 불과할 거요. 폐하께서 그 여자의 목숨을 구해주신 것도 지아비를 향한 열부의 정성을 갸륵하게 여기셨기 때문이 아닌가 생각하오. 물론 다른 깊은 뜻이 있을 수도 있지만 그걸 우리 같은 신하들이 어찌 알겠소?"

"깊은 뜻이라니요?"

범시첩이 물었다.

"하, 이거 겨우 정리가 되는가 싶더니 또 머리가 복잡해지네."

기윤은 원래 그쯤 언질을 주고 발을 빼려고 했다. 그러나 범시첩이 얼굴에 이상야릇한 웃음을 짓는 것을 보고는 함부로 상상하도록 내버려둘 수가 없었다. 그는 다시 붓을 내려놓고는 한숨을 지으면서 대답했다.

"폐하께서는 서남西南의 대치 상태와 서북西北의 불안한 상황을 놓고 무게중심을 어디에 둬야 할지 재고하고 계셨던 거요! 그러던 중 마침 타운이 등장해 '재고'를 적극적으로 검토할 수 있는 계기를 만들어 준 거지……."

사실 기윤은 직책이 막중한 군기대신으로서 자신의 말 한마디가 미치는 '영향력'을 고려해 입을 조심했어야 했다. 그러나 그는 허물없는 사람들 앞에서 너무 방심한 나머지 군기대신으로서 해서는 안 되는 말을 하고 말았다. 그가 다시 입을 열었다.

"한마디로 폐하께서는 사라분을 관대하게 용서하실 의사가 있으신 거요. 더 나아가서는 부상을 지켜주고자 하는 뜻도 없지 않고……."

이 자리는 정무를 논하는 자리가 아니었다. 좌중의 사람들은 워낙 마음이 복잡한 데다 혹시 건륭이 다시 불러들일지도 몰라 조금 기다려보려고 남았을 뿐이었다. 그런데 서로 위로해주면서 별다른 생각 없이 말을 주고받던 중 갑자기 기윤이 정색을 하면서 엄청난 기밀일 수도 있는 말을 내뱉었다.

유통훈은 촉각을 곤두세우며 기윤에게 의혹에 찬 시선을 보냈다. 그 사이 범시첩이 몹시 궁금하다는 듯 먼저 입을 열었다.

"그럴 리가 있겠습니까? 내가 호부를 맡기 전의 일이지만 두 차례의 용병에 쏟아 부은 은자가 얼만데, 이제 와서 중도하차한다는 말입니까? 하다가 그만두면 아니 한 것만 못하다 했거늘!"

범시첩의 말이 끝나자 김홍이 끼어들었다.

"그런데 이 일이 부상하고 무슨 관련이 있다고 그럽니까? '지켜준다' 는 것은 또 무슨 뜻이고요?"

"이 책을 좀 읽어보오."

기윤이 《용재수필》을 김홍에게 건네주면서 말을 이었다.

"폐하께서는 이 부분을 읽으시던 중 뭔가 심기가 불편하셔서 산책을 하러 나가셨던 거요. 그리고 타운을 우연히 만났소. 폐하께서 타운을 대하시는 태도는 모두가 놀랄 만한 것이었소. 과연 이 모든 것이 이 책의 내용과 무관하다고 할 수 있겠소?"

유통훈 등 세 사람은 함께 다가가 《용재수필》 16장을 펼쳤다. 기윤이 손톱자국을 낸 부분이 눈에 들어왔다. 내용인즉 한漢나라 이래 사천四川에 할거한 세력들은 길어야 겨우 2대二代 정도 유지됐을 뿐이고, 사천을 공략했던 통수統帥들은 저마다 불행한 말로를 맞이했다는 것이었다. 풍수지리의 조화인지 아니면 하늘의 뜻인지는 몰라도 아무튼 사천은 그렇게 흉다길소凶多吉少의 곳이라고 했다! 청병淸兵이 산해관山海關을 넘을 당시 사천에 둥지를 틀고 있던 장헌충張獻忠, 사천을 공략해 함락시켰던 오삼계吳三桂와 오배鰲拜, 삼번三藩의 난을 평정하고 군사를 사천에 주둔시켰던 조양동趙良棟, 그리고 눌친, 장광사, 경복 등 수많은 사람들 중에서 조양동이 파직처벌을 받아 구차하게 목숨을 연명하고 오배가 종신연금형에 처해진 것 외에는 살아남은 이가 단 한 명도 없었다.

그제야 사람들은 '부상을 지켜주기 위함'이라는 기윤의 말뜻을 이해할 수 있었다. 그러나 그것은 듣지 않느니만 못한 말이었다. 모르는 것이 오히려 약인 것을……. 사람들은 감히 더 깊이 생각할 엄두를 못 내고 멍하니 그대로 앉아만 있었다.

기윤은 끝없이 이어지는 침묵 속에서 순간 정신이 번쩍 들며 가슴이 철렁 내려앉았다.

'내가 오늘 왜 이러지? 잠시 제정신이 아니었나봐! 은연중 남다른 식견을 과시하려 함이었을까? 돌이켜보니 어느 것 하나 재상으로서 삼가야 하는 말이 아닌 것이 없었어. 이를 어쩐다?'

그는 그렇게 생각하면서 입방정을 떨다 멸문지화를 당한 인물들을 줄줄이 뇌리에 떠올렸다. 갑자기 등골이 서늘해지면서 두 눈을 질끈 감았다.

기윤은 황급히 곰방대를 꺼내 물고는 불을 붙이려 했다. 그러나 손이 떨려 불을 붙일 수가 없었다. 여러 번 실패한 끝에 겨우 불을 붙여 뻑뻑 길게 빨아들이면서는 어떻게 사태를 수습해야 할지 또 고민에 빠졌다. 다행히 매캐한 담배연기를 연신 빨아들이자 마음이 다소 안정되었다. 상황을 만회해보고 싶었으나 잘못 그린 그림은 고칠수록 더 꼴불견이 될 뿐이었기에 섣불리 말을 꺼내기가 두려웠다. 그는 오랜 침묵 끝에 헤헤 웃으면서 말했다.

"생각해보니 홍매洪邁 이 사람도 철학적 깊이는 전혀 없는 것 같소. 특정 시기의 사례를 주르르 나열해 놓았을 뿐이니 말이오. 귀감이 될 만한 이치는 하나도 설명하지 못하는 걸 보면 진정한 대유大儒 재목은 못되는 것 같소. 그런 학문을 가져다 자기 것인 양 과시하는 나도 참 웃기지!"

기윤이 사람들의 생각을 다른 방향으로 돌리고자 그렇게 운을 떼고는 다시 허허허 어설픈 웃음을 지었다. 바로 그때 태감 복의가 들어섰다. 그 뒤로 찬합을 받쳐 든 두 태감이 따라 들어왔다. 건륭이 하사한 어선이 틀림없었다. 사람들은 숙연한 자세로 일어섰다.

건륭으로부터 '관풍순시'觀風巡視의 명을 받은 복강안과 유용, 황부양 등 세 사람은 가도 가도 끝이 없는 역도를 따라 지칠 줄 모르고 말을 달렸다. 한껏 속력을 낸 결과 조금만 더 가면 강남성江南省(남경)을 벗어나 산동성山東省 경내에 들어서게 되었다. 그때 복강안이 이전처럼 거지로 변장을 하고 가자는 제안을 했다. 유용은 달리 이의가 없었으나 황부양은 의견이 달랐다.

"소인이 도련님 말씀에 토를 다는 건 아닙니다만 가장 어려운 것이 거지 변장입니다. 거지 옷을 입는다고 얼굴이 달라지고 습관이 바뀌는 건 아니지 않습니까? 거지들에게도 삼육구三六九의 등급이 있습니다. 신분이 다 다릅니다. 또 각 파벌마다 암어暗語와 절구切口(암흑가의 은어)도 다릅니다. 그것만 제대로 배우려고 해도 삼 년이 더 걸립니다. 도련님과 숭여 나리는 걸음걸이부터 타고난 귀인 티를 감출 수 없는 분들이십니다. 그리고 민풍民風을 관찰하려면 찻집이나 극장, 식당 같은 곳이 제격이온데, 거지들은 그런 곳에 출입할 수가 없지 않습니까? 그보다 차마상茶馬商으로 가장하는 것이 어떻겠습니까? 도련님은 주인집 공자公子, 숭여 나리는 집사, 소인은 가복家僕 행세를 하는 겁니다. 어떻습니까? 높지도 낮지도 않은 어중간한 신분이니 수염을 쓸어내리는 '나리'들 자리에도 어영부영 비비고 앉을 수 있을 뿐 아니라 어중이떠중이들과 말을 섞어도 체면 깎일 일이 없지 않겠습니까?"

황부양의 말에 일리가 있었기에 복강안은 그의 뜻에 따르기로 했다. 황부양은 곧바로 저잣거리에 나가 세 사람의 신분에 걸맞은 옷을 사왔다. 또 차방茶坊에서 찻잎을 몇 소쿠리 사서 가축시장에서 사온 노새 세 마리의 등에 턱하니 걸쳐놓았다. 이로써 그럭저럭 구색을 갖추었다. 이 밖에 혹시나 모를 신변 위험에 대비해 황가黃家 삼대三代 제자들 중에서 '인간원숭이'로 불리는 셋을 불러 마부馬夫로 변장시켰다.

때는 양춘삼월陽春三月이라 강남성 경내는 가는 곳마다 신록이 푸르렀다. 햇볕이 따가워지는 대지에서는 아지랑이가 아른아른 피어올랐다. 방직기계 돌아가는 소리도 심심찮게 들렸을 뿐 아니라 도처에 일망무제의 뽕나무밭이 시원하게 펼쳐져 있었다. 대신들이 문안 상주문에 단골로 올리는 '무학승평'舞鶴昇平의 모습이 이런 게 아닐까 싶을 정도로 평화롭고 풍요로웠다.

일행은 양주揚州를 따라 북상했다. 고우호高郵湖와 홍택호洪澤湖를 지날 때는 황혼 무렵이었다. 길가에는 일을 끝내고 돌아가는 소달구지들이 길게 줄을 잇고 있었다. 밥 짓는 연기가 하얗게 피어오르는 마을 어귀에서는 꼬마들이 재잘거리면서 뛰어놀고 있었다. 한가롭고 정겨운 시골 풍경이었다.

일행은 원래는 홍택호 호숫가에 있는 하도총독아문에 들러 수사水師의 무기고를 둘러보려고 계획했었다. 그러나 복강안은 오는 길 내내 하도河道가 정연하고 방죽이 견고한 데다 치안 역시 흠잡을 데 없는 것을 보고 하도아문에는 들르지 않기로 했다. 일부러 '긁어 부스럼 만드는' 일은 피할 생각이었던 것이다. 그렇다고 해서 아무런 성과도 없이 내내 풍경 구경만 하다가 북경으로 돌아가는 것도 꺼림칙했다. 유용은 떠나기 전 "모든 것은 복강안의 지휘에 따르라"는 아버지의 엄명을 받았는지라 잠자코 동행하는 수밖에 없었다. 황부양 역시 "강호의 무리들과 얽히지 말고 무사히 '도련님'을 북경까지 모시고 오라"는 황천패의 명령을 받았기 때문에 내심 '일로평안'一路平安이 싫지 않았다.

그러나 황씨 제자 세 명은 생각이 달랐다. 두 사람의 심사를 아는지 모르는지 '이대로 갔다가는 북경에 도착해 액낭(어머니)의 비난을 받을지도 모른다'고 생각하는 복강안의 불만에 잔뜩 부채질을 해댔다. 그중한 명이 그예 한마디를 하고 말았다.

"그럼요, 도련님! 너무 그날이 그날 같고 심심하잖아요. 폐하께서 아직 귀경길에 오르시지도 않았는데, 어떤 미친놈이 감히 이런 역도驛道와 어도御道에서 사달을 일으키겠습니까! 진풍경을 보려면 저 앞 기몽산沂 蒙山에서 어도를 벗어나야 합니다!"

"그래, 맞아!"

복강안은 이마를 탁 치면서 좋아했다. 그러나 곧 "유용에게서 많이 배우라"던 건륭의 분부를 떠올렸다. 이어 사실상 '대장'인 유용을 향해 되도록 간절한 표정을 지어보였다.

"꼭 무슨 일이 있었으면 하고 바라는 게 아니라 지금까지 잘사는 동네만 쭉 보면서 오지 않았소? 그래서 이번에는 가난한 이들이 얼마나 쩨지게 가난한지도 좀 살펴보는 것이 좋을 것 같소. 그래야 폐하께 보고 올릴 것도 있을 게 아니오?"

유용이 할 수 없다는 듯 대답했다.

"그러면 조장棗莊을 통해 포독고抱犢崓로 들어가 보는 건 어떨까요? 채칠이 아직 법망에 걸려들지 않고 있습니다. 제 생각에는 그자가 산속으로 잠입했을 것 같습니다. 그자의 행방만 찾아내도 우리로서는 큰 수확일 텐데 말입니다."

결국 의견의 일치를 본 복강안 일행은 낙마호駱馬湖 북쪽에서 황하를 건넜다. 그리고 더 이상 미산호微山湖 방향으로 가지 않고 관도官道로 꺾어들었다. 한장韓莊을 지나 조장棗莊에서 하룻밤 묵은 뒤 다음 행선지를 결정하기로 했다.

그런데 역도에서 내려와 10리쯤 더 걸으니 상황이 완전히 달랐다. 수십 년 동안 방치해 놓은 것 같은 울퉁불퉁한 황톳길에다 황하가 범람하면서 생긴 물웅덩이 때문에 도무지 노새를 타고 갈 수가 없었다. 웅덩이의 물은 무릎까지 올라오는 것 같았다. 그랬으니 찻잎을 실은 노새도 발 디딜 데를 모르고 우왕좌왕했다. 일행은 흙탕물에 빠져 신발과 옷이 진흙투성이가 된 채 겨우겨우 앞으로 나아갔다. 그때 황부양이 입을 열었다.

"두 분 나리, 이 황톳길을 따라 오 리쯤 더 가면 마른 길이 나올 겁니다. 그 길을 조금만 더 가면 조장입니다."

그러자 유용이 홍수가 할퀴고 간 자리에 생겨난 끝없이 황량한 벌판을 가리키면서 물었다.

"이런 땅에서는 한 무畝 당 수확이 어느 정도 되겠나?"

황부양이 빙그레 웃으면서 대답했다.

"이 정도면 땅이 대단히 비옥한 편입니다. 종자가 좋고 작황이 괜찮다면 밀의 경우 한 무당 백삼십 근은 충분합니다. 그런데 작년에 작황이 안 좋은 데다 지금이 마침 보릿고개라 동네 개들도 기운이 없어 못 짖나 봅니다. 주변이 이리 쥐죽은 듯 조용한 걸 보면요!"

유용의 얼굴에 쓸쓸한 표정이 떠올랐다. 그가 안타까운 듯 말했다.

"보아하니 모두 관전官田인 것 같군. 땅이 없는 백성들에게 팔라고 하면 중간에서 지방관들만 폭리를 취하고, 못 팔게 하면 옥토를 황무지로 묵혀두고 있으니 실로 골칫거리가 아닐 수 없네."

"개자식들!"

둘의 얘기를 듣고 있던 복강안이 노새 잔등에 올라타면서 거친 욕설을 내뱉었다. 이어 다시 덧붙였다.

"조정에서는 해마다 구제 양곡과 은자를 내려 보내건만 어떤 놈이 다 가로채고 백성들은 이리 도탄에 허덕인다는 말이야? 걸리기만 해봐라, 혼쭐을 내줄 테니!"

복강안은 이를 갈면서 휘껏 노새 궁둥이에 채찍을 날렸다. 놀란 노새가 비명을 지르더니 흙탕물을 가르면서 달려 나갔다. 유용과 황부양은 황급히 그 뒤를 따랐다.

그렇게 한 시간쯤 달리자 길 양옆의 나무들이 점점 많아졌다. 백양나무, 버드나무, 느릅나무, 홰나무, 송백나무 등 온갖 나무들이 빼곡하게 들어차 있었다. 그리고 조장棗莊이라는 이름에 걸맞게 마을로 들어가기 2리쯤 전부터는 주변이 온통 대추나무에 휩싸여 있었다. 그러나 버드나무에 신록이 움트고 다른 교목喬木들도 하루가 다르게 연두색이 짙어가는 계절임에도 불구하고 대추나무는 새잎이 전혀 나지 않고 우중충했다. 이마에 손을 얹고 동서 양쪽으로 족히 5리 넘게 뻗어 있는 마을을 내다보던 유용이 적이 놀라운 표정으로 말했다.

"여기도 봉성峰城현 관할인가? 장莊이라고 하는데, 어째 현성縣城보다 더 커 보이네?"

황부양이 즉각 대답했다.

"적어도 서너 배는 더 될 겁니다! 봉성현 성내 인구는 고작 육천 명인데, 여기에는 이만 명이 살고 있습니다. 성안의 방귀깨나 뀐다는 자들은 건륭 육년부터 전부 이리로 옮겨왔죠. 그래서 이곳 조장棗莊에는 부자들이 많다고 합니다. 아문을 옮길 수는 없으니 현령이라는 자는 일 년에 삼백 일은 이곳 조장 거처에 머무른다고 합니다. 이곳에 있는 '두 번째 아문'이 성안에 있는 큰 아문을 쥐락펴락 한다는 거 아닙니까!"

황부양이 말하는 사이 일행은 어느새 조장 안으로 들어섰다. 때는 지친 해가 멀리 산 위의 나뭇가지에 걸터앉은 채 잠깐 쉬어 가는 저녁나절이었다. 높다란 지붕의 낮은 굴뚝마다 저녁 짓는 연기가 폴폴 피어오르고 있었다. 마을 어귀에서부터 꼬불꼬불한 골목길이 양의 창자처럼 뻗어 있었다. 일행은 잠시 어느 길로 가야 할지 망설였다.

그러나 그것은 애당초 불필요한 고민이었다. 어디를 가나 불을 훤히 밝힌 가게들이 성업 중이었기 때문이다. 헌軒이니, 루樓니 하는 멋있는 간판도 다닥다닥 붙어 있어 북경의 어느 야시장夜市에 들어선 듯한 착각이 들 정도였다. 육사행肉肆行, 부분행富粉行, 주보행珠寶行, 성의행成衣行, 옥석행玉石行, 해미행海味行, 선어행鮮魚行, 차행茶行, 수행繡行, 화과행花果行 등등 '행'行이라 이름 붙인 가게들도 길 양쪽에 즐비했다. 가게마다 경쟁이라도 하듯 내건 등불이 골목을 대낮처럼 환하게 비추고 있었다.

골목에서는 화려한 장신구와 요란한 차림을 한 부자들이 이를 쑤시면서 유유자적 거리를 누비고 있었다. 그런가 하면 행색이 남루한 거지들도 더러 보였다. 누가 석탄石炭이 나는 고장이 아니랄까봐 시커먼 얼굴에 눈과 이빨만 허옇게 두드러져 보이는 광부들 역시 칼국수를 파는 천막 안에서 후루룩대면서 국물을 마시고 있었다. 또 주색酒色에 빠져 길바닥에서 기생들을 껴안고 낯 뜨거운 행각을 벌이는 무리도 없지 않았다. 저 멀리 한쪽에서는 행인들 틈을 비집고 다니면서 술래잡기에 신이 난 아이들이 골목이 떠나가라고 신나게 떠들면서 뛰어다니고 있었다.

처음에는 풍성한 구경거리가 신나고 재미있던 복강안과 유용은 이내 지치기 시작했다. 이 일대에 밝은 황부양을 따라 이 골목 저 골목을 누비고 다니느라 머리가 어지럽고 귀가 먹먹할 지경이었다. 복강안은 그만 이곳을 뜨자면서 황부양의 등을 떠밀었다. 황부양은 알겠노라 대답하고는 웃음 띤 얼굴로 걸음을 재촉했다.

'팔괘미로'八卦迷路가 따로 없는 골목을 겨우 빠져 나오자 눈앞이 확 트였다. 그제야 복강안은 살 것 같다는 생각이 들었다. 이곳 역시 등롱 불빛이 대낮처럼 환하고 인파가 적지 않았으나 적어도 온갖 잡동사니가 한데 섞여 돌아가는 방금 전의 골목과는 '격'이 달랐던 것이다.

실제로 주변에는 석탄을 실은 삼륜차 대신 고급 수레가 즐비했다. 먹을거리를 파는 너덜너덜한 천막 대신 붉은빛이 은은한 주루酒樓가 가득했다. 칠보단장으로 한껏 멋을 낸 여인들이 주루 앞에 서서 비단 두루마기를 입은 부자들을 유혹하고 있었다. 골목길 하나를 사이에 두고 격세지감이 느껴질 정도였다.

복강안이 색다른 풍경에 놀라고 있을 때 몇몇 아역들이 다가와 길을 막았다. 이어 수염도 몇 가닥 없어 쥐새끼 같은 인상의 아역이 온몸에 흙탕물을 뒤집어 쓴 복강안과 유용의 초라한 행색을 이리저리 훑어보더니 도둑 취조하듯 퉁명스레 내뱉었다.

"석탄을 실은 노새는 이 길로 다닐 수 없소! 입구의 팻말을 못 봤소?"

"아이고, 나리!"

황부양이 흠칫 놀라는 유용과 복강안을 뒤로 하고 황급히 얼굴에 웃음을 피워 올리면서 입을 열었다. 이어 사정하듯 말했다.

"우리는 북경에서 온 차마 장사치들이오. 양주에서 오는 길이고요. 노새에 실은 것은 석탄이 아니라 전부 찻잎이오. 이곳을 지나다 말로만 듣던 유명한 조장에서 하루 묵어가고자 머무를 곳을 찾는 중이오. 여기 양주부에서 내준 통행증도 있소. 보시오."

아역은 길가의 등불을 빌어 통행증을 살펴봤다. 그리고는 별다른 이상이 없는지 다시 황부양에게 던져줬다. 이어 손으로 소쿠리를 잡아 흔들어 보기도 하고 귀를 댄 채 소리를 확인하면서 겁박을 했다.

"무슨 찻잎이 이리 무거워? 구리를 섞었지? 헤집어 봐!"

몇몇 아역들이 자신들의 대장인 듯한 아역의 명령에 따라 동아줄을 풀려고 나섰다. 그러자 황부양이 주머니에서 은자 몇 냥을 꺼내 대장의 손에 몰래 쥐어주면서 사정을 했다.

"어찌 나리의 법안法眼을 속일 수 있겠습니까! 사실 기와를 몇 장 싣고 몽고 쪽으로 가서 말과 바꿔오려던 참입니다. 얼마 되지는 않지만 이걸로 술이라도 한잔하시고 좀 봐 주십시오. 이쪽으로 나올 기회가 많으니 앞으로 자주 얼굴을 볼 텐데……."

"기와 몇 장 들었다고? 별거 아니네, 뭘."

아역 대장은 냉큼 은자를 받아 넣고는 어서 가보라는 듯 눈을 찡긋거렸다. 동시에 손사래도 쳤다. 복강안과 유용은 서로 마주 보면서 쓴웃음을 금치 못했다.

복강안 일행은 안전을 생각해서 큰 객잔을 찾고 싶었다. 그러나 가는 곳마다 '만원'이라는 팻말이 걸려 있었다. 그러다 날이 저문 탓에 어쩔 수 없이 적당한 객잔을 빌려 하룻밤 묵기로 했다.

늘 그렇듯 일꾼이 달려 나와서는 살살 녹는 혓바닥처럼 곰살맞게 시중을 들었다. 종일 길을 다그치느라 파김치가 된 복강안 일행은 발을 씻고 얼굴을 닦고 나자 침대에 드러누워 한숨 자고 싶은 생각밖에 없었다. 그러나 끼니를 거를 수도 없어 객잔에서 간단히 때울 요량으로 이 층으로 올라갔다.

그곳에는 이미 벌겋게 취한 이들이 낭자하게 술판을 벌이고 앉아서 한껏 목청을 높여 떠들어 대고 있었다. 술이라면 냄새조차 맡기 싫어하는 복강안과 유용은 술 냄새, 사람 냄새와 담배연기에 머리가 아팠다. 빨리 자리를 뜨고 싶은 생각에 대충 아무거나 시켰다.

음식이 올라오고 일행이 두어 술 뜰까 말까 할 때였다. 갑자기 두 여인이 주렴을 걷고 안으로 들어섰다. 나이가 조금 들어 보이는 쪽은 서른 살 중반쯤 돼 보였다. 다른 한 명은 기껏해야 열일곱 살 정도밖에 돼 보이지 않았다. 의아해 하는 일행에게 쭈뼛거리면서 다가온 두 여인은 복강안을 향해 몸을 낮췄다. 이어 공손히 인사를 올렸다.

21장
일지화의 잔당

복강안은 난데없이 나타나 인사를 올리는 두 여인을 아래위로 훑어
봤다. 갸름하니 밉지 않게 생긴 얼굴에 쌍꺼풀 없는 봉황의 눈까지 두
여인은 판에 박은 듯 닮은 것이 모녀 사이 같았다. 대추꽃 무늬가 있
는 긴 치마를 입고 팔이 짧은 분홍 적삼을 받쳐 입은 딸은 겨릅대(껍질
을 벗긴 삼麻의 줄기)처럼 바싹 말라 있었다. 또 치마 아래로 삐죽이 나
온 작은 발은 전족纏足을 해서 그런지 갓 자라기 시작한 죽순 같았다.
둘 다 나름대로 화장을 하고 구색을 갖추느라 꾸몄으나 어쩐지 어색하
고 우스꽝스러웠다.

비파를 껴안은 나이 많은 여인이 나오지 않는 웃음을 애써 지어 보이
면서 기어들어 가는 목소리로 말했다.

"여러 나리들을…… 즐겁게 해드리고자 왔사옵니다."

황부양이 복강안이 입을 열기도 전에 옆에서 팔을 내두르면서 똥파

리 쫓듯 두 여자를 쫓아내려고 했다.

"가, 가! 우리는 필요 없으니 다른 데 가봐!"

유용은 귓불까지 빨개져 어찌할 바를 몰라 하는 여인이 안쓰러워 은자 몇 푼이라도 쥐어 줄 양으로 주머니를 뒤졌다. 그러나 주머니는 텅 비어 있었다. 그가 황부양에게 은자가 있으면 좀 내주라고 말하려고 할 때였다. 칸막이 너머 옆자리에서 여인들의 숨넘어가는 웃음소리가 터져 나왔다. 이어 차마 맨정신으로 듣기 힘든 음담패설들이 오갔다. 유용은 벌레를 삼킨 표정으로 고개를 절레절레 저었다. 그 사이 복강안이 은자 두어 냥을 꺼내들고 여인에게 말했다.

"보아하니 대갓집 규수까지는 아니어도 막돼먹은 사람들은 아닌 것 같은데 어찌 이런 데를 찾아다니고 그러오? 노래는 들은 걸로 하고 시중도 받은 걸로 할 테니 얼마 안 되지만 가지고 가시오."

여인은 어찌 그럴 수 있느냐면서 은자를 사양했다. 그러자 유용이 나섰다.

"줄 때 얼른 받으시오. 억양을 들으니 이곳 사람은 아닌 것 같은데, 어디서 왔소?"

"저희는 직예 사람입니다."

여인이 비파를 껴안은 채 공손히 허리를 숙이면서 사은을 표했다. 이어 다시 말을 이었다.

"이곳 조장에 온 지는 삼 개월밖에 안 됐습니다. 아는 사람도 없습니다. 먹고살기 힘들기는 여기도 마찬가지네요……."

여인이 눈물을 글썽거렸다. 복강안이 말을 받았다.

"말투가 직예에서도 당산唐山쪽 사람인 것 같구먼. 북경이 여기보다 훨씬 가깝지 않소? 거기 가면 매예불매신賣藝不賣身이라 해서 몸은 안 팔고 창唱만 하면서 먹고사는 사람들이 많다오. 팔대 골목을 다니면 적어도 배곯을 일은 없다고 들었소."

"저희는 당산 쪽이 아니고 헌현獻縣 사람입니다."

이번에는 딸인 듯 보이는 아이가 대답했다.

"북경에는 크게 밉보인 사람이 높은 자리에 있어 감히 갈 수 없었습니다."

복강안과 유용은 아이의 말에 흠칫하면서 시선을 교환했다. 유용이 차를 마시면서 입안에 들어간 찻잎을 잘근잘근 씹는 사이 복강안이 웃음 띤 얼굴로 말했다.

"내가 알기로 북경에 기紀씨 성을 가진 군기대신 한 분이 자네와 같은 헌현 태생이오. 힘이 막강한 사람이니 억울한 사연이 있으면 그분을 찾아가 보시오. 고향사람이 억울한 일을 당했다는데 설마 나 몰라라 하겠소? 어떤 높은 자리에 있는 사람인지는 모르지만 감히 기 군기대신의 상대는 못 될 거요."

아이가 기가 막히다는 표정으로 복강안과 유용을 바라보면서 코웃음 치듯 말했다.

"글쎄요, 이럴 때는 뭐라고 말씀드려야 하나요……."

그리고는 덧붙였다.

"저희가 미운 털이 박혔다는 사람이 바로 그분 일가예요. 그런 일만 없었어도 오늘날 이렇게 타향을 떠도는 신세가 되지는 않았을 거예요. 나리 말씀대로 그리 힘이 막강하신 분이니 저희가 무슨 수로 당해내겠어요."

거침없는 아이의 말에 여인이 당황한 눈치를 보였다.

"소국小菊아, 그런 말은 함부로 하는 게 아니야. 두 분 나리, 이년들의 시중을 원치 않으신다면 그만 물러가겠습니다."

여인이 말을 마치고는 아이의 팔을 잡아당기면서 물러가려고 했다. 순간 복강안이 황급히 그녀를 불러 세웠다.

"괜찮소, 우리에게는 말을 해도 되오! 기윤은 지금 북경 아니면 남경에 있겠지? 아무튼 조장에 있을 리는 없지 않소. 뭘 그리 무서워하오? 뒤에서 남의 말을 안 하고 사는 사람도 있소? 말한다고 돈 내는 것도 아니고, 억울한 사연이 있으면 쏟아놓는 게 속 편할 텐데……."

유용 역시 히죽 웃으면서 입을 열었다.

"무슨 사연인지는 모르겠으나 기윤 대인은 일품—品재상으로서 여태까지 평판도 괜찮은 걸로 알고 있는데! 그러지 말고 잠깐만 앉아보오. 우리는 나쁜 사람들이 아니오. 이렇게 만난 것도 인연인데 어디 사는 아무개라는 정도는 알아도 괜찮지 않겠소?"

여인이 잠깐 망설임 끝에 땅이 꺼져라 한숨을 쉬면서 자리에 앉았다. 이어 한참 고개를 숙인 채 말이 없더니 곧 눈물을 흘리면서 입을 열었다.

"휴……, 무슨 말을 어디서부터 어떻게 해야 할지 모르겠어요. 저는 남편의 성을 따라 이李씨이고요. 친정은 기紀씨에요. 굳이 촌수를 따지자면 기윤 대인은 이년을 십칠고十七姑라고 불러야겠죠. 조상은 한 집안이니까요. 그러면 뭘 합니까? 일부일궁—富—窮, 일귀일천—貴—賤이라는 말처럼 서로 다른 세상의 사람인데! 신분이 천양지차이다 보니 왕래하지 않은 지도 옛날인 걸요. '삼 년을 오가지 않으면 친척도 친척이 아니다'라는 말은 정말인 것 같아요."

"그래, 그 말에는 나도 공감하오."

유용은 월척을 낚고 싶은 마음에 여인의 비위를 맞춰주느라 맞장구를 쳤다. 그리고는 자신의 집안 얘기도 입에 올렸다.

"우리 집에도 옛날에 그리 멀지 않은 숙부뻘 되는 분이 있었다오. 내가 어릴 적에는 그분 댁에 뻔질나게 다녔었지. 맛있는 것도 얻어먹고 신

기한 걸 구경하는 재미에 그분이 좋아하는지 싫어하는지도 모르고 다녔었지. 그런데 언제부턴가 두 집이 서로 개 닭 보듯 하더니 왕래를 끊은 지가 삼 년이 아니라 이제는 십 년도 넘었소. 원래 격이 안 맞으면 그렇게 되는 거요!"

이씨가 유용을 힐끗 쳐다봤다. 뭔가 동병상련을 느끼는 시선이었다. 그러다보니 처음의 서먹서먹하던 분위기도 조금 나아졌다. 여인이 탄식하듯 다시 입을 열었다.

"애는 저의 딸년이에요. 이름은 소국이랍니다. 솔직히 저희 친정과 기윤 대인 댁에 불화가 생긴 건 아니에요. 이씨 가문과 기씨 가문이 송사를 치르게 된 것이 불화의 이유랍니다. 뻔한 결과이지만 저희 이씨 쪽은 달걀로 바위 치는 꼴이 되고 말았어요……."

여인이 잠시 말을 멈췄다가 다시 입을 열었다.

"기씨는 삼백 경頃의 땅을 소유한 헌현의 최고 부자였죠. 저의 이씨 가문도 그에 견줄 바는 못 되지만 땅이 좀 있었어요. 땅과 땅이 붙어 있다 보니 툭하면 소작농들끼리 싸움이 일어났죠. 농사철에는 물 다툼을 하느라 머리 터지는 사람이 부지기수였고요. 수확철이면 간밤에 볏단이 없어졌네 어쩌네 하면서 분쟁이 끊이지 않았어요. 두 집 모두 동네에서 알아주는 대호大戶였는지라 애들 싸움이 어른싸움 된다고 소작농들 간에 분쟁이 심해질수록 두 가문 사이도 불편해졌죠. 저희 집 소작농 중에 요구姚狗라는 자가 있었어요. 작년 봄 모내기가 끝나고 논에 물을 대야 할 시기였어요. 요구가 풀을 먹이려고 끌고 갔던 소를 잘못 건사하는 바람에 그놈의 소가 옆집 논에 갓 심어 놓은 모를 좀 밟아놨대요. 마침 그때 논에 나온 기씨네 소작농 우상牛祥이라는 자가 다짜고짜 요구의 목덜미를 잡고 자기네 주인집으로 끌고 갔대요."

복강안과 유용이 여인의 말을 듣고 나더니 뭐가 뭔지 도무지 모르겠다는 표정을 지었다. 복강안이 이해가 안 된다는 듯 말했다.

"요구가 잘못했네! 가서 손해를 배상해주고 소를 끌고 오는 게 순리 아닌가?"

이씨의 목소리가 갑자기 높아졌다.

"그랬으면 얼마나 좋았겠어요! 기씨네는 워낙 어마어마한 가문이라 사람들이 그 집 마당에만 들어서도 기가 팍 죽을 정도였어요. 현아문 따위는 저리 가라 할 정도로 위풍이 당당했죠. 잔뜩 겁먹은 요구는 우상의 손을 뿌리치고 주인댁으로 도망쳐 왔대요. 자기는 오금이 저려 못 가겠으니 주인인 이대李戴가 대신 가서 일을 무마해 주십사 부탁을 드렸다는군요. 이대가 들어보니 별로 큰일도 아닌지라 작은 집사를 기씨의 집으로 보냈대요. 그랬더니 기씨의 둘째아들 기욱紀旭이 버럭버럭 고함을 지르면서 이렇게 말했대요. '주인이 그리 철딱서니가 없으니 짐승도 그 모양이지! 이대가 직접 음악을 울리면서 사죄하러 오지 않으면 내가 짐승을 돌려줄 거라고는 생각도 하지 말라!'라고요. 아마 예전부터 어떻게든 꼬투리를 잡아 골탕을 먹이려고 벼르고 있었던가 봐요. 아무튼 기씨네는 순순히 소를 놓아주지 않으려고 하고, 이대 역시 그쪽 요구대로 하자니 자존심이 상했죠. 이대는 어찌해야 할지 몰라 망설이던 끝에 기윤 중당의 계몽스승인 유애儒愛 어르신의 생질 급문옹及文雍을 찾아가 사정 얘기를 했나 봐요. 사람 좋은 급문옹은 가랑이에 바람을 일구면서 두 집 사이를 한 달이 넘게 뛰어다녔대요. 그런데도 기씨네는 황금 만 냥보다 체면이 더 중요하다고 고집을 부렸대요. 그렇게 되자 급문옹도 나중에는 지쳐서 손 털고 나앉을 수밖에 없었어요. 일이 이쯤 되자 형명막료 출신인 이대가 현아문에 기씨네를 고소해버리기에 이른 겁니다……."

'사건' 같지도 않은 사건이지만 누가 들어도 기씨네가 억지를 쓰고 있다고 볼 수 있었다. 순간 복강안과 유용은 거의 동시에 똑같은 생각을 했다.

'기효람은 고향집에서 이런 일이 일어났다는 것을 알고 있을까?'

유용은 그렇게 생각하자 일의 결말이 궁금했다.

"그래, 현에서는 어떻게 판결을 내렸소?"

"일부 내용은 저도 들은 소리예요."

이씨가 천천히 사건을 정리해서 들려주었다.

"그러던 차에 구월 중양절 이후 기 중당께서 직예로 도서수집차 내려오셨다가 헌현에 들르셨다고 합니다. 기 중당께서는 헌현이 소속된 하간부河間府의 갈葛 태존太尊과 마윤옥馬潤玉 현령의 안내를 받으면서 동네방네 시찰을 하러 다녔다고 들었어요. 당연히 기씨네 집에서는 폭죽소리가 끊일 새 없었어요. 사흘 동안 밤낮으로 상다리가 부러지는 잔치가 이어졌다죠? 기 중당이 북경으로 돌아간 다음 날 마 현령은 현아문에 주연을 마련했대요. 그리고는 기씨네 둘째와 이대, 그리고 급문옹을 불러 화해를 주선했대요."

복강안과 유용은 그나마 자기 집안 편을 들지 않은 기윤의 처사가 나쁘지 않았다고 생각하면서 고개를 끄덕였다. 그러나 이씨는 탄식을 내뱉으면서 다시 입에 침을 발랐다.

"그쯤에서 서로 합의를 봤으면 얼마나 좋았겠어요. 별것 아닌 일로 시작해 한바탕 소란스럽던 사건은 현령의 중재로 끝을 보는 듯했어요. 그런데 막판에 기씨네가 억지를 쓰면서 자기네 입장만 고집하는 바람에 모든 일이 도로아미타불이 되고 말았다잖아요. 자존심이 강한 이대가 가만히 있을 리 없었죠. 있는 땅 없는 땅 다 팔고 집까지 팔아가면서 성省에까지 고소장을 올렸으나 재물은 재물대로 없어지고 기씨네의 고집을 꺾는 데는 실패하고 말았죠. 결국 이대는 울화병을 얻어 몸져눕고 말았어요. 집안의 기둥이 쓰러지니 집안 꼴은 하루가 다르게 엉망이 되었죠. 이대가 아들을 시켜 알아보니 송사를 하느라 팔았던 땅은 여러 손을 거쳐 결국에는 기씨네 소유가 되어 있더랍니다. 기가 막혀 뒤로 넘어갈 지경이었죠. 노인네는 그 뒤로 시름시름 앓다가 세상을 뜨고 말았어요. 멀쩡하던 집안이 풍비박산되고 말았죠.”

여인의 길고긴 하소연은 드디어 끝이 났다. 복강안은 허리춤의 전대를 열었다. 안에는 금과자金瓜子가 열 몇 개 들어 있었다. 마덕옥馬德玉과 내기 바둑을 둬서 딴 것이었다. 그는 금과자를 전부 꺼내 한사코 마다하는 이씨의 손에 억지로 쥐어주면서 진지하게 말했다.

“처지가 참으로 딱하오. 멀쩡하던 집안이 하루아침에 그리 망해버리다니…… 그런데 이 바닥에서 이렇게 험하게 살 수는 없을 것 같소. 어느 구석에서 허름한 가게라도 하나 내든지 딸을 데리고 살 호구지책을 궁리해 보시오.”

“감사합니다. 이년은 하늘과 같은 나리의 은혜를 언제든 꼭 갚을 수 있기만 바라겠습니다!”

이씨가 딸과 함께 눈물을 흩뿌리면서 연신 사은을 표했다. 복강안도 스스로의 선행에 감동을 받았는지 눈언저리가 빨개졌다. 그러나 일부러 대수롭지 않은 척 손사래를 쳤다.

“됐소, 그만 가보오.”

이씨가 신세타령을 하는 동안 밖에 나갔다 들어온 황부양이 빙그레 웃음을 머금은 얼굴로 입을 열었다.

“소피보러 나갔다가 우연히 전에 의형제 맺었던 놈을 만났지 뭡니까? 아직도 금분金盆에 손을 씻지 못하고 강호바닥에서 뒹굴고 있다더군요. 그놈이 그러는데 채칠이 이 근방에 있답니다.”

복강안과 유용은 황부양의 말을 듣자마자 그에게 몸을 바짝 붙였다.

그리고는 당장 덮칠 태세로 쥐를 노려보는 고양이처럼 그를 뚫어지게 바라보면서 목소리를 낮춰 물었다.

"지금 채칠이 조장에 있다고 했나? 조장 어디에?"

그러나 심각한 두 사람에 비해 황부양은 전혀 대수롭지 않은 듯 태연스럽게 대답했다.

"그 녀석도 옆자리에서 술을 처먹던 사람들이 떠드는 소리를 우연히 귀동냥했다고 합니다……."

황부양의 말이 채 끝나기도 전에 복강안이 지시했다.

"으르고 달래서라도 채칠의 소재를 확실히 아는 놈을 이리로 꾀어오도록 하게!"

"예!"

"잠깐만 기다려 보게."

유용이 밖으로 나가려는 황부양을 불러 세우고는 복강안을 향해 말했다.

"신분을 밝혀버릴까요?"

복강안이 대답했다.

"못 밝힐 것도 없지! 안 그러면 웬만해서 입이나 열겠소?"

황부양이 나가고 한참이 지나 계단을 오르는 발소리가 들려왔다. 잠시 후 그는 차림새가 시골 서당의 훈장 같은 중년사내를 데리고 들어섰다. 사내는 모자를 벗고 입을 크게 벌려 웃으면서 두 사람을 향해 길게 엎드려 절을 올렸다. 그리고는 째지는 듯한 목소리로 말했다.

"소인을 부르셨습니까!"

생긴 것과 어울리지 않게 가늘고 높은 목소리였다. 마치 참새가 쨱쨱거리는 것 같았다. 복강안과 유용은 저도 모르게 웃음이 터져 나왔다. 그러나 복강안은 이내 웃음기를 거둬들이면서 물었다.

"이름이 뭐요?"

"예, 나리. 소인은 췌계선揣繼先이라고 합니다."

사내는 얼빠져 보이는 생김새와는 달리 살살 눈웃음을 치는 것이 꽤나 약은 것 같았다. 두 사람이 못 알아들을까봐 손바닥에 몇 획 그어 보이는 시늉까지 하면서 덧붙였다.

"'췌'揣자는 알고 계시죠? 어디에 뭔가를 쑤셔 넣는다고 할 때 그 '췌'자 말입니다. 요즘은 드문 성이라 모르는 사람이 많아요."

복강안 역시 처음 들어보는 성씨라 고개를 갸웃했다. 그러자 유용이 나섰다.

"전명前明 때 일등 범죄자 가문의 가족들이 도망을 가면서 아무렇게나 성을 붙였습니다. 아마 그때 생겨난 수많은 정체불명의 성들 가운데 하나인 듯 싶습니다. 췌계선, 자네를 보자고 한 건 자네가 채칠의 향방을 알고 있다고 해서였네!"

유용이 단도직입적으로 말했다. 그러자 췌계선이 흠칫 놀라면서 황부양을 힐끗 쓸어보더니 대답했다.

"소인은 되는대로 살고 막 굴러먹는 놈이기는 하오나 예를 알고 법을 지키는 사람입니다. 알고 있으면 당연히 말씀드리죠. 하오나 소인은 진짜 채칠을 본 적이 없습니다!"

췌계선은 사태의 심각성을 눈치채고 발뺌을 하려는 것이 틀림없었다. 이번에는 황부양이 위엄 어린 목소리로 말했다.

"이봐, 올 때 내가 뭐라고 했어? 복 나리, 유 나리 모두 미복 순찰을 나오신 흠차대신들이라고 했지? 멸문지화를 입고 싶지 않으면 고분고분 실토를 할 일이지 겁 없이 발뺌을 하려 들어? 좋게 말할 때 어서 불어!"

췌계선은 겁에 질린 표정이었으나 그래도 두 흠차들 완전히 믿지는 못하는 것 같았다. 복강안이 그 사실을 간파하고는 사내의 앞에 무엇인가를 탁 던졌다. 군기처 통행증 대용으로 사용할 수 있는 시위들의 요패腰牌였다.

"입씨름하기 싫으니 마음대로 하거라!"

췌계선은 휘둥그레진 눈으로 요패를 살펴봤다. 남색 바탕에 사방으로 금테를 두른 요패에는 '건청문 시위'라는 만한합벽滿漢合璧의 글자가 적혀 있었다. 그제야 췌계선은 기겁을 하면서 쿵 하고 무릎을 꿇었다. 그의 입에서 더듬더듬 말이 흘러나왔다.

"소……, 소인은 그저…… 술자리에서 허튼소리를 들었을 뿐입니다. 요놈의 입이 방정이라…… 아무것도 모르면서 아는 척을 했습니다. 참, 참말입니다. 소인이 누구 앞이라고 감히 거짓을 고하겠습니까!"

복강안이 혼비백산한 채 떨고 있는 사내를 차가운 눈빛으로 노려보면서 물었다.

"자네 혹시 후환이 두려워서 그러는 건가?"

"예? 예……, 예!"

췌계선이 닭 모이를 쪼듯 죽어라 머리를 조아렸다.

"그…… 그자는 사람을 이 잡듯 하는 자입니다!"

"그래서 불지 못하겠다는 거야? 나도 상황에 따라서는 이 잡듯, 아니 개미 뭉개버리듯 할 수도 있어."

복강안이 차갑게 내뱉었다. 그의 목소리에는 스스로도 놀랄 만큼 살의가 담겨 있었다. 그가 연이어 췌계선을 윽박질렀다.

"나는 쥐구멍에 팔팔 끓는 물을 붓는 사람이야. 한 번에 하나씩 잡는 건 재미가 없거든! 불거야 말 거야? 내가 조장의 크고 작은 쥐새끼들을 한 가마에 몰아넣고 쪄 죽이는 것을 보고 싶다 이거야? 일문구족一門九族이 개 한 마리, 닭 한 마리 안 남기고 몰살당하고 싶어? 부양, 자네 이 요패를 가지고 가서 현령을 데려오게!"

황부양이 요패를 낚아채듯 빼앗아들고 물었다.

"지금 현령 이름이 뭐야? 어디 있어?"

췌계선은 그야말로 진땀을 비 오듯 흘렸다. 몸을 덜덜 떨면서 겨우 대답을 했다.

"바뀐 현, 현령은 갈봉춘葛逢春이라고…… 저, 저기 정세소征稅所 서원西院에 있는 걸로……."

황부양은 췌계선의 말이 끝나기도 전에 밖으로 뛰쳐나갔다. 뒤이어 유용이 메마른 목소리로 닦달했다.

"말해봐!"

췌계선이 조금 진정을 취한 듯 머리를 조아리면서 대답했다.

"솔직히 들은 바는 좀 있으나 사실인지 아닌지는 장담할 수 없습니다. 염춘루艷春樓의 기생어멈한테서 들었습니다. 채칠의 무리들이 어디서 돈이 생겼는지 집과 땅을 사고 이백여 명의 일꾼까지 들였다고 말입니다. 소인은 채칠의 무리들이 사는 채영蔡營이 어디 있느냐고 물어봤는데, 자기도 잘 알지는 못하지만 채칠이 이제는 성을 여呂씨로 고쳤다는 것만 알려줬습니다. 그밖에는 소인도 아는 바가 전혀 없습니다."

이 정도 캐낸 것도 큰 성과였다. 과연 기생어멈의 말이 사실이라면 채칠은 이곳 조장 일대에서 활동하고 있는 게 분명했다! 복강안이 잠시 침묵에 잠겨 있더니 천천히 입을 열었다.

"채칠의 무리들은 얼마나 된다고 하던가?"

췌계선이 저려오는 다리를 조금씩 움직이면서 대답했다.

"기생어멈 말로는 백 명쯤 된다고 합니다. 모두 황소처럼 한덩치 하는 자들이라 하룻밤에도 네댓 번씩은 한답니다."

그 와중에도 음담패설이 고팠던 사내는 유용의 안색이 흐려지는 것을 보고는 황급히 입을 다물었다. 잠시 후 계단 밟는 소리와 함께 황부양의 목소리가 들려왔다.

"이쪽이오. 왼편에서 두 번째 문으로 들어가면 되겠소."

갈봉춘이 온 것 같았다. 아니나 다를까, 주렴이 걷히면서 한 사람이 들어섰다. 나이가 서른도 되나마나한 젊은이였다. 반쯤 낡은 낙타색 두루마기를 입었지만 머리에는 모자를 쓰지 않고 있었다. 얼굴이 갸름하니 영악해 보이는 인상이었다.

젊은이는 날렵한 동작으로 복강안과 유용을 향해 한쪽 무릎을 꿇어 예를 갖췄다. 이어 복강안에게 다가가더니 두 무릎을 모두 꿇고 쿵쿵쿵 소리 나게 머리를 세 번 조아리면서 아뢰었다.

"소인 갈봉춘이 복 도련님께 문후를 올립니다! 부상과 마님께서도 만복만전萬福萬全하시고 수비남산壽比南山하시기를 진심으로 빕니다!"

복강안은 지금껏 인사를 수없이 많이 받아봤지만 이런 경우는 처음이었기에 어리둥절할 수밖에 없었다. 급기야 그는 현령이 자신의 부모님 문안까지 올리자 자리에 앉아 있을 수가 없어 황급히 일어났다. 이어 그에게 그만 일어나라고 손짓을 했다.

"됐소, 그만하고 일어나시오. 혹시 한군漢軍 양황기鑲黃旗 소속이오?"

"도련님, 소인 갈봉춘입니다!"

현령 갈봉춘이 일어나서는 복강안을 향해 다시 깊이 허리를 숙였다. 이어 덧붙였다.

"부상 댁 창고지기였던 갈씨의 막둥이입니다! 도련님께서는 소싯적에 소인의 등에 올라타시고 '전쟁놀이'를 하시던 기억을 잊으셨습니까? 언젠가 한번은 도련님께서 새둥지를 터시겠다고 하셔서 소인이 나무에 올라가시는 도련님을 밀어드렸다가 아버지 눈에 띄어 살점이 떨어져나가도록 채찍을 맞았던 적도 있습니다."

복강안은 갈봉춘이 이야기를 미처 끝맺기도 전에 껄껄 웃기 시작했다. 이어 반가운 표정으로 입을 열었다.

"맞아, 맞아! 이제 생각나. 갈 영감의 막내아들이었구나! 자네 아버지는 나중에 우리 아마(아버지)를 따라 흑사산黑査山에서 비적들을 소탕하는 데 기여해 유공자로 인정받았잖아. 그 덕에 자네도 지방의 무슨 소所의 장리長吏로 간다더니, 그새 벌써 현령이 됐나?"

복강안이 유용을 돌아보며 덧붙였다.

"알고 보니 한집 식구요. 우리 집에서 나고 자란 가생노家生奴였소. 내가 어릴 때 참 잘해줬었는데……. 가노家奴들이 몇 백 명이나 되니 일일이 기억을 못하지만 이 친구는 기억이 생생하오."

갈봉춘이 그러자 만면에 웃음을 머금었다.

"도련님을 못 뵌 지도 육 년이 넘은 것 같습니다. 하온데 지체 높으신 분께서 어찌 이리 닭장 같은 곳에 거처를 잡으셨습니까? 소인이 정세소로 모시겠습니다. 오가는 관리들이 묵어갈 수 있게 화청도 널찍하게 만들었고, 다방茶房, 서재書齋, 금방琴房이 따로 있습니다. 아담한 화원花園도 있고요."

복강안 역시 갈봉춘과 같은 생각이었다. 이곳은 이목이 번잡하고 방음이 전혀 안 돼 비밀 얘기를 할 수가 없었다. 그는 흔쾌히 갈봉춘의 청을 들어주기로 하고 자리에서 일어났다.

"숭여 대인, 이곳 조장에서 며칠은 묵어가야 할 것 같은데 여기는 아닌 것 같소. 잘 모시겠다는 사람이 있으니 따라가 보는 것이 어떻겠소?"

유용도 싫지 않은 기색이었다. 복강안은 놀란 눈으로 이 사람 저 사람을 번갈아 훔쳐보는 췌계선을 보면서 황부양을 비롯한 황천패의 제자들에게 당부했다.

"이자는 입단속을 철저히 시키게. 무슨 말인지 알겠니?"

황부양 등은 즉각 공손히 대답했다.

"예, 알겠습니다!"

정세소征稅所는 객잔에서 그리 멀지 않은 곳에 있었다. 두 사람은 갈봉춘의 뒤를 따라 다섯 칸짜리 화청에 들어섰다. 아늑하고 조용한 곳이었다. 묵향이 은은한 방안에는 역대 대수필大手筆들의 서화작품이 몇 점 걸려 있어 주인의 정취를 짐작할 수 있었다. 두 사람은 뜨거운 물수건으로 얼굴을 닦았다. 곧이어 하녀들이 다과를 비롯한 차를 가져왔다.

복강안은 자명종에 눈을 돌렸다. 시간이 꽤나 많이 흘러있었다. 그는 마음이 급해진 듯 갈봉춘에게 가까이 와서 앉으라고 명하고는 주위를 물리치게 했다. 이어 갈봉춘의 명령에 따라 시녀들이 물러가자 단도직입적으로 채칠에 대해 말했다.

"그자는 연청 대인이 찾고 있는 흠범欽犯이네. 이곳 조장에 숨어 있을 줄은 꿈에도 몰랐네. 일지화의 잔당인데 대만臺灣에서 나왔다는 임상문林爽文이라는 자와 한 가랑이를 꿰차고 있는지도 모르지. 여기서 그자를 놓친다면 자네는 결코 그 책임을 감당할 수 없을 것이네. 여태 고생스레 이뤄놓은 모든 것이 하루아침에 물거품이 된다 이 말이네. 한마디로 놓치면 미천대죄彌天大罪(하늘에 이르는 큰 죄)요, 붙잡으면 미천대공彌天大功을 세우는 거지."

유용도 즉각 복강안의 뒤를 이어 물었다.

"그대는 이 일을 전혀 몰랐다는 말인가?"

"정말 금시초문입니다!"

갈봉춘이 고개를 좌우로 흔들면서 도리질을 했다. 그리고는 잠시 침묵하더니 덧붙였다.

"형부에서 해포문서海捕文書를 한 장밖에 안 내려 보냈기에 저 같은 말단 관리들은 구경할 수도 없었습니다. 풍문으로 채칠이 안휘安徽로 도주했다는 둥, 대별산大別山으로 잠입했다는 둥 하는 소리는 들은 적이 있습니다. 아무리 미꾸라지같이 종적을 알 수 없는 놈이라고는 하지만 설마하니 소인의 옆구리에 붙어서 자고 있을 줄은 정말 몰랐습니다! 워낙 살찌다 못해 기름이 저절로 배어 나오는 조장이라고들 하지 않습니까? 삼육구三六九 등급의 인간들이 잡거하는 곳이라 정신을 못 차리겠습니다. 이 일을 겨우 무마해 놓고 나면 저게 터지고……."

그때 밖에서 한 젊은이가 기별도 없이 불쑥 안으로 들어왔다. 옷차림을 보면 아문에서 부리는 아랫것 같았다. 얼굴이 갸름하니 하얗고 오관은 여자처럼 고운 사람이었다. 젊은이는 갈봉춘을 향해 가볍게 읍을 해 보이고는 복강안과 유용을 힐끗 쓸어봤다. 그리고는 갈봉춘에게 아뢰었다.

"나리, 광동에 부탁한 물건이 도착했습니다. 예상보다 가격이 조금씩 올라 은자 백 냥이 더 들었다고 합니다. 마님께서 물건이 제대로 왔는지 확인하러 오시랍니다."

"나 지금 바빠."

갈봉춘이 다소 불안한 눈빛으로 복강안을 바라보고는 젊은이에게 지시했다.

"손님이 계셔서 오늘밤에는 들어가지 못해! 마님더러 알아서 하라고 그래."

그러나 젊은이는 물러갈 생각을 하지 않았다. 오히려 무례한 눈길로 복강안과 유용을 힐끗 쳐다보더니 피식 실소까지 터트렸다.

"차상茶商들이 아닙니까? 그깟 찻잎 한 소쿠리 팔아봤자 이문이 얼마나 남는다고 그러십니까!"

젊은이가 말을 마치자마자 종이 한 장을 내밀었다. 복강안이 갈봉춘과 함께 들여다보니 물건 품목들이 빼곡하게 적혀 있었다.

백사白絲 백 근, 황사黃絲 쉰 근, 비단 서른다섯 필, 안경 백 개, 향 세 상자, 사향 일흔 냥, 진주 다섯 개, 사담蛇膽 열여섯 병, 벼루 열여덟 개…….

종이에는 그 밖에 이름조차 생소한 열대과일들도 가득했다. 종이를 든 갈봉춘의 손이 갑자기 사시나무처럼 떨렸다. 안색도 창백하게 질려 갔다. 젊은이는 그런 갈봉춘을 비웃는 눈길로 바라봤다. 옷차림은 아랫것 같았으나 하는 짓은 전혀 그렇지 않았다. 한참 후에야 갈봉춘이 입을 열었다.

"먼저 가보게. 여기 일을 좀 더 보고 곧 갈 테니."

젊은이는 그제야 짜증스럽다는 반응을 보이면서 간다온다 소리도 없이 횡하니 나가버렸다.

"무슨 아랫것이 저래!"

곁에서 지켜보던 유용이 분노를 터트렸다.

"태도가 영 아니구먼! 주인을 어찌 보고 저러냐 말이지!"

22장
거침없는 소탕작전

갈봉춘은 유용이 분노를 터트리자 길게 한숨을 토해냈다.

"휴……, 모두 소인이 무능해 아랫것 단속을 잘못한 탓입니다! 명색이 일방의 부모관이라 집 밖에 나서면 앞뒤로 무리들이 구름처럼 에워싸고 위풍당당해 보이나 실상은 그렇지 않습니다. 가끔씩 이 꼴 저 꼴 안 보고 그냥 확 대들보에 목을 매달아 죽어버리고 싶을 때가 한두 번이 아닙니다! 정말로 사는 게 말이 아닙니다……."

갈봉춘의 눈언저리가 금세 시뻘게지면서 눈물이 고였다. 그러나 그는 눈물을 쏟지 않으려고 애쓰면서 젖은 목소리로 다시 말을 이었다.

"북경에 술직述職을 가게 되면 주인어르신(부항)께 말씀드리려고 했었습니다. 하오나 오늘 이렇게 우연히 도련님을 만났으니 숨기고 자시고 할 것 없이 다 말씀드리도록 하겠습니다!"

갈봉춘이 말을 마치고는 고개를 들었다. 그새 얼굴이 눈물콧물로 범벽이 돼 있었다. 뭔가 심상치 않은 일이 있었던 것이 틀림없었다. 복강안은 자신의 생각을 확신하면서 찻잔을 힘껏 내려놓았다.

"여기 숭여 대인도 집안끼리 대를 이어오면서 허물없이 지내온 사이라 할 수 있네. 무슨 일인지 몰라도 걱정 말고 다 털어놓게. 찬물도 위아래가 있다는데, 어떤 놈이 주인 알기를 우습게 알고 깝죽대는지 말해보라는 말일세! 가재는 게 편이라고 했어. 나는 어떤 경우에라도 자네 편이네! 안 그렇소, 숭여 대인?"

"그럼요!"

유용이 여부가 있겠느냐는 듯 통쾌하게 대답했다. 그러자 갈봉춘은 조금 위로가 됐는지 떨리는 손으로 두 사람에게 차를 더 따라주고는 자리로 돌아가 앉았다. 여전히 얼굴에는 핏기가 없었다. 곧이어 그가 가늘게 떨리는 목소리로 조심스레 입을 열었다.

"처음부터 단추가 잘못 꿰어졌던 것 같습니다……. 소인은 이곳에 부임해올 때 혼인 전이었는지라 혼자 내려 왔었습니다. 방금 왔던 그 자식은 전임자가 추천한 자입니다. 그 자식은 집안에 씻고 쓸고 닦고 하는 여자의 손길이 없으면 안 된다면서 퍽이나 저를 생각하는 척했습니다. 결국 자기 마누라를 보내줬습니다. 그 여자는 생긴 것도 괜찮고 애교도 여우 뺨칠 정도였습니다. 이후 그럭저럭 별 문제없이 평화스러운 나날이 흘러가나 싶었습니다. 그런데 어느 날이었습니다. 소인이 목욕을 하는데 글쎄 이년이 다 벗고 미친 듯이 달려들지 않겠습니까! 처음에는 거칠게 밀쳐내면서 참아보려고 했습니다. 하오나 끝내……."

갈봉춘이 수치스러운지 차마 뒷말을 잇지 못했다. 복강안은 이해한다는 듯 희미하게 웃었다.

"홀랑 따먹어버렸군? 그래서 약점이 잡히는 바람에 오늘날 요 모양 요 꼴이 됐고?"

갈봉춘은 그러나 천천히 고개를 저었다.

"처음에는 그 자식도 자기 마누라가 '복이 있어서' 그렇다면서 아무 문제 삼지 않았습니다. 아시다시피 조장은 석탄 매장량이 풍부하지 않습니까? 탄광의 대부분은 양梁씨, 최崔씨와 송宋씨 세 집이 나눠서 소유하고 있었습니다. 그런데 그 일이 있고 나서 얼마 뒤 조장 서북쪽에서 또 탄광이 발견됐다는 소식이 들려왔습니다. 물론 개발권을 부여하는 권한은 저에게 있었습니다. 그러나 맹세코 저는 양씨, 최씨, 송씨네로부터 은자 한 푼 받지 않았습니다. 하온데 방금 전의 그 장극가張克家라는 놈이 미리 송씨네 돈을 받아 챙기고는 하늘이 두 쪽 나도 송씨에게 개발권을 줘야 한다면서 저에게 협박을 하는 겁니다. 그놈에게 약점이 잡힌 저는 어쩔 수가 없었습니다. 소인은 울며 겨자 먹기로 송씨에게 개발권을 주고 말았습니다. 결국 송씨는 소인의 생일날에 사람을 시켜 사례비 명목으로 은자 이백사십 냥을 보내왔는데 소인은……, 소인은 자포자기하는 마음에 그만 은자를 돌려보내지 못했습니다. 그렇게 소인은 저도 모르게 도둑배에 올라 탈출하고 싶어도 할 수 없게 됐습니다. 도련님께서도 잘 아시겠지만 소인은 흑심을 품어도 행동으로 옮기지 못하는 겁쟁이입니다. 국법도 국법이거니와 소인은……, 부상의 가법家法이 더욱 두려웠습니다! 이곳으로 올 때 부상께서는 '우리 집에서 나간 자는 일신의 영달도 영달이려니와 가문의 명예를 어지럽혀서는 절대 안 된다. 그런 자는 절대 용서 받을 수 없다'라고 하시면서 누누이 훈육을 하셨습니다. 부상께서 이일을 아시면 소인은 물론 소인의 일가도 전부 무사하지 못할 것입니다."

갈봉춘은 그예 눈물을 펑펑 쏟아내고 말았다.

"사내대장부가 무슨 눈물이 그리 헤픈가! 세상이 두 쪽 난 것도 아닌데 인생 종친 것처럼 못나게 굴지 마!"

복강안이 깊이 생각에 잠긴 채 그를 달랬다. 이어 다시 천천히 말을 이었다.

"이 일은 진작에 아마께 아뢰었어야 했네. 그랬더라면 그 자식들이 자네 코를 꿰어 멋대로 끌고 다니게 가만 놔뒀을 것 같은가? 걱정하지 말게. 이 일은 내가 알아서 처리할 테니! 지금은 그저 내가 시키는 대로만 움직여주면 되네. 자네는 믿을 만한 심복을 시켜 나의 수유手諭를 풍현豐縣에 전하도록 하게. 그리고 녹영 정예병 삼백 명을 변복시켜 내일 밤 유시酉時 정각에 조장에 소집시키게. 이어 내 명령을 기다리면 되겠네. 그들에게 병영에 있는 화총火銃과 조총鳥銃을 전부 휴대하라고 이르게. 끝까지 철저히 기밀을 지켜야 하네. 어서 서두르게. 늑장을 부리거나 입조심을 하지 못해서 계획에 차질을 빚는 자는 누구든 군법에 따라 엄히 그 죄를 물을 것이야!"

"알겠습니다! 하오나…… 삼백 명은 너무 적지 않겠습니까?"

"아니, 자네 아문의 아역들까지 합치면 오백 명은 될 것이네. 다행히 그쪽도 숫자는 많지 않네. 우리는 그에 비해 철저히 준비해 덮치기 때문에 훨씬 승산이 있지. 소굴을 알고도 엎어버리지 못한다면 여기서 죽어야지 살아서 뭘 해!"

유용은 자기보다 한참이나 어린 복강안이 무섭게 일을 밀어붙이는 모습에 내심 감탄했다. 당초에는 산동성 제남부濟南府에서 군사를 지원받는 것도 괜찮다는 의사를 비치려 했으나 목구멍까지 올라온 말을 도로 삼켜버렸다. 복강안은 마치 그런 유용의 속마음을 짐작이라도 하듯 차를 한 모금 마시고 덧붙였다.

"방금 얘기했듯이 이번 싸움은 오백 명으로도 충분히 승산이 있어. 대신 철저히 비밀을 지켜야 해. 그리고 숨 돌릴 틈을 주지 않고 번개같이 쳐버려야 한다고. 이 일로 다른 아문을 놀라게 할 필요도 없어. 그자들도 적들과 한통속일지 모르기 때문이지! 봉춘, 지금 자네 아문에 고은庫銀이 얼마나 있나?"

"삼만 냥 정도 될 겁니다. 도련님께서 필요하시다면 차용증을 쓰시고 사용하십시오."

갈봉춘이 어리둥절해하면서 복강안에게 말했다.

"군용軍用으로 필요할지 모르니 아무 데도 쓰지 말고 놔두라 이 말이네!"

복강안이 잠시 말을 멈췄다가 다시 덧붙였다.

"대포도 한 문쯤 있으면 좋을 텐데!"

"대포가 있습니다, 도련님! 관제묘 앞에 하나 있습니다."

"고장 나지는 않았겠지?"

"아닙니다! 전명前明 때 당왕唐王이 도망가면서 버리고 간 대포입니다. 해마다 관제關帝(관우)의 탄신일과 매달 정기적으로 열리는 사회社會 때 한 번씩 울리고 옵니다."

갈봉춘의 말이 끝나기 무섭게 복강안이 오른 주먹으로 왼손바닥을 힘껏 치면서 두 눈을 반짝거렸다. 이럴 때면 영락없는 어린아이의 모습이었다. 그가 다시 입을 열었다.

"아역들을 시켜 포차砲車를 만들게 하게. 내일 유시까지 대포를 적지로 끌고 가도록 하라고!"

"그건 좀……."

갈봉춘이 잠시 머뭇거리다 걱정스러운 듯 아뢰었다.

"포차를 만들려면 목재도 사야 하고 목공들도 불러야 합니다. 그리고 시끄럽게 뚝딱거리다보면 소문이 날 수도 있습니다. 그보다 이곳에 한번에 석탄 오천 근씩은 너끈히 운반할 수 있는 매차煤車(석탄 운반차)가 있습니다. 대포를 운반하기에는 무리가 없을 듯합니다."

복강안이 갈봉춘의 말에 흐뭇한 듯 웃으며 크게 기지개를 켰다. 이어 갈봉춘에게 지시했다.

"아무나 시켜 조장의 지도를 한 장 얻어오게 하게. 우리는 자네 집에 다녀오지. 아역 몇 명만 데리고 말일세! 숭여 대인은 여기에 남아서 지금까지 들은 것에 대한 기록을 남겨 놓으세요. 나는 나갔다가 곧 돌아올 테니 사건 경위를 낱낱이 고하는 글을 써서 연청 대인께 화급히 보내야겠소!"

유용도 즉각 의견을 피력했다.

"대사를 앞두고 웬만한 일은 내버려두시죠? 아랫것의 아랫것과 승강이 벌이기에는 시간이 촉박한 것 같습니다!"

"수신제가修身齊家도 못하고 어찌 치국평천하治國平天下를 이룩하겠소?"

복강안이 이어 짤막하게 덧붙였다.

"원숭이(황천패의 다른 제자)는 남고, 황부양은 나를 따라오게."

복강안은 말을 마치자마자 겉옷을 껴입고는 과피모를 눌러썼다. 그리고 앞으로 내려온 머리채를 힘껏 뒤로 넘기면서 단호하게 말했다.

"자, 출발하지!"

갈봉춘은 순찰을 도는 아역 20명을 데리고 복강안의 뒤를 따라 아문을 나섰다. 이미 해시亥時가 넘은 시각이었다. 그러나 초경初更을 알리는 딱따기 소리는 아직 들려오지 않았다. 길에는 행인들이 거의 없었다. 갈봉춘은 복강안의 뒤를 따르면서 믿음직하고 든든한 마음이 들었다. 동시에 그동안의 고민거리가 시원한 밤바람에 깨끗이 씻겨나가는 기분이 들었다.

그러나 아역들은 복강안의 내력을 알 리가 없었다. 때문에 아직 소년 티도 벗지 못한 젊은이를 극진히 대하는 갈봉춘을 보면서 의아한 표정을 감추지 못했다. 게다가 이 밤에 태존이 아역들을 거느리고 집으로 향하는 이유도 적이 궁금했으나 아무도 감히 물어볼 엄두를 내지 못했다.

아문에서 멀지 않은 사거리에서 서쪽으로 조금 더 가자 노란 황사黃紗 등롱이 내걸린 관저官邸가 보였다. 등롱에는 '풍현 현령 갈씨'라는 글자가 선명하게 적혀 있었다.

대문은 무겁게 닫혀 있었다. 문지기도 보이지 않았다. 갈봉춘은 곧바로 대문을 밀고 들어가려고 했다. 순간 복강안이 그의 팔을 잡아당겼다. 그리고는 황부양을 가까이로 부른 뒤 그에게 물었다.

"이보게 봉춘, 집안에 있는 사람들이 다쳐도 괜찮겠지? 마음 굳혔나?"

"예, 굳혔습니다. 도련님의 뜻에 따르겠습니다!"

복강안이 화답했다.

"그러면 됐네! 들어가서 내 신분을 밝히게. 그리고 황부양, 자네는 내가 잡으라면 잡고 패라면 죽도록 패 줘. 뒈져도 상관없네. 오늘 저녁에는 봉춘이의 한을 풀어줘야겠네!"

황부양은 여태껏 산전수전 다 겪었지만 복강안처럼 기분 내키는 대로 일을 벌이는 경우는 처음 보는 터였다. 그는 한편으로는 후련한 느낌이 들어서 호쾌하게 대답했다.

"도련님의 명에 따르겠습니다! 도련님을 수행하니 뭐니 뭐니 해도 통쾌해서 좋습니다!"

복강안과 황부양의 말을 들은 아역들은 비로소 그들이 지금 이곳에 온 이유를 알게 됐다. 모두들 기대에 찬 눈빛을 반짝거렸다. 몇몇은 아예 미리 손발을 풀면서 한바탕 두들겨 패줄 준비를 하고 있었다. 복강안이 시계를 꺼내보면서 지시했다.

"봉춘! 문을 두드리게!"

장극가와 그의 마누라에게 십사일 빼앗기다시피 한 갈봉춘은 그동안 참고 참았던 분노가 욱! 하고 치밀어 오르는 것 같았다. 든든한 뒷심인 복강안을 만났으니 그럴 만도 했다. 급기야 그가 힘차게 대문 앞으로 다가가더니 마치 문을 부숴버릴 듯한 기세로 힘껏 두드렸다. 뒤를 봐주는 사람도 있으니 무서울 게 없었다. 이어 그가 악에 받쳐 고함을 질렀다.

"내가 왔다! 문지기는 어디 가서 뒈졌어! 오라면서? 불러놓고 대갈통 하나 안 내밀어?"

한참 후에야 안에서 게으르게 신발을 끄는 소리가 들려왔다. 복강안은 아역들에게 흩어져서 기다리라는 눈짓을 보냈다. 대문 안에서 길게 하품을 하는 시큰둥한 목소리가 들려왔다.

"오라고 할 때 빨리 오지 않고 누구를 원망해? 좀 기다리시오. 안에 물건을 해온 왕汪 어른이 기다리고 있소!"

끼익! 쩌지는 듯한 소리를 내면서 대문이 열렸다. 그 사이로 아까 봤던 장극가의 모습이 보였다. 복강안과 황부양을 알아본 그가 흠칫하면서 물었다.

"두 사람은 여기 어쩐 일이오?"

"너의 태존이 초대해서 왔다, 왜? 어디서 본데없이 굴러 처먹던 놈이 상하上下, 존비尊卑도 구분할 줄 모르고 깝죽대는 거야!"

복강안이 버럭 화를 내면서 달려가 장극가의 멱살을 움켜잡았다. 이어 불이 번쩍 나게 뺨을 내리쳤다.

"개 같은 새끼! 너 오늘 잘 걸렸다. 그러잖아도 주먹이 근질거려 혼났는데, 잘 됐다 이 말이야!"

완전 무방비 상태에서 얼굴이 돌아가도록 뺨을 얻어맞은 장극가는 한동안 정신을 차리지 못했다. 그러나 볼을 감싸 쥐고 비틀거리던 그는 곧 바락바락 악을 쓰면서 대들었다.

"가만히 있는 사람을 왜 때려? 당신들 뭐요? 에이, 씨……."

장극가의 입에서 더 험한 말이 나올세라 황부양이 히죽 웃으면서 다가갔다. 그리고는 솥뚜껑 같은 손으로 그의 주걱턱을 두어 번 잡았다 놓은 다음 양쪽 겨드랑이에 손을 집어넣어 쿡쿡 찔렀다. 순식간에 장극가의 턱과 팔은 어이없이 빠져버리고 말았다. 그는 으악! 비명을 지르면서 뭐라 알아듣지도 못할 소리로 웅얼거리기 시작했다. 순간 동쪽 방에서 웬 늙은 목소리가 컹컹 기침소리를 내면서 구시렁거렸다.

"밖이 왜 이리 소란스러워? 도둑이라도 든 거야?"

거의 동시에 상방上房에서도 여자의 앙칼진 소리가 들려왔다.

"다들 일어나 봐! 도둑이 들었나봐. 도둑이야 도둑!"

가인들이 곧 등롱을 들고 사방에서 달려왔다. 그러자 갈봉춘이 성큼성큼 안으로 걸어 들어가면서 큰 소리로 외쳤다.

"나야 나! 거기 서지 못해?"

가인들은 갈봉춘의 말에 뜰과 윗방 복도에 그대로 멈춰 섰다. 집에서 늘 구박이나 받고 기죽어 지내던 사람이 오늘밤에는 뭘 잘못 먹었는지 갑자기 목소리를 높이고 금방이라도 잡아먹을 듯이 위엄을 부렸으니 이상했던 것이다. 어쨌거나 가인들은 마치 생판 모르는 사람을 보듯 주인을 바라보면서 어떡해야 하나 망설이고 있었다.

그때 동쪽 별채에서 50대 중반쯤 되는 노인이 나왔다. 집사 차림인 걸로 봐서는 집안 살림을 도맡아 하는 사람인 것 같았다. 그가 도수 높은 안경 너머로 눈알을 뒤룩뒤룩 굴리면서 갈봉춘을 바라보더니 입을 열었다.

"태존 나리, 밖에서 무슨 안 좋은 일이라도 있었습니까?"

갈봉춘이 막 뭐라고 대답하려 할 때였다. 갑자기 윗방에서 뭔가를 던져 박살내는 소리가 들려왔다. 이어 요란하게 치장한 여인이 통이 넓은 꽃바지 차림으로 날려 나왔다. 그리고는 두 손으로 허리를 짚은 체 위풍당당한 자세로 갈봉춘 앞에 버티고 섰다. 매섭게 치켜뜬 두 눈은 금방이라도 튀어나올 것 같았다. 또 사납게 앙 다문 입은 보기 싫게 일그러져 있었다. 그녀는 세 사람을 할퀼 듯이 노려보면서 성난 들고양이처럼 바락바락 악을 썼다.

"이 졸장부가 오늘은 어쩐 일이야? 뒤를 봐주는 사람이라도 생겼나 보지? 늦게 온 주제에 사람을 패? 방귀 뀐 놈이 성낸다더니! 이 둘은 또 뭐야? 아닌 밤중에 남의 집에는 왜 쳐들어온 거야?"

"저리 비켜, 이년아!"

복강안은 자신도 모르게 분통을 터트리며 욕설을 내뱉었다. 그리고는 어이가 없다는 듯 실소를 흘렸다. 분노가 극에 달하자 기가 막혀 웃음 밖에 안 나오는 모양이었다. 곧 그가 한 손으로 거칠게 여인을 밀치면서 횡하니 방 안으로 들어갔다. 이어 의자를 방 한가운데 끌어다 털썩 엉덩이를 붙였다. 그리고는 좌중을 노려보면서 추상같은 연설을 시작했다.

"듣자하니 이놈의 집구석은 주인이 기를 못 펴고 아랫것이 주인의 머리 위에 올라앉아 호령하는 콩가루 집구석이라면서? 그래서 내가 와 봤어! 과연 거짓말이 아니로군! 네 이년! 남정네가 있는 년이 무슨 심보로 호관好官을 유혹해 함정으로 밀어 넣었던 게냐? 발칙한 년 같으니라고!"

여자가 복강안의 말에 코웃음을 치면서 턱을 쳐들었다.

"저자가 호관이라고 누가 그래요? 편의를 봐줍네 하고 검은 돈을 얼마나 챙겼는데요!"

"그건 너희 연놈들이 결탁해 호관을 음해하려는 함정이었잖아!"

복강안이 탁자를 무섭게 내리쳤다. 그리고는 핏발이 선 두 눈을 무섭게 부라리면서 포효하듯 고함쳤다. 그러나 여인은 전혀 두려워하는 기색을 보이지 않았다. 여전히 코웃음을 치면서 집사 차림의 사내에게 분부를 했다.

"이봐 왕汪씨, 지난번의 그 장부를 가져와 봐. 그걸 보고도 더 할 말이 있는지 보자고."

여인의 말이 끝나자마자 갈봉춘의 얼굴에 당황한 기색이 역력했다. 집사는 그에 아랑곳하지 않고 재빠르게 달려가더니 두툼한 장부 하나를 가져다 여인에게 건넸다. 그녀가 입을 열었다.

"이게 뭔지 알아요? 저자가 받은 검은 돈 내역을 적은 장부예요. 이걸 위에 제출하면 어떻게 되는지 알죠? 오사모烏紗帽(벼슬 감투)가 떨어지는 것으로 그치지는 않을 걸? 갈씨, 당신이 나를 마누라 취급을 하지 않으니 나도 더 이상 인정사정 봐주지 않을 거야!"

잠자코 듣고 있던 복강안이 여자의 오만방자한 말에 또 한 번 분노를 터트렸다.

"그래, 네년이 이제야 검은 속셈을 다 드러내는구나? 또 우리 봉춘이를 협박해 뭔가 뜯어내려고 하는 것 같은데, 이제는 어림도 없다! 내가 왜 남의 집안일에 감 놔라 배 놔라 하는지 궁금하지? 이제 말해줄게. 나는 지금 폐하의 어전 시위이자 이등 거기교위車騎校尉야! 왕법王法을 무시하고 인성人性마저 밥 말아 처먹은 악질 연놈들을 처단하고자 찾아왔노라. 네 이년 턱주가리 쳐들고 더 할 말이 남았느냐?"

복강안은 발악에 가까운 분노를 터뜨렸다. 가인들은 그제야 그의 신분을 알아차리고 사색이 되어 벌벌 떨었다. 복강안은 겁에 질린 채 아무 말도 못하고 두 눈만 끔벅거리는 장극가를 가리키면서 명령을 내렸다.

"황부양, 저놈을 죽여버려! 한 방에 죽여 버리지 못하면 더 이상 나를 따라다닐 생각은 말아! 명심해, 단 한 방이야!"

복강안은 말을 마치자마자 일어나서 탁자 위의 찻잔을 신경질적으로 집어 들었다. 이어 한껏 기를 모으고는 다리를 후들거리면서 겁에 질려 서 있는 여인을 향해 내던졌다.

순간 픽! 하는 소리와 함께 관자놀이에 치명타를 입은 여인이 눈을 희번덕거리면서 그 자리에서 빙그르르 돌았다. 이어 쿵! 하고 바닥에 허물어지듯 쓰러지고 말았다. 동시에 눈, 코, 입과 귀 등에서 선지피를 콸콸 쏟았다.

황부양도 그와 동시에 공중으로 힘껏 몸을 솟구쳤다. 두 다리를 꼬더니 엉거주춤 서 있는 장극가의 가슴팍을 향해 사정없이 돌진했다. 두 팔이 빠져 비틀거리며 겨우 버티고 서 있던 장극가는 가슴에 치명타를 입고 뒤로 넘어가면서 그 자리에서 즉사하고 말았다.

복강안은 피를 토하고 널브러진 두 악인을 보자 그제야 분이 다소 풀린 듯 천천히 의자를 끌어당겨 앉았다. 이어 찻잔을 들어 한 모금 마시고는 한결 차분해진 목소리로 말했다.

"가노家奴인 주제에 감히 주인을 우습게 봐? 우리 셋째숙부에게 걸렸으면 영락없이 숯불구이감이지! 퉤! 더러운 것들……. 오늘은 시간이 없어 숯불구이는 못하고 그냥 가는 줄 알아!"

복강안은 눈 깜짝할 사이에 두 생명을 요절내고도 전혀 대수롭지 않은 표정을 지었다. 그리고는 빙긋 웃으면서 좌중을 향해 말했다.

"심심하면 내가 어떤 죗값을 받아야 마땅한지 대청률大淸律이나 뒤져봐! 아마도 주인에게 불경을 저지르는 가노는 때려죽여도 좋다고 나와 있을 거야!"

복강안의 말이 끝나자 가인들 중에서 누군가 먼저 그 자리에 털썩 무너져 내렸다. 나머지 가인들 역시 하나둘씩 차례로 무릎을 꿇고 울먹이면서 용서를 빌기 시작했다. 그야말로 손이 발이 될 것 같았다. 복강안이 갈봉춘을 향해 물었다.

"이 가운데 뒤져 마땅한 자가 더 없나? 기왕 손에 피를 묻혔으니 둘 잡으나, 셋 잡으나 마찬가지야!"

갈봉춘은 복강안이 이렇게까지 하리라고는 생각지도 못했다. 그는 방금 전의 흉흉한 광경이 뇌리에서 사라지지 않는 듯 넋이 나간 모습을 하고 있었다. 온몸에 식은땀에 흥건했다. 한참 후에야 그가 놀란 가슴을 겨우 진정시키면서 대답했다.

"나머지는 불경스럽기는 했사오나 죽을죄까지는 아닙니다. 소인이 알아서 혼내주겠습니다."

"널빤지를 가져와 끌고 가!"

복강안이 눈앞의 두 시신을 가리키면서 나이든 가인에게 분부했다. 이어 덧붙였다.

"뒷일은 자네가 알아서 처리하도록! 지금부터는 일절 손님을 맞지 말고 아무도 밖으로 나가서는 안 되네. 밖에서 아역들이 지키고 있을 거야. 누구든 한 발자국이라도 문 밖을 나오는 날에는 곧바로 연행될 테니 그리 알아! 모든 건 자네 주인이 돌아와서 처리할 거야! 다들 알아들었어?"

"예, 예……."

"밥 굶었어?"

"예! 분부 명심하겠습니다!"

복강안은 그제야 웃으면서 자리에서 일어났다. 그리고는 갈봉춘과 황부양을 향해 말했다.

"아문으로 돌아가지. 악인들은 뒈지면 냄새도 더 고약한 모양이지?"

복강안 일행은 곧장 정세소 화청으로 돌아왔다. 유용은 그때까지도 바쁘게 붓을 놀리고 있었다. 옆의 책상 위에는 지도가 펼쳐져 있었다. 복강안은 마치 아무 일도 없었던 듯 대수롭지 않게 차를 마시면서 유용의 등 뒤로 다가가 섰다. 그러나 갈봉춘과 황부양은 두근거리는 가슴을 쉽게 진정시키지 못했다 유용이 잠시 후 쓰기를 마친 듯 붓을 내려놓고 손을 비볐다. 그리고는 흡족한 표정을 지었다.

"총독과 순무 아문에 발송할 서류를 다 작성했습니다. 이제 우리 두 사람의 도장을 찍어 보내면 됩니다. 헌데 저 둘은 어찌 저리 화살 맞은 노루 꼴을 하고 있는 겁니까?"

"별거 아니오. 주인 무서운 줄 모르고 까부는 연놈을 잡아 없앴을 뿐이오."

복강안이 웃으면서 덧붙였다.

"우리 갈봉춘 태존께서 언제까지 아랫것들에게 코가 꿰여 끌려 다닐 수야 없지 않소!"

복강안이 말을 마치고는 대수롭지 않은 표정으로 책상께로 다가갔다. 이어 지도를 반듯하게 펴놓고 들여다보기 시작했다. 유용의 눈이 돌연 휘둥그레졌다.

"죽였습니까?"

"그랬다니까요."

"방금 전에 말입니까?"

유용은 도무지 믿어지지 않는다는 표정으로 세 사람을 번갈아 바라봤다. 갈봉춘의 집에 다녀온 잠깐 사이에 대체 무슨 일이 있었는지 쉽게 믿어지지 않았다. 그러나 갈봉춘과 황부양의 낯빛과 눈빛이 모든 것을 말해주고 있었다. 유용은 복강안의 말이 결코 농담이 아니라는 사실을 깨닫고 결단력이 지나친 그의 처사에 오싹 소름이 끼쳤다. 그러나 으스스 떨면서도 감히 복강안의 성급한 행동에 대해 뭐라고 비난할 엄두를 내지 못했다.

"자, 자, 다들 이리 모이게!"

복강안이 유용의 반응에는 아랑곳하지 않은 채 아직도 충격에 빠져 있는 그를 비롯해 황부양과 갈봉춘을 지도 가까이로 불렀다. 그리고는 아무렇지 않은 듯 화제를 돌렸다.

"이제 우리는 채칠을 잡는 데 전력투구해야 하오! 죽어 마땅한 연놈들을 불이 번쩍 나게 해치웠듯이 채칠이 놈도 오래 끌지 말고 끝내야 하오! 쾌도快刀를 잡은 손에 '적당히'라는 것은 없는 법이오. 모든 뒷일은 내가 책임질 테니 방금 전의 일은 잊어버리시오. 자, 지도를 보시오! 내가 보기에는 채칠이 놈이 설령 도주를 한다고 해도 미산호微山湖 쪽이나 몽산蒙山 귀정봉龜頂峰 두 갈래 길밖에 없소. 미리 차단해버리는 게 후환을 막는 길이오……."

좌중의 사람들은 애써 끔찍한 기억을 털어내면서 복강안의 채영蔡營 토벌 계획에 귀를 기울였다. 그러다 가끔 한마디씩 끼어들면서 자신들의 의견도 내놓았다. 그렇게 토의하다 보니 놀랐던 마음도 점차 평정을 찾아갔다.

회의는 축시丑時가 다 돼서야 끝이 났다. 사람들은 각자 방으로 가서 잠자리에 들었다. 유용은 팔을 베고 자리에 누웠으나 잠이 오지 않았다. 오히려 머릿속은 점점 더 맑아지는 것 같았다. 반면 옆방에서는 복강안의 코고는 소리가 우렁차게 들려왔다.

복강안의 비적 소탕작전은 극비리에 착착 진행됐다. 우선 그는 유시酉時쯤 췌계선을 시켜 염춘루의 기생어멈을 불러오도록 했다. 기생어멈은 채칠이 오늘밤에도 어김없이 기생들을 자신의 영營으로 불렀다고 대답했다. 복강안은 즉각 기생어멈이 그려온 채영의 방사房舍 구조 도면을 꺼내 주필朱筆로 일일이 동그라미를 치면서 분부했다.

"기생들을 전부 아문으로 집결시키게. 아문에서 수레를 내줄 테니 관군官軍들에게 길을 안내하라고 이르게."

복강안은 말을 마치고 췌계선에게 은자 2000냥을 주면서 "사후에 염춘루 기생들에게 나눠 주라"고 했다. 그때 마침 유용과 갈봉춘이 들어섰다. 복강안이 두 사람을 쳐다보며 물었다.

"다 왔소?"

갈봉춘이 대답했다.

"예, 다 왔습니다. 형방刑房의 망나니 열 명까지 합쳐 총 백구십팔 명입니다."

"뭐라고 말했나?"

"조장의 기생들을 단속하라는 아문의 명이 있었다고 거짓말을 했습니다."

복강안이 피식 웃음을 터트렸다.

"대포는 어찌 됐나?"

"석탄 차에 실었습니다. 혹시 길에서 차가 고장 날 것에 대비해 빈 차 두 대가 더 따라가기로 했습니다."

유용은 긴장감과 말 못할 불안감 때문에 가슴이 계속해서 두근거렸다. 비록 승산이 큰 전투라고는 하나 이런 식으로 일을 처리했던 적은 한 번도 없었던 것이다. 그는 조심스럽게 자신의 생각을 털어놓았다.

"이런 식으로 하면 고래 싸움에 새우등 터지는 격이 되지 않을까 걱정입니다. 무고한 채영의 백성들까지 다칠까봐 심히 우려됩니다."

복강안이 눈을 지그시 감고 생각에 잠겨 있더니 천천히 고개를 저었다.

"얻는 게 있으면 잃는 것도 있는 법이오. 채칠을 놓칠 경우 그자가 앞으로 얼마나 더 많은 백성들을 괴롭히고 사회 전반의 불안을 가중시킬지 생각해봤소? 그리고 채영의 백성들도 '무고한' 사람들은 아니오. 채칠이라는 놈이 그곳에 둥지를 튼 지가 언제인데 여태껏 한 사람도 그자를 신고하지 않았잖소. 우리 너무 복잡하게 생각하지 맙시다."

복강안이 말을 마치고는 자리에서 벌떡 일어섰다. 이어 장검을 집어

들면서 단호하게 내뱉었다.

"자, 가서 병사들을 접견하고 행동개시를 서두르지!"

그 시각 아문의 정원正院 뜰에는 200명에 가까운 아역들이 영문도 모른 채 까맣게 집결해 있었다. 대문은 굳게 닫혀 있었다. 각 방에는 불빛 한 점 없었다. 아역들은 뭔가 중대한 일이 있을 거라는 예감에 잔뜩 긴장했는지 숨을 죽이고 있었다.

그때 정적을 깨고 복강안과 유용이 나란히 걸어 나왔다. 그 뒤로 갈봉춘, 황부양과 황천패의 제자들이 칼을 차고 씩씩하게 따라 들어섰다. 고즈넉하던 마당에는 삽시간에 삼엄한 분위기가 흘렀다.

곧이어 갈봉춘이 앞으로 나가 버티고 섰다. 아역들이 일제히 한쪽 무릎을 꿇으며 예를 갖췄다.

"모두 일어나게!"

갈봉춘은 단상 위에 올라 바람에 곧 꺼져버릴 것 같은 촛불을 빌어 좌중을 위엄 있게 쓸어봤다. 이어 천천히 입을 열었다.

"오늘밤 엄청난 사건이 있어서 여러분을 소집했네! 우리는 현장에서 지휘하는 대로만 잘 따르면 되니 다른 얘기는 할 필요가 없네. 여기 이분은 태자소부太子少傅이신 유용 나리, 이분은 건청문 시위 복강안 도련님이시네. 나의 주인이시기도 하지. 두 분 모두 폐하로부터 관풍觀風을 명받은 흠차대신으로, 선참후주권이 있으시네!"

갈봉춘은 말을 마치고 돌아서서 탁! 탁! 하고 두 번이나 마제수를 터는 인사를 올렸다. 동시에 무릎을 꿇고 머리를 조아렸다.

"두 분 나리, 훈화를 하십시오!"

갈봉춘이 말을 마치고 일어서서는 복강안의 옆에 시립했다. 이어 유용이 복강안을 향해 고개를 끄덕여 보이고는 큰 걸음으로 성큼 앞으로 나섰다. 검붉은 얼굴이 촛불 아래에서 더 검게 보였다. 굵은 음성은 마치 북소리 같았다.

"조정에서 수배령을 내린 일지화 잔당 두목 채칠이 조장 인근 채영에 숨어 있다는 사실이 밝혀졌다. 오늘밤 우리는 일거에 그자를 생포할 것이다."

아역들은 유용이 자신들을 밤중에 긴급 소집한 이유를 밝히자 비로소 수군거리기 시작했다. 잠시 소란도 일었다. 그러나 유용은 손짓으로 장내를 진정시키고 나서 다시 말을 이었다.

"우선 작전과 관련한 배치는 복 흠차께서 전권을 가지고 지휘를 하실 것이다. 지금부터 여러분은 야전野戰 대오를 유지해야 한다. 그리고 지금 대영大營의 군사들이 풍현으로부터 비밀리에 이쪽으로 오고 있다. 몽산蒙山으로 통하는 동쪽과 북쪽 길목은 이미 봉쇄시켰다. 비적의 수는 많아봤자 백 명도 채 안 된다. 우리는 선발대로 투입될 것이니 반드시 비적들을 일망타진하고 두목 채칠을 붙잡아야 한다! 마지막으로 여러분은 군기를 지켜야 한다. 무고한 백성들에게 피해를 주는 일은 없어야겠다. 불난 집에 들어가 도둑질하듯 민재民財를 약탈하고 부녀자를 겁탈하는 자는 가차 없이 목을 칠 것임을 분명히 밝혀둔다! 다음은 복 나리의 훈시가 이어지겠다!"

"나는 방금 전 갈 현령의 집에서 두 연놈을 저 세상으로 보내버리고 왔다!"

복강안이 장검에 손을 얹고는 한 발 앞으로 나서면서 위엄 있게 외쳤다. 이어 몇 마디를 더 덧붙였다.

"이유가 뭐냐고? 그자들이 비적과 내통했기 때문이다! 현명한 갈 현령이 인정에 끌리지 않고 사실대로 과감히 그 사실을 적발했기에 가능한 일이었다."

좌중의 아역들은 복강안의 말을 듣고 얼마나 놀랐는지 모두들 할 말을 잃은 듯했다. 순간 복강안은 잠시 말을 멈추고 서늘한 눈빛으로 아역들을 쓸어봤다. 이어 한참 후 다시 입을 열었다.

"적들은 고작 백 명이 조금 넘는 규모에 지나지 않는다. 풍현에서 삼천 군사가 출동해 도주로를 차단하고 사방을 포위했다. 사실상 채영에서는 쥐 한 마리도 밖으로 도망갈 수 없는 상황이다. 너희들의 갈 현령은 뜻이 높고 절개가 있는 현명한 호관이다. 특별히 적진으로 돌격하게 해 주십사 청명講命한 데는 이참에 여러분이 공로를 세울 수 있도록 하려는 깊은 뜻이 담겨 있다. 갈 현령의 진심을 알겠느냐?"

"예!"

"크게 대답해! 다시 한 번 알겠느냐?"

"예!"

복강안이 고개를 돌리더니 명령을 내렸다.

"들고 올라와!"

좌중의 사람들은 목을 빼들고 복강안이 고개를 돌린 쪽을 쳐다봤다. 두 사람이 음식을 나르는 쟁반에 뭔가를 받쳐 들고 나왔다. 그 위에 뭐가 올려져 있는지 확인한 좌중의 사람들은 그만 혼비백산하고 말았다. 아무것도 덮지 않은 쟁반 위에 장극가와 그의 마누라의 수급이 피가 흥건한 채 놓여 있었던 것이다.

아문을 제 집 안방 드나들 듯하던 장극가와 그 마누라가 아니던가! 어제도 봤을 뿐 아니라 오늘 낮에도 본 사람들인데……. 좌중의 사람들은 모두들 낯빛이 하얗게 질린 채 쓰러질 듯 휘청거렸다.

"나는 이미 관재포棺材鋪에 이백 개의 관을 주문했다! 이번에 패하면 오늘 이 자리에 함께 한 여러분에게 하나씩 상으로 내릴 참이다. 군중軍中에는 농담이 없으니 그리 알거라!"

복강안이 말을 마치고는 턱짓을 했다. 그러자 인두人頭가 내려가고 다른 쟁반 두 개가 올라왔다. 이번에는 붉은 천이 덮여 있어 무엇인지 알수가 없었다. 복강안은 호기심 반, 두려움 반으로 촉각을 곤두세우면서 지켜보는 아역들을 향해 붉은 천을 확 걷어냈다.

두 개의 쟁반 위에는 물만두처럼 깜찍한 형태의 대주臺州 원보元寶가 그득히 쌓인 채 반짝반짝 빛나고 있었다. 어두운 밤중이라 그 빛은 더욱 강렬했다. 눈이 부실 지경이었다. 아역들 사이에서는 방금 전과는 전혀 다른 성격의 소란이 일었다.

"와, 은자다!"

"저게 얼마야?"

"진짜 대주 원보잖아!"

복강안이 잠시 아역들의 말에 귀를 열어놓고 있다가 껄껄 웃음을 터트렸다.

"대주 원보……, 흔한 건 아니지. 게다가 어디서 훔쳐온 것도 아니고 피 묻은 돈도 아니다. 이건 깨끗하고 값진 고은庫銀이야. 오늘 여러분이 목숨 걸고 나 복강안을 따라 혈전에 뛰어들겠다는데 이 정도는 기본이 아니겠나? 일인당 오십 냥씩이다. 승리해서 돌아오면 은자 백 냥씩을 추가로 상으로 내릴 것을 약조한다. 채칠을 생포하는 자는 천 냥, 그자의 부하를 생포하는 자는 오백 냥, 그리고 포로 한 명에 백 냥씩 추가로 상을 내릴 것이다. 싸우다 죽거나 부상당하는 사람들에게는 군공軍功과 포상금을 후하게 내릴 것이야. 그리고 이름을 바위에 새겨 현아문 앞에 세워둘 것이다! 나는 여러분에게 내리는 상이라면 은자를 얼마든지 퍼줘도 아깝지 않다. 여러분은 나를 따라 일전을 벌일 준비가 됐는가? 아직도 목숨을 잃을까 두려운가?"

"두렵지 않습니다!"

"좋아! 과연 주력부대답군!"

복강안이 짤막하게 말했다. 이어 바로 명령을 내렸다.

"일인당 은자 오십 냥씩 나눠 주거라! 그리고 한 사람 앞에 삶은 쇠고기 두 근, 술 반 근, 물 한 조롱박씩 내 주거라."

복강안이 시계를 보면서 덧붙였다.

"서둘러, 시간이 없어!"

장내는 흥분의 도가니가 되어 들끓었다. 아역들의 눈에서는 살기가 번뜩거렸다. 저마다 적들과의 싸움에서 큰 공을 세우겠노라 벼르는 듯했다.

"출발!"

드디어 복강안이 큰 소리로 명령을 내렸다. 중무장한 200여 명의 아역들은 씩씩하게 열을 지은 채 정세소의 뒷문을 나섰다. 어둠 속이라 그런지 대오는 마치 꿈틀대는 검은 뱀 같았다. 관제묘 앞에서는 대포를 실은 매차煤車도 출발을 기다리고 있었다. 그렇게 채영의 마을 입구에서 약 100보 떨어진 곳까지 도착하는 데는 1시간도 채 걸리지 않았다. 복강안은 높은 곳에 대포를 설치하라고 명령을 내리고는 물었다.

"염춘루의 기생어멈은 왔는가?"

복강안의 명령이 떨어지기 무섭게 황부양이 기생어멈을 데리고 앞으로 나왔다. 유용이 다짜고짜 물었다.

"채칠이 묵고 있다는 호씨의 마당은 어디쯤 있어?"

"나, 나……, 나리!"

사색이 된 기생어멈이 병든 닭발을 연상케 하는 손가락으로 마을 동쪽의 어느 집 마당을 가리켰다. 이어 다시 말을 더듬었다.

"저, 저, 저 집입니다."

복상안은 미리 머릿속에 익혀뒀던 마을 지도를 떠올리면서 고개를 끄덕였다. 이어 명령을 내렸다.

"대포를 설치할 때 포구가 저 마당을 조준하게 하라. 돌로 단단히 고정시키고 포약砲藥을 충분을 채워라. 첫 포는 반드시 저 마당을 명중 시켜야 한다. 두 번째, 세 번째 만에 반드시 저 뜰 전체를 가루로 만들어야 한다!"

기생어멈이 그러자 허물어지듯 땅바닥에 쓰러져 두 손을 싹싹 비비며 애걸을 했다.

"나, 나리! 그러시면 아니 됩니다. 저 안에 저희 애들이 아직 열댓 명도 넘게 남아 있습니다……."

그러자 복강안이 기생어멈을 엄하게 꾸짖었다.

"뚝 그치지 못해? 손해배상은 해달라는 대로 다 해줄 테니 죽은 듯이 가만히 있어!"

유용이 복강안의 말이 끝나기 무섭게 몰래 그의 옷자락을 잡아당겼다. 그리고는 사람이 없는 구석으로 데리고 갔다.

"먼저 고함을 질러 투항을 권유해보는 건 어떨까요? 저들이 죽으면 죽었지 투항할 용의가 없다면 그때 포격을 개시해도 늦지 않을 겁니다. 무고한 백성들이 다칠까 염려됩니다."

복강안의 얼굴 표정은 어둠 탓에 똑똑히 보이지 않았다. 얼마 후 잠시 침묵하던 복강안이 말했다.

"조금 있다 여기서 불을 피워 신호를 보내면 조장 쪽에서 불꽃으로 화답할 것이오. 그리 되면 풍현에서 올라온 대영의 군사들이 횃불을 피워들고 사방에서 그물을 쳐올 것이오. 투항을 권유하는 건 계획에 없었던 바이니 원래대로 추진하는 게 좋겠소! 채칠이 여기서 몇 개월씩이나 둥지를 틀고 있었는데, 그동안 마을에서는 전혀 소문이 퍼지지 않았소. 이는 비적과 내통했거나 그들로부터 은자를 받고 편의를 봐준 우매한 백성들이 많다는 얘기요. 일단 포격을 시작한 뒤 갈봉춘을 시켜 고함을 지르게 하는 것이 좋겠소. 비적 소탕에 협조하라는 식으로 양민들에게 권유하자는 거요!"

말을 마친 복강안이 다시 고개를 쳐들고 물었다.

"대포 설치는 끝났나?"

복강안의 물음에 누군가가 곧바로 대답했다.

"끝났습니다! 단번에 저 소굴을 명중시키지 못한다면 이놈의 목을 내놓겠습니다!"

복강안은 횃불 빛을 빌어 시계를 바라봤다. 이어 고개를 들었다. 하늘에 별들이 총총했다. 구름 한 점 없이 맑은 하늘이었다. 그가 다시 시선을 내려 주변을 둘러봤다. 멀리 북쪽의 우중충한 산봉우리들이 죽은 듯 엎드려 있는 촌락과 더불어 음산한 기운을 풍기고 있었다. 그가 입을 열었다.

"아직 일각―剜이 남았어. 예전에 아마께서 하셨던 말씀이 떠오르는군. 전투태세를 다 갖추고 마지막 일각을 기다릴 때가 가장 떨린다던 말씀 말이네. 북쪽에서는 계획대로 되어가고 있는지 모르겠네. 그들이 불꽃을 세 번 터뜨려 신호를 보내면 우리가 여기서 행동을 개시하기로 했는데……."

바로 그때였다. 산등성이에 올라가 있던 황천패의 제자가 소리를 질렀다.

"도련님, 도련님! 불이에요, 불! 북쪽에서 불빛이 보입니다!"

복강안과 유용은 황급히 포대 위로 달려 올라갔다. 과연 북쪽에서 세 점의 불빛이 보였다. 하나는 금방 꺼져버렸으나 다른 하나는 길게 포물선을 그리면서 떨어졌다. 세 번째 불빛은 유난히 밝고 올라가는 속도도 느렸다. 복상안이 막 "불을 피워 조장 쪽에 신호를 보내라!"라는 명령을 하려는 찰나였다. 갑자기 조장 쪽에서 강렬한 폭발음이 들려왔다. 이어 거대한 불기둥이 치솟았다.

"저게 뭐야?"

유용이 놀라서 외마디 소리를 질렀다. 복강안은 그 와중에도 큰 소리로 명령을 내렸다.

"어서 모닥불을 피워!"

미리 기름을 부어놓았던 장작더미에 불씨가 떨어졌다. 장작더미에서 금세 시커먼 연기와 함께 불기둥이 치솟았다. 동시에 조장 쪽의 하늘에서도 기다리던 불꽃이 하늘로 날아오르더니 때 아닌 밤하늘을 아름답게 수놓았다. 두 손을 이마에 얹고 먼 곳을 바라보던 갈봉춘이 말했다.

"방금 전의 그 불기둥은 뭘까요? 혹시 탄광에서 쓰는 화약을 파는 가게에서 불이 난 건 아닐까요?"

복강안이 즉각 갈봉춘을 꾸짖었다.

"정신 차려! 조장에 있는 채칠의 무리들이 뭔가 냄새를 맡고 채칠에게 신호를 보내는 거야!"

말을 마친 복강안은 대포가 설치되어 있는 둔덕으로 올라갔다. 그의 말을 입증이라도 하듯 쥐 죽은 듯 고요하기만 하던 채영에서 소동이 일어났다. 도처에서 개 짖는 소리가 요란하고 여인들의 비명과 아이들의 울음소리가 터져 나왔다. 사방에서는 징을 울리고 북을 치면서 무리들을 불러 모으고 있었다.

"강도들이 마을을 덮쳤다! 남정네들은 다 나와서 강도들과 맞서라……."

언덕에 올라 그 장면을 지켜보던 복강안이 명령을 내렸다.

"포격 개시!"

23장
복강안의 영웅본색

"예!"

포수가 대답과 함께 심지에 불을 붙였다.

쿵!

곧 굉음과 함께 포구에서 화광이 분출했다. 포수가 장담했던 대로 포탄은 무서운 속도로 날아가 정확하게 호씨 집의 큰방에 명중했다. 지붕이 반쯤 날아갔으나 불은 일어나지 않았다. 대신 자주색 안개 같은 연기가 높이 피어올랐다.

"좋았어! 한 발 더 쏴!"

복강안이 흥분하면서 외쳤다. 그의 말이 끝나기도 전에 동, 서, 북쪽에서 관군들이 일제히 횃불을 피워 올렸다. 유용이 고지에 올라 바라보니 반원형의 화림火林이 채영을 밀어버릴 기세로 천천히 접근하고 있었다. 족히 5000~6000명은 될 것 같았다.

유용이 뭔가 묻고 싶어 복강안을 향해 돌아서는 순간이었다. 다시 쿵하는 굉음과 함께 두 번째 포탄이 날아갔다. 천둥소리를 방불케 하는 굉음이 대포가 설치된 언덕을 진저리치게 들었다 놓았다. 호씨의 마당에 쌓여 있던 장작더미에서 불이 일어났다. 손에 칼을 든 그림자들이 무너진 담벼락 사이에서 갈팡질팡하는 모습이 보였다.

포격을 맞은 마을은 아비규환이 따로 없었다. 닭이 날고 개가 담을 넘는가 하면 어른아이 할 것 없이 울고 불면서 도망 다니느라 어둠 속에서 아우성을 치고 있었다. 술에 취한 사람처럼 비틀거리면서 남쪽으로 도망치던 어떤 자는 그 자리를 지키고 서 있던 아역들에 의해 덜미를 잡혔다.

"자식, 칼도 있네? 이게 얼마짜리냐? 백 냥? 오백 냥?"

두 아역은 그 와중에도 포상금을 논하고 있었다. 유용이 잠자코 말이 없는 복강안에게 물었다.

"끌어다 심문해볼까요?"

"그럴 것 없소!"

복강안이 고개를 저으면서 다시 명령을 내렸다.

"화약을 채워 발사 준비를 해놓아라. 그리고 갈봉춘은 채영 촌장에게 명령을 내리도록 하라. 양민들을 저쪽 공터에 줄지어 집합시키라고 말이야!"

복강안이 잠시 생각하더니 한마디 더 보충했다.

"횃불은 두 개만 지펴라. 도망 나오는 비적들은 한 놈도 놓쳐서는 안 된다!"

복강안의 말이 떨어지기 무섭게 기름에 흠뻑 적신 두 개의 횃불이 타닥타닥 소리를 내며 신나게 타올랐다. 아역들이 오망사조五蟒四爪의 관포官袍를 입은 갈봉춘을 가운데 에워싼 채 소리를 지르기 시작했다.

"채영의 백성들은 귀를 세우고 갈 현령의 훈시를 듣거라!"

연이어 몇 번 고함을 지르자 남에서 북으로 가면서 채영 쪽이 차례로 조용해지기 시작했다. 어둡고 침침한 분위기 속에서 인기척 대신 개 짖는 소리만 들려왔다.

"부모형제 여러분……, 관군의 칠천 인마가 채영을 포위해 여러분이 많이 놀랐으리라 생각하오!"

갈봉춘이 숨을 길게 들이마시면서 천천히 연설을 이어갔다.

"호씨의 대원大院과 여타 민가에 들어 있는 외지인들은 모두 조정에서 체포령을 내린 거구대도巨寇大盜들이오. 그자들은 모두 흠명요범欽命要犯인 채칠의 일당임이 백일하에 밝혀졌소! 사방을 둘러보면 알 테지만 관군은 이미 채영 사면을 철통처럼 포위했소. 비적들이 빠져나갈 구멍은 하나도 없소! 이제 곧 대군이 마을로 들어가 수색작전을 펼칠 것이오. 그러니 양민들은 전부 서쪽 공터에 집결하시오. 채영 사람이 아닌 자들은 이곳에 호적이 있건 없건 전부 동쪽 공터로 모이시오. 치안대장은 마을에 남아 질서를 유지하고 촌장은 즉각 이리로 와서 부대를 마을로 안내하라!"

갈봉춘이 한마디씩 할 때마다 아역들이 그 말을 복창했다.

"치안대장은 남고 촌장은 즉각 이리로 오라. 들었으면 대답하라!"

맞은편에서 한바탕 소란이 일었다. 들어보니 자기네들끼리 서로 부르는 소리였다.

"채덕창蔡德昌, 덕창이 어디 있나? 관군이 부르잖아. 어디 있냐고!"

"관군이 찾는데, 이게 어디로 샌 거야?"

"나 여기 있어!"

그때 바로 옆에서 누군가가 큰 소리로 외쳤다.

"나는 지금 태존 나리 옆에 와 있단 말이야!"

자신을 채덕창이라고 외치는 사람은 목소리가 유난히 컸다. 복강안이 깜짝 놀랄 정도였다. 황부양 역시 맞은편에서 애타게 찾는 촌장이 어떻게 여기 와 있는지 영문을 몰라 어리둥절한 표정을 지었다.

돌아보니 대답한 사람은 바로 방금 전에 두 아역에게 잡혀온 바로 그 자였다. 알고 보니 그는 비적이 아니라 채영의 촌장이었던 것이다. 황부양은 화도 나고 우습기도 해서 표정 관리를 못했다. 그는 우선 짐짝처럼 묶인 채덕창을 끌고 와 칼로 포승줄을 잘라 내고는 다짜고짜 따귀를 한 대 올려붙였다.

"이런 ××! 주둥이가 얼어붙었어? 왜 진작 말하지 않았어?"

갈봉춘도 버럭 고함을 질렀다.

"비열한 자식! 마을에 난리가 났는데 촌장이라는 자가 먼저 도망을 쳐?"

"저……, 저는 또 강도들이 마을을 덮친 줄 알고 아문에 신고하려고……."

채덕창은 어느 노적가리에 숨어있다 나왔는지 머리와 옷에 온통 지푸라기를 붙이고는 머리를 조아리면서 더듬더듬 입을 열었다. 복강안이 버럭 고함을 치면서 말을 잘라버렸다.

"됐어, 변명 들을 시간이 없어! 영營으로 돌아가 갈 현령의 지시대로 움직여. 가서 치안대장을 불러와! 그리고, 잘 들어."

복강안이 이를 악물고는 모골이 송연한 웃음을 지은 채 말을 이었다.

"한 시간 내로 양민들을 전부 집결시켜. 그렇지 못할 경우에는 나도 더 이상 기다려 주지 않을 거야. 마을이 피바다가 되는 게 싫으면 빨리 빨리 움직이란 말이야!"

복강안이 말을 마치고는 채덕창의 엉덩이를 힘껏 걷어찼다.

"꺼져!"

채덕창은 가랑이에 불을 일구면서 허둥지둥 채영으로 돌아갔다. 곧이어 치안대장 채덕명蔡德明이 불려왔다. 유용과 복강안은 그의 입에서 채칠의 무리들이 염춘루 기생들을 데리고 아직 마을에 남아 있다는 사실을 확인할 수 있었다. 그들은 그제야 비로소 안심이 되었다. 대포까지 동원해 한바탕 난리법석을 떨었는데 정작 채칠 일당이 마을에 없다면 뒷수습을 어떻게 하나 걱정을 하고 있었기 때문이었다.

복강안이 허락한 한 시간이 다 되자 동쪽과 서쪽 양쪽 공터에 장작불이 지펴지고 요란하던 징소리도 멈췄다. 이어 채덕창이 숨이 턱에 차도록 달려와 아뢰었다.

"나리, 분부대로 집결시켰습니다."

"오합지졸들 같으니라고!"

복강안의 표정은 밝았다. 그러나 이내 무언가 조금 아쉬운 듯 투덜거렸다.

"대포라는 건 진짜 좋은 무기야. 두 번 '쿵, 쿵!' 큰 방귀를 뀌니 싱겁게 끝나버렸네!"

복강안이 잠시 말을 멈췄다가 다시 말을 이었다.

"여기는 오십 명만 남고 나머지는 날이 밝는 즉시 마을로 들어가 샅샅이 뒤져! 휴……, 이제 다 끝난 건가? 별로 재미없네."

복강안의 명령에 따라 진행된 수색작전에서 채칠을 비롯한 비적의 무리들은 순식간에 속수무책으로 당했다. 급기야 순순히 무기를 내려놓고 '재미없이' 투항해버리고 말았다. 야전 경험이 전혀 없는 데다 무리끼리 단결이 안 됐던 터라 대포의 공격에 그만 겁을 잔뜩 집어먹고 말았던 것이다. 명색이 두목인 채칠이 그나마 조금 거칠게 반항하면서 아역 두 명을 다치게 한 것을 제외하고는 아무런 어려움이 없었다. 복강안은 죽도록 얻어맞아 기절해버린 채칠을 갈봉춘에게 맡기고는 유용과 함께 돌아섰다.

복강안을 비롯해 유용, 갈봉춘, 황부양과 황천패의 제자 등이 노새를 타고 조장으로 돌아왔을 때는 진시辰時 정각이었다. 그러나 이웃 마을 채영에서 밤부터 새벽까지 이어진 소란 때문인지 사람들은 잠을 못 이룬 채 마을 북쪽에 모여 웅성웅성 떠들고 있었다. 그 때문에 채영에서 조장으로 들어오는 관도官道는 사람들로 꽉 막혀 있었다.

이후 제녕濟寧 지부知府 갈효화葛孝化를 필두로 동지同知, 교유敎諭, 풍현 현승縣丞, 훈도訓導 등 쟁쟁한 인물들이 이른 아침부터 쾌마로 달려왔다. 양씨, 최씨, 송씨 등 조장 현지 부호와 진신縉紳들 역시 임시로 친 천막 안에 바글바글 모여 앉아 있었다. 음악소리가 요란하고 인파가 들끓는 것이 마치 큰 행사가 있는 날 같았다.

천막 안의 사람들은 복강안 일행 넷이 아역들에게 둘러싸인 채 멀리서 모습을 드러내자 모두 나와 소리 높여 외쳤다.

"흠차대인께서 돌아오신다. 폭죽을 터트려라!"

그 말이 떨어지기 무섭게 누군가 다닥다닥 길게 드리워진 폭죽 심지에 불을 붙였다. 탁탁! 하고 터지며 천지를 뒤흔드는 폭죽소리가 울려 퍼졌다. 동시에 환영 인파도 점점 더 많이 몰려들었다. 역승은 질서를 유지하느라 땀투성이가 되었다.

유용은 아무 생각 없이 인파들 사이로 좁게 난 길을 따라 가다가 문득 깨닫는 바가 있어 고삐를 잡아당겼다. 어쩌다 보니 자신이 복강안을 앞서 걷고 있었던 것이다. 복강안이 슬그머니 뒤로 물러나려는 유용을 보면서 빙그레 웃음을 머금었다.

"이번 순행에서는 숭여 대인이 대장이오. 나는 보좌역이지 않소. 그러지 말고 앞서 가시오. 내가 바짝 따라갈 테니!"

유용은 마지못해 조금 앞섰다. 그러나 자꾸 고삐를 당기는 바람에 결국 복강안과 어깨를 나란히 하게 됐다.

두 사람의 뒤로 갈봉춘이 200여 명의 아역들과 함께 100명에 가까운 포로들을 압송해 호방하게 걷고 있었다. 칼을 차고 걸어가는 아역들의 기세는 하늘을 찔렀다.

그에 반해 포박을 당해 끌려오는 포로들은 한껏 움츠러들어 있었다. 두목 채칠은 아직도 혼미한 상태에서 깨어나지 못한 듯 목에 망명기亡命旗를 꽂은 채 노새가 끄는 나무수레 안에서 고개를 푹 숙이고 앉아 있었다.

일행이 가까이 다가오자 인파는 열광했다. 누군가 만세를 외치자 함성소리가 우레처럼 터져 나왔다.

"건륭황제 만세! 만세! 만만세!"

이윽고 폭죽 소리가 멈추고 음악소리가 낮게 깔렸다. 한결 차분해진 분위기 속에서 유용과 복강안이 천천히 노새에서 내렸다. 순간 갈효화가 재빨리 수행 관리들을 이끌고 와 마제수를 걷어 올리는 인사를 하면서 꿇어 엎드렸다. 수만의 인파 역시 자발적으로 무릎을 꿇었다.

복강안은 가장 앞에 엎드린 나이 지긋한 진신에게 다가가서는 그를 친히 부축해 일으켰다.

"일어나시오, 어르신! 우리가 뭔데 감히 어르신들의 과분한 예를 받겠습니까!"

복강안이 이어 좌중의 백성들을 향해 공수를 하고는 미소를 지으면서 덧붙였다.

"여러분도 모두 일어나시오! 어서 일어나시오……."

복강안은 아직은 어린지라 철없는 행동을 할 때도 많다. 그러나 이럴 때 보면 무척이나 어른스러운 모습이었다. 유용은 그런 복강안을 보고 내심 크게 감복하며 갈효화를 비롯한 관리들을 향해 말했다.

"여러분도 그만 일어나시오! 조금 있다 아문으로 돌아가서 여러분을 접견하겠소. 갈 현령은 포로들을 안전한 장소에 수감시키시오. 채칠은 두목이니 특별히 신경을 써야겠소."

복강안은 현지 진신들과 일일이 악수를 나누고 위로의 말을 건네느라 경황이 없었다. 그러나 그 와중에도 겸손의 말은 잊지 않았다.

"제가 무슨 덕이 있어 오늘 승리할 수 있었겠습니까? 이 모든 것은 폐하의 홍복洪福에 힘입고 여러분의 도움을 받은 덕분이 아니겠습니까! 우리 군은 단 한 명의 인명 피해도 없이 채칠의 일당을 일망타진했으니 가히 완승이라 하겠습니다. 여러분의 축하주는 꼭 마실 테니 일단 아문으로 자리를 옮기시죠."

복강안이 나이 지긋한 진신들을 만나는 것은 처음이었다. 그러나 그는 놀라울 정도로 침착하고도 허물없이 얘기를 나눴다.

복강안 일행이 정세소 대문을 들어서니 의사청 안에는 40개도 넘는 연석宴席이 마련되어 있었다. 식탁에는 진수성찬까지는 아니었으나 갖가지 고기요리들이 푸짐하게 차려져 있었다. 곧 문무 관리들과 현지의 유지들이 하나둘씩 자리를 메웠다. 공을 세운 아역들 역시 마당 가득 들어와 줄지어 섰다.

술자리에서는 복강안과 유용에 대한 칭송이 이어졌다. 복강안은 유공자들에게 약속한 은자를 직접 상으로 내리고 자리마다 돌아다니면서 일일이 술을 따랐다. 유용은 그들 지방관들과 어울리고 싶은 생각이 눈곱만큼도 없었으나 일부러 밉보일 필요는 없다고 생각했는지 술을 따르는 복강안을 따라다니다가 조용히 물러났다. 이어 의사청 동쪽에 마련된 관리들의 자리로 향했다. 현지의 전량錢糧, 치안治安, 풍속風俗, 민정民情 등에 대해 궁금한 점을 물어보고 싶었던 것이다.

잠시 후 술 몇 잔에 얼굴이 발갛게 상기된 복강안이 군계일학의 자태로 의사청 한가운데로 나왔다. 도무지 열여섯의 나이라고는 믿어지지 않을 만큼 건장한 체구와 늠름한 인상이었다. 그는 한 손에 술잔을 들고 다른 한 손으로는 머리채를 만지작거리면서 천천히, 그러나 위엄 있게 입을 열었다.

"여러분!"

복강안의 말에 소란스럽던 의사청 안팎은 일시에 물이라도 뿌린 듯 조용해졌다.

"오늘은 조정의 골칫거리였던 비적을 일거에 소탕해 완승을 기록한 의미 있는 날이오!"

복강안은 수백 명이 모인 자리에서 연설을 하는 것이 처음이었다. 그 사실을 깨닫는 순간 자신도 모르게 말문이 막히고 가슴이 답답해졌다. 그러나 그 순간 아버지 부항의 말이 떠올랐다. "사람들을 모아놓고 훈시할 때는 눈앞에 아무도 없다고 생각하라"는 것이었다. 또 언제 어디서나 늠름한 부친의 모습이 머릿속에 떠올랐다. 그러자 없던 용기가 생기는 것 같았다. 그는 사람들을 돌무더기 바라보듯 쳐다보면서 잠시 숨을 가다듬고 다시 말을 이었다.

"이는 폐하의 홍복을 입었기에 가능했던 쾌거요! 채칠은 일지화의 잔당으로서 일곱 개 성의 수백만 백성들에게 피해를 입힌 악질분자였소. 그자들은 도처에서 살인, 방화, 약탈, 강간 등 십악十惡의 죄를 저질러 백성들의 원한을 쌓았소! 이런 극악무도한 무리들을 일거에 타진했으니 폐하의 심려를 덜어드린 것은 말할 것도 없고 조정을 위해 커다란 우환을 제거한 것이오. 우리 모두 술잔을 높이 들어 폐하의 만수무강을 기원합시다. 건배!"

사람들이 의자를 빼고 일어서는 소리로 실내는 한바탕 소란스러웠다.

그들은 모두 일어서서 복강안이 먼저 술잔을 비우기를 기다렸다. 이어 고개를 뒤로 젖혀 일제히 잔을 비우고는 도로 제자리에 앉았다. 복강안이 다시 입을 열었다.

"갈봉춘과 이백여 명의 아역들은 지휘에 복종하고 백전불패의 투지로 적들을 무찔렀소. 백성들의 일목일초一木一草도 짓밟지 않고 양민들의 털끝 하나 다치게 하지 않았소. 이런 완승을 거두기까지는 여러분의 공로가 크오. 그런 의미에서 여러분은 모두 공신이오. 은자는 나의 주장으로 먼저 상으로 내린 것이오. 곧 조정에서도 크게 포상을 할 거요. 그런 의미에서 두 번째 잔은 내가 유 대인과 여러분에게 올리는 축배의 잔이오!"

복강안은 말을 마치고 나서 찰찰 넘치게 채운 술잔을 들어 단숨에 마셨다. 복강안의 부름을 받고 황급히 자리에서 일어난 유용은 순간 당황한 기색을 감추지 못하고 한자리 건너편에 있는 복강안을 바라봤다. 복강안이 술잔을 비우라는 뜻으로 고개를 끄덕여 보였다. 유용은 어쩔 수 없이 잔을 비웠다. 장내에서는 박수갈채가 터져 나왔다. 또다시 우르르 일어선 사람들은 기꺼이 두 번째 잔을 비웠다. 그들은 세 번째 잔이 또 있을 거라는 생각에 이번에는 자리에 앉지 않고 그대로 서 있었다. 이어 복강안이 말했다.

"세 번째 잔은 여러분이 다 함께 숭여 대인께 올렸으면 하오! 이번 일에서는 숭여 대인이 정흠차正欽差이고 나는 보좌관일 뿐이오. 위험을 무릅쓰고 적진에서 끝까지 독전督戰하신 숭여 대인의 공로가 참으로 크오!"

복강안의 말이 끝나자 관리들은 일제히 유용을 향해 예를 갖추면서 술잔을 비웠다. 얼떨결에 '당한' 유용은 얼굴이 벌겋게 달아올랐다. 사실 그는 그동안 한주먹거리도 안 되는 도둑만 잡아도 관리들이 서로 공로 쟁탈전을 벌이는 것을 숱하게 봐왔다. 솔직히 그런 모습이 이해가 되지는 않았다. 그런데 반면에 복강안은 어마어마한 흠차요범을 일거에 소탕해놓고도 그 공을 자신에게 넘기는 것이 아닌가. 당황하지 않을 수 없었다. 분명히 이번 승리는 처음부터 끝까지 복강안이 진두지휘해 이끌어낸 것이었다. 유용은 그런 생각을 하면서 엉겁결에 자기에게 씌워진 '공로'를 어떻게든 벗어버려야겠다고 생각했다. 그리고는 술잔을 들고 말했다.

"요림(복강안) 나리의 출중한 지휘력과 고매한 인품은 주지하는 바입니다. 이번 승리는 요림 나리께서 주도하여 이끌어내신 승리일 뿐 이 사람은 옆에서 조금 거들었을 뿐입니다."

유용은 말을 마치면서 문득 사람들이 자신을 아직도 젖 냄새 나는 어린아이로 취급한다면서 불만을 토로하던 복강안의 말을 떠올렸다. 순간 '소년 영웅'의 자질을 충분히 갖춘 복강안은 앞으로 큰 공훈을 이루어 능연각凌煙閣에 이름을 남기는 것이 목표이니 아마 이런 '공로'는 우습게 여길지도 모른다는 생각이 들었다. 유용은 즉시 큰 소리로 말을 이으면서 언뜻 그런 생각을 피력했다.

"복 나리는 뛰어난 재능이 발발勃發하신 장군 집안의 호종虎種이십니다! 이번 승리는 닭 잡는 데 청룡도를 쓴 격일지도 모릅니다. 그러나 이번 승리를 통해 우리는 복 나리의 영웅본색을 남김없이 볼 수 있었습니다. 요림 나리께서 천승만기千乘萬騎를 이끌어 혁혁한 대공을 이룩하실 그날을 기대하면서……, 요림 나리를 위해 건배합시다!"

장내에서 다시 한 번 떠나갈 듯한 환호성이 터져 나왔다. 순간 복강안의 얼굴에 흥분에 들뜬 홍조가 피어올랐다. 그는 태어나서 이렇게 많은 무리들의 칭송을 받기는 처음이었다. 그러나 그는 젊은 나이에도 불구하고 터질 듯한 흥분을 지그시 누를 줄 알았다. 평소에 귀찮게만 여겨왔던 아버지의 훈계와 어머니의 가르침이 빛을 발하는 순간이었다.

그는 가슴속 깊은 곳에서 감동이 물결쳤음에도 전혀 내색하지 않고 기품 있는 미소를 지으면서 갈효화의 자리로 다가가서는 의연하게 입을 열었다.

"비적을 지척에 두고도 몰랐다는 책임에서 자유로울 수는 없으나 어젯밤에는 양민들이 협조를 잘해줬기에 완승을 거둘 수 있었소. 이는 그대들이 평소 교화에 게으름을 피우지 않았다는 증거요. 그래서 나는 그대들의 죄를 묻지 않을 뿐더러 폐하께 여러분의 공로를 천거할 의향도 있소. 갈효화, 그대는 연주부兖州府로 옮기고 싶어 한다면서? 서두르지 말고 여기서 조금만 더 공을 세우면 곧바로 제녕濟寧 도대道臺로도 나갈 수 있을 텐데……."

복강안이 빙그레 미소를 지으면서 다시 덧붙였다.

"내가 유공자로 천거하면 곧바로 승진주를 마실 사람들이 여럿 보이오!"

복강안의 말에 잘하면 월척을 낚을 수도 있겠다는 생각을 한 듯 주위의 아첨꾼들이 웃으면서 다가와 앉았다. 그러나 복강안은 더 이상 말이 필요 없다는 듯 손사래를 쳤다. 그리고는 유용에게 말했다.

"저쪽 진신들의 자리에 가 봅시다. 어찌 저리 조용하오? 우리가 이쪽에서만 돈다고 삐진 건가?"

유용은 눈치가 빠른 사람이었다. 웃으면서 농담하듯 말하는 복강안의 말뜻을 알아차렸다. 이 기회에 배불뚝이 부자들의 자금을 빼내려 한다는 것을 눈치챈 것이다. 그는 갈수록 나이와 어울리지 않게 능수능란한 기량을 발휘하는 복강안에게 놀라지 않을 수 없었다. 곧이어 말없이 복강안을 따라나섰다.

그쪽 자리에는 조장에서 내로라하는 실세들이 앉아 있었다. 최고 부자인 최씨, 양씨, 송씨 세 사람 외에도 풍馮, 당唐, 갈葛, 유劉, 호胡의 성姓을 가진 다섯 부자들이었다. 그들은 모두 탄광을 경영해 부를 축적한 사람들로, 소유한 재물만큼이나 불룩한 배를 연신 쓸어내리고 있었다. 그러나 그들은 재물만 많을 뿐 평생 공명과는 인연이 없는 사람들이었다. 벼슬 언저리에는 가보지도 못했다. 그랬으니 복강안이 처음 들어올 때부터 그들에게 극진히 예를 갖추는 것에서 그치지 않고 친히 찾아주기까지 하니 그저 황감하고 황송할 따름이었다. 그러다보니 여기저기서 복강안과 유용을 향한 아부가 쏟아졌다. 그러나 듣기 좋은 소리도 너무 많으니 소음과 같았다.

복강안이 술잔을 잡은 채 웃기만 할 뿐 말이 없자 유용이 가벼운 기침으로 목소리를 가다듬었다.

"진신과 업주業主들은 조정의 기업基業을 이루는 근본이오."

유용이 천천히 말을 이어나갔다.

"여러분은 비록 관직에 몸담고 있는 건 아니지만 관리들보다 더 중요한 위치에 있다고 볼 수 있소. 관官은 물과 같아서 흘러가면 그만이지만 한번 박은 쇠기둥은 세월이 흘러도 여전히 그 자리에 남아있다는 말이 있지 않소? 여러분이 바로 그 쇠기둥이오……."

유용이 잠시 멈췄다가 다시 덧붙였다.

"나 역시 호부에서 일을 해봤소. 병부에서도 얼마나 많은 사건을 처리했는지 모르오. 내 경험으로 비춰볼 때 베풀기를 좋아하고 더불어 사는 걸 낙으로 생각하는 부자들이 많은 곳일수록 촌村-향鄕-진鎭-현縣이 줄줄이 혜택을 입어 진정한 안거낙업安居樂業이 이뤄지고 있었소. 자연히 극악무도한 무리들은 발붙일 곳이 없었소. 흉악한 범죄는 물론 사소한 갈등도 향민들끼리 합심해 늘기롭게 헤쳐 나갈 수 있었소. 비적이나 강도들이 업주들을 괴롭히면 향민들이 궐기해 업주들을 보호해주니 그것이 진정으로 상부상조하는 모습이 아닌가 싶었소. 참으로 보기 좋은 모습이 아닐 수 없었소. 반면에 악덕 지주들이 많은 곳은 이와 정반대의 양상을 띠었소. 열을 가진 사람이 하나 가진 사람의 전부를 욕심내고 빼앗으니, 벼랑 끝까지 내몰린 소작농들은 포악무도한 업주들에게 너 죽고 나 죽자는 식으로 목숨 걸고 달려들었소. 그렇게 업주와 소작농들 간의 불화는 곧 그 지방 전체의 불행으로 이어지게 되었소. 채칠이 만약 이곳에 둥지를 틀지 않고 굶주리는 백성들이 널린 다른 곳에 소굴을 만들었다면 백성들이 비적들과 내통해 궐기하지 않고 배겼겠소? 궁지로 내몰린 백성들이 비적들과 하나가 되었더라면 어떻게 우리가 오늘과 같은 완승을 거둘 수 있었겠소? 아까 복 나리께서도 말씀하셨지만 그런 의미에서 신망 있고 덕이 높은 여러분 역시 대단한 유공자들이오. 이곳은 여러분 덕분에 안정된 앞날을 보장받았다고 할 수 있겠소!"

복강안의 옆에는 나이 일흔을 넘긴 최문세崔文世라는 노인이 앉아 있었다. 노인은 유용의 말을 듣고는 눈처럼 하얀 수염을 쓸어내리면서 화답했다.

"지당하신 말씀입니다. '채광採鑛'으로 부자가 된 저희 셋도 만나면 늘 그런 얘기를 하고는 합니다. 탄광의 광부들은 강남 방직공장이나 강서 자기공장의 일꾼들과 마찬가지로 사면팔방에서 흘러든 무업유민無業流民들입니다. 얼마나 거칠고 막돼먹었는지 길들이고 비위맞추기가 여간 어려운 게 아닙니다. 게다가 지방의 악인들과 한 가랑이를 꿰고 있어 조금만 성에 차지 않아도 다 뒤집어엎고 때려 부수니 실로 두려운 존재입니다. 나리께서 소인들을 그리 과분하게 치하해 주시니 몸 둘 바를 모르겠습니다. 소인들은 살얼음판을 걷는 심정으로 앞으로 더욱 조심해 물의를 일으키지 않도록 최선을 다해야겠다고 생각합니다."

그 옆에 앉은 50대 후반쯤 되어 보이는 양군소梁君紹 역시 가만히 있지 않았다.

"그런데 광부들의 횡포가 점점 더 심해집니다. 처음에는 석탄을 한 차 캐는데 일 전 오 푼을 줬으나 나중에는 이 전, 삼 전까지 올려줘야 했습니다. 작년 여름에는 비가 와서 갱도가 무너지고 잇따라 폭발사고까지 나서 열 몇 명이 죽는 불상사가 생겼지 뭡니까? 그게 어디 우리 업주들의 잘못입니까? 그런데도 이네들은 일가 친척 남녀노소를 다 끌고 나와 집 앞에서 농성을 하고 울고 불면서 길에 드러누워 행패를 부렸습니다. 하루만 파업해도 손실이 엄청난 터라 우리는 두 손 두 발 다 들고 그들의 무례한 요구를 들어줄 수밖에 없었습니다. 공전工錢을 한 차에 오 전까지 올려줬지 뭡니까. 관부官府가 나서서 진압하지 않고 청방靑幫들이 도와주지 않으면 하루도 조용할 날이 없습니다……."

양군소가 잠시 멈췄다 다시 말을 이었다.

"유 나리는 우리 업주들이 조정의 근기根基라고 하셨습니다. 그런 측면에서 조정은 우리의 든든한 뒷심이 아니겠습니까? 다행히 채칠이 이곳을 잠시 숨어 지내는 장소로 정했기에 망정이지 그자가 작심하고 광부들과 결탁해 난을 일으켰더라면 어떤 사태가 벌어졌겠습니까. 생각만 해도 끔찍합니다!"

양군소의 말에 업주들은 하나같이 공감한다는 듯 고개를 끄덕였다. 유용 역시 양군소의 말이 과히 틀리지 않다는 듯 고개를 끄덕이면서 동조했다.

"사달이 났다면 피바다가 되었겠죠! 그래서 복 나리와 내가 상의를 해봤소. 폐하께 주청을 올려 이곳에 현縣을 하나 세우는 것이 바람직할 것 같소. 물론 이는 성의聖意에 의해 결정 날 일이오. 다만 어지가 내려올 때까지 여러분이 주체가 되어 일명 호광대護鑛隊로 불리는 단체를 결성하는 게 어떻겠소? 관부의 통제를 적당히 받으면서 조장의 질서를 유지하고 광부들의 무례한 요구도 진압해버릴 수 있으니 일석이조가 아니겠소? 어제 하룻밤 용병에 우리는 무려 팔만 냥의 은자를 털어 넣었소. 여러분은 코털 하나만 뽑아도 어지간한 사람의 허리통보다 더 굵은 사람들이오. 설마 이 돈을 조정에서 책임지라고 하지는 않겠죠? 보아하니 여러분은 그리 생각이 짧고 융통성이 없는 사람들은 아닌 것 같소!"

유용의 입에서 돈 얘기가 나오자 업주들의 표정이 갑자기 굳어졌다. 그제야 유용이 빙빙 에둘러 말을 한 이유를 알게 됐던 것이다.

사실 그들은 다들 내로라하는 부자였기에 여럿이서 8만 냥을 나눠 내는 데는 별 무리가 없었다. 그러나 그들은 어젯밤 군사를 동원하는 데 쓴 돈이 많아야 4만 냥 정도일 거라고 생각하고 있었다. 그런데 유용이 눈 하나 깜짝하지 않고 8만 냥으로 올려 불렀으니 기분이 나쁠 만했다. 그들은 유용이 직설적으로 돈을 내놓으라고 호통을 칠 수 없으니 당치도 않은 '호광대'니 뭐니 하고 말한 것에 대해서도 아니꼽게 생각했다. 그래서 다들 나오지도 않는 콧물을 훌쩍거리고는 일부러 기침을 하면서 말없이 앉아 있었다.

편하고 즐거웠던 자리는 갑자기 냉수를 끼얹은 듯 차갑게 식었다. 아무도 입을 열지 않아 어색한 침묵이 한참 동안 이어졌다. 옆자리와 앞자리, 뒷자리에서는 영문을 몰라 기웃거렸으나 이내 고개를 돌리고 쉬쉬했다.

복강안은 의자에 등을 기대고 앉아 꼬아 올린 다리를 건들거리면서 아무렇지도 않은 듯 차를 마셨다. 유용 역시 빙그레 웃으면서 음식을 집어 입안에 넣고 질겅질겅 씹었다. 잠깐 긴장해 있던 사람들은 다시 웃고 떠들면서 분위기를 살렸다.

그러나 갈봉춘은 아무래도 이쪽 분위기가 심상치 않은 것을 눈치채고 술잔을 들고 다가오려고 했다. 순간 복강안이 손짓으로 갈봉춘을 말리면서 비음鼻音을 섞어 말했다.

"자네 주인은 지금 가슴이 답답하네. 술은 됐고 좀 있다 화청까지 업고 갈 준비나 하게!"

복강안이 말을 마치면서 퉷, 하고 혓바닥에 붙었던 찻잎을 뱉어냈다. 그러자 갈봉춘이 복강안의 눈치를 살피며 다가왔다. 그는 우선 유용에게 술을 따라주고는 하인들을 불러 뜨거운 물수건도 가져오게 했다. 그리고는 잔뜩 심통이 나 있는 복강안의 다리와 어깨를 주물러 주면서 어떻게든 기분을 맞춰주려고 온갖 재롱을 다 떨었다. 한참 후 복강안이 차가운 눈길로 진신들을 쓸어보면서 말했다.

"역시 봉춘 자네가 눈치가 빠르군. 앞으로 큰일을 할 사람이네. 겉으로만 똑똑한 척하면서 돌을 들어 제 발등을 찍는 무리들보다 백배, 천배는 낫구먼!"

복강안은 슬슬 열이 뻗쳐오르는 것이 분명했다. 유용은 그의 심상치 않은 표정을 보자 갑자기 초조해지는 기분을 어쩌지 못했다. 그가 진짜로 화를 내는 날에는 흠차의 위상에 크게 금이 갈 것은 자명한 일이었다. 유용이 복강안의 눈치를 살피면서 웃음 띤 어조로 말했다.

"도련님께서 술이 좀 과하신 것 같으니 봉춘 자네가 직접 차를 진하게 타오게. 술이 깨는 데는 농차만한 게 없거든! 여러분도 고각鼓角이 한번 울리면 황금이 만 냥이라는 소리를 들어봤을 거요. 전사戰事라는 게 크고 작고를 떠나 워낙에 은자가 많이 든다는 사실도 잘 알고 있을 거요. 어젯밤에는 만일에 대비해 삼천 관군이 출동했었소. 그들이 길목을 잘 지키고 있다가 낌새를 채고 채칠에게 신호를 보내러 가던 자를 처치해버렸기에 우리는 큰 수고를 덜었소. 이번 일 같은 경우 관군들은 직접 전투에 뛰어들 필요가 없었소. 우리가 필요해 지원을 부탁했던 것이지. 그런데 승리 축하주는 우리끼리만 마시고 그들을 나 몰라라 한다면 앞으로 여기서 무슨 일이 있을 때 누가 선뜻 나서려 들겠소? 여러분들이 이렇게 앞뒤가 꽉 막힌 사람들인 줄은 정녕 몰랐소!"

"소인들은 그렇게 하나만 알고 둘을 모르는 무지렁이들이 아닙니다."

진작부터 안절부절못하던 최문세가 탄식하듯 입을 열었다. 이어 고충을 설명했다.

"최씨, 양씨, 송씨네가 이곳의 으뜸가는 부자들임에는 틀림이 없습니다. 하오나 오늘 여기 모인 늙다리들은 가문의 족장族長이기는 하나 금전적인 부분에 대해서는 잘 모릅니다. 돈을 관리하는 사람들은 모두 조영曹營에 가서 이 자리에 없습니다. 그곳에 새로운 탄광이 발견된 모양입니다. 팔만 냥이라고 하시니 저희 세 집에서 각각 일만 오천 냥씩 출자하겠습니다. 나머지는 그 외 다섯 집에서 나눠 내면 문제 될 것이 없습니다. 그리고 호광대라는 것도 좋은 취지에서 만드는 것이니 향후 일상적인 지출이 얼마나 될지 계산해서 저희에게 알려주십시오. 저희들이 돌아가서 돈을 관리하는 사람들에게 전하겠습니다."

복강안은 최문세의 말을 듣고는 진신들이 조정 무서운 줄을 모르고 협상을 하려 한다고 생각했다. 급기야 그는 더 이상 참지 못하고 냉소를 터트리며 일갈했다.

"그 말을 어찌 믿겠소? 이보게, 봉춘이! 자네가 명함을 들고 찾아가서 결제권을 가진 진짜 어르신들을 모셔오게. 뛰는 놈 위에 나는 놈이 있다는데, 누가 이기나 한번 해보자고!"

갈봉춘이 대답과 함께 바로 물러가려고 했다. 그때 유용이 황급히 그를 불러 세웠다.

"지금 당장 가라는 게 아니지 않은가. 사람들이 조영에 가고 없다는데. 그리고 봉춘이, 조영에서 석탄이 발견됐다면 그것은 일단 조정의 소유이거늘 어찌 개인이 먼저 설친다는 말인가? 백 번 양보해서 가능하다고 해도 세 집에서만 채광권을 독점해버리면 나머지 다섯 집은 어찌 되는 것인가? 그 사람들이 가만히 있겠는가?"

갈봉춘은 유용의 날카로운 질문에 잠시 답변이 궁해졌다. 사실 최, 양, 송 세 집은 조영의 채광권을 독점하기 위해 현縣에서 부府, 부에서 성省으로 뛰어다니면서 은자를 수도 없이 뿌리고 다녔다. 사실 그만한 은자라면 '호광대'를 열 개도 넘게 창설하고도 남았다. 그런데 이 일에 개입된 사람 중에는 갈효화도 있었다. 갈효화는 지위가 비록 한낱 지부에 불과했지만 성省의 삼사三司를 쥐락펴락 하는 사람이었다. 북경 군기처의 아계와도 밀접한 사이라는 소문이 파다했다. 그 때문에 갈봉춘은 유용의 말에 어찌 대답해야 할지 몰라 가슴을 쥐어뜯으면서 문무 관리들의 자리로 시선을 보냈다.

아니나 다를까, 아까부터 이쪽을 힐끔거리던 갈효화가 자리에서 일어나 다가왔다.

"저쪽에서 우연히 듣고 있다가 답답해서 왔습니다."

갈효화가 복강안과 유용을 향해 예를 갖춰 인사를 올렸다. 그리고는 딱딱하게 굳어진 표정을 한 채 업주들에게 말했다.

"태원太原, 대동大同, 당산唐山, 무순撫順 등 채광량이 많은 곳치고 호광대가 없는 곳이 어디 있소? 평소에 여기저기 기웃거리면서 뿌리는 은자를 아끼면 호광대를 열 개도 창설할 수 있지 않겠소? 여기는 풍현과 백리나 떨어져 있고 녹영 주둔군도 없소. 그러다 정말 큰 사달이라도 나면 어떡할 거요? 두 분 흠차대인께서 구구절절 주옥같은 말씀만 하시는데……, 어째 그리 머리가 아둔하오?"

"그깟 팔만 냥, 내겠습니다! 당장 내겠습니다!"

업주들은 갈효화의 말을 듣고서야 비로소 돌아가는 상황을 파악하는 듯했다. 급기야 연신 잘못했다고 굽실거렸다. 자칫 복강안과 유용 두 사람의 심기를 불편하게 했다가는 조영의 채광권조차 순식간에 날아가 버릴지 모른다는 사실을 분명히 깨달은 것 같았다. 그들은 떨리는 목소리로 다시 약속이나 한 듯 입을 열었다.

"두 분 흠차께서 진정으로 이것들을 아끼시는 깊은 뜻을 몰랐습니다. 참으로 아둔하기 그지없습니다. 무례하게 나리들의 뜻을 거스르려 했던 죄를 용서해주십시오……."

이쯤에서 일촉즉발의 긴장은 일단 풀렸다고 해도 좋았다. 유용을 비롯한 좌중의 사람들은 소리 없이 안도의 한숨을 길게 내쉬었다. 복강안이 자리에서 일어나면서 비웃듯 콧소리를 섞어 말했다.

"세상이 어떻게 되려고 아비와 어미, 군부와 백성도 모르고 오로지 금, 은뿐인지……. 숭여 대인, 성省에서 사람이 내려올지도 모르니 우리는 그만 화청으로 돌아갑시다. 상의할 일도 좀 있고."

유용이 말없이 따라 일어서자 갈봉춘이 말했다.

"소인이 도련님을 업어드리겠습니다! 솔직히 밖에서 남들의 시중만 받다보니 본모습을 잃어 가는 것 같습니다! 한번 가노家奴는 영원한 가노인데 말입니다."

갈봉춘이 말을 마치고는 쭈그리고 앉은 채 등을 댔다. 그러나 복강안은 고개를 저으며 거절을 했다.

"됐네. 말만 들어도 그 마음씀씀이가 갸륵하네. 오늘은 업힌 걸로 할 테니 자네는 남은 일을 마저 처리하게. 그리고 결과를 보고하러 오게."

복강안은 말을 마치고 천천히 의사청을 나섰다. 아역들 틈에 섞여 술을 마시던 황부양과 황천패의 제자들이 얼른 따라나섰다.

복강안이 화청으로 돌아왔을 때는 유시酉時가 거의 다 끝나가는 시각이었다. 저녁놀이 서녘 하늘을 물들이고 새들이 집을 향해 지친 날갯짓을 할 무렵이었다. 화청 서쪽의 무성한 느릅나무 숲에 노을이 머물러 있었다.

시끌벅적한 의사청에서 조용한 화청으로 돌아온 복강안과 유용 두 사람은 침울한 표정으로 말없이 앉아 있었다. 그러다 복강안은 안락의자에 벌렁 드러누웠다. 이어 신발을 벗어 아무렇게나 내팽개치고 두 다리를 걸상 위에 올려놓았다. 그리고는 그동안 깎지 않아 뾰족뾰족 자라기 시작한 앞머리를 매만지면서 눈을 지그시 감은 채 깊은 생각에 잠겼다.

"요림 나리, 무슨 생각을 그리 하십니까?"

곰방대를 물고 뻑뻑 빨아들이던 유용이 담뱃재를 털어 내면서 물었다. 복강안이 유용의 질문에 눈을 번쩍 떴다. 이어 가만히 한숨을 내쉬었다.

"아마께서는 얼마나 힘이 드셨을까 생각하고 있었소. 아마가 무엇 때문에 하루가 다르게 등이 휘고 머리가 백발이 되어 가는지 이제야 그 이유를 알 것 같소. 대국大國의 재상宰相으로서 크고 작은 일에 일일이 신경을 써야 했으니 발 뻗고 맘 편히 잠을 잘 수 있었겠소? 진수성찬인들 맛을 음미할 수 있었겠소? 우리는 이깟 한줌도 안 되는 일 때문에 이렇게 머리가 터지는 것 같은데……."

복강안이 몸을 벌떡 일으켜 앉으면서 자조하듯 웃었다. 그리고는 천천히 말을 이었다.

"방금 연회석에 잠깐 앉았다 나온 그 시간이 마치 억겁의 시간처럼 길게 느껴졌소. 치고받고 하는 몸싸움도 없었으나 채칠을 생포할 때보다 더 기가 빨려나간 것 같았소! 갈봉춘은 우리 가문의 가노이고, 갈효화는 아계의 가노이니 기고旗鼓가 상당한 둘의 싸움이 예삿일이 아닌 건 자명하오."

유용은 말이 없었다. 대신 하얀 담배 연기만 방안에 가득 퍼트리고 있었다. 복강안은 목이 매캐해졌지만 애써 참으면서 다시 입을 열었다.

"헌데 보첩報捷 상주문은 어떻게 쓰는 게 좋겠소? 물론 주필主筆은 숭여 대인이 하겠지만……."

복강안이 갑자기 말머리를 돌려 묻는 말에 유용 역시 웃음 띤 어조로 대답했다.

"일단 완승을 거두기까지 작전을 진두지휘하신 요림 나리의 공이 크니 그건 두 말이 필요 없죠. 그리고 사후 처리나 호광대를 조직하는 일에 대한 것은 저를 위주로 써도 무방할 것 같습니다. 갈봉춘이 아역들을 거느리고 협동작전에 적극적으로 참여한 데 대해서도 언급을 해주면 좋을 것 같습니다. 그리고 유공자의 이름을 죽 나열하면 되지 않겠습니까? 녹영대장 진화영陳化榮, 갈봉춘, 갈효화……."

복강안이 갑자기 유용의 말허리를 잘랐다.

"그자가 무슨 공로가 있다는 거요? 개선해 돌아온 우리하고 술을 같이 마셔준 공로?"

유용이 지나치게 민감하게 반응하는 복강안을 보면서 쓴 웃음을 머금고 말했다.

"요림 나리, 제가 볼 때 갈효화 그자는 예사내기가 아닌 것 같습니다! 우리 얘기를 쭉 귀담아들으면서도 가만히 있다가 조영의 채광권 얘기가 나오니 그제야 어슬렁거리면서 다가왔습니다. 이어 업주들을 꾸짖는 척하면서 말머리를 돌려버렸어요. 그걸 유의해 보셨어야 합니다. 제가 어찌 세 집에서 채광권을 독점할 수 있느냐고 따지고 드니 갈봉춘을 힐끗 쓸어보는 모양이 뭔가 그의 약점을 단단히 잡은 것 같았습니다."

"우리가 떠난 뒤 만에 하나 그자가 갈봉춘을 괴롭히기라도 한다면 내가 가만 놔두지 않을 거요. 그자는 아까 호광대 창설을 적극적으로 추진해야 한다고 주장하고 나서지 않았소? 내가 돌아가서 사람을 파견해 조사할 거요. 과연 큰소리 친 대로 호광대를 창설했는지 안 했는지.
하기는 할 리가 없지! 좋아, 그때 가서 내가 한번 본때를 보여줄 거요!"

안락의자에 몸을 파묻고 한참 말이 없던 복강안이 갑자기 다시 입
을 열었다.

"그건 그렇고 기紀씨네와 이대李戴의 송사 사건은 어찌 처리해야 할지
마음에 걸리오."

"이대의 아들이 이미 소송을 철회했다고 합니다. 이쯤에서 덮어두는
게 좋을 것 같습니다. 군기처에까지 알려져 봤자 좋을 게 하나도 없어
요. 효람 공의 체면도 봐줘야 하지 않겠어요?"

복강안이 유용의 말에 묵묵히 고개를 끄덕였다. 전혀 일리가 없는 말
은 아니라는 태도였다.

24장
드러나는 비리의 단서

유용의 짐작대로 갈효화는 참으로 영악한 사람이었다. 그는 복강안과 유용이 800리 긴급서찰 편으로 첩보 상주문을 발송하기도 전에 미리 선수를 쳐서 인편으로 상주문을 발송했다. 결국 그의 상주문이 먼저 어가가 머물러 있는 양주의 임시 군기처에 도착했다.

이날은 기윤이 당직을 서는 날이었다. 습관적으로 그날 올라온 상주문을 종류별로 정리하던 그는 유난히 겉봉에 글이 많이 적혀 있는 편지에 눈길이 갔다. 내용도 예사롭지 않았다.

연청 공과 효람 공께서 읽어보시고 아계 공께 전달 요망. 요림과 숭여 두 나리께서 비적 두목 채칠을 생포한 대첩을 알리는 서찰임.

기윤이 편지를 든 채 어이없다는 듯 빙그레 웃고 있을 때였다. 마침 범시첩이 들어서고 있었다.

"수취인이 이렇게 긴 편지를 본 적 있소?"

기윤이 편지를 들어 보이자 몇몇 군기처 장경들이 한바탕 웃음을 터트렸다. 범시첩이 입을 열었다.

"웃기는 자로군요. 마치 과거급제 통지서가 도착하지도 않았는데 풍각쟁이들이 먼저 알고 희전喜錢을 받으러 오는 격이네요. 뭘 해요, 어서 뜯어보지 않고요! 그러지 않아도 폐하께서 요즘 얼마나 그쪽 소식을 궁금해 하시는데……. 연청 공과 부상이 이 소식을 접하면 얼마나 좋아하겠어요!"

겉봉을 뜯어 속지를 꺼내보니 짐작했던 대로였다. 깨알 같은 만언서萬言書가 들어 있었다. 어느 막료의 글씨인지 필체도 힘 있고 근골筋骨이 느껴졌다. 복강안과 유용이 어찌어찌 미복微服을 해서 적진의 동태를 면밀히 살폈다, 어떻게 탁월하게 작전 배치를 해서 단번에 채영을 공략했다, 하는 등의 내용은 상세하다 못해 구질구질한 느낌까지 들 정도였다. 끝 부분에 갈효화 자신을 언급한 내용은 대단히 겸손하고 순박한 느낌을 주기에 충분했다.

……하관은 명색이 일방의 부모관이오나 경내의 재해복구와 이재민 안치에만 매달려 있다 보니 바로 코앞에서 늑대가 잠자고 있는 줄을 전혀 몰랐사옵니다. 놀라움을 금치 못하면서 한편으로는 창피하고 죄스럽사옵니다. 하관은 이번 채칠 소탕작전에서 터럭만큼의 공도 세우지 못했사옵니다. 그럼에도 불구하고 하관은 천하의 큰 도둑인 채칠을 잡은 즐거움을 한시바삐 폐하와 여러 문무 대신들에게 전하고자 먼저 붓을 들었사옵니다. 채칠이 조장棗莊에서 잡혔다는 것은 일군일부一郡一府의 경사가 아니오라 온 천하가 더불어 환호작약할 일이옵니다. 폐하께서 이미 귀경길에 오르셨을지

몰라서 똑같은 내용의 서찰을 북경 군기처에도 발송했음을 말씀드리는 바이옵니다. 폐하께서 크게 기뻐하신다면 소인의 소원은 이뤄진 셈이옵니다. 아울러 연청 중당과 기윤 중당의 만복을 비옵니다.

범시첩이 편지를 읽고는 웃음 머금은 얼굴로 말했다.

"내가 이 친구를 좀 알아요. 원래는 강서성 무석無錫에서 현승으로 있었는데, 나중에 보니 고항에게 찰싹 붙어 있더라고요. 고항에게 달라붙어 한군기漢軍旗로 이적移籍했다고도 들었어요. 그렇게 신분상승을 제대로 하는가 싶더니 어떻게 내무부에 선을 대서는 어느새 아계阿桂의 문하로 들어가 있더군요. 가끔 덜 떨어진 사람처럼 굴지만 사실 영악하기 이를 데 없는 사람이에요. 아부를 떨어 사람 마음을 훔치는 데는 고단수죠. 이번에는 두 중당을 겨냥한 것 같은데요?"

기윤이 알 만하다는 듯 바로 입을 열었다.

"그러게 말이오. 아계가 북경에 있는 걸 뻔히 알면서도 짐짓 우리 두 사람을 통해 아계에게 서찰을 보내라고 하는 것 좀 보오. 하지만 이런 아부라면 매일 들어도 싫지 않겠소. 폐하께서 이 희보喜報를 접하시면 얼마나 기뻐하시겠소. 어서 폐하께 아뢰어야겠소."

기윤이 자리에서 일어나자 범시첩이 바로 말했다.

"방금 폐하를 알현하고 오는 길이에요. 요즘 해녕海寧에 다녀오신 데다 귀경 준비로 바쁘신 것 같아요. 게다가 밤새도록 악종기의 군사보고까지 들으셨으니 피곤하지 않으실 수가 없죠. 내가 나올 때도 잠시 틈을 내 의자에 기대신 채로 눈을 감고 계셨어요. 아무리 희보라도 지금은 때가 아닌 것 같네요. 게다가 당사자들인 복 공자와 유용으로부터 정식 첩보 상주문이 올라오지도 않았는데 섣불리 보고 올린다는 게 어쩐지 바람직하지 않은 것 같아요. 적어도 연청 공에게 이를 알리고 함께 알

현을 청하는 게 좋을 것 같네요."

범시첩이 정색을 하면서 기윤을 말리고 있을 때였다. 태감 복의가 자라목을 움찔거리면서 의문儀門쪽에서부터 걸어왔다. 기윤은 자신을 부르러 올지도 모른다는 생각에 황급히 자리에서 일어섰다. 범시첩 역시 일이 있다면서 일어나 작별을 고했다.

복의가 길 한쪽으로 비켜서더니 범시첩이 지나가기를 기다렸다가 기윤에게 아뢰었다.

"폐하께서 원장(윤계선) 공을 접견하시면서 기 중당에게도 들라고 하십니다."

"알았네!"

기윤은 황급히 대답하고는 책상께로 돌아가 몇 가지 서류를 재빨리 챙겨들었다. 그리고는 잠시 생각한 뒤 갈효화의 서찰도 주머니 속에 집어넣고 복의를 따라 나섰다. 꼬불꼬불 이어진 좌액문을 통해 내궁 정침원正寢院에 도착하자 복의는 기윤에게 잠깐 기다리라고 하고는 먼저 아뢰러 들어갔다.

이곳은 행궁에서도 가장 깊고 은밀한 장소였다. 정전의 서각西閣에 황후의 처소가 있었기 때문에 내정內廷 시위들도 마음대로 출입할 수 없는 곳이었다. 그래서일까, 꽃과 나무들이 무성한 정원은 매우 조용했다. 한 줄기 햇살이 틈새를 비집고 들어와 바윗돌 위의 파란 이끼를 비추고 있는 것이 이채로울 뿐이었다. 끊어졌다 이어지는 풀벌레들의 낮은 합창도 고요한 느낌을 더해주었다. 은은하게 풍겨오는 약냄새와 복도에서 조심스레 오가는 태감, 궁녀들의 기척만 아니라면 천년 선방禪房에 들어선 착각을 불러일으키기에 충분했다.

심궁深宮에 발을 들여놓은 기윤은 태감이 기다리라고하자 바로 그 자리에서 걸음을 멈췄다. 이어 감히 한 발자국도 움직이지 못하고 엉거주춤 서서는 명을 기다렸다.

그가 정원의 경치를 힐끗거리면서 황제의 질문에 어찌 대답해야 할지 속으로 생각하고 있을 때였다. 왕팔치가 나와서 손짓하는 모습이 보였다. 그가 조심스레 계단을 올라가자 왕팔치가 나직이 말했다.

"황후마마를 진맥 중이시니 인기척 낼 거 없이 그냥 안으로 드세요."

기윤이 고개를 끄덕이자 궁녀가 주렴을 걷어 올렸다. 그는 발끝을 들고 조심조심 안으로 들어갔다.

정전 안에 들어서니 실내 구조는 다른 곳과 별로 다를 바 없는 오영대전五楹大殿이었다. 우선 천장과 창문에 다갈색의 얇은 휘장이 둘러져 있었다. 또 휘장 밖에는 노란 비단이 한 겹 더 덮여 있었다. 바닥에는 서양에서 공품貢品으로 보내온 양털 담요가 깔려 있었다. 푹신하니 꽤 두꺼워 보였다. 궁전 한가운데에는 세 개의 병풍이 세워져 있었다. 어좌는 바로 그 가운데에 모셔져 있었다.

기윤은 어좌를 향해 숙연히 머리를 조아린 다음 두 겹의 휘장을 더 건너서야 비로소 동난각에 이르렀다. 안에서 윤계선의 말소리가 들려왔다. 그제야 기윤은 절대 안정이 필요한 황후를 위해 방음용으로 휘장을 많이 쳤다는 것을 알 수 있었다. 누가 생각해낸 것인지 참으로 기발한 발상이 아닐 수 없었다.

기윤이 속으로 혀를 내두르고 있을 때였다. 난각 안에서 건륭의 말소리가 들려왔다.

"밖에 기효람인가? 어서 들게!"

기윤이 흠칫하면서 몸을 비스듬히 숙인 채 안으로 들어갔다. 그리고는 길게 엎드려 머리를 조아렸다.

"신 기윤이 폐하께 문후를 여쭙사옵니다!"

"일어나게!"

건륭의 목소리가 메아리처럼 울렸다. 다시 그의 다정한 목소리가 들려왔다.

"안 본 지 대엿새밖에 안 됐는데 한참 된 것 같군. 머리는 조아리지 말게. 여기서는 아무리 이마가 깨지도록 조아려도 소리가 나지 않을 테니."

기윤은 그제야 몸을 일으켰다. 건륭은 통유리 창문을 향해 다리를 괴고 목탑木榻 위에 앉아 있었다. 책상 위에는 읽다가 만 상주문을 비롯해 주사朱砂, 벼루, 붓 등이 어지러이 놓여 있었다. 지도도 한 장 펼쳐져 있었다. 안에는 윤계선 뿐만 아니라 악종기도 나무걸상에 앉아 있었다. 두 사람 옆에는 엽천사가 서 있었다.

홍주弘晝의 모습도 보였다. 그는 어탑御榻 옆의 태사의太師椅에 편한 자세로 앉아 있었다. 홍주는 왕작王爵을 박탈당한 후 외관外官들 만나기를 꺼려해 밖에 나오는 일이 별로 없었다. 그랬으니 기윤으로서도 홍주를 만나는 일이 오랜만이었다. 때문에 몇 년 만에 만나는 윤계선보다 훨씬 더 반갑게 느껴졌다. 급기야 자신을 향해 미소를 머금고 고개를 끄덕이는 홍주를 보면서 황급히 한쪽 무릎을 꿇고는 정중하게 인사를 올렸다.

"다섯째마마께도 문안 올리옵니다!"

홍주가 한 손을 내밀어 부축하는 시늉을 했다. 거의 동시에 건륭이 말했다.

"기윤은 윤계선의 옆 자리로 가서 앉게. 엽천사, 계속 말해 보게."

"예, 폐하!"

엽천사가 건륭의 말에 공손히 머리를 조아리고 다시 몸을 세웠다. 이어 두 손을 들어 공수까지 해 보이고는 말을 하기 시작했다.

"황후皇后마마의 진맥 결과는 북경에서 온 여러 태의들과 다를 바 없사옵니다. 하오나 소인은 그들이 내린 처방에 이의가 있사옵니다. 소인은 수많은 환자들의 맥을 짚어봤어도 부회府會, 장회藏會, 수회髓會, 근회筋會, 혈회血會, 골회骨會, 맥회脈會, 기회氣會 등 '팔회'八會가 전부 무사한 경우는 본 적이 없사옵니다. 마치 폐하를 보좌하는 문무 대신들이 무과 장원과 문과 장원에 동시에 합격하지 못한 것처럼 말이옵니다. 치국안방治國安防에 능하고 금기서화琴棋書畵에 정통한 데다 밥 짓고 빨래하고 애보고 청소하는 집안 살림까지 모든 걸 다 잘하는 사람이 세상에 어디 있겠사옵니까? 말하자면 그런 도리나 마찬가지다 이 말씀이옵니다……."

건륭과 대신들은 엽천사의 말이 채 끝나기도 전에 약속이나 한 듯 웃음을 터트렸다. 건륭이 말했다.

"그래, 뭐든지 다 잘하는 완벽한 인재가 어디 있겠나! 진짜 있다면 괴물이겠지! 한두 가지, 조금 더 욕심을 부려 두세 가지만 특출하게 잘해도 만능이라 하겠네."

엽천사가 그에 힘입어 다시 아뢰었다.

"폐하께서는 실로 박학다식한 분이시옵니다. 그게 바로 의성醫聖 장중경張仲景의 변증론辯證論이옵니다. 황후마마께서는 한겨울의 영양榮養을 거쳐 아직까지 맥박은 조금 미력하오나 심폐기능은 많이 호전됐사옵니다!"

"알았네, 호전이 되고 있다 하니 다행이네. 오늘은 정무가 밀려 있으니 그만 물러가게. 조만간 다시 부르면 그때 들도록 하게."

엽천사는 건륭의 말을 듣자마자 바로 뒷걸음질을 쳐 물러갔다. 홍주가 먼저 입을 열었다.

"진보가 대단한 것 같사옵니다. 이제는 군신의 예도 갖출 줄 아는 걸 보면 말이옵니다. 기효람이 저걸 사람으로 만드느라 고생 좀 했겠는데?"

기윤이 홍주의 말에 엷은 미소를 지은 채 대답했다.

"고생이랄 것도 없었사옵니다. 구중궁궐에 앉아 계시는 저분이 과연 누구이신 줄 알고 말투가 그 모양이냐고 한번 엄히 다그쳤더니 '폐하의 면전에서는 허벅지를 꼬집으면서 조심한다는 게 그 모양입니다'라고 했사옵니다. 거기에 뭐라고 하겠사옵니까? 어려서 조실부모하고 심보가 고약한 숙모 밑에서 갖은 고생 다하면서 자라는 바람에 종일 먹는 것도 욕이요, 느는 것도 욕뿐이더라는 말을 듣고 인간적인 동정심이 생겨 좀 따뜻하게 대해줬사옵니다. 그랬더니 점점 말투가 고쳐지고 가끔 실수라도 하면 스스로 뺨을 때리기도 하면서 조심하는 것 같았사옵니다……."

기윤의 말을 듣고 건륭과 홍주는 말할 것도 없고 윤계선, 악종기 등도 다들 흐뭇한 미소를 지었다. 기윤이 덧붙였다.

"자기 스스로 예존상하禮尊上下의 위치를 찾을 줄 알게 되니 자연스레 언행에도 척도尺度와 분촌分寸이 생기게 된 것 같사옵니다."

"언행에 척도가 분명하고 제 주제를 알게 되면 크게 실수를 하는 법은 없지."

건륭이 짧게 말을 마치고는 홍주를 힐끔 쳐다보았다. 이어 다시 덧붙였다.

"말 못할 정도로 황당한 짓은 더더욱 안 할 테고! 다섯째, 짐은 사실 자네가 부족한 사람이라고는 생각하지 않네. 오히려 영특하고 명민함이 지나쳐 화를 자초하는 경우가 많다고 생각하지. '풍류친왕', '호탕친왕', '멋쟁이친왕'……. 한 이름 따려면 많고도 많건만 어찌 하필이면 '황당친왕'이라는 별명을 달고 다니느냐 이 말이네! 전도도, 고항도 따지고 보면 모두 여자 때문에 인생을 말아먹은 자들이 아닌가. 그러고도 계집들의 치마폭에 휩싸인 채 해롱거리면서 구만리 같은 앞길을 그대로 날려버리는 어리석은 자들이 얼마나 많은데, 자네조차 기생들을 불러다 앞날이 창창한 군괸들에게 전염병을 옮기려 들었는가? 그게 말이나 되는 소리인가?"

건륭의 말을 다분히 훈계조였다. 그러나 목소리는 나지막했다. 혹독하게 다그치겠다는 심산은 아닌 듯했다. 홍주는 그럼에도 일어나 두 손을 앞에 모으고 공손한 자세로 듣고 있었다. 하지만 제 버릇은 누구 못 준다고, 얼굴에는 툭 건드리면 금방이라도 터져 나올 것처럼 웃음이 잔뜩 서려 있었다.

그가 연신 허리를 굽실거리면서 아뢰었다.

"참으로 지당하신 훈책이시옵니다! 신은 태후마마와 황후마마께 수차례에 걸쳐 따끔한 훈계를 받았사옵니다. 신은 두 번 다시 그런 짓을 하지 않을 것을 약조 드리옵니다! 폐하께서 한 번만 더 이 못난 아우를 용서해주시면 백배 노력해 새로운 사람이 되도록 노력하겠사옵니다. 지지리 못났사오나 이 아우의 코딱지만 한 체면을 봐서라도 수혁덕 등은 벌하지 말아 주시옵소서. 전쟁터에서는 기막힌 총잡이들이옵니다."

홍주는 처음에는 진지하게 말하는 듯했다. 그러나 어느새 비실비실 웃음을 지으면서 고개를 숙였다. 건륭은 그런 홍주를 어이가 없다는 표정으로 바라봤다. 이어 어쩔 수 없다고 생각한 듯 악종기와 기윤, 윤계선 등을 쓸어보면서 말했다.

"이 사람 좀 보게. 제 코가 석 자인 처지에 남 걱정을 하고 있네! 원래는 빨리 북경으로 쫓아 보내 근신의 시간을 가지게 하려고 했었네. 헌데 태후마마와 황후가 한 번만 용서해주는 게 어떠냐고 부탁을 하는 바람에 정말 내키지 않지만 마지막으로 한 번 더 속는 셈치고 용서하기로 했네. 왕작은 돌려주겠지만 동주東珠는 조금 더 지켜본 후 상으로 내리도록 하겠네. 곧 귀경길에 오를 텐데 범시첩과 함께 관방關防에 허술한 구멍이 없나 잘 살펴보도록 하게. 관리들이 역로나 교량을 수리합네 하고 백성들에게 가렴주구를 일삼고 전량을 올려 받는 일이 없도록 각별히 유의해야겠네. 무슨 말인지 알겠나?"

홍주는 연신 알겠노라고 대답했다. 이어 작별인사를 하고 물러가려 했다. 그런 홍주를 건륭이 다시 불러 세웠다.

"좀 더 있어 보게. 윤계선의 보고를 듣고 가게."

홍주는 다시 자리로 돌아가 앉았다. 기윤은 어가를 수행해 남경에 온 이래 자신에 대한 건륭의 성총이 과거보다 못하다는 느낌을 자주 받았다. 군기처에서 정무를 논할 때도 농담 한마디 하지 않을 뿐 아니라 오늘처럼 자상하고 온화한 모습도 보이지 않았다. 그로 인해 그는 그동안 알게 모르게 마음고생이 적지 않았다. 그런 상태에서 모처럼 건륭의 밝은 표정을 대했으니 적이 마음이 놓이지 않을 수 없었다. 때문에 원래는 회의가 끝난 뒤 천천히 복강안의 희보를 전하고자 했던 생각을 바꿔 먼저 아뢰기로 했다.

"폐하께 전해드릴 희소식이 있사옵니다! 폐하께서 기분전환을 하신 연후에 계선 공의 군무 보고를 듣는 것이 어떨까 하옵니다."

"희소식이라, 좋지!"

건륭이 수염을 쓸어내리면서 밝게 웃었다.

"먼저 상주해 보게, 무슨 희소식인가?!"

"예, 폐하! 신은 오늘 제녕 지부 갈아무개로부터 첩보 서찰을 받았사옵니다. 복강안과 유용이 치밀한 작전 끝에 비적 두목 채칠을 비롯한 일지화 잔당 백여 명을 일망타진하는 대승을 거뒀다고 하옵니다!"

기윤의 말에 사람들의 눈이 삽시간에 휘둥그레졌다. 찻잔을 잡은 건륭의 손도 가늘게 떨렸다. 그 역시 흥분을 한 듯 했다. 곧이어 그는 만금萬金을 녹일 것처럼 형형하게 눈을 빛내고는 콧날까지 벌름거렸다.

"어느 부府라고 했나?"

"제녕부이옵니다, 폐하!"

"복강안과 유용이 지휘를 했고?"

"예! 비적들은 하나도 놓치지 않았사옵니다. 또 관군 측은 단 한 명의 사상자도 없었다고 하옵니다!"

"백성들은 다친 사람이 없다고 하던가?"

기윤이 두 손을 모아 공수하면서 거듭 감탄사를 터트렸다.

"바로 그 점이 이번 승전의 백미가 아닌가 사료되옵니다! 신은 군기처에 입직한 이래 관군과 백성의 희생이 단 한 명도 없는 전투는 처음 봤사옵니다. 앞으로도 이는 전무후무하지 않을까 하옵니다. 아직 나이가 어린 두구연화豆蔲年華(십오 세 전후의 미성년 나이)의 젊은이가 그토록 대지대용大智大勇할 줄은 미처 몰랐사옵니다."

홍주는 복강안에 대한 건륭의 감정이 남다를 수밖에 없는 이유를 알고 있었다. 그래서 혓바닥에 연꽃을 피울 정도로 언변이 뛰어난 한림翰林인 기윤의 입에서 극찬이 흘러나올수록 건륭의 마음 한구석이 허전해질 것을 염려하지 않을 수 없었다. 결국 건륭의 눈치를 살피며 조심스럽게 입을 열었다.

"부항은 툭하면 복강안에게 '빨리 달리는 말이 마차를 부순다', '빈 수레가 요란하다', '잘난 척하면 조괄趙括(중국 전국戰國시대의 조趙나라 장수. 진秦나라 장수 백기白起와 싸움을 벌여 화살을 맞고 죽었으며, 그의 45만 대군은 백기에게 패해 생매장되었음)이나 마속馬謖(백미白眉로 유명한 마량 5형제 중 막내로, 제갈량의 신임을 받았다가 참살되어 '읍참마속'이라는 고사가 생겼음)처럼 전쟁에서 실수를 해서 목숨을 잃는 비극을 자초하게 된다'느니 하면서 꾸중만 할 뿐 좋은 소리를 하는 걸 못 봤사옵니다. 연청 공 역시 아들을 보기만 하면 못 잡아먹어 안달이고는 했사옵니다. 이번에 둘 다 어떻게 반응하는지 잘 지켜봐야겠사옵니다."

건륭의 얼굴에 모처럼 웃음꽃이 만발했다. 윤계선과 악종기 역시 합세하여 복강안과 유용에 대한 칭찬을 아끼지 않았다.

"사실 이런 경우는 야전野戰을 치르는 것보다 열 배는 더 어렵사옵니다. 두 젊은이가 거사를 성공적으로 치렀다는 것은 실로 대단한 경사가 아닐 수 없사옵니다. 조정에 또 불세출의 인재가 탄생했사옵니다."

"극성시대極盛時代에 인재가 배출되는 것은 조정과 사직의 복이옵니다."

들어봐야 별로 색다를 것 없이 거기서 거기인 칭송의 말이 한 수레도 넘을 것 같았다.

"이 일을 당⋯⋯."

건륭은 흥분한 나머지 하마터면 "당아가 알면 얼마나 좋아하겠느냐"라는 말을 밖으로 내뱉을 뻔했다. 그러나 마지막에 다행히도 황급히 입가에 맴돌던 말을 꿀꺽 삼킬 수 있었다. 곧이어 황후전에서 시중드는 채훼彩卉라는 시녀가 이쪽을 살피며 기웃거리는 모습을 발견한 건륭이 싱거운 웃음을 지어 보였다.

"큰 소리로 떠드니 황후가 염려스러워 보냈나본데, 괜찮아! 이번엔 좋아서 그러는 거니까. 가서 황후마마께 아뢰거라. 복강안이 비적을 일망타진하는 큰 공을 세웠다고. 조금 있다 다섯째마마하고 건너가서 소상히 전해줄 거라고 전하거라."

채훼가 고개를 숙이며 대답하고는 물러갔다. 건륭이 다시 기윤을 향해 돌아앉으면서 말했다.

"부항과 유통훈은 이 기쁜 소식을 접하면 부끄럽기도 하고 기쁘기도 할 거네. 첩보 서찰은 가져왔나? 어쩐지 기윤 자네가 들어올 때부터 만면에 춘풍이 분다 했네!"

기윤이 황급히 소매 속에서 서찰을 꺼내 받쳐 올렸다. 건륭이 펼쳐들고 보더니 말했다.

"갈아무개라는 자의 필체가 예사롭지 않군!"

편지를 읽는 건륭은 점점 무아지경에 빠져들었다. 시선을 서찰에 박은 채 고개를 갸웃거리기도 하고 미소를 지으면서 끄덕이기도 했다. 가끔 무릎을 탁 쳐서 좌중을 놀라게 하기도 하다가 한 손으로 턱을 잡고 침묵에 잠기기도 했다. 그가 그렇게 한 줄 한 줄 맛있는 음식 아껴먹듯 편지를 천천히 다 읽고 나더니 악종기에게 넘겨줬다.

"경들도 읽어보게! 두 젊은이 덕분에 모처럼 짐의 얼굴에 광채가 도네. 갈효화의 글솜씨도 좋은데?"

한참 후 편지를 다 읽고 난 윤계선이 감탄의 말을 토했다.

"실로 심상치 않사옵니다. 그때의 상황을 미뤄 짐작해보면 다른 관아에 알리지 않고 극비리에 관군과 녹영병을 동원시킨 것, 철저한 사전탐사를 거쳐 치밀한 계획을 짠 것, 우물쭈물하지 않고 과감히 밀고 나간 것 등등 이 몇 가지 행동이 참으로 대견스럽사옵니다. 이처럼 아귀를 딱딱 맞춰 진행할 경우 자칫 어느 연결고리에 조금만 차질이 생겨도 완승을 기대할 수 없사옵니다. 그런데 기막히게 완벽한 승리를 거뒀다니 참으로 대단하옵니다!"

악종기 역시 즉각 맞장구를 쳤다.

"지방 정부의 도움도 크게 받지 않고 대규모 녹영병들에 의존하지도 않은 채 소리 소문 없이 비적의 소굴을 깨끗이 소탕해버린 것은 전례가 없는 일이옵니다."

건륭은 솔직히 당장에라도 복강안의 관작官爵을 올려주고 싶은 심정이었다. 크게 상도 내리고 싶었다. 그러나 아직 어린 복강안에게 평보청운平步靑雲(일거에 출세함)의 맛을 들이게 해봤자 결코 장래에 도움이 되지 않을 것이라는 생각에 마음을 고쳐먹었다. 다른 한편으로는 윤계선의 말도 그가 냉정을 되찾는 데 일조를 했다. 이번 승리가 복강안과 유용의 지휘력이나 관군의 전투력에 힘입은 승리라기보다는 어쩌면 단순히 운이 좋아서 이뤄낸 승리에 불과할지도 모른다는 생각을 한 것이다. 결국 건륭은 복강안에게 큰 상을 내리는 것만이 능사는 아니라는 쪽으로 생각을 굳혔다. 신하들의 말을 들으며 어느 정도 흥분을 가라앉힌 그가 평온한 목소리로 말했다.

"사실 짐은 두 사람의 승리 자체보다 충군, 애민 정신과 공로 앞에서 서로를 양보하는 인간됨됨이에 더 끌렸네. 두 사람에게 대충 넘어가려는 마음이 조금이라도 있었더라면 미리 주청을 올려 산동성 각 주둔군에 연락을 취했을 거네. 그리 됐더라면 자칫 기밀이 누설돼 전량만 축내고 도둑은 놓쳤을 수도 있었겠지. 그러나 이 둘은 쉬운 길을 택하지 않고 위험하지만 만전의 방법을 모색했네. 부항은 잘난 아들을 뒀네. 유통훈 역시 멋진 아들을 뒀어! 짐은 이 기쁨을 어이해야 할지 모르겠네. 허나 옥玉이 기물器物이 되려면 절차탁마의 과정을 거쳐야 한다고 했으니 짐은 이 둘에게 특별한 상을 내릴 생각은 없네."

건륭이 잠시 멈췄다가 다시 말을 이었다.

"그들이 직접 발송한 상주문도 곧 도착하겠군. 군기처에서 표창과 격려 방안에 대해 미리 의논해 보게. 유공자들의 공로를 후하게 인정해주는 쪽으로 하게. 그러나 이 두 사람에게는 인색하게 하는 쪽이 오히려 보약이 될 것이니 알아서들 하게."

짧은 순간에 건륭이 무슨 생각을 했는지 알 길이 없는 신하들은 다소 어리둥절한 표정을 지었다. 그러나 건륭은 손사래를 쳤다. 더 이상 말하지 말라는 의미였다.

"이제 기윤 덕분에 기분전환도 잘했으니 이 일은 그만 접지. 계선이, 자네가 하던 얘기를 계속하게."

"방금 우피牛皮 천막에 대해 말씀드렸사옵니다. 화친왕마마께서 먼저 귀경하시면 우피 천막을 가급적 빨리 군중으로 보내 주십사 호부와 병

부에 청을 드려주시면 감사하겠사옵니다. 무고사武庫司에서 내준 오천
개로는 턱없이 부족한 실정이옵니다."

윤계선이 잠시 말을 마치고는 두 손을 무릎 위에 올려놓은 채 전방을
뚫어지게 바라봤다. 그리고는 천천히 말을 이었다.

"호부와 병부가 서로 시비를 가리고 이해득실을 따지는 건 언제든 있
을 수 있는 일이지만 병사들의 목숨을 가지고 장난을 칠 수는 없사옵
니다. 청해靑海는 지세가 높은 고한高寒 지대이옵니다. 어떤 대영大營은 일
년 내내 겨울인 곳도 있사옵니다. 언 땅에 농작물을 재배할 수가 없어
병사들은 곰팡이가 핀 밥을 먹사옵니다. 천막도 다 떨어져나가 노천이
나 다름없는 병영 안에서 한 덩어리가 되어 잠을 자는 실정이옵니다. 신
이 시찰을 가보니 처음 왔을 때는 눈매가 부리부리하고 토실토실하던
병사들이 몇 개월 사이에 얼굴이 누렇게 떠 있었사옵니다. 극도의 영양
부족으로 야맹증 환자도 날로 늘어나고 있다고 하옵니다. 황혼 무렵만
되면 전부 앞이 안 보여 장님이나 다름없다고 하옵니다. 신이 보다 못해
병부에 서찰을 보내 땅콩이나 호두, 해바라기씨 같은 견과류라도 좀 보
내달라고 했사옵니다. 그러나 타 지역 주둔군들과의 형평성을 운운하
면서 끝내 보내주지 않았사옵니다. 타 지역이라뇨? 그들은 고기와 채소
를 충분히 먹고 돈만 있으면 사 먹을 수도 있사옵니다. 하오나 서부의
불모지에서는 양 한 마리로 무 하나 바꿔먹기도 힘든 실정이옵니다!"

울먹이면서 하소연하는 윤계선의 눈에 급기야 눈물이 글썽거렸다. 그
제야 기윤이 눈여겨보니 윤계선 역시 비쩍 말라 있었다. 숱이 많아 보
기 좋던 수염과 머리카락은 듬성듬성 흉하게 비어 있었다. 2년 전의 멋
쟁이 모습은 온데간데없었다. 건륭이 윤계선을 보면서 고개를 끄덕였다.

"다른 사람이 자네를 두고 뭐라고 말하든 짐은 경을 잘 알고 있네. 비
록 짐은 멀리 북경에서 금의옥식錦衣玉食하고 있지만 서부의 사막에서

모래바람을 먹고 사는 경을 한시도 잊어본 적이 없네. 경 역시 언제 어디에서나 군주와 종묘사직을 잊어본 적이 없듯이 말이네. 원장, 그만 눈물을 거두게. 만물이 눈에 익고 만사가 손에 익은 강남을 떠나 모든 것이 낯설고 힘겨운 서북으로 가니 고초가 한두 가지가 아닐 테지. 허나 그 때문에 반드시 그 자리에 윤계선이 있어야 해. 그래서 짐의 믿음 역시 군건한 것이 아니겠나? 원매袁枚가 서안에서 오래 버티지 못한 이유가 뭔 줄 아나? 그는 궁극적으로 강남과 서안의 다른 점을 간과했기 때문이네. 강남은 이치가 통하고 교화가 먹히는 곳이지만 그쪽은 민풍民風이 거칠고 억세서 붓 대신 몽둥이를 들어야 하고 말 대신 주먹을 휘둘렀어야 했네……."

윤계선은 이미 오래 전에 감숙성 번고藩庫에서 청해 대영으로 보낸 우피 천막들이 전부 벌레가 먹어 구멍이 뻥뻥 뚫렸다는 사실을 병부에 문서를 보내 알린 바 있었다. 그러나 병부에서는 사실 여부를 확인도 하지 않고 청해 대영의 군관들이 천막을 두 벌씩 얻어 이익을 챙기려 드는 게 아니냐면서 곱지 않은 시선만 보냈다. 몽고에서 사들인 새 우피 천막이 2년 동안 창고에 넣어뒀다 해서 구멍이 났다는 것은 어불성설이라는 주장을 펴기도 했다.

윤계선은 어쩔 수 없이 직접 원매를 현지에 파견해 실태를 조사했다. 예상대로 감숙성 번고에서는 벌레구멍은커녕 바늘구멍 하나 없는 천막을 제공했노라고 우겼다. 이어 대영으로 가보니 천막은 확실히 다 떨어져 못 쓰게 돼 있었다. 참으로 기가 막힐 노릇이었다. 그래도 서로 몇천 리 떨어진 병부와 감숙성 번고, 청해 대영 세 곳에서는 서로의 입장만 고집했다. 언성까지 높였다. 급기야 섬감陝甘 총독 늑이근勒爾謹은 원매를 감숙에 억류시키려고 했다. 이렇게 해서 얼토당토않은 사건이 발생하고 말았다.

원매는 천하에 명성이 자자한 대재자大才子였다. 그러나 서북에서는 되는 일이 하나도 없었다. 가는 곳마다 지방 실세들과 불협화음을 빚었다. 급기야 사면초가의 위기에 내몰리게 됐다. 다행히 윤계선이 백방으로 뛰어 노력한 끝에 그를 절강성 전당錢塘의 지부로 전임시키기로 했다. 그런데 하필이면 절강성 순무 왕단망王亶望이 전직 감숙 포정사였다. 자연히 왕단망은 감숙 번고와 한통속이었다. 원매의 전임을 격렬하게 반대했다. 물론 윤계선이 조금 더 강경하게 고집하면 안 될 것도 없었다. 그러나 원매는 그렇게까지 구차하게 관직에 남아 있고 싶지 않았다. 급기야 추호의 타협도 거부한 채 소매를 휘저으면서 제 갈 길로 가버렸다······.

그들 사이에 얽힌 복잡한 사연과 험악한 인사人事 관계에 대해서는 좌중의 사람들 중 기윤만큼 잘 아는 이도 없었다. 늑이근은 늑민의 족숙族叔일 뿐만 아니라 건륭의 십사숙十四叔 윤제를 따라 청해 전투에 참가했던 맹장이었다. 또 왕단망은 감숙성에서 징량徵糧 유공자로 뽑힌 데다 이재理財에 탁월한 안목을 가지고 있다 해서 여러 번 '능신'能臣의 칭호를 받아 성총이 남다른 자였다. 건륭은 일전에도 그의 팔순 노모에게 담비 가죽 넉 장을 상으로 내린 적이 있었다. 심지어 친필 어서御書로 '인서국상'人瑞國祥이라는 편액을 써주기도 했다······.

그 때문에 기윤은 그들 사이에 틀림없이 말 못할 특별한 사연이 있을 거라고 짐작하면서도 쉬이 입을 열지 않았다. 윤계선이 현지에 몸담고 있으면서도 해결하지 못한 문제에 멀리 있는 자신이 무슨 도움을 줄 수 있을까 하는 생각도 들었다. 그가 잠시 이런저런 생각에 잠겨 있을 때 홍주가 입을 열었다.

"왕단망이라는 자는 폐하께서 유의하실 필요가 있을 것 같사옵니다. 폐하께서 해녕으로 행차하실 때 신이 후미 선박에서 어가를 수행하면서 보니 운하 양측 언덕에 때 아닌 매화꽃이 만발하고 월계화와 도화

등의 꽃들이 철 이르게 다투어 피고 있었사옵니다. 하도 신기해 언덕에 올라가 백성들에게 알아봤더니 그자가 '때 아닌 계절에 피었으니 상서' 라고 보고한 것은 순전히 거짓말이었사옵니다. 그자는 강남 양주의 화방花房에서 꽃을 가져다 화분에 옮겨 심었던 것이었사옵니다. 신은 그자를 거짓말, 아부, 야비함과 졸렬함의 대명사로 보고 있사옵니다!"

홍주가 잠시 말을 마치고는 건륭의 표정을 힐끗 훔쳐봤다. 이어 덧붙여 아뢰었다.

"신의 말에 어폐가 있다면 죄를 청하겠사옵니다!"

"짐도 그런 걸 모르는 바는 아니네. 그러나 이제 와서 느끼지만 모든 사람은 다만 정도의 차이만 있을 뿐 모두 아첨꾼의 근성을 내포하고 있네. 속은 한줌 패서敗絮(다 떨어진 솜)이면서도 겉으로는 번지르르하게 포장하고 다니는 가짜 도학가들에 비하면 차라리 겉과 속이 똑같은 패서들이 더 낫네. 누군가를 평가하려면 가부간 실증實證이 있어야 하네. 느낌만으로 왈가왈부하는 것은 위험한 짓이지!"

건륭이 홍주를 바라보면서 조용히 웃었다. 홍주가 다소 멋쩍은 듯 웃음을 지어보이며 다시 입을 열었다.

"신이 그자를 혹평할만한 실증은 없사옵니다. 그냥 보기에 내실이 없어 보일 뿐이옵니다. 신은 어느 누구보다도 윤계선을 믿사옵니다. 서안으로 간 지 일 년 조금 넘은 사람이 십 년은 더 늙어 보이옵니다. 이 역시 실증이라면 실증이 아니겠사옵니까? 아무쪼록 윤계선이 필요로 하는 우피 천막은 빠른 시일 내에 해결해 줘야 할 것이옵니다. 그런데 이상하옵니다. 섬감 지역은 해마다 극심한 가뭄으로 풀 한 포기 나지 않는다는데, 어찌 우피에 곰팡이가 슬고 식량이 썩어나갈 수 있다는 말이옵니까? 참으로 귀신이 곡할 노릇이옵니다."

홍주의 말을 듣고 건륭은 순간 흠칫했다. 그 말에 뭔가 단서가 있는 게 분명했다. 그가 즉시 기윤에게 명했다.

"북경에 있는 아계에게 전하게. 해마다 각 성省에서 올라온 청우표晴雨表를 등사謄寫해서 팔백리 긴급 편으로 보내라고 하게!"

신하들은 난데없이 청우표를 찾는 건륭의 속내를 짐작할 수가 없어 멍한 표정을 지을 수밖에 없었다. 그런 신하들의 속마음을 짚어 내기라도 한 듯 건륭이 오싹한 기운이 느껴지는 미소를 지은 채 덧붙였다.

"방금 홍주의 말을 듣고 짐이 갑자기 떠오른 생각이 있어서 그러네. 요 근년 섬감 지역의 청우표를 확인할 거네. 과연 우피와 식량에 곰팡이가 필 정도로 '다습'한 적이 있었는지 확인해 볼 거네. 짐의 기억으로 그쪽은 해마다 정수리에 불이 일 정도로 건조하다고 아우성이었어!"

25장

태평성대와 쌀벌레

　건륭의 얼굴이 무섭게 굳어졌다. 짙고 무성한 눈썹이 꿈틀거리면서 가늘게 모은 눈시울에서 예기銳氣가 번쩍였다. 이어서 관자놀이에 시퍼렇게 힘줄이 솟아오르는가 싶더니 책상을 잡은 두 팔에 잔뜩 힘이 들어갔다. 당장이라도 벼락이 내리치고 우박이 떨어질 것 같았다. 찻물, 수건, 필묵 따위 시중을 들기 위해 휘장 뒤에 대기하고 있던 태감의 엉거주춤 숙인 허리는 점점 더 낮아졌다.

　한참 후 건륭은 가까스로 분노를 가라앉혔다. 그리고 입술을 두어 번 감아 빨더니 차가운 어조로 기윤에게 물었다.

　"기효람, 작년에 감숙에서는 수재水災를 입었다고 했나, 한재旱災를 입었다고 했나?"

　사람들은 건륭이 기윤에게 하문하는 것을 듣고서야 참았던 숨을 속으로 길게 내쉬었다. 기윤 역시 안도의 숨과 함께 즉각 대답했다.

"한재였사옵니다, 폐하! 감숙甘肅, 영하寧夏, 청해靑海 이들 지역은 거의 매년 극심한 가뭄으로 고생하는 지역이옵니다. 섬서陝西 경내의 경하涇河는 재작년과 작년에 수위가 크게 올라 그 일대에 극심한 침수 피해가 예상됐사오나 다행히 농작물 피해는 없었사옵니다. 하오나 감숙성은 오 년 동안 해마다 가뭄이 들고 한재를 입었사옵니다. 청우표晴雨表(기상관측기록)에 일목요연하게 기록돼 있을 것이옵니다."

"음……, 그렇겠지."

건륭이 짤막하게 대답하고는 다시 물었다.

"그러면 요 근래 감숙성의 부세 감면 상황과 재해복구에 투입된 전량 숫자에 대해서도 알고 있나? 호부에서 보고가 올라왔었는가?"

"폐하!"

기윤은 평온함 속에 날카로움이 묻어 있는 건륭의 말투에 잔뜩 긴장이 되었다. 그는 살얼음판을 내딛는 심정으로 조심스럽게 아뢰었다.

"상세한 수치는 신도 잘 모르겠사옵니다만 감숙성에는 현재 이십삼만 육천 경頃 정도의 전답이 있사옵니다. 원래 규칙대로라면 해마다 이십팔만 칠천 냥의 부세를 부담해야 하오나 오 년째 부세 감면 혜택을 받고 있사옵니다. 더구나 작년에는 재해복구비 명목으로 은자 오만 냥을 보내줬사옵니다. 또 재작년에는 팔만 냥, 그 전년도에는 육만 오천 냥을 보냈사옵니다. 신도 어람을 청하고자 군기처로 보낸 호부의 서류를 훑어보다가 기억에 남은 숫자라서 끝자리가 조금 틀릴 수도 있사옵니다. 또 죄신罪臣 눌친도 전에 이런 말을 한 적이 있사옵니다. '왕단망 그놈은 잔머리가 보통이 아냐. 강남이 바람과 비가 순조로워 해마다 풍작이고 폐하께서 이재민들에 대한 애틋함이 극진하신 점을 악용해 해마다 재해 상황을 부풀려 엄청난 재해복구비를 타내니 말이오'라는 말이옵니다. 그 말에 신은 적잖이 충격을 받았는지라 이 숫자들을 기억할 수 있었던 것 같사옵니다. 신은 기추機樞에 몸담고 있으면서도 관리들의 기만을 알아보는 명민함이 부족해 폐하의 성려를 덜어드리지 못한 책임을 통감하옵니다."

기윤이 사죄의 말을 더 보태려고 할 때였다. 건륭이 그의 말을 싹둑 자르고 나섰다.

"너무 민감하게 반응할 건 없네. 그게 전부 경의 책임은 아니니 말일세!"

건륭이 냉소를 머금은 채 다시 말을 이었다.

"짐은 고항이나 전도와 같은 여우나 쥐새끼 같은 자들만 이치吏治 정돈의 대상인 줄 알았어. 그런데 성省마다 이런 쌀벌레들이 창궐하고 있었군. 북경에 있는 아계에게 서찰을 띄우게. 감숙성으로 사람을 파견해 실태조사를 하라고 말이네. 조정에서 부세를 감면해주는데도 불구하고 그자들은 백성들로부터 꼬박꼬박 세금을 징수했을 걸세. 그 돈을 다 어디에 어떻게 썼는지, 조정에서 해마다 재해복구비 명목으로 내려 보낸 은자는 어느 고래의 뱃속에 들어갔는지, 윤계선 자네가 책임지고 즉각 조사하도록 하게!"

"예, 폐하!"

윤계선이 즉각 대답했다. 그러나 자리에서 일어나는 것은 '즉각' 하지 못했다. 그동안 몸과 마음의 고생이 극심했던 듯 움직임조차 예전 같지 않게 된 탓이었다. 아무려나 그는 조금 느린 동작으로 일어서더니 침착하게 덧붙였다.

"신이 예전에 어명을 받고 섬서로 가기 전에 부족한 군량미를 강남에서 조달해야 할지 여부를 부상에게 물은 적이 있사옵니다. 부상은 즉각 감숙성에 팔십이만 칠천오백 석의 식량이 있고 콩과 밀도 충분하니 군량미 걱정은 하지 않아도 될 것 같다고 했사옵니다. 팔십이만 석이라면

시가로 은자 이백오십만 냥에 달하는 엄청난 양이옵니다. 게다가 저희 강남에서 서안西安까지 운송하려면 인건비만 식량의 다섯 배나 드옵니다. 당시 신은 미리 군량미를 비축해 놓음으로써 어마어마한 재정적 손실을 막게 해준 왕단망에게 감사의 뜻을 전했사옵니다. 하오나 실제로 가보니 콩도 밀도 없었을 뿐더러 있는 식량도 전부 곰팡이가 피어 있었사옵니다. 폐하! 조사 결과 감숙 번고蕃庫에 식량이라고는 한 톨도 비축되어 있지 않았사옵니다! 신은 이 사건을 진작 폐하께 주명奏明하고자 했사옵니다. 하오나 늑이근이 '예전에 비축해 뒀던 식량은 전부 재해 지역에 보내줬다. 칠백만 석은 내다 팔아 대금을 번고에 묻어두었다'라고 딱 잡아떼는 바람에 어쩔 수가 없었사옵니다. 번고를 열어 대금이 확실히 있는지 조사하고 싶었사오나 이는 신의 권한 밖의 일이라 마음대로 할 수가 없었사옵니다. 이제라도 늦지 않았사오니 폐하께서 어지를 내려주시옵소서. 신은 의혹을 떨쳐버릴 수가 없사옵니다."

기윤의 말에 건륭은 기가 막혀서 얼굴이 벌게졌다. 생각할수록 울화가 치밀었다.

'칠백만 석이라고? 보관하기도 힘들 정도로 많은 그 식량들을 다 어쨌단 말인가? 한재를 입었다고 우는 소리를 할 때마다 호부에서 보내준 전량도 어마어마할 텐데 그 많은 것을 한 톨도 남기지 않고 전부 '재해 복구'에 쏟아 부었다니 말이 되는가!'

건륭이 그렇게 생각하고 있을 때였다. 홍주가 무거운 분위기를 바꿔보려고 그랬는지 갑자기 썰렁한 농담을 했다.

"감숙 사람들의 배는 완전히 배船네요!"

그러자 건륭이 홍주를 흘낏 쳐다보고는 소름끼치는 웃음을 지어보였다.

"아니지! 진짜 '감숙인'들은 뱃가죽이 등에 붙어 있어. 왕단망과 늑이근만 배가 배船만 하게 불러 있겠지! 두말이 필요 없네, 철저히 조사하게!"

기윤은 이쯤 되자 왕단망과 늑이근은 더 이상 용서를 받을 여지가 없겠다고 생각했다. 그가 두 사람에 대한 맹비난을 하려고 막 입을 열려고 할 때였다. 악종기가 먼저 고개를 갸웃거리면서 천천히 입을 열었다.

"신은 재무財務에는 까막눈이라 머리가 어지럽사옵니다. 하오나 궁금한 점이 있사옵니다. 감숙은 자고로 땅이 척박하고 백성들도 쩨지게 가난한 곳이온데, 칠백만 석의 식량이 대체 어디서 났을까요? 하늘에서 떨어졌을 리는 없고……. 강남의 비축량도 천 석 내외인 걸로 알고 있사옵니다."

"동미東美 공, 그건 뭘 잘 모르고 하는 소리예요."

기윤이 신색이 우울한 건륭의 눈치를 살피면서 의견을 말했다. 그리고는 덧붙였다.

"연감捐監(기부금을 내고 국자감에 들어가 공부할 수 있는 감생監生 자격을 사는 것)을 통해 칠백만 석 정도는 쉽게 거둬들일 수 있사옵니다. 사 년 전 늑이근이 순무로 있을 때 상주문을 올렸었사옵니다. 감숙에는 연감을 원하는 사람들이 많다고 말이옵니다. 굳이 북경까지 가서 은자 쉰다섯 냥을 내게 하느니 감숙 현지에서 그 가격에 해당하는 식량을 바치게 하면 일석삼조라면서 폐하께 이를 윤허해 주십사 하고 주청을 올렸었사옵니다. 연감을 원하는 사람들은 북경까지 가는 번거로움을 덜 수 있고, 감숙 현지에서는 쌀장수들이 이득을 보며, 호부 역시 구제양곡을 따로 보낼 필요가 없다는 것이었사옵니다. 사실, 그렇게 해서 연감생捐監生들이 바친 쌀로 현지 이재민들을 충분히 먹여 살릴 수 있다면 누이 좋고 매부 좋고, 도랑 치고 가재 잡는 식이라는 발상이었죠. 그때 당시 폐하께서는 '현지 사정은 경들만큼 밝은 사람이 없을 터이니 경들이 알아서 하게'라면서 윤허해 주셨사옵니다. 감생 자리 하나에 은자 쉰다섯 냥이옵니다. 삼 년 동안 총 십오만 명의 감생이 나왔사오니 그렇게 해서 얻은 식량은 실로 어마어마한 양이었사옵니다. 문제는 그렇게 식량이 충분한데도 감숙성에서는 여전히 호부에 손을 내밀어 구제양곡을 타냈다는 것이옵니다. 또 당초 약속과 달리 연감으로 얻은 식량을 전부 팔아 무려 이백오십만 냥에 달하는 은자를 번고에 묻어버렸사옵니다. 아무리 생각해도 이게 무슨 귀신이 곡할 노릇인지 알 수가 없사옵니다! 만약 호부에서 감숙성 번고의 은자 이백오십만 냥을 받고도 폐하께 아뢰지 않았다면 이는 호부를 징계해야 할 일이옵니다. 또 만약 호부에서 이 돈을 받지 않았다면, 과연 그러하다면……. 폐하! 왕단망과 늑이근은 결코 기군오국欺君誤國의 죄를 면하기 어려울 것이옵니다!"

"짐은……, 괜찮네."

건륭의 안색은 기윤의 말이 이어질수록 점점 더 창백하게 질려갔다. 목소리도 가늘게 떨렸다. 그가 다시 입을 열었다.

"짐은 이제 더 이상 화를 낼 기운조차 없네. 그저 두렵고 처량한 마음뿐이네. 짐이 두려운 것은, 이 일이 한두 마리의 고래가 저지를 수 있는 일이 아니기 때문이네. 성省, 부府, 주州, 현縣들이 '상하일심'上下一心으로 작정하고 기군을 일삼은 죄행이라는 사실이네!"

건륭은 급기야 울먹이기까지 했다. 잠시 말을 잇지 못하던 그가 겨우 다시 입을 열었다.

"짐은 이제야 윤계선이 그곳에서 왜 그렇게 견디기 힘들었는지 그 이유를 알 것 같네! 계선이 있는 한 그자들은 맘대로 하지를 못했을 테니 얼마나 눈엣가시처럼 여기고 괴롭혔겠나. 명색이 공맹지도孔孟之道를 따른다는 자들이 은자 앞에서는 저리 오물을 본 파리처럼 달려드니 이를 어찌하면 좋은가!"

하소연을 하듯 주먹을 부르르 떨면서 말하는 건륭의 얼굴이 벌겋게 달아올랐다. 이마와 관자놀이 혈관이 터질 것처럼 부풀어 올랐다. 충혈 된 눈에서 핏빛 눈물이 글썽거렸다. 그는 날마다 사경四更에 일어나 밤 늦게까지 안팎으로 문사무비文事武備를 챙겨가면서 보다 나은 '무학승 평'舞鶴昇平을 위해 노심초사해왔다. 그런데 그의 눈길이 못 미치고 손길 이 못 닿는 곳에는 쌀벌레들이 창궐했다. 어느새 천하는 난파선처럼 위 태롭기만 했다.

신하들은 상심한 나머지 눈물까지 보이는 건륭의 마음을 어떻게 위 로해야 할지 몰라 안타깝기만 했다. 그때 태감 왕팔치가 조심스레 물수 건을 받쳐 올렸다.

"이는 고항 등의 사건과도 다르네."

건륭이 물수건으로 얼굴을 문지르고는 일어나기 위해 자세를 고쳐 앉 으며 입을 열었다. 너무 오래 앉아 있어 다리가 저린 듯했다. 태감이 황 급히 무릎을 꿇고 신발을 신겨줬다. 건륭은 태감의 어깨를 잡고 어탑御 榻에서 내려섰다. 어느새 처연한 표정을 거둔 그는 천천히 걸음을 옮기 면서 쇳소리가 섞인 음성으로 말을 이었다.

"이 일에는 아마도 여러 개 성의 크고 작은 관리들이 수도 없이 개입 되어 있을 것이네. 희대의 사기극으로 판명날 것임이 틀림없네. 옹정 연 간에 산서山西에서 발생했던 낙민諾敏 사건과 흡사한 점이 있네. 더하면 더했지 못하지 않을 걸세. 나라를 좀먹는 이런 벌레들은 절대 용서할 수 없네. 이 사건은 아계가 직접 흠차의 신분으로 조사해 그자들의 죄행을 백일하에 낱낱이 까발릴 것이네! 죽음조차 우습게 아는 자들을 짐이 불쌍하게 여길 필요가 어디 있겠는가? 짐은 삼척三尺의 용천龍泉이 피로 물드는 걸 두 눈으로 똑똑히 지켜볼 거네!"

건륭이 말을 마치고는 고개를 들어 천장을 뚫어지게 올려다봤다. 이어 한참 후 길게 탄식을 내뱉었다.

"짐이 표방한 관대한 정치는 백성들과 더불어 휴양생식하면서 안거낙업하는 세상을 만들어주기 위한 것이었네. 결코 온 천하에 여우나 쥐새끼들이 번식하는 걸 간과하겠다는 뜻은 아니지!"

건륭의 말에 좌중의 신하들은 모두 자리에서 나와 일제히 무릎을 꿇었다. 건륭이 다시 말을 이으려고 할 때였다. 태감 복의가 조심스레 안으로 들어섰다.

"무슨 일인가?"

건륭이 묻자 복의는 신하들의 옆에 황급히 꿇어 엎드리며 아뢰었다.

"절강 순무 왕단망이 뵙기를 청했사옵니다!"

"귀가 어지간히 가려웠나 보군. 무슨 일로 뵙기를 청했다고 하던가?"

건륭의 얼굴에 소름끼치는 미소가 서렸다.

"말을 하지 않기에 소인도 감히 묻지 못했사옵니다. 낡은 책을 한아름 안고 있는 걸로 보아 어람御覽을 청하려는 것 같았사옵니다."

복의가 대답했다. 건륭은 그제야 일전에 절강성을 순찰하면서 왕단망에게 책에 대한 얘기를 했던 기억이 떠올랐다. 당시 건륭은 천일각天一閣 장서 중에 송판宋版으로 된 주희朱熹 주석註釋의 《논어》論語가 없어 유감이라고 한 적이 있었다. 왕단망은 아마 그 책을 구해온 것 같았다. 그러나 지금 건륭에게는 송판 서적에 관심을 보일 여유가 없었다. 급기야 차갑게 내뱉었다.

"가서 어지를 전하거라. 오늘부로 왕단망과 늑이근은 파직한다. 근신하면서 처벌을 기다리라고 이르라. 유통훈이 사람을 보내 가산家産 상황을 조사할 것이다. 책은 그 자신부터 잘 읽어보라고 하거라!"

"그리 전하겠사옵니다, 폐하!"

"잠깐만!"

복의가 건륭의 명령을 받고 나가려고 하자 윤계선이 황급히 외치면서 그를 불러 세웠다. 이어 건륭을 향해 연신 고개를 조아리며 아뢰었다.

"폐하께서 오늘 들으신 얘기는 모두 신들이 보고를 드린 것일 뿐 분명한 증거라고 할 수는 없사옵니다. 만에 하나 억울한 사연이 있을지도 모르옵니다. 신들의 한마디 말 때문에 감숙성의 백관百官이 불행해진다면 신들의 죄는 몸이 백 개라도 갚지 못할 만큼 막대한 것이옵니다. 부디 통촉하시어 진실을 밝히신 다음에 벌을 하셔도 늦지 않을 것이라 사료되옵니다!"

기윤도 윤계선의 말에 동의하며 말했다.

"왕단망의 사건은 도처에 깔린 흑막을 거둬내고 거미줄 같은 연결고리를 끊어내는 것만 해도 엄청난 시일이 걸릴 것이옵니다. 신의 소인지심小人之心으로 볼 때 왕단망은 계선 공이 술직차 왔다는 소문을 듣고 저들의 행각이 들통날까봐 두려운 나머지 《논어》에 대한 폐하의 어람을 청하는 척하면서 염탐을 하러 온 것 같사옵니다. 신의 소견으로는 준비가 되기 전에 미리 풀을 베어 뱀을 놀라게 하지 않는 것이 좋을 것 같사옵니다. 일부러 아무런 내색을 하지 않음으로써 당분간 그자를 안심시키는 것이 좋을 듯하옵니다."

건륭이 잠시 생각하더니 다시 복의에게 분부했다.

"가서 어지를 전하거라!"

건륭은 복의가 물러가자 씁쓸한 미소를 지은 채 덧붙였다.

"복강안이 치밀한 전략과 철저한 기밀보장으로 채칠 일당을 일망타진했듯 조심스레 접근해 완승을 거두자는 경들의 뜻을 짐이 어찌 모르겠나? 허나 요즘 관가에 어디 비밀이라는 게 있던가? 왕단망을 파직시키지 않을 경우 그자는 약삭빠르게 늑이근에게 육백리 긴급서찰을 보낼 게 틀림없네. 흠차가 감숙에 도착하기도 전에 서늘끼리 입을 맞추고 수작을 꾸며도 열두 번은 더할 것이네. 그리 되면 수사가 더 힘들어질 것이네!"

악종기가 건륭의 말을 받았다.

"그러고 보면 탐관오리를 색출하고 처단하는 과정이 전쟁터에서 전투를 하는 것과 비슷한 것 같사옵니다. 기병奇兵을 파견해 불시에 적들의 소굴을 급습해 중군의 지휘를 무기력하게 만든 뒤 적진에 돌입해 전멸시키는 그런 전쟁 말이옵니다."

건륭의 얼굴에 득의양양한 표정이 떠올랐다가 곧 사라졌다. 상황이 심상치 않다고 생각하는 듯했다. 그가 곧이어 다시 입을 열었다.

"전쟁보다 어렵지! 전쟁터에서는 적과 아군이 분명하나 여기는 다르네. 모두 조복조관朝服朝冠 일색이지 않은가. 게다가 동향동년同鄕同年, 상명하복上命下服의 관계가 종횡으로 이리저리 엮여 있으니 누가 적이고 누가 내편인지 알 수가 없다네. 그게 제일 큰 어려움이지. 짐은 그들을 적으로 생각하지 않는데 그자들은 조정을 쓰러뜨리려 드니 어찌 이를 두고 볼 수 있겠나? 열성조들께서 어떻게 이끌어온 강산인데……."

건륭은 한바탕 사자후를 토해내고 나자 울분이 조금 가신 듯했다. 여유를 찾은 그는 회중시계를 꺼내보더니 놀란 표정을 지었다.

"벌써 시간이 이렇게 됐나? 미시未時가 다 됐군! 연석宴席은 마련하지 않겠네. 경들은 군기처 화식간伙食間(부엌)으로 가서 끼니를 때우도록 하게. 다섯째는 남아 짐과 어선을 같이 하세. 태후마마와 황후가 자네를 보자고 하시니 좀 있다 같이 가도록 하고. 그럼 이만 물러들 가게."

좌중의 신하들은 엎드린 자세 그대로 머리를 조아리고는 아무 말 없이 조용히 물러나려고 했다. 순간 건륭이 뭔가 떠오른 듯 악종기를 불러 세웠다. 그리고는 말 없이 바라보고 있더니 한참 후 악종기의 어깨를 두드리면서 한숨을 지었다.

"전조前朝가 남긴 노장군老將軍 중에서 전국全局을 두루 아우를 수 있는 사람은 이제 동미공밖에 안 남았네. 원래는 이런 자리에 없어도 무방하나 경의 건강 상태가 장시간의 의정議政을 견딜 수 있는지 알고 싶어 돌아가 쉬라고 하지 않았네. 이제 보니 경의 체력과 기력은 저 장년들 못지않은 것 같네. 짐은 크게 위안을 느끼네. 종묘사직의 간성지보干城之寶가 오래오래 버텨줘야지! 그렇지 않은가, 다섯째?"

홍주가 건륭의 말에 동의한다는 듯 고개를 끄덕이며 대답했다.

"여부가 있겠사옵니까! 노마불사老馬不死라더니, 동미공은 세월을 거꾸로 사는 것 같사옵니다. 매일 인삼, 녹용만 먹고 사는지 일흔을 넘긴 사람이 어찌 저리 정정할 수 있는지 모르겠사옵니다!"

악종기가 그러자 황송하다는 듯 아뢰었다.

"폐하께서 하사하신 인삼이 아직 열 근도 넘게 남아 있사옵니다. 신은 아껴 먹느라 밤을 새울 때만 조금씩 먹고는 하옵니다. 평생 융마戎馬(전쟁에서 쓰는 수레와 말. 군대를 이르는 말) 인생으로 말 등에서 거칠게 살아온 병영 출신이어서 그런지 건강 하나는 장담할 수 있는 것 같사옵니다."

"인삼은 얼마든지 있으니 아껴 먹을 필요 없네. 다 먹고 나면 짐이 또 상을 내릴 테니 염려하지 말고 많이 먹게!"

건륭이 다시 말을 이었다.

"경이 말하던 그 아목이살납에 대해서는 짐이 생각한 바가 있네. 이리의 야심을 품었다고 해도 상관 없고, 일편단심 충정이라고 해도 좋네. 지금으로서는 서북의 다른 세력들을 잘 견제해주고 있으니 짐에게 유용한 존재이네. 경의 임무는 부항의 군무를 보필하는 것이네. 금천과 상, 하첨대는 서장西藏으로 통하는 문호이네. 이들 지역을 잘 다스리지 못하면 언제든 큰 문제를 초래하기 마련이네. 경이 사라분과 우정이 깊었다고 하니 사라분의 처자를 만나보도록 하게. 다른 사람의 말은 안 들어도 경의 말은 들을 것 같아서 말일세. 두 가지를 설득하게. 우선 사라분은 반드시 스스로 자신을 포박해 죄를 청해야 해. 만약 죄를 청하기만 하면 사면을 받게 될 것이라고 하게. 그를 여전히 금천의 장군으로 삼을 뿐 아니라 상, 하첨대까지 그의 관할구역으로 내줄 것이라고 위무를 하게. 완전히 못 박는 투로 말하지는 말고 여지를 조금은 넘겨 두세. 이 일만 제대로 처리해도 경은 큰 공로를 세우는 셈이네. 만약 사라분이 짐의 요구를 끝까지 수락하지 않겠다면 짐도 어쩔 수가 없네. 끝까지 용병用兵을 통해 금천을 피바다로 만들 수밖에 없네. 이 말은 직설적으로 할 필요는 없고 넌지시 뜻만 비치게. 짐은 경만 믿겠네.”

악종기는 건륭의 말에 상당히 흥분한 듯했다. 얼굴이 벌겋게 달아오르며 급기야 하얀 머리와 수염까지 살짝 떨렸다. 그는 고개를 깊이 숙이며 사은을 표했다.

“신은 성조 때부터 군주를 섬겨온 몸이옵니다. 이제 한줌 남은 늙은 뼈를 폐하를 위해 갈아 바치겠사옵니다. 염려 놓으시옵소서, 폐하! 신은 성조 때의 무단武丹처럼 이 한목숨 다하는 순간까지 폐하께 충성을 바칠 것을 약조 드리옵니다. 신이 아직까지는 폐물廢物이 아님을 증명해 드리겠사옵니다!”

건륭이 그러자 껄껄하고 크게 웃음을 터트렸다.

“그래도 몸을 살펴가면서 일을 하도록 하게!”

건륭은 말을 마치고 친히 악종기를 부축해 궁전 밖으로 나왔다. 이어 그의 늙은 뒷모습이 완전히 시야에서 멀어지고 나서야 비로소 궁전 안으로 발길을 돌렸다. 그러면서 홍주에게 말했다.

“짐은 감숙성의 일을 생각할수록 마음이 무겁네. 무관들은 아직까지 괜찮은 것 같아. 특히 아계, 조혜와 해란찰은 뭘 맡겨도 든든한 장수로 자리 잡았어. 복강안 역시 이번에 보니 괄목할 만한 성장을 보였네. 모두들 오로지 공로를 세워 조정에 보답을 하겠다는 일념으로 뛰고 있으니 웬만한 바람에도 흔들리지 않거든. 문제는 문관들이네. 주지육림에 빠져 허우적대면서 눈에 뵈는 건 은자밖에 없으니……. 이들을 정돈하지 않으면 짐은 침식寢食이 불안해서 못 견딜 걸세! 감숙 사건을 빌미로 몇몇 봉강대리의 목을 처내고 곁다리들을 한 무리 처벌하면 뭔가 달라져도 달라지겠지?"

홍주가 고개를 끄덕이며 즉각 아뢰었다.

"무관들은 목숨을 걸고 할 일이 있으니 콧구멍이나 후비면서 엉뚱한 생각을 할 겨를이 없지 않사옵니까. 하오나 문관들은 정치적 업적을 평가받는 데 있어 정해진 척도가 없으니 잘해도 그만, 못해도 그만이라는 무사 안일에 젖은 채 종일 승진, 재물, 계집 세 가지만 생각하는 지경에 이르렀사옵니다. 그러니 이번 기회에 이치吏治를 정돈하시는 것이 꼭 필요할 것으로 기대하옵니다. 모든 걸 떠나서 백성들에게 보여줄 것이 있어야 하지 않겠사옵니까? '대청大淸의 성세盛世는 오로지 건륭이다'라는 노래를 만들어 부르고 다니는 우리 백성들이 아니옵니까. 유용과 이시요도 괜찮은 인재들이옵니다. 그리고 복강안도 조금만 더 연마하면 지금의 몇몇 군기대신들보다 훨씬 나을 것이옵니다. 기윤과 아계가 아직 젊고 유능하오니 과거를 통해 필요한 인재를 몇 사람만 더 물색해 놓으면 대국大局에는 큰 문제가 없을 줄로 아옵니다. 하오나 뭐니 뭐니 해도 폐하께서 강건하신 것이 우리 대청의 큰 복이라 하겠사옵니다!"

건륭이 잠자코 홍주의 말을 듣더니 피식 웃음을 터트렸다.

"아첨이 양념처럼 군데군데 섞인 것이 듣기 나쁘지는 않군. 물론 맞는 말이네. 중앙의 기추機樞 부서가 든든하고 민심이 안정돼 있으니 그래도 희망은 있다 하겠네. 부항과 윤계선은 이세 인정된 궤도에 올랐네.

아계는 아직 조금 더 영글어야겠고…… 짐이 욕심이 좀 많은 것 같지만 태평성세일수록 조심해야 하네. 《이십사사》二十四史를 뒤져보면 성세라고 방심한 뒤에 항상 반란과 몰락이 뒤따랐네. 우리는 그런 전철을 밟아서는 아니 되네."

건륭의 얼굴에서는 어느새 웃음기가 사라졌다. 홍주가 다시 머리를 숙이며 아뢰었다.

"하오나 폐하께서 그렇듯 경계의 마음을 가지고 계시다는 것은 사실상 동란의 근원을 이미 막은 것이나 진배없사옵니다. 우리 대청은 결코 그런 불행을 초래하지 않을 것이옵니다."

그때였다. 갑자기 창밖에서 "고개 돌려, 고개 돌려!" 하는 앵무새 소리가 들려왔다. 건륭이 기특한 앵무새를 바라보면서 히죽 미소를 지었다.

"들어보게, 앵무새가 짐에게 고개를 돌리라고 하는군! 짐인들 어찌 갖은 꼴불견을 뒤로 하고 쉬고 싶지 않겠나? 그러나 적어도 지금은 쉴 때가 아니네. 다섯째, 어젯밤과 오늘에 걸쳐 많은 대화를 나눴네. 자네는 달리 걱정하지 말게. 짐에게는 하나밖에 없는 아우이네. 누가 감히 우리 사이를 이간질하고 자네를 괴롭힐 수 있겠나? 짐은 지금 당장 어지를 내려 유용을 감숙성 양주涼州로 파견할 것이네. 자네는 북경으로 돌아가지 말고 개봉開封으로 내려가 유용과 합류하게. 늑이근 사건을 철저히 수사하고 얼마만큼 썩어 있는지 샅샅이 뒤져보게."

홍주가 모처럼 웃음기 없는 정중한 태도로 대답했다.

"어지를 받들겠사옵니다, 폐하."

홍주는 말을 마치고는 건륭을 따라 서난각으로 향했다. 황후의 거처인 서난각에는 태후도 와 있었다. 고부姑婦 두 사람은 황후의 목탑木榻 앞에 앉아 도란도란 얘기를 나누고 있었다.

건륭을 발견한 태감과 궁녀들이 일제히 무릎을 꿇었다. 건륭 역시 태후를 보고는 잠시 놀란 기색을 보였다. 그리고는 한발 앞으로 나서서 예를 갖추며 문후를 올렸다.

"어마마마께서는 언제 드셨사옵니까? 소자, 어마마마께 문후 올리옵니다!"

홍주 역시 건륭의 등 뒤에 있다가 뒤따라서 문후를 올렸다. 건륭이 이어 태감 진미미를 꾸짖었다.

"짐이 동난각에 있었는데, 태후마마께서 거동하셨으면 바로 아뢰었어야지 어찌된 일이냐?"

태후가 진미미에 앞서 말했다.

"일어나세요, 황제! 홍주도 일어나고. 내가 알리지 못하게 했습니다. 고부간에 모처럼 조용한 시간을 갖고 싶어서……."

건륭과 홍주는 태후의 말에 천천히 몸을 일으켰다. 그때 태감이 은병을 들고 왔다. 홍주는 그것을 받아들고 직접 차를 따랐다. 건륭이 찻잔을 받아들고 공손히 태후에게 올렸다. 홍주 역시 찻잔을 황후의 머리맡 탁자 위에 올려놓으면서 입을 열었다.

"차 한 잔 드십시오, 황후마마. 신이 뵙기에 마마의 혈색은 날로 좋아 보이옵니다. 요즘은 바깥 햇살이 따뜻하오니 나가서 조금씩 산책을 하시는 것도 좋을 것 같사옵니다."

베개에 반쯤 기대어 앉아 있던 황후가 얼굴에 온화한 미소를 지어보이면서 대답했다.

"오숙五叔께서는 이럴 때 보면 참으로 자상하십니다. 폐하, 오숙! 두 분 모두 자리에 앉으세요. 아직 어선御膳 전이시죠? 태후마마께서 향춘밀권香椿蜜捲과 만두를 가져오셨사옵니다. 왕빈汪嬪이 양주揚州의 요리사에게 한 수 배워 만든 다과도 있사옵니다. 달콤하고도 깔끔한 맛이 참 좋으니 좀 드셔보세요. 밤을 새워 정무를 놀보시느라 몸이 많이 상하셨을 텐데 속까지 비면 큰일 아니겠사옵니까?"

"그럼 다과나 몇 개 먹어볼까?"

건륭이 고개를 끄덕였다. 궁녀가 쟁반에 다과를 비롯해 만두를 받쳐 올렸다. 건륭은 만두 하나를 집어 홍주에게 건네면서 말했다.

"다섯째, 자네는 만두를 좋아하니 이걸 먹게."

건륭은 자신은 향춘밀권 하나를 입안에 넣고 우물거리면서 밀었다. 그리고는 만두를 먹지 않고 들고만 있는 홍주를 향해 물었다.

"왜 안 먹나? 갑자기 체면을 차리는 건가! 어릴 적에는 툭하면 내 서재로 몰래 건너와 어멈이 갖다놓은 만두를 훔쳐 먹지 않았는가? 그래 놓고는 서재에 쥐가 많아 때려잡는다면서 아무 구멍이나 쑤셔댔었지……"

건륭의 말에 태후와 황후가 순진무구한 웃음을 터트렸다. 홍주가 만두를 한 입 베어 먹는 시늉을 하면서 변명 아닌 변명을 했다.

"그때 혼났던 기억을 떠올리니 아직도 몸이 떨리옵니다. 그깟 만두 좀 훔쳐 먹었다고 폐하께서는 저에게 벼루를 집어던지려고 하지 않으셨사옵니까? 용케 피했기에 망정이지 정말로 맞았더라면 오늘날 누가 큰 쥐새끼를 잡아드리러 감숙으로 가겠사옵니까?"

왕씨와 진씨 등 비빈들도 황제가 서난각에 왔다는 말을 전해들은 모양이었다. 모두들 바로 건너와 시중을 들기 시작했다. 그녀들은 태후가 두 형제의 격의 없는 우스갯소리에 어린아이처럼 즐거워하자 모두들 까르르 웃음을 터트리면서 좋아했다. 두 궁녀가 다가가 태후의 등을 가볍게 두드려주자 또 다른 궁녀는 황후의 팔다리를 주물러줬다. 방 안에 웃음이 가득하고 화기애애한 분위기가 이어졌다.

좌중의 사람들은 여염집이라면 엄연히 한집안 식구였다. 그러나 금기 사항이 한둘이 아닐 정도로 엄중하고 상하가 엄연한 황실皇室에서는 어떤 경우에라도 '예'禮에 어긋나는 언행은 용인되지 않았다. 북경에서는 그런 예법이 더욱 철저하고 엄격했다. 때문에 건륭은 강남으로 내려온 이후 북경에 있을 때보다 배로 바빠졌음에도 불구하고 모처럼 일가족이 한데 모여 예법에 얽매이지 않고 천륜을 누리는 이 순간이 말할 수 없이 즐거웠다.

얼마 후 후궁들이 뒤질세라 재잘거리는 앵성연어鶯聲燕語(앵무새와 제비 같은 소리)에 내내 흡족한 미소를 짓고 있던 태후가 기쁨을 표했다.

"우리 만주족들은 남쪽에 적응이 안 되네. 선제께서는 북경에 계실 때도 여름의 더위를 못 견뎌 하셨지. 지금의 우리 폐하도 하남에서 더위를 드셨던 적이 있고……. 나는 처음이라 그런지 아직은 괜찮네. 현지인들에게 물으니 남경만 무덥고 다른 곳은 그다지 혹서酷暑가 아니라고 하더군? 장강長江에는 유월이 없다는 소리도 그래서 나온 것 같네."

홍주가 기다렸다는 듯 말을 받았다.

"그렇다면 '장강에 유월이 없다'라는 말은 바로 그런 뜻이었군요. 저는 강남에서는 오월만 지나면 곧바로 칠월에 접어든다는 소리인 줄 알았사옵니다."

홍주가 일부러 바보 행세를 하는 바람에 좌중의 여인들 모두가 깔깔대며 웃었다. 웃음이 잦아들자 태후가 궁금하다는 듯 물었다.

"자네는 북경으로 간다더니 어찌 또 감숙으로 방향을 틀었나?"

"쥐를 잡으러 가옵니다."

홍주가 혀를 내밀어 윗입술을 빨았다. 그러면서 말을 이었다.

"아계, 유용도 이번에 역시 쥐를 잡으러 갈 것이옵니다. 소자와 동행은 하지 않사옵니다만."

건륭은 늘 '식불어'食不語를 강조하는 사람이었다. 그래서 다과를 먹으면서 웃기만 할 뿐 별다른 말을 하지 않았다. 그러나 태후기 홍주에게서

'쥐를 잡으러 간다'는 소리를 듣고 궁금한 시선을 보내자 쟁반을 저만치 밀어놓았다. 그리고는 감숙에서 거짓보고로 재해 복구비를 타낸 사건에 대해 간략하게 설명했다. 나중에는 준엄한 어조로 덧붙였다.

"왕단망 그자는 이미 이곳에 왔다가 체포되었습니다. 늑이근도 곧 체포당할 겁니다. 이참에 감숙의 쥐들을 일망타진해서 어마마마께 상수上壽해 드리겠습니다!"

"나무아미타불, 관세음보살! 이 어미는 고양이는 몰라도 쥐라면 질색입니다!"

태후가 도리질을 하면서 탄식했다. 이어 다시 덧붙였다.

"아녀자가 정무에 관여해서는 안 되는 줄은 압니다만 부항댁이나 계선댁에게 들으니 일부 몰지각한 아랫것들의 횡포가 위험수위를 넘었다고 하더군요. 손을 좀 봐주지 않으면 안 되겠습니다. 관직에 오르면 '일 년은 깨끗하고, 이 년 만에 더러워지고, 삼 년이 지나면 제 무덤을 판다'고 하더니 그 말이 틀린 말은 아닌가 봅니다. 태평세월이 길어지니 모두 사건을 만들지 않으면 손이 근질거리는지, 원. 원래 나무가 크고 숲이 깊으면 별의별 동물이 다 있는 법입니다. 황제가 사태의 심각성을 느꼈다고 하니 다행입니다. 다만 개와 닭이 담을 넘고 말이 놀라 네 발을 뻗을 정도까지 일을 크게 벌이지는 말았으면 하는 게 이 늙은이의 바람입니다. 아직은 그들이 황제의 수족이 되어줘야 할 때입니다. 일방에서 민심이 흉흉해지면 우리 대청 전체의 상서롭고 평화로운 기상에 큰 타격이 올 것입니다. 왕단망이라는 사람은 아직 본 적이 없습니다. 대신에 그의 어미는 대단히 사리가 분명하고 자상하고 이해심도 많아 보였는데, 어쩌다 그런 아들을 뒀을까요? 하기야 자식을 겉을 낳지 속까지 낳겠는가……."

건륭은 태후가 말할 때마다 연신 고개를 끄덕이면서 공감한다는 뜻을 표했다. 그러나 솔직히 속으로는 불편한 마음이 없지 않았다. 모친이 또 '나무아미타불'을 읊으면서 '물이 너무 맑으면 고기가 못 산다'느니 '화광동진和光同塵(빛을 부드럽게 하여 속세의 티끌에 같이한다는 뜻으로, 자기의 지혜와 재능을 감추고 세속을 따름을 이르는 말)이 길하다'느니 하는 말로 왕단망 등을 용서하라는 말을 하지 않을까 은근히 두려워하던 차였다. 그러나 다행히 그런 말은 없었다. 건륭이 탄식을 터트렸다.

"어마마마의 말씀 명심하겠습니다. 어마마마께서는 심려하지 마시고 조용히 지켜봐 주십시오. 소자가 꼭 어마마마의 마음에 드시게 처리할 것입니다."

건륭은 인정에 약한 태후에게서 또 다른 말이 나올까봐 우려했는지 제꺽 말머리를 돌렸다.

"유호록씨와 위가씨만 빼고 오늘은 어쩌다 일가족이 다 모였네. 그것도 다섯째까지. 모처럼 다 모였는데 기분 좋은 얘기만 합시다. 태후마마와 황후에게 한 가지 희소식을 전하겠습니다. 복강안이 큰 공을 세웠다는 거 아닙니까!"

"누구? 누가 큰 공을 세웠다고 했습니까?"

벌써 가는귀가 어두워지기 시작한 태후가 '희소식'이라는 말만 제대로 듣고 이름을 듣지 못한 모양인지 고개를 갸웃거리며 물었다. 그러자 건륭이 태후 가까이로 몸을 숙이면서 다시 한 번 복창했다.

"부항의 셋째아들 복강안이 큰 공을 세웠다고 합니다!"

태후가 그제야 알아듣고는 무릎을 치면서 좋아했다.

"얼굴이 계집애처럼 곱상하게 생긴 그 아이 말입니까? 아직 나이도 어린데 무슨 큰 공을 세웠다는 겁니까?"

홍주가 무슨 소리냐는 표정을 하며 입을 열었다.

"자고로 영웅은 소년 중에서 나온다고 했사옵니다. 겉모습은 버들개

지처럼 여려 보이지만 예사내기가 아니옵니다. 지방관들의 도움도 거의 받지 않고 혼자서 계획을 세우고 진두지휘했다고 하옵니다. 관군은 단 한 명의 인명피해도 없이 비적 두목 채칠과 그 일당 백여 명을 일망타진했다지 뭡니까! 복강안이 평소에 문장에 능하고 금기서화琴棋書畵에도 비범한 재능을 보이기에 문관으로 빛을 발할 줄 알았지 군사를 통해 이름을 얻을 줄은 몰랐습니다. 실로 문무를 겸비한 잠영簪纓의 자제이옵니다. 부항이 평소에 자식교육에 지엄하더니 결국 영재를 만들어냈네요! 사실 채칠은 언젠가는 그물에 걸려들게 돼 있었지만 이번 일을 계기로 훌륭한 인재 하나를 얻었다는 게 무엇보다 기쁜 일이옵니다. 유통훈의 아들 유용도 우리 대청의 기둥이 되기에 손색이 없사옵니다!"

홍주는 언제 봐도 말 한마디를 제대로 못해서 궁녀들로 하여금 입을 틀어막고 웃게 만들었다. 그러나 오늘은 웬일인지 달변을 과시했다. 태후와 황후는 모두 놀란 눈으로 홍주를 쳐다봤다.

"강아가 그렇게 대단하다는 말이지?"

태후의 얼굴에 오랜만에 함박꽃 같은 웃음이 피었다.

"부전자전이라더니 신통방통하네. 역시 용봉龍鳳의 자손은 달라! 어린 것에게 시위를 맡긴다고 해서 은근히 걱정이 됐었는데, 모두 이 늙은이의 노파심이었네!"

건륭 역시 흡족한 웃음을 짓고는 태후를 향해 말했다.

"이제 유용은 감숙으로 파견하고 복강안은 몇 개 성을 더 돌게 할 생각입니다. 견문도 좀 더 넓히고 모난 부분도 다듬을 겸 말입니다. 이번에는 치하는 하되 포상은 미뤘다가 나중에 북경으로 돌아오면 상황을 보아 적당히 승진시켜줄까 생각하고 있습니다. 포부도 없고, 꿈도 야망도 없는 소위 용자봉손龍子鳳孫이라는 황실자제들과 비교하면 실로 천양지차인 훌륭한 아이입니다……."

복강안을 칭찬하는 건륭의 말이 끝없이 늘어지려고 하자 홍주가 일어나면서 작별인사를 하려고 했다. 그러자 황후가 홍주를 따뜻하게 바라보며 당부의 말을 했다.

"감숙이면 얼마나 멉니까? 춥기는 또 얼마나 춥다고요! 혼자 밖에 나가 계실 때일수록 각별히 건강에 유의하셔야 합니다. 집 떠나면 고생이니 아랫것들도 두어 명 데리고 길을 떠나세요."

황후의 혈색은 전날보다 훨씬 좋아보였다. 홍주가 그런 그녀의 모습을 걱정스러운 눈빛으로 올려다보더니 황급히 허리를 숙이며 감사를 표했다.

"염려해주셔서 감사하옵니다, 황후마마. 마마께서도 옥체를 잘 보존하시옵소서. 신이 일을 마치고 돌아올 때는 건강한 모습으로 신의 문후를 받으셔야 하옵니다!"

홍주가 다시 고개를 돌려 태후에게도 아뢰었다.

"그쪽에는 감초甘草와 황기黃芪가 유명하다고 하옵니다. 태후마마와 황후마마께서 차로 끓여 드실 수 있게 돌아올 때는 한 짐 지고 오겠사옵니다. 음陰을 보하고 비장脾臟을 튼튼하게 하는 데는 그저 그만이라고 하옵니다."

태후와 황후는 그 말을 듣고 얼마나 기분이 좋은지 웃음을 감출 줄 몰랐다. 그러나 건륭은 웬지 얼굴이 무거웠다. 어조도 침중했다.

"안전에 각별히 유의해야 하네. 이번에는 흠명欽命 사건을 수사하러 가는 것이지 산수를 유람하러 가는 게 아니니까 말이네. 유통훈에게 가서 황천패의 부하들을 두어 명 달라고 해서 데리고 떠나게. 백룡어복白龍魚服(흰 용이 물고기의 옷을 입었다는 뜻으로, 신분이 높고 귀한 사람이 남모르게 나다님을 이르는 말)할 때는 만사를 장난으로 여기지 말고 조심해야 하네."

건륭의 말이 끝나자 태후가 궁금한 듯 물었다.

"요즘은 태감들까지도 황천패가 어쩌고저쩌고 하던데, 하도 많이 거론되니 이 늙은이의 귀에도 못이 박혔네. 비첨주벽飛檐走壁(벽과 처마를 달리고 날아다님)의 달인이라고들 하던데, 의협심도 강하고 무예실력도 출중하다면서? 그런데 무엇 때문에 그런 사람에게 군직軍職을 줘서 서부 전쟁터로 내보내지 않는지 궁금하네. 듣자니 거기교위車騎校尉이면서도 직분은 아직 도원道員 정도밖에 안 된다면서?"

건륭이 바로 대답했다.

"어마마마께서 그 사람이 벽을 타고 처마를 넘는 모습을 직접 보고 싶으시다면 그가 북경으로 돌아온 연후에 열두 제자와 함께 원명원으로 부르겠습니다. 어마마마 눈앞에서 직접 무예시범을 보여드리도록 하겠습니다."

그리고 건륭은 태후의 어깨를 주물러주면서 덧붙였다.

"강호 출신이라 관직을 내리기에 한계가 있습니다. 출병出兵을 하려면 전략과 전술에도 일가견이 있어야 하고 병법도 어느 정도 익혀야 가능한 일입니다. 야전이 비첨주벽보다 어려운 것도 이 때문입니다. 듣기 싫게 말하자면 황천패는 아계, 조혜나 해란찰에 비하면 그저 한 마리의 개에 불과합니다. 개는 개 나름의 역할이 있지 않습니까? 대문을 잘 지키고 도둑을 잘 잡아 공로를 세우면 고깃국도 얻어먹을 수 있고 수레에도 같이 탈 수 있지 않겠습니까? 소자는 이미 그를 남작男爵으로 봉하기로 했습니다. 유통훈과 유용은 굳이 비유하자면 소자가 파견한 사냥꾼에 해당합니다. 그들이 어딘가에 숨어 눈을 번뜩이면서 지켜보고 있다가 '물건이 떴다'라고 손짓이나 눈빛을 보내면 사냥개인 황천패 무리가 이빨을 드러내고 사정없이 덮치는 겁니다……"

태후는 건륭의 일장연설을 듣고 나더니 웃음을 머금었다.

"아이쿠, 불조시여! 그 속에도 그리 깊은 학문이 들어있습니까? 폐하께서 부리는 아랫것들도 계층이 다 다르군요! 사실 개 얘기가 나왔으니 말인데, 선제 때 '로로'蘆蘆라는 개 한 마리가 있었어요. 선제께서는 이 개를 무척 예뻐하시어 목에 은패를 달아주시고, 하루에 은자 한 냥씩 월례까지 내주셨어요. 일품 대원 두 명의 녹봉에 해당됐지 뭡니까? 그래서 내가 개가 사람보다 나아서야 되겠냐면서 조심스레 말씀 올렸더니, 선제께서 '이 개는 어가를 호위한 공로가 있는 개라 박대할 수 없다'라고 말씀을 하셨어요. 개도 선제께서 좋아해 주시는 걸 아는지 종일 선제 주위만 맴돌면서 예쁜 짓을 했죠. 볼 때마다 꼬리를 흔들면서 반가워하고 늦게 들어오면 눈물까지 흘리고 그랬답니다! 반 년도 못 돼 죽기는 했지만……."

태후가 말을 마치더니 눈물을 훔쳤다. 건륭은 개 얘기에 신이 나 있던 태후가 옛날 생각에 눈물을 흘리자 재빨리 입을 열었다.

"아무리 귀여워도 짐승은 짐승입니다. 선제에게 귀염을 받은 것도 그 짐승의 복이죠! 어마마마께서는 그 개가 죽었다고 가엾게 여기시지만 그놈은 지금도 선제 옆에서 예쁜 짓을 하고 있을 겁니다!"

태후가 건륭의 위로의 말에 눈물을 훔치고 웃음을 지으며 말했다.

"아휴, 주책이야! 늙으니 눈물만 헤퍼집니다."

건륭은 태후가 웃음을 보이자 그제야 마음이 놓였다. 별 부담 없이 시계를 꺼내봤더니 벌써 늦은 수라를 들 시간이 가까워 오고 있었다. 건륭은 태후, 황후와 함께 수라상을 받고 싶었으나 두 사람은 이날이 관세음보살의 탄신일이라면서 재계齋戒해야 한다고 입을 모았다. 사정이 그러니 건륭으로서는 더이상 권유하지 못했다. 그는 태후에게 인사를 올리고 궁전을 나왔다. 다른 비빈들도 모두 물러갔다.

내일은 예정대로 귀경길에 오르기로 했나. 남순행의 마지막 날이라 처리할 일도 많았다. 건륭은 그런 생각을 하면서 책상 위의 산더미 같은 상주문들을 마주 하고 앉았다. 그때 태감 왕팔치가 여쭈었다.

"폐하, 오늘밤은 어느 처소에 드실지 아직 패牌를 뽑지 않으셨사온지라……."

건륭이 서류더미에 묻은 고개를 들 생각도 하지 않은 채 대답했다.

"오늘밤은 진씨의 처소로 들까 하네. 바보스러울 정도로 무던하고 질투할 줄도 모르는 한결같은 사람이지. 착한 사람이 손해 보는 일은 없어야 하지 않겠나."

왕팔치가 대답과 함께 물러가려고 하자 건륭이 도로 불러 세웠다.

"미리 알리지 말게. 오늘은 몰래 들어가서 놀라게 해줘야겠네."

말을 마친 건륭은 부지런히 붓을 놀렸다.

진씨의 처소는 황후와 같은 마당을 사이에 두고 있었다. 황후의 침궁 동쪽 별채의 남쪽 방이었다. 그보다 더 남쪽에 있는 방은 왕씨가 가끔 어선御膳을 만드는 주방이었다. 귀비 나랍씨는 원래 서쪽 별채에 처소를 정했었다. 그러나 워낙 시끌벅적한 걸 좋아하는 성격이라 황후가 행궁 북쪽의 독채를 내주어 옮겨갔다. 그래서인지 그 시각 궁원宮院에는 반쪽만 불이 켜져 있고 서쪽 별채는 어두웠다.

건륭을 안내해 마당으로 들어간 왕팔치가 문틈으로 안을 들여다보고는 낮은 목소리로 아뢰었다.

"진비마마께서는 좌선坐禪 중이시옵니다! 안으로 드시옵소서!"

건륭은 고개를 끄덕이며 말없이 안으로 들어갔다. 벌써부터 허리 아래가 뻐근해지고 있었다.

〈12권에 계속〉